ULLSTEIN

DAS BUCH:

Wenn Sie an die Macht der Astrologie glauben, werden Sie Ihre innersten und verborgensten Möglichkeiten kennenlernen. Und glauben Sie dann noch an die Macht der Düfte, werden Sie erkennen, daß Ihre Möglichkeiten grenzenlos sind.
John Oakes, einer der größten Parfümspezialisten der Welt, entführt Sie auf eine Reise in das Reich der Düfte. Sie werden erfahren, welche Parfüms ideal zu Ihrem Sternzeichen passen und welcher Duft zu welcher Gelegenheit der richtige ist, so daß Ihre Persönlichkeit durch die Magie des Wohlgeruchs unwiderstehlich und erfolgreich wird. In diesem Ratgeber der Luxusklasse weist John Oakes sensibel und kompetent den Weg zu persönlichem Raffinement und perfektem eigenen Ausdruck.
Übrigens: Auch für *sein* Sternbild wird das Passende empfohlen.

DER AUTOR:

Der Australier John Oakes ist einer der größten Parfümspezialisten. Seine Duftratgeber begeistern ein großes Publikum in der ganzen Welt.

John Oakes

Die himmlische Parfümerie

Erlesene Düfte für jedes Sternzeichen

Aus dem Englischen von
Dagmar Hartmann

Ullstein

Ullstein Taschenbuchverlag 2000
Der Ullstein Taschenbuchverlag ist ein Unternehmen
der Econ Ullstein List Verlag GmbH & Co. KG, München
Deutsche Erstausgabe
2. Auflage
© 2000 für die deutschsprachige Ausgabe
Econ Ullstein List Verlag GmbH & Co. KG, München
© 1998 by John Oakes
Titel der australischen Originalausgabe: Perfume Zodiac
(Harper Collins Publishers Pty, Australien)
Umschlagkonzept: Lohmüller Werbeagentur GmbH & Co. KG, Berlin
Umschlaggestaltung: Simone Fischer & Christof Berndt
Titelabbildung: Tony Stone
Satz: MPM, Wasserburg
Druck und Bindung: Clausen & Bosse, Leck
Printed in Germany
ISBN 3-548-35914-0

Ich widme dieses Buch voll Dankbarkeit
Mylène Boulting und Denise Barnes,
die mich dazu angeregt haben,
sowie einer Dreifaltigkeit irdischer Schutzengel:
meiner freundlichen Kritikerin Rosemary Penman,
meinem unermüdlichen Agenten Fitzroy Boulting
und meiner lebenslangen Mentorin Magda Wollner.

Inhalt

Die kosmische Verbindung:
Parfüm und Sternzeichen 11

Die irdische Verbindung: Verträglichkeiten,
Kategorien und Überschneidungen 19

Die gegensätzliche Verbindung:
Entscheidungen und wie man sie trifft 27

Die persönliche Verbindung:
Suche, Qualität und Quantität 34

Die kreative Verbindung:
Eine Liste von Ingredienzien 38

Widder 45

Stier 75

Zwillinge 106

Krebs 138

Löwe 168

Jungfrau 198

Waage 230

Skorpion 261

Schütze 290

Steinbock 321

Wassermann 350

Fische 382

Parfümverzeichnis 414

Gibt es atmosphärische Störungen zwischen Ihnen und Ihrem Sternzeichen? Dann sollten Sie sich folgendes fragen:

- Bin ich eine Widder-Frau, die sich hinsetzen und ein Weilchen ausruhen muß, damit sie erkennen kann, wo sie steht und wohin sie als nächstes geht?
- Bin ich eine Stier-Frau, die sich heimlich danach sehnt, Vorsicht und Budget in den Wind zu schießen und statt dessen etwas Wildes und Ausgeflipptes zu tun?
- Bin ich vielleicht eine Zwillinge-Frau, die sich wünscht, daß alle Menschen begreifen, daß sie nicht nur spritzig und überschäumend ist, sondern genauso von Zweifeln und Ängsten geplagt wird wie alle anderen?
- Bin ich eine Krebs-Frau, die es satt hat, für gegeben hingenommen zu werden, und die auch einmal grenzenlos verwöhnt und bemuttert werden möchte?
- Bin ich eine Löwe-Frau, die gerne beweisen würde, daß sie intelligenter und netter ist als die herrische, tonangebende Person, für die sie so oft gehalten wird?
- Bin ich eine Jungfrau-Frau, die so sehr damit beschäftigt ist, anderer Leute Probleme zu lösen, daß

für die eigenen keine Zeit mehr bleibt, was sie zufriedener mit sich selbst machen würde?
- Bin ich eine Waage-Frau, die wegen ihres Verständnisses und ihrer Einfühlsamkeit respektiert werden möchte und nicht nur wegen ihrer romantischen Einstellung dem Leben gegenüber?
- Bin ich eine Skorpion-Frau, die weiß, daß sie nicht so dominant ist, wie andere glauben, sondern treu, liebevoll und mitfühlend?
- Bin ich eine Schütze-Frau, für die es notwendig ist, ihre Umgebung, ihre Einstellung und ihr Image zu ändern und als denkendes Wesen ernst genommen zu werden?
- Bin ich eine Steinbock-Frau, die keine Lust mehr hat, ständig denselben Berg zu erklimmen, sich den Kopf an der Glasdecke zu stoßen und keine Anerkennung für das zu bekommen, was sie leistet?
- Bin ich eine Wassermann-Frau, die weiß, daß sie nicht leichtfertig ist, sondern herzlicher und großzügiger, als man es ihr gemeinhin zubilligt?
- Oder bin ich eine Fische-Frau, die nicht länger als Träumerin abgetan werden will, unfähig, Entscheidungen zu treffen, obwohl es ihr in Wirklichkeit ein leichtes wäre, alle anderen auszustechen?

Wenn Sie mit Ja geantwortet haben, dann wird *Die himmlische Parfümerie* Ihre verborgenen Eigenschaften und Talente aufdecken.

Wenn ihre Antwort Nein lautet, dann wird *Die himmlische Parfümerie* sogar noch mehr verborgene Eigenschaften und Talente enthüllen.

Die kosmische Verbindung: Parfüm und Sternzeichen

Sie kennen sich selbst am besten – die guten und weniger guten Charakterzüge, aber auch die anderen Eigenschaften, die nicht ganz so offen zutage treten, weil Sie sie entweder nicht so gern zeigen oder aber einfach nicht wissen, wie. Aber was immer Sie der Welt präsentieren, es soll natürlich Ihre beste Seite sein. Die intimeren Dinge verbergen Sie ohnehin vor anderen. Sie stellen sich also mehr oder weniger so dar, wie die anderen Sie Ihrer Meinung nach sehen und schätzen sollen.

Natürlich werden Sie Ihre negativen Züge nicht absichtlich erkennen lassen. Sie setzen sich heimlich mit ihnen auseinander und versuchen, sie zu ändern. Und wer weiß?, vielleicht werden daraus sogar positive Eigenschaften, die Sie Ihrem allgemeinen Eindruck hinzufügen können. Und was ist mit den kleinen Dingen, die Sie für sich behalten – was wollen Sie diesbezüglich unternehmen? Nun, lassen Sie mal sehen. Schon oberflächliche Kenntnisse Ihres Sternzeichens werden Ihnen verraten, wer Sie sind – die guten und die weniger guten Eigenschaften, das Positive und das Negative, aber auch all Ihre Möglichkeiten. Selbstverständlich kann dies nur einen allgemeinen Überblick geben, aber gewöhnlich ist der schon erstaunlich genau.

Ich meine hier nicht die Tages- oder Monatshoroskope in Zeitungen und Zeitschriften. Ich meine einfach Ihre grundlegenden Eigenschaften, Ihr ganz persönliches »Make-up«. Mir ist wohl klar, daß eine Reihe anderer Faktoren, wie Vererbung und Umwelt, eine Rolle spielen, wenn es darum geht, die feineren, eigenen Züge Ihres komplexen Charakters zu formen – und diese Einflüsse können Sie auf die eine oder andere Art von Ihrer astrologischen Basis ablenken. Andererseits bleibt diese Basis immer präsent und dient Ihnen als Führer für das, was Sie glauben, für Ihre Lebenseinstellung, Ihre Ziele zu tun.

Wenn Sie mir soweit zustimmen, dann gibt es keinen Grund, warum Sie diese Eigenschaften nicht auch auf andere, wichtige Bestandteile Ihres Lebens übertragen sollten, wie beispielsweise auf materielle Dinge. Sie sprechen Bände über Ihren persönlichen Geschmack, Ihre Vorlieben und Abneigungen. Sie haben sie ausgesucht, weil sie zu Ihnen passen – Farben, Kleidung, Accessoires, Blumen, Möbel und Einrichtungsgegenstände, Make-up und – natürlich – Parfüm!

Sie beschreiben Sie.
Sie repräsentieren Sie.
Sie definieren Sie.
Sie sind der Eindruck, den Sie auf andere machen.

Deshalb müssen sie sorgfältig ausgewählt werden. Aber wenn wir uns einer verwirrenden Vielzahl von Möglichkeiten gegenübersehen, greifen wir häufig daneben. Oder wir lassen uns von anderen beeinflussen, deren Geschmack ein ganz anderer ist.

Das trifft besonders dann zu, wenn es darum geht, Parfüm für sich selbst auszusuchen. Allzuoft spielen äußere Einflüsse eine Rolle. Oder aber Sie wissen nicht genau, was Sie wollen, oder lassen sich verwirren von dem, was man Ihnen da vorschlägt, und schließlich finden Sie sich überhaupt nicht mehr zurecht. Und gerade, wenn es um Parfüm geht, ist das eine ausgesprochen teure und frustrierende Erfahrung!

Nun, Sie haben vielleicht eine vage Vorstellung, was Sie gern ausprobieren möchten. Aber woher haben Sie diese Vorstellung? Aus der Werbung im Fernsehen oder einer Anzeige in einer Zeitschrift? Aus einer Werbekampagne in einem Geschäft? Oder haben Sie den Duft an jemand anderem gerochen, und er hat Ihnen gefallen? Ihre beste Freundin hat Ihnen davon erzählt? Trauen Sie keinem dieser Gründe! Sie ganz allein entscheiden. Sie allein sind es, die das Parfüm tragen oder so tun muß, als hätte sie es nie gekauft. Deshalb soll das Parfüm – oder die Parfüms, für die Sie sich letztendlich entscheiden, zu Ihrem Wesen, Ihrer Lebensart und Ihren Zielen passen.

Wollen Sie sich also auf blinden Instinkt oder weibliche Intuition verlassen, während Sie da stehen und die Verkäuferin aussieht, als wollte sie Ihnen ein Parfüm aufschwatzen, von dem sie *glaubt,* daß es zu Ihnen paßt? Sie können das schon tun, aber besser ist es, Sie treten den Rückzug an und durchdenken alles noch mal genau. Und dabei kann das vorliegende Buch Ihnen eine große Hilfe sein.

Die himmlische Parfümerie erleichtert Ihnen die Auswahl, indem das Buch Ihre astrologischen Eigenschaften – die äußeren wie die inneren Qualitäten – mit einer Auswahl von Parfüms in Verbindung bringt, von denen ich persönlich glaube, daß sie für diese charakteristischen Wesenszüge am besten geeignet sind. So einfach ist das.

Die Art Ihres Duftes dient nicht dem Wohlbefinden der anderen. Es geht um Sie. Ihr Parfüm, Geruch oder Duft muß zu allererst eine Erweiterung nicht nur Ihrer Persönlichkeit und Ihres Geschmacks sein, sondern auch Ihres jeweiligen Gefühls. Fühlen Sie sich nicht wohl, wenn Sie ein bestimmtes Parfüm tragen, dann ist es nicht das richtige. Vielleicht paßt es einfach nicht zu Ihnen – es könnte zu schwer sein, zu sinnlich, zu blumig oder zu süß. Oder die Jahreszeit entspricht dem nicht – es gibt Parfüms, die bei bestimmten Wetterverhältnissen besonders gut riechen. Vielleicht liegt es aber auch an Ihrer Kleidung – Jeans und Bluse vertragen sich einfach nicht mit einem edlen Parfüm, so wie orientalisch-schwere Düfte unangemessen sind, wenn Sie ein hübsches Partykleidchen tragen. Ziehen Sie sich um, wählen Sie ein schulterfreies, figurumschmeichelndes Etwas, und Sie sind im Spiel!

Das Schlüsselwort lautet »Veränderung«. Parfüm ändert sich nicht für Sie. Es ist einfach es selbst – eine ganz eigene Sache. Sie sind es, die sich verändern muß, um sich seiner Botschaft anzupassen. Und wenn Sie das richtige Parfüm mit der richtigen Kleidung (oder wenigstens den richtigen Farben) zur richtigen Zeit tragen und wenn Sie dann noch in der richtigen Laune sind, dann ist alles stimmig. Wer weiß, diese fabelhafte (und leicht zu erzielende) Kombination – dieses parfümierte Energiebündel – ist vielleicht ein Schock für Ihre Umgebung! Die anderen sind gezwungen, sich ein ganz neues Bild von Ihnen zu machen. Wäre das nicht wundervoll?

Nun, das ist ja schön und gut, wenn es darum geht, wie Sie sich normalerweise in der Öffentlichkeit präsentieren, aber was ist mit all den verborgenen Gefühlen, dem Talentpotential, das Sie vielleicht noch nicht erforscht haben oder von dem Sie nicht wissen, wie Sie das Beste daraus machen sollen? Wir alle haben diese Eigenschaften, zögern aber vielleicht, sie zu zeigen. Dabei könnten sie eine völlig neue Dimension erschließen! Und was das beste ist: Die Magie eines Parfüms sorgt für diese Eigenschaften ebenso wie für Ihre Grundeigenschaften. Mit anderen Worten, ein Parfüm kann Ihr verborgenes Wesen ebenso unterstreichen wie Ihr vordergründiges.

Nehmen wir mal an, Sie wären eine nette, zuverlässige Krebs-Frau, die ihr Heim und ihre Familie liebt, aber manchmal das Gefühl hat, von ihren Lieben ausgenutzt und für gegeben hingenommen zu werden. Aber Sie wollen kein Aufhebens davon machen. Das tun Krebs-Menschen einfach nicht. Unsinn! Sie haben nicht nur ein teilweise verborgenes Temperament, das ganz schön hitzig sein kann, Sie sind auch keine Maschine, die sich nicht beschweren kann. Also, zeigen Sie es ihnen! Am besten geht das, indem Sie ihnen ein anderes Bild von sich vermitteln, einen anderen Aspekt – einen, den sie am wenigsten erwarten. Gehen Sie aus, lassen Sie sich mit einer Gesichtsmaske verwöhnen, legen Sie sich eine neue Frisur zu, werfen Sie sich in ein gewagtes Kleid, und wählen Sie dann ein Parfüm, das Sie normalerweise nicht benutzen, von dem Sie aber immer vermutet haben, daß es die andere Seite von Ihnen deutlich machen würde. Und dann passen Sie mal auf, wie die anderen aufmerken! Wundern Sie sich nicht, wenn Sie plötzlich zum Dinner in ein vornehmes

Restaurant eingeladen werden und sich dabei ertappen, Beluga-Kaviar und den besten Champagner zu bestellen, ohne mit der Wimper zu zucken. Ich verspreche Ihnen, es wird nicht das letzte Mal sein, daß Sie sich amüsieren. Sie müssen zwar vielleicht noch Lamingtons* für das Schulfest backen und am nächsten Tag auch bügeln, aber Sie wissen, daß Sie künftig besser gerüstet sind.

Ein anderes Beispiel? Sie sind eine Waage, also an Schmeicheleien gewöhnt. Sie genießen es, Sie flirten! Aber Sie haben sich vielleicht schon so sehr daran gewöhnt, daß Sie sich fragen, ob das Leben nicht noch mehr bereithält als Spiel und Spaß. Was ist mit Ihrem scharfen Verstand, warum benutzen Sie ihn nicht? Warum halten die anderen Sie für oberflächlich, wo Sie doch wissen, daß Sie tiefgründiger sind? Nun, zeigen Sie es ihnen! Legen Sie die sexy Kleider ab, stecken Sie Ihr Haar hoch (greifen Sie zur Brille, wenn es sein muß!) und erscheinen Sie klug und elegant in einem völlig anderen Outfit – und mit einem anderen Parfüm. Statt sich immer in hübsche, romantische Düfte zu hüllen, sollten Sie es einmal mit etwas Glattem, Trockenem, Superelegantem versuchen. Man wird Ihnen ganz neuen Respekt entgegenbringen!

Kurz gesagt, wenn Sie Parfüms auswählen, die zu Ihrer astrologischen Persönlichkeit passen, dann unterstreichen Sie damit Ihr Potential wie mit einem Kleiderschrank (oder »Arsenal«, wie ich es später nennen werde) voller Parfüms, die anziehen und zu einem Teil von Ihnen werden. Gleichzeitig vergrößern Sie Ihre Mög-

---

* Beliebtes australisches Gebäck, cremegefüllt, mit Schokoladenüberzug und Kokosstreuseln

lichkeiten mit anderen Parfüms, die Sie für die Zeiten reservieren, in denen Sie jemandem ein völlig neues Bild von sich vermitteln wollen.

Jetzt aber zu denen, die am Ende eines Sternzeichens oder ganz am Anfang eines anderen geboren sind. Wenn Sie wollen, können Sie die besten Eigenschaften von beiden für sich in Anspruch nehmen! Aber wenn Sie ehrlich und konstruktiv mit sich selbst sind, dann wissen Sie, welche Einflüsse von beiden Zeichen sich bei Ihnen niedergeschlagen haben – die guten und die weniger guten. Auch wenn es vielleicht so aussieht, als könnten Sie sich aussuchen, welches von den vorgeschlagenen Parfüms Sie für sich buchen, so muß ich Ihnen leider sagen, daß dem nicht so ist. Geradeso, als wären Sie in der Mitte eines Sternzeichens geboren, müssen Sie erkennen, wie Sie wirklich sind, und diese Kenntnis dann mit den Parfüms abstimmen, die diese persönlichen Eigenschaften und Neigungen ergänzen. Aber ich habe es ein wenig leichter für Sie gemacht, indem ich ein paar Parfüms extra für diejenigen vorschlage, die sozusagen »auf der Schwelle« geboren sind. Sie finden sie am Ende eines jeden Sternzeichen-Kapitels.

Die himmlische Parfümerie will Ihnen dabei helfen, sich selbst als auch den Menschen zu gefallen, denen Sie gefallen wollen. Das Buch ist ein einfacher Führer, der Sie und Ihre »Nase« in die richtige Richtung lenkt. Es wird – hoffentlich – eine Menge teurer und frustrierender Versuche und Irrtümer bei der Wahl Ihres Parfüms überflüssig machen. Denken Sie aber immer daran, daß es kein Dogma ist und auch nicht auf alle Faktoren im Zusammenhang mit den grundlegenden Eigenschaften Ihres Sternzeichens eingehen kann. Sehen Sie in dem Buch einfach einen Leitstern in der wunderbar komplexen und immer wieder faszinierenden Welt des Parfüms. Es sollte ein rechtes Abenteuer sein!

Die irdische Verbindung: Verträglichkeiten, Kategorien und Überschneidungen

Lassen Sie mich kurz erklären, wie ich zu meinen Beobachtungen über die grundlegenden Eigenschaften jedes Sternzeichens gekommen bin, und was mich veranlaßt hat, die Parfüms auszuwählen, die ich für die jeweils geeignetsten halte.

Ich bin kein Berufsastrologe, aber begeisterter Hobbyastrologe. Mein großes Interesse an dem Thema hat dazu geführt, daß ich Unmengen von Informationen erhalten und auch eigene Ideen entwickelt und Beobachtungen gemacht habe. Ich habe Hunderte von Menschen direkt befragt, wie sie sich selbst astrologisch sehen. All dem habe ich meine gute, alte Intuition hinzugefügt, die es mir erlaubt, meinem Urteil und meiner Zusammenfassung jedes Sternzeichens zu trauen. Ich bin die Liste von Parfüms (von denen einige jederzeit verfügbar sind, während andere schwerer zu haben sind) gründlichst durchgegangen und habe dann jedes einzelne – wiederum mit Hilfe meiner Kenntnisse und meiner Intuition – einem bestimmten Sternzeichen zugeordnet. Diese Zuordnung ist es meiner Ansicht nach, die die Verträglichkeit oder Unverträglichkeit eines Parfüms mit einem bestimmten Sternzeichen, und somit auch mit Ihnen, enthüllt.

Für mich liegt es auf der Hand, daß zwischen bestimmten Frauentypen und gewissen Arten von Parfüms eine gute Verträglichkeit und darüber hinaus eine deutliche Affinität bestehen. Ich verallgemeinere hier natürlich wieder, aber ich bin sicher, daß Sie feststellen werden, wie exakt es doch ist. Aber es gibt eine Verträglichkeit, die sogar noch weiter reicht: Die merkwürdige, aber doch ganz offensichtliche Verwandtschaft zwischen bestimmten Farben, Kleidern, Jahreszeiten, Gelegenheiten, Stimmungen und Parfüms, die sich miteinander verbinden, als wären sie füreinander geschaffen.

Nehmen wir beispielsweise die Farbe für Menschen, die unter dem Sternzeichen Fische geboren sind. Nach meiner Erfahrung fühlen Sie sich unweigerlich stärker zu Meeresfarben hingezogen. Ihre Kleidung, ihre Möbel und Einrichtungsgegenstände, ihre Lieblingsblumen und so weiter sind also wahrscheinlich in allen möglichen Schattierungen von Grün, Blau und Purpur gehalten, und weniger in den Farben Rot, Orange oder Dottergelb, die wiederum die Skorpione lieben. Dabei sind beides Wasserzeichen, die sich zueinander hingezogen fühlen. Da nun die Farbe eine so wichtige Rolle in unserem Leben spielt, fasziniert die Erkenntnis, daß jedes Parfüm, abgesehen von seinem ganz eigenen Duft, seiner individuellen Persönlichkeit, auch manche Farben anderen vorzieht – ein schönes und weibliches Parfüm wie Estée Lauders **Pleasures** beispielsweise ruft ein Bild in Rosa und Violett-Tönen hervor, ganz anders als beispielsweise sein Schwesterparfüm **SpellBound**, das dramatisches Schwarz, Gold und Scharlachrot ausstrahlt. Daraus folgt, daß Sie nicht richtig riechen würden, wenn Sie sich mit **Pleasures** einsprühen, während schwarzes Leder Sie hauteng umschließt, und ebensowenig, wenn Sie eine Wolke **SpellBound** umschwebt und Sie sich in duftige, violette Organza-Rüschen gehüllt haben.

Kategorien

So wie ein ein Horoskop in zwölf Häuser oder Zeichen aufgeteilt ist, so werden auch Parfüms normalerweise bestimmten Kategorien zugeordnet. Die Anzahl variiert von vier bis zwanzig, je nachdem, wie spitzfindig man sein will. Ich persönlich denke, daß fünf ausreichen, wenn es um die leicht zu erkennenden Basiskategorien geht.

Blumig

Diese Parfüms sind wie Blumensträuße – mit anderen Worten, sie setzen sich aus einer Reihe (beliebig vieler) Blumendüfte zusammen, die ihren Duft dominieren. Manche behaupten, sie hätten nur einen einzigen Blumenduft zum Thema, aber diese einzelne blumige »Note« muß immer von anderen Ingredienzien unterstützt werden, selbst wenn es sich dabei nur um eine Basisnote oder um Fixative handelt, die verhindern, daß der Duft beim Auftragen sofort verfliegt. Das häufigste Bouquet ist ein sogenannter »Akkord« aus Rose und Jasmin. Den meisten Parfüms liegt dieser Akkord zugrunde, aber damit sie sich von anderen unterscheiden, fügen ihre Schöpfer verschiedene Kombinationen aus anderen Blumen und Ingredienzien, wie Früchten, Gewürzen, Moos, Moschus und ähnlichem, hinzu, um ihr Parfüm zu etwas Einzigartigem zu machen. Die berühmtesten und klassischsten Beispiele dieses schönen Akkords oder Duetts sind wahrscheinlich Jean Patous **Joy,** Lanvins **Arpège** und Chanels **No. 5.** Sie riechen jedoch vollkommen verschieden, weil der Rose-

Jasmin-Akkord durch die kunstvolle Beigabe anderer Zutaten nach einer besonderen Formel oder einem besonderen Rezept in einen nur einmal existierenden Duft verwandelt wird. Es gibt andere blumige Düfte, deren Bouquets diese Kombination überhaupt nicht enthalten – intensiv blumige Düfte wie Cacharels **Anaïs Anaïs**, das auf einer Kombination aus Lilien, Tuberose und Orangenblüten basiert, oder Guerlains **Champs-Elysées**, das Rose, Mimose und Buddleia (den nach Flieder duftenden Schmetterlingsstrauch) miteinander vereint und dadurch einen völlig anderen, blumigen Effekt erzielt. Eines jedoch haben diese blumigen Düfte gemein: Sie sind sehr feminin und von romantischem Charme, dabei aber von unterschiedlicher Süße und Frische.

Fruchtig

Die vorherrschende Note bei diesen Parfüms, bei denen einem das Wasser im Munde zusammenlaufen kann, ist eine Mischung aus verschiedenen Früchten, die vom Mittelmeer, aus einem französischen Obstgarten oder aus dem exotischen, orientalischen Dschungel stammen können. Wenn man ihnen nichts weiter hinzufügen würde, würden Sie wahrscheinlich riechen wie ein Obstsalat, und das wäre wohl kaum die gewünschte Wirkung. Deshalb »vermählt« man sie immer mit bestimmten Blumen (meistens Blüten), würzt sie mit Gewürzen, Kräutern und grünen Noten, bis sie die Frische einer köstlichen, gerade gepflückten Blume verströmen. Sie können sowohl exquisit und verführerisch sein, wie Rochas nach Pfirsich und Rosen duftendes

Femme, als auch frisch und spritzig wie Nina Riccis **Deci Dela**, das Himbeer-, Pfirsich- und Freesienduft verströmt. Oder sie können lebhaft und impulsiv ausfallen wie **V by Valentino**, dessen vorherrschender Duft der Geruch sonnengereifter, toskanischer Melone in Verbindung mit Tangerine, Bergamotte, Pfefferbeere und Jasmin ist. All diese fruchtigen Parfüms strahlen eine leuchtende, sonnige und lebensfrohe Wärme aus.

Holzig

Damit werden Parfüms bezeichnet, die entweder deutlich nach Holz oder Rinde duften, wie beispielsweise nach Sandelholz, Zedern, Rosenholz, Pinie, oder aber nach Dingen, die man sonst noch im Wald findet, wie Moos, Farn, Blätter oder Flechten. Es gibt heutzutage kaum noch Parfüms, die überwiegend nach Holz oder Wald duften, aber noch immer eine große Anzahl, die sich durch diese Noten auszeichnen. Die meisten sind stark mit Gewürzdüften versetzt, einige auch mit dem Geruch von poliertem Leder (einem seltenen Bestandteil von Parfüms, der einen jedoch nicht losläßt), manche mit Wald-, Busch- oder sogar Dschungelblüten und fast alle mit der sanften Wärme von Ambra. Ihnen allen gemein ist eine schwelende Rauchigkeit, die ihnen ausgesprochen geheimnisvolle Macht und Einzigartigkeit verleiht. **Montana Parfum de Peau** (in der kobaltblauen Schachtel) ist die moderne Quintessenz dieser Kategorie, aber schwer zu bekommen. Es duftet nach seltenen Hölzern, nach Ambra, Kassiazimtbaum, Pfeffer, Vetiver und Ylang Ylang. Shiseidos **Feminité du Bois** basiert fast ausschließlich auf der hypnotischen und beruhigenden

Wirkung des marokkanischen Zedernholzes aus dem Atlasgebirge. Ich finde, daß auch Chanels **No. 19** mit seiner Mischung aus Blättern, Moos, Sandelholz und weißen Blüten an einen Zauberwald erinnert, und selbst das ausgesprochen majestätische **Bal à Versailles** von Jean Desprez verströmt, obwohl es erfüllt ist von schweren Blumendüften, einen holzigen und rauchigen Duft, der auf den extravaganten Einsatz von Mysore-Sandelholz und würzige Vanille zurückzuführen ist. Diese Kategorie kann von sich behaupten, ihren einzigartigen Einfluß auf einige der klassischsten und verwegensten Parfüms ausgeübt zu haben.

Grüne Düfte

Diese Kategorie versteht sich praktisch von allein, ist tatsächlich aber komplexer als die anderen. Im Grunde ist ein grünes Parfüm eines, das Sie an die freie Natur erinnert – oder Sie im Geiste sogar dorthin versetzt –, an alles, was frisch, sonnig, windig ist. Plötzlich können Sie frisch gemähten Rasen riechen, saftige, grüne Blätter, Farne und Moose, ja sogar zertretene Zitrusblätter und auch gewisse Kräuter und Wiesenblumen. Einige von ihnen verwenden als Basis eine klassische Rezeptur, *Chypre* genannt. Dies ist eine starke, berauschende Mischung aus (normalerweise) Bergamotteöl, Galbanum (einem sehr seltenen und teuren Öl, das aus persischen Ferula-Pflanzen gewonnen wird), Baumharzen, Farnen und Moosen. Sie ist eindeutig grün. Coty verwendete sie nach dem Ersten Weltkrieg zuerst in seinem bahnbrechenden **Chypre**, ebenso wie Guerlain bei dem unglaublich eindringlichen **Mitsouko**, für das dem *chypre* noch Pfirsich hinzugefügt wurde. Sehr viel später, erst nach dem Zweiten Weltkrieg, revolutionierte Pierre Balmain die Parfümszene mit seinem brillanten Meisterwerk **Vent Vert**, das noch grüner als grün war. Heute setzt **Paloma Picasso** die grüne Revolution fort. Der verführerischen, dunkelgrünen Basis sind nun Unmengen spanischer Würze hinzugefügt, und Jean Couturiers noch würzigeres **Coriandre** verwendet nicht nur Koriander und Geranienblätter, sondern darüber hinaus noch Engelwurz und Eichmoos, um seinem grünen Thema das Funkeln von Smaragden zu verleihen. Grüne Parfüms sind gekommen und gegangen, aber niemals völlig verschwunden, einfach, weil sie so atemberaubend frisch und voll herber Reinheit sind. Außerdem geben sie der Trägerin das Gefühl, wieder richtig jung zu sein.

Orientalisch

Dies sind die Verführerinnen der Parfümgalaxie. Sie können sehr schwer und dunkel sein oder auch leichter, aber noch immer sehr sinnlich. Am besten werden sie abends und vorzugsweise im Herbst und Winter getragen. Sie sind exotisch und intensiv und nicht gerade für ihre Zartheit berühmt. Jüngere Frauen sollten ihre erotische Glut meiden und das Feld den älteren überlassen. Orientalische Parfüms werden aus stark duftenden, berauschenden Blumen wie Jasmin, Nelke, Tuberose, Gardenie sowie aus exotischeren Gewächsen wie Ylang Ylang, Orchideen und Osmanthus gemischt, denen dann noch Spritzer von Gewürzen wie Zimt, Nelke, Koriander, Pfeffer und Vanille sowie Harze wie Balsam und

Ambra und Früchte, Hölzer und Gräser ebenso wie Mango, Kokosnuß, Patchouli, Vetiver und Sandelholz hinzugefügt werden. Sie können sinnlich und süß wie Guerlains berühmter Klassiker **Shalimar** sein oder leichter (aber nicht weniger betörend) wie das wunderbare **Samsara**. Ein weiterer Erfolgsschlager ist Yves Saint Laurents **Opium** mit seiner edlen Mischung aus Jasmin, Weihrauch und Vanille oder Estée Lauders anhaltendes, allgegenwärtiges **Youth Dew**, eine dunkle Zauberin, mit der Sie vorsichtig umgehen müssen. Wenn Sie gefühlsmäßig gewappnet sind, ein orientalisches Parfüm zu tragen (und es gibt viele Frauen, die zu schüchtern sind), dann sollten Sie sich auf ein exotisches und manchmal aufregendes Abenteuer gefaßt machen!

Mischungen

Auch wenn Sie lernen, die fünf Basiskategorien zu erkennen: was die »Mischungen« angeht, ist es nicht so einfach. Hierbei handelt es sich um Unterkategorien, die eine oder mehrere der fünf Basiskategorien kombinieren. Sie stoßen vielleicht auf sogenannte »Florientals«, blumige Düfte mit leicht orientalischem Einfluß (oder andersherum). Dann gibt es noch fruchtig-blumige Parfüms, fruchtig-grüne, holzig-grüne und so weiter. Sie sind nicht direkt die neuen Schöpfungen, die sie zu sein vorgeben – sie fügen ihrer Basiskategorie einfach noch eine gehörige Portion einer anderen Kategorie hinzu, oder sogar mehr als nur einer. Aber Ihre Nase verrät Ihnen schon bald, welches der Hauptbestandteil ist, und schließlich ist es ja Ihre Nase, die die endgültige Entscheidung trifft.

Die gegensätzliche Verbindung: Entscheidungen und wie man sie trifft

Selbst wenn Sie viel Erfahrung mit der schwierigen Auswahl von Parfüms besitzen, so sollten Sie sich ein paar Dinge doch immer wieder ins Gedächtnis rufen – wo Sie finden, was Sie suchen, in welcher Konzentration, wie Sie das Verkaufspersonal kontrollieren (statt sich von ihm kontrollieren zu lassen) sowie sich der Grundregeln erinnern, wie Sie sich an ein Parfüm herantasten, das Ihnen neu ist. Diese Dinge sollten immer berücksichtigt werden, ganz gleich, wie geschickt Sie auch sein mögen, wenn Sie sich dem funkelnden, eleganten Tresen in der Parfümerie nähern. Wenn Sie noch nicht viel Erfahrung auf diesem vergnüglichen, aber auch riskanten Gebiet haben, dann bietet Ihnen dieser Abschnitt unschätzbare Anregung.

Zuerst einmal: Wo erhalten Sie, was Sie suchen? Das ist schwieriger, als Sie glauben, und wird häufig zur Enttäuschung. Deshalb komme ich lieber gleich darauf zu sprechen. Große Warenhäuser und – in etwas geringerem Ausmaß – große Parfümerien bieten eine stattliche Auswahl erstklassiger, teurer Parfüms sowie eine weniger umfassendere Reihe billigerer und unbekannterer Parfüms. Ich möchte hier jedoch ausdrücklich darauf hinweisen, daß sie kein Parfüm führen, welches sich nicht in großen Mengen verkaufen läßt. Wenn Sie also nach einem ungewöhnlichen Parfüm suchen oder einem, das nicht mehr neu genug ist, um allein deshalb gefragt zu sein, oder auch nach einem Parfüm, das als unrentabel eingestuft worden ist, dann suchen Sie besser woanders (außer, man ist bereit, diesen Duft für Sie zu bestellen – gewöhnlich ist man in diesem Punkt sehr zuvorkommend).

Aber wo suchen? Das ist wieder nicht so einfach. In Haupt- oder Großstädten gibt es meistens Parfümerien oder kleine Geschäfte, die sich auf Düfte spezialisiert haben. Dort haben Sie die beste Chance, Parfüms zu finden, die die großen Geschäfte nicht anbieten. Sie führen exklusive, importierte Ware oder Parfüms, die von besonderem Reiz, aber nicht sehr verbreitet sind. Meistens ist man dort sehr hilfsbereit, wenn es darum geht, Ihnen ein Parfüm zu besorgen, das aber vielleicht gerade nicht am Lager ist. Normalerweise haben diese Geschäfte auch eine Versandabteilung und können selbst Kunden beliefern, die nicht im nahen Umkreis wohnen. Ich persönlich finde diese Spezialgeschäfte mit ihrer manchmal überraschend großen Auswahl an ungewöhnlichen oder schwer erhältlichen Düften außerdem viel aufregender. Hinzu kommt, daß man Ihnen hier höchstwahrscheinlich auch ein geeignetes Pendant anbieten kann, wenn man nicht das gewünschte Parfüm vorrätig hat.

Auch Duty-free-Geschäfte sind gute Quellen. Die führenden Marken sind dort immer vorrätig, ebenso wie ein paar berühmte Klassiker, die in Warenhäusern und Drogerien nicht gehandelt werden. Leider werden Sie in bezug auf »ältere« Parfüms dort kaum fündig werden – auch hier sind es die neuen und beliebten Düfte, die den Ton angeben. Dafür sind die Preise natürlich deutlich niedriger als in gewöhnlichen Geschäften.

Da ich gerade von Preisen spreche, möchte ich gern ein wenig abschweifen und auf ein paar Wahrheiten eingehen, die die scheinbar exorbitanten Kosten von Parfüm betreffen. Abgesehen von den beachtlichen Steuern, die die Regierung auf diese sogenannten Luxusgüter erhebt (was weder die Schuld der Parfümhersteller noch der Vertreiber oder Wiederverkäufer ist), halte ich gute Parfüms nicht für überteuert. Parfüms, die mit außergewöhnlicher kreativer Vorstellungskraft geschaffen wurden, enthalten nur Ingredienzien bester Qualität, ob sie nun synthetisch, natürlich oder beides sind. Übrigens halten Parfümeure »synthetisch« nicht für ein schmutziges Wort. Ohne synthetische oder chemisch hergestellte Stoffe würden wir immer noch Tiere töten, um Fixstoffe wie Moschus oder Ambra zu erhalten, und wir würden nicht einmal die Hälfte der heute erhältlichen Parfüms haben, wenn wir uns ausschließlich auf natürliche Zutaten und Prozesse verlassen müßten. Und da gute Parfüms von so hoher Qualität und Konzentration sind, können sie auch sehr sparsam verwendet werden und verkünden dennoch ihre Botschaft klar und deutlich. Tatsächlich benötigen Sie sehr wenig Parfüm, damit es sich voll entfaltet und ein paar Stunden haftenbleibt – vier, fünf Spritzer reichen aus. (Schauen Sie sich die Flasche einmal an, Sie werden sehen, daß das kostbaren Naß nicht sehr viel weniger geworden ist!) Ehrlich gesagt, glaube ich, daß Sie zwar eine Menge Geld auf den Tisch legen müssen, wenn Sie ein Parfüm kaufen, daß es aber, auf Dauer gesehen, nicht zu teuer ist. Und dabei habe ich noch nicht einmal berücksichtigt, wieviel Freude es Ihnen macht. Denken Sie immer daran: Billiges Parfüm ist billig, weil es billige (also weniger gute) Ingredienzien enthält, und genau deshalb *riecht* es auch billig (und das gilt auch für *Sie*, sollten Sie es tragen).

Doch zurück zum Verkaufstresen. Beschließen Sie nicht einfach, das Parfüm zu kaufen, das Ihrer Meinung nach am besten für Sie geeignet ist, und stürzen sich dann auf die Verkäuferin, ohne es auch nur probiert oder wenigstens ein paar Fragen zu dem Duft gestellt zu haben. Wie überzeugend die Beschreibung eines Parfüms auch ist, sie ist eben nicht mehr und nicht weniger als eine Beschreibung, die nicht alle Nuancen und Feinheiten Ihres Verstandes, Ihrer Nase oder auch Ihrer Haut berücksichtigen kann. *Probieren Sie es immer zuerst aus – und immer auf Ihrer Haut.* Lassen Sie sich nie mit einem dieser Papierstreifen abspeisen, auf die das Parfüm gesprüht wird – Sie sind schließlich nicht aus Papier, und jede Haut ist anders. Auf der einen Haut riecht eine Art von Parfüm besser und länger als auf der anderen. Es hängt von dem Säure- und Basengehalt Ihrer Haut ab, wie ein Parfüm reagiert und haftet. Deshalb müssen Sie es immer erst probieren. Lassen Sie es sich großzügig (und aus der Nähe) auf die Innenseite Ihres Handgelenks sprühen, und lassen Sie es mindestens eine Minute (wenn möglich, länger) einziehen. Genieren Sie sich nicht, mit der Hand in der Luft herumzuwedeln, damit es schneller trocknet. Nur, bitte, reiben Sie es niemals in Ihre Haut ein, schon gar nicht mit dem anderen Handgelenk! Damit erreichen Sie nämlich nichts weiter, als die überaus wichtige Abstufung des Parfüms zu zerstören. Die Abstufung eines Parfüms ist ein ganz wesentliches Element, wenn Sie wissen wollen, ob es Ihnen gefällt. Sie findet gewöhnlich in drei Stufen* statt:

* Es gibt ein paar neue Parfüms, die behaupten, all ihre Ingredienzien von Anfang bis Ende in einer einzigen, beständigen Note zusammengefaßt zu haben und deshalb die drei üblichen Stadien nicht zu durchlaufen. Mit anderen Worten, was Sie riechen, wenn Sie sie auftragen, ist das, was Sie auch am Ende noch riechen.

Die **Kopfnote** weckt den ersten Eindruck – der ätherische Angriff des Charakters eines Parfüms. Stellen Sie ihn sich vor wie den Auftritt des Stars in einem Theaterstück. Diese Note erklärt ganz deutlich, was sie zu sagen hat, hält aber nicht länger als ein paar, die Nase verwirrende Minuten an. *Beurteilen Sie ein Parfüm niemals aufgrund seiner Kopfnote* – sie soll Sie nur dazu verlocken, weiter und tiefer in die Persönlichkeit und den Charakter des Parfüms vorzudringen.

Die **Herznote** enthüllt Herz und Seele, die wahre Botschaft oder Stimme des Parfüms in all seiner komplexen und unwiderstehlichen Pracht. Dies ist der große Auftritt des Stars, bei dem die Dame alle Register zieht, um Sie zu umschmeicheln und für sich zu gewinnen. Holen Sie tief Luft, um die ganze Botschaft zu erhalten (so, wie Sie es mit dem ersten Schluck eines guten Weines auch machen würden) und entscheiden Sie dann, ob das Parfüm Ihre Sprache spricht. Dies ist die entscheidende Phase.

Die **Basisnoten** sind nicht so bestimmend wie die Kopf- und Herznoten, sind aber ebenso komplex und interessant. Sie verleihen dem Parfüm seine Tiefe und bestimmen, wie lange sein Duft anhält, und gleichzeitig glätten und fixieren sie die ganze Komposition und erfüllen sie mit Wärme. Ohne die Basisnoten würde sich die ganze Brillanz in Luft auflösen oder unangenehm schal werden. Die Basisnoten haben aber auch ihren ganz eigenen, komplexen Charakter und führen unweigerlich hin zu dem graziösen und langsamen Verblassen. Wie ein Star, der sich ein letztes Mal verbeugt, ehe er, mit Blumen beladen, hinter dem Vorhang verschwindet.

Die Verkäuferinnen in einer Parfümerie verfügen oftmals über gute Kenntnisse ihrer Produkte. Lassen

Sie sich aber nicht davon einwickeln. Haben Sie Mut, *stellen Sie Fragen* – beispielsweise, für welche Jahreszeit ein Parfüm sich am besten eignet, mit welchen Farben und welcher Kleidung es am besten harmoniert, wie teuer es ist und ob es lange anhält oder schnell verfliegt? Und damit wären wir bei den Zusammensetzungen, die sich in folgende Kategorien unterteilen lassen.

Extrait oder **Konzentrat** ist das eigentliche, unverfälschte Produkt. Es ist ein starkes, reines Parfüm, von dem Sie nur wenig benötigen. Deshalb hält es länger, und deshalb ist es auch so teuer. Ich halte es für das beste Produkt – wenn Sie es sich leisten können!

Eau de parfum kommt gleich nach dem *extrait*. Es ist recht kräftig und anhaltend (was immer von der Formel des speziellen Parfüms abhängt – manche sind von Natur aus oder absichtlich stärker als andere). Hierbei werden 10–20% reinen Parfümkonzentrats mit 80–90% Alkohol verdünnt. Diese wirtschaftlich überaus kluge Version verschafft Ihnen eine sehr gute Vorstellung des Konzentrats.

Eau de toilette ist die häufigste Form. Es vermittelt Ihnen einen eindeutigen Eindruck des Parfüms, ohne jedoch zu aufdringlich zu sein oder lange anzuhalten. Es enthält weniger als 10% Konzentrat, das mit 90% Alkohol verdünnt wurde. Da es billiger ist als *Eau de parfum*, kann es großzügiger verwendet werden. Deshalb können Sie mit dem Duft den ganzen Körper einhüllen, wenn Sie eines der Produkte aus der Badeserie des Parfüms benutzen. Diese Bade- oder Körperprodukte stellen auch eine praktische Möglichkeit dar, herauszufinden, wie sich das Parfüm auf Ihrer Haut entwickelt, ehe Sie eine größere Ausgabe tätigen.

Eau de cologne schließlich ist etwas ganz anderes. Genaugenommen ist es eine ganz eigene Zusammensetzung, die in Köln entwickelt wurde. Es wird nach einem, einst geheimen, Rezept aus Zitrusöl, Kräutern, Gewürzen und Blumen gemischt. Irrtümlicherweise wird es häufig mit *eau de toilette* verwechselt.

Die persönliche Verbindung: Suche, Qualität und Quantität

Es überrascht mich immer wieder, daß viele Frauen Parfüm nur auf die Innenseite ihrer Handgelenke geben, vielleicht noch einen kleinen Tupfer hinter die Ohren, und dann erwarten, daß sich das Parfüm in seiner ganzen Pracht entfaltet. Natürlich sind diese Stellen bestens zum Parfümieren geeignet, aber es gibt viele andere, wie die Innenseite der Ellbogen, das »Salznäpfchen« und der Nacken, die Vertiefung zwischen den Brüsten, am Haaransatz entlang, die Kniekehlen, an den Knöcheln und sogar zwischen den Fingern – natürlich überall diskret aufgetragen. Sie können auch, wenn Sie die reine Extravaganz des Parfüms lieben, den Duft vor sich sprühen und einfach (zweimal!) hindurchgehen. Das ist nicht nur ein wunderbares Gefühl, es überzieht Sie auch wie mit einem Schleier.

Wenn Sie das Pech haben, gegen manche Parfüms allergisch zu sein, dann müssen Sie Ihren Körper überhaupt nicht mit den schönen Düften in Berührung kommen lassen. Geben Sie einfach Parfüm auf kleine Wattekugeln und verstecken Sie diese dort, wo sie die Haut nicht berühren (in einem Taschentuch, an der Innenseite eines Tuches oder Schals festgesteckt, in einem Portemonnaie oder zwischen Ihren Schuhen und Strümpfen).

Und hier noch ein ganz persönlicher Tip: Wenn Sie nicht einschlafen können, geben Sie einen Spritzer eines Ihrer beruhigenderen Parfüms (nichts Dramatisches!) auf Ihr Kopfkissen oder in die kleine Vertiefung zwischen den Schlüsselbeinen, und Sie schlafen im Nu ein.

Hege und Pflege

Nun, wo Sie die kostbare Ware besitzen, die Sie so lange gesucht haben, müssen Sie gut auf sie achtgeben. Parfüm ist so kompliziert in seiner Zusammensetzung und so teuer, daß man ihm den Respekt entgegenbringen muß, den es verdient.

Zuerst einmal stellen Sie es bloß nicht aus, außer Sie haben das Gefühl, Sie müßten unbedingt damit angeben. Parfüm ist extrem lichtempfindlich, es verfärbt und zersetzt sich, nicht schnell, aber langsam und stetig, wenn es dem Licht ausgesetzt wird. Bewahren Sie es **niemals** außerhalb der äußeren Verpackung auf, ganz gleich, wie extravagant die Flasche auch sein mag. Verstauen Sie es **immer** in dem dunklen Schutz seiner Pappschachtel, und bewahren Sie diese an einem dunklen Ort oder in einer dunklen Ecke auf – und immer aufrecht, wenn es sich nicht um einen Sprühflakon handelt. Es könnte lecken (was fast immer Ihre Schuld ist, weil Sie nicht fest genug verstöpselt haben), ohne daß Sie es merken.

Für unterwegs sollten Sie eine kleine Größe mitnehmen, ganz gleich, ob Sie zur Arbeit oder in die Ferien fahren. Kaufen Sie einen kleineren Taschen- oder Reiseflakon, oder besorgen Sie sich eine Nachfüllflasche. Wenn all das nicht möglich ist, bewahren Sie das Fläschchen aufrecht in seiner Schachtel auf, umgeben es mit weichem Material, das es schützt. Wenn Ihr Parfüm nicht in einem Sprühflakon ist, sondern in einer Flasche und mit einem Glas- oder Metallstöpsel verschlossen wird, achten Sie immer sorgfältig darauf, sie nach Gebrauch wieder fest zu verschließen.

Die Sammlung

Es erstaunt mich immer wieder, daß es Frauen gibt, die einem Parfüm so treu ergeben sind, daß sie nie auch nur ein anderes ausprobieren, geschweige denn verwenden, daß sie das endlose Vergnügen der Abwechslung einfach ignorieren. Sich mit einem einzigen Parfüm zu identifizieren ist an sich nichts Schlechtes – es könnte nur zu sehr zu einem Markenzeichen werden und Sie in ein parfümiertes Klischee verwandeln. Abgesehen davon wissen Sie gar nicht, was Sie versäumen, wenn Sie sich stur an einen einzigen Duft klammern.

Schließlich tragen Sie ja auch je nach Laune und Gelegenheit unterschiedliche Kleidung, wechseln Farbe und Frisur, Make-up und Accessoires. Die Wahl eines Parfüms sollte demzufolge Ihr Gesamtbild abrunden. Es gibt kein Allwetter- oder Allzweckparfum, und wenn Sie tagein, tagaus dasselbe Parfüm benutzen, egal, zu welchem Anlaß, dann wird es langweilig – für Sie und für Ihre Freunde! Deshalb halte ich es für absolut notwendig, und auch für viel aufregender, einen ganzen Schrank oder ein Arsenal von Parfüms zur Verfügung zu haben. Ich weiß natürlich, daß das eine kostspielige Sache ist, aber Sie können es nach und nach aufbauen.

Fügen Sie Ihrem treuen Lieblingsparfüm erst einmal ein oder zwei andere Düfte hinzu, und schon sind

Sie auf dem richtigen Weg. Vergessen Sie nicht: Je mehr Parfüms Sie zur Auswahl haben und je mehr Sie davon verwenden, desto länger haben Sie etwas von den einzelnen.

Nehmen wir einmal an, Sie haben Ihren Favoriten gefunden. Dann fügen Sie ihm jetzt einen hinzu, der ganz anders ist (aber immer noch im Rahmen Ihres astrologischen Charakters liegt), und danach vielleicht einen, der zwischen den beiden liegt. Es ist günstig, ein Parfüm zu besitzen, das sich für warmes Wetter eignet (etwas Leichtes, Luftiges), eines für kühlere Zeiten (vielleicht ein orientalischer Duft), und natürlich ihren Liebling, auf den Sie immer zurückgreifen können. Aber hören Sie damit noch nicht auf, sammeln Sie weiter. Ich bin der Auffassung, daß jede Frau, die Parfüms liebt und empfänglich für ihre Macht und Überzeugungskraft ist, zu jeder Zeit mindestens sechs verschiedene Düfte zur Verfügung haben sollte. Meiner Meinung nach kann eine Frau überhaupt nicht zu viele Parfüms haben, solange sie nicht die einen auf Kosten der anderen bevorzugt. Wenn Sie feststellen, daß Sie das eine oder andere Parfüm nicht benutzen, geben Sie es jemandem, der sich darüber freut, vielleicht einer Freundin, die gerade mit einer Parfümsammlung anfängt. Lassen Sie die Parfüms in ihren wunderschönen Flakons nicht schal werden.

Die kreative Verbindung: Eine Liste von Ingredienzien

Bei der faszinierend komplexen Schöpfung und Komposition eines Parfüms werden Hunderte von Zutaten entweder in Erwägung gezogen oder ausprobiert, bis das richtige Rezept gefunden und das neue Parfüm geboren ist. Die meisten Zutaten werden Ihnen vertraut sein, denn es sind bekannte einheimische oder exotische Blumen. Aber es gibt viele, viele andere, die Ihnen geheimnisvoll erscheinen werden. Da sie jedoch alle eine wichtige unterstützende und manchmal sogar die Hauptrolle im Endprodukt spielen, meine ich, Sie sollten vielleicht mehr darüber wissen. Ich habe mich auf die folgenden Bestandteile beschränkt:

Aldehyde: Im Labor werden organische Bestandteile aus natürlichen oder synthetischen Quellen geschaffen, die dann chemisch so verändert werden, daß sie scharf, pudrig, lebhaft, intensiv, grün oder holzig duften oder aber einen Duft verströmen, der in der Natur nicht vorkommt. Sie machen ein Parfüm originell und wandelbar. So verwendet man bei **Chanel No. 5** Aldehyde beispielsweise zusammen mit blumigen und fruchtigen Essenzen, um damit eine Komplexität und Synthese zu schaffen, die bis heute undefinierbar ist.

Ambra: ein bearbeitetes, bernsteinfarbenes Harz von Nadelbäumen, das einen warmen, herbstlichen, rauchigen Duft verströmt. Es wird verwendet, um eine Formel zu »fixieren« oder zu festigen, kann aber auch das hervorstechende Merkmal sein (wie bei Calvin Kleins **Obsession**).

Balsam: ein Baumharz mit süßlichem, warmem Duft, das sowohl zur Unterstützung als auch als Fixativ in der Basisnote eines Parfüms dienen kann. Balsam wird hauptsächlich für orientalische Parfüms verwendet, denen es eine leicht sinnliche Note verleiht.

Benzoin: Harz des Styrax-Benzoin-Baumes aus Südostasien, das süß nach Schokolade und Vanille riecht. Benzoin wird für gewöhnlich als Fixativ eingesetzt und verleiht dem Parfüm das süße Aroma einer Konditorei.

Bergamotte: eine bittere, ungenießbare Zitrusfrucht, aus deren Schale ein aromatisches, nach Zitrone und Orange riechendes Öl gewonnen wird. Es verleiht dem echten *eau de cologne* seine Zitrusnote und verbindet sich in Parfüms mit schweren, blumigen Düften.

Bulgarische Rose: Das beste Rosenöl der Welt wird aus Blüten gewonnen, die im bulgarischen Tal der Rosen wachsen. Ungefähr 2500 Rosen werden benötigt, um ein einziges Gramm dieses kostbaren Öls zu gewinnen, weshalb es nur in qualitativ hochwertigen Parfüms verwendet wird.

Cassis: ein aromatisches Öl aus den Knospen der Schwarzen Johannisbeere.

Castoreum: ursprünglich ein nach Leder riechendes Sekret, das aus den Lymphdrüsen des Kanadischen Bibers gewonnen wurde. Heute wird es in Laboratorien synthetisch hergestellt und findet als ausgesprochen wirksames Fixativ Anwendung.

Chypre: Das französische Wort für »Zypresse«. Es handelt sich hierbei um die Kombination verschiedener Blätter, Gräser, Farne, Moose, Harze und grüner

Knospen, die mit Bergamotteöl gemischt wird, um dem grünen Geruch von Zypressen zu ähneln. Das Ganze wird als Basis würziger grüner Parfüms eingesetzt.

Cumarin: ein meist synthetisch hergestellter, süßer Duft nach Vanille und Heu, der dem natürlichen Duft der Tonkabohne ähnelt.

Eichmoos: das samtig-grüne, erdig duftende Harz einer Flechte, die auf oder unter den Eichen in Zentraleuropa wächst. Eichmoos ist ein wichtiger Bestandteil vieler klassischer, vor allem grüner Parfüms.

Galbanum: ein intensiv grün riechendes Öl aus dem Saft persischer Ferulapflanzen. Es ist unerläßlich, um allen grünen Parfüms ihre Frische und Würze zu verleihen.

Grasse: Nicht der Duft nach frisch gemähtem Gras, der in vielen grünen Parfüms zu finden ist, sondern die französische Parfümhauptstadt in der südlichen Provence. Hügelweise werden hier Blumen angebaut und destilliert, um die Essenzen zu gewinnen, die in Hunderten und Aberhunderten feiner Parfüms verwendet werden. Sehr beliebt bei Touristen.

Heliotrop: eine leuchtende, purpurfarbene Blume, die nach Kirsche und Holz duftet (tritt in Guerlains **L'Heure Bleue** am deutlichsten zutage).

Iris: findet sich in teuren Parfüms und wird als Florentiner Iris oder manchmal auch als Orris bezeichnet. Es wird aus den Wurzeln der Iris gewonnen, nicht aus ihren Blüten. Die Wurzeln werden geschält, getrocknet und gelagert, später dann destilliert, bis sie einen süßen Duft nach Veilchen und Holz verströmen. Sehr teuer.

Kassia: Die nach Zimt riechende Rinde und die Blätter des chinesischen Kassiabaumes.

Labdanum: ein dunkles, nach Leder riechendes Harz aus dem Sonnenröschen, manchmal auch Zistus genannt.

Leder: wird meist aus Büffelhaut gewonnen, die mit Birkenteer bearbeitet und dann zu einer vollen, rauchigen Essenz eingekocht wird, die nach poliertem Leder riecht. Sie wird in Parfüms für gehobene Ansprüche verwendet, wie beispielsweise in **Fendi.**

Living Flower: Eine moderne Technik, mit deren Hilfe der intensive, frische Duft einer gerade erblühten Blume eingefangen wird. Er wird in einem Gefäß versiegelt, dann chemisch entschlüsselt und im Labor mit erstaunlicher Akkuratesse künstlich neu hergestellt. Das Ergebnis ist ein intensiver, strahlender Duft.

Mimose: Die europäische Bezeichnung für die Blüten der Akazie oder des Wattle Tree.

Moschus: Heute wird Moschus meist chemisch hergestellt und ähnelt dem Drüsensekret des seltenen männlichen Moschusochsen. Es hat einen erotischen Ruf, weil es hauptsächlich in orientalischen Parfüms verwendet wird. Sein Duft ist voll, sinnlich, betörend.

Myrrhe: das süß nach Lakritz riechende Harz des Strauches aus dem Nahen Osten. Myrrhe wird nur sparsam und hauptsächlich in orientalischen Parfüms eingesetzt.

Opoponax: der warme, holzige, animalische Geruch vom Gummiharz eines afrikanischen Baumes.

Osmanthus: eine kleine Blume, die auf Bäumen im Fernen Osten wächst. Ihr geheimnisvoller Duft erinnert entfernt an Jasmin, Pflaume und Weintraube.

Patchouli: das Öl aus den Blättern der in Südostasien wachsenden Patchouli-Pflanze. Es gelangte in den 60er Jahren zu legendärem Ruhm, weil es so intensiv süß, sexy und durchdringend nach Erde und Moschus riecht. Patchouli ist unerläßlich in orientalischen oder blumig-orientalischen Parfüms.

Petitgrain: zartes Zitrusöl aus den Blättern und Stengeln des Orangenbaums. Es wird in großen Mengen bei der Herstellung von *eau de cologne* eingesetzt.

Rose de mai: eine kleine marokkanische Rose, die heute in großen Mengen in Grasse und Umgebung in Südfrankreich angebaut wird. Ihr aromatisches Öl findet in vielen klassisch-blumigen Parfüms Anwendung.

Rosenholz: das duftende, holzig-würzige Öl des brasilianischen Rosenholzbaumes.

Salbei: ein Wiesenkraut mit einem süßlichen Pfefferminz/Zitrus-Duft.

Sandelholz: ein weiches, sinnliches, cremiges Öl, das aus dem Holz des indischen Sandelbaumes gewonnen wird, der rund um Mysore angebaut wird. Sandelholz spielt bei den besten Parfüms eine unterstützende, fixative oder sogar die Hauptrolle.

Tonkabohne: die süß und durchdringend nach Caramel, Vanille und Marzipan riechenden Bohnen aus der Schote des südamerikanischen Tonkabaumes.

Tuberose: keine Rose, sondern eine langstielige Lilienart mit vielen Blüten, die einen intensiven, durchdringenden, süßen Duft verbreiten, den manche Menschen beklemmend finden. Tuberose findet bei vielen sinnlichen, exotischen Parfüms in großen Mengen Anwendung.

Vanille: die Samen aus der Schote einer Orchidee, die in Südostasien wächst. Der duftende Extrakt ist sehr süß und anhaltend und gibt deshalb ein ausgezeichnetes Fixativ ab.

Veilchenblätter: Das aus Blättern und Stengeln gewonnene Öl verleiht dem Parfüm eine unterschwellige Veilchen-Gurken-Note und verstärkt auch den Duft von veilchenähnlichen Essenzen wie Iris/Orris.

Vetiver: ein erdiger, holziger, stechender Geruch aus den Wurzeln eines hohen Grases, das auf Haiti, Reunion, Island, in Brasilien und auf Sumatra wächst. Vetiver findet als grünes Element in Männer- wie Frauendüften Verwendung.

Ylang Ylang: Die legendäre tropische »Königin der Blumen« aus Madagaskar, den Philippinen, Indonesien und den Komoren verströmt einen intensiv-üppigen, exotisch erdigen und nahezu hypnotischen Duft.

Zibet (Moschus): Drüsensekret, das von speziell gezüchteten abessinischen Zibetkatzen gewonnen wird. In winzigen Mengen verwendet, verleiht sein ausgesprochen stechender, durchdringender Geruch Parfüms eine erdige Note und dient gleichzeitig als Fixativ.

Widder
21. März–19. April

Sie und Ihr Nürburgring

Es ist sehr schwer, Kindern etwas abzuschlagen. Genauso verhält es sich mit der Widder-Frau, sie hat etwas Kindliches, ganz gleich, wie alt sie ist, und das macht sie gleichzeitig unschuldig, lebensfroh, reizvoll, manchmal ein wenig zu beharrlich, gleichwohl aber immer unwiderstehlich.

Kein anderes Sternzeichen ist so rastlos, ständig auf der Suche, alles hinterfragend, so gerade heraus (daß es manchmal direkt peinlich wird!) allerdings auch so ungehemmt. Widder-Menschen finden alles interessant und probieren alles aus, gewöhnlich mit halsbrecherischer Geschwindigkeit. Selbst wenn sie einen Fehler machen, lassen sie sich nicht im mindesten abhalten. Entweder versuchen sie es immer wieder, bis es Ihnen gelingt, oder sie machen schnell eine Kehrtwendung und finden etwas anderes, das sie für vielversprechend halten. Sie wollen gewinnen – sie *müssen* sogar gewinnen – mit dem zweiten Platz können sie sich einfach nicht zufriedengeben, und das gilt für ihr Leben wie für ihre Lebensart.

Aber manchmal hat ihre Rennstrecke einfach zu viele Kurven, Umleitungen und Sackgassen, und wie ein ungeduldiges Kind verlieren sie dann schnell die Lust. Das kann Tränen, Trotz, Temperamentsausbrüche und Füßestampfen nach sich ziehen. Aber sie beruhigen sich wieder, und der Sturm legt sich. Nachtragend sind sie aber keineswegs, und schon bald befinden sie sich wieder auf Entdeckungstour. Und sie genießen jeden Zentimeter!

Das Leben ist für sie voller Wunder – neue Dinge sind nicht nur faszinierend, sondern geradezu notwendig. Sie müssen einfach herausfinden, wie etwas funktioniert, vergessen aber manchmal darüber, auch andere Menschen einzubeziehen, und das hat ihnen den Ruf eingetragen, unpersönlich zu sein. Was nicht stimmt! Widder-Menschen sind sehr fürsorglich, nett und ausgesprochen großzügig, nur zeigen sie das aus falsch verstandener Bescheidenheit nicht. Komplimente sind ihnen auch nicht so wichtig. Sie können sogar recht verlegen werden, wenn man ihnen welche macht. (Dabei haben sie insgeheim darauf gehofft.)

Ihren negativen Eigenschaften stellen sie sich nicht gern. Unzulänglichkeiten gegenüber können sie sehr intolerant sein (obwohl sie wissen, daß auch sie nicht fehlerlos sind), und Geduld zählt nicht gerade zu ihren Stärken. Kritik, vor allem, wenn sie persönlich wird, hassen sie, und sie sind dafür bekannt auszuteilen, wenn jemand es wagen sollte, sie anzugreifen. Selbst auf gutgemeinte Ratschläge zu hören fällt ihnen schwer. Sie bemühen sich jedoch, höflich zu sein (kurz angebunden und angespannt) und so zu tun, als nähmen sie sie zur Kenntnis. Sie haben einfach Angst zu versagen. Das macht sie nervös, frustriert, unglücklich – denn Kummer ist für sie einfach nicht denkbar! Ebensowenig wie Desillusionierung. Die Vorstellung, man könne sie nicht mögen, vertragen sie schlecht. Das Gute an ihnen ist jedoch ihr kindlicher Optimismus in jeder Lage. Irgendwie gelingt es ihnen, ihren Motor wieder anzuwerfen, und los geht's wie ein Roadrunner.

Aber natürlich geht auch einmal den Widder-Menschen die Energie aus. Das zu akzeptieren fällt ihnen schwer. Es ist, als hätte man ihnen plötzlich allen Wind aus den Segeln genommen. Das verwirrt sie. Unbekanntes Terrain ängstigt sie. Doch genau hier liegt die heimliche Kraft des Widders. Sie wissen es vielleicht nicht, aber sie sind auch unglaublich klug. Vielleicht sogar weise, auf eine schlichte Art. Sie sind in der Lage, einer Sache auf den Grund zu gehen – so, wie sie auch die Fähigkeit haben, zu erkennen, welcher Teil einer Maschine oder eines Gerätes repariert werden muß. Darin liegen ihre verborgene Kraft und die positive Eigenschaft, die Widder hegen und pflegen und nutzen sollten. Plötzlich sind sie nicht länger die prahlende, hitzige, ungeduldige »Dampfwalze«, für die man sie oft hält, sondern ein Helfer, Ratgeber und, wenn nötig, Verteidiger – ja, sie würden einen Freund mit ihrem Leben verteidigen! Es ist der angeborene Optimismus, der ihnen die Fähigkeit verleiht, Probleme zu erkennen und zu lösen, und von dieser seltenen Eigenschaft sollten sie sich immer leiten lassen – wie auch von ihrer furchtlosen Ehrlichkeit und Direktheit. Dafür liebt man sie – ganz besonders, wenn diese von dem so typischen gewinnenden Lächeln eines großen Kindes begleitet ist.

Widder-Stil

Ihre Bandbreite ist groß – wie die Breitwand im Kino, mit der Intensität der Farben und der Lautstärke. Subtilität ist nicht gerade ihre Stärke, muß es auch nicht sein, bei ihrer großherzigen Persönlichkeit. Sie sollen also jeden Versuch von Minimalismus, von berechneter Nüchternheit und Strenge vergessen. Das sind einfach nicht Widder.

Ihre Vorlieben sind eindeutig. Sie gehen naiv an die Dinge heran, die ihnen gefallen und die, wenn auch unbewußt, ihr Stilempfinden ausdrücken. Rot könnte extra für sie erfunden worden sein – jede Art von Rot, auch wenn sie den feuerroten Ton bevorzugen, denn Rot drückt Beweglichkeit, Tüchtigkeit und Leidenschaft aus. Gewöhnlich fühlen sie sich auch zu seinen Sekundärfarben hingezogen – Gelb, Orange und vor allem Gold. Sie schwärmen für alles mit einem Hauch Gold. Auch Kobaltblau und Smaragdgrün finden sich viel in ihrem Leben sowie alle Metallic-Farben. Wie das Kind, das sie im Innern geblieben sind, möchten sie gern sofort Eindruck machen – klug, forsch, sogar ein bißchen vorlaut, nicht, daß sie Understatement nicht bewundern würden. Nur zu ihnen paßt es nicht – in ihren Augen ist es zu kalt und langweilig.

Selbst ihre Art sich zu kleiden verrät ihren unfehlbaren Sinn für den Gesamteindruck. Einzelheiten sind unwichtig, so lange sie nur »großen Eindruck« schinden. Overdress ist wie eine zweite Haut für sie, aber dabei bemühen sie sich, niemals ins Vulgäre abzugleiten. Tatsächlich sind sie der Meinung, daß das äußere Erscheinungsbild nicht nur farbenprächtig sein, sondern auch Spaß machen soll! Gut so – sie würden in Grau mit einem Hauch Pink einfach schrecklich aussehen – sie würden sich vorkommen wie ein Galah-Papagei, wo sie doch eigentlich viel lieber ein wunderschöner, bunter Regenbogenlori wären! Und wenn es um Parfüms geht, läßt sich dieselbe Faustregel anwenden. Sie könnten niemanden täuschen, am allerwenigsten sich selbst, wenn sie plötzlich in einem süßen, jungen, romantischen Duft daherkämen. Der Widder-Mensch ist nun einmal kein scheues, zurückhaltendes Reh, soll er sich so zeigen, wie er möchte – groß, unerschrocken, frech. Das lieben die Leute an ihm. Tatsächlich zerstört er diesen Eindruck, wenn er einmal nicht auf sein eigenes Urteil hört, was ihm steht und was ihm am besten steht, sind *Sie!*

Ihre äußere Erscheinung ist *Aufregung*, ihr innerer Kern *Freundlichkeit.*

Dies läßt sich nun in die für die Widder-Geborenen am besten geeigneten Parfüms umsetzen. Ich habe sie in zwei Kategorien eingeteilt:

1. *Basiswaffen* – die überaus wichtigen Basisparfüms, die Ihnen am besten stehen sollten. Sie bilden den Kern Ihres Parfümarsenals.
2. *Geheimwaffen* – sie unterstreichen die Basisdüfte, sind gewagter und ausgefallener, sollten aber immer noch zu Ihnen passen.

Es gibt auch eine Auswahl an Parfüms für diejenigen, die zwischen den Tierkreiszeichen Widder/Stier geboren sind, sowie eine Reihe von Herrendüften, die man dem Widder-Mann schenken kann. (Wenn Sie zwischen Fische und Widder geboren sind, finden Sie weitere Parfüms auf den Seiten 74, 403–406, 412). Ich habe jedes Parfüm einer bestimmten Kategorie zugeordnet. Am Ende des Kapitels sind alle Parfüms in einer Tabelle zusammengefaßt, die Ihnen verrät, ob sie besser für junge oder ältere Frauen, an warmen oder kalten Tagen, tags oder abends, für dunkle oder helle Typen geeignet sind.

Basisparfüms:
der unerläßliche Grundstock

Für mich wird die Widder-Persönlichkeit und ihr Verhalten in einer Ballszene des amerikanischen Films *Jezebel* aus dem Jahre 1938 am besten eingefangen. Die dickköpfige und rebellische Heldin (gespielt von Bette Davies) weigert sich rundheraus, in einem jungfräulichen weißen Kleid mit Krinoline zu erscheinen, so wie all die anderen Südstaatenschönheiten. Statt dessen schockiert sie die Gesellschaft in einem scharlachroten Kleid. Das bedeutet nicht so sehr, daß sie einfach aus der Reihe tanzen will, als vielmehr, daß sie als die Person gesehen werden will, die sie ist – eine furchtlose, individuelle Frau. Und ich glaube, daß es die furchtlosen, individuellen Parfüms sind, die am besten zu den Widder-Geborenen passen. Ich möchte jedoch betonen, daß das nicht heißt, daß Ihre Parfüms übertrieben verführerisch oder sexy sein sollten – Sie sind kein geborener Vamp. Mit anderen Worten: Die orientalischen Düfte sind eigentlich nichts für Sie. Ebensowenig passen süße, romantische Parfüms zu Ihnen. Auch edle Eleganz macht Sie mißtrauisch. Aber klare, eindeutige Düfte entsprechen Ihrer fröhlichen, realistischen Einstellung, Ihren Erwartungen und Ihrem Ehrgeiz. Ein Wort der Warnung allerdings – nehmen Sie nicht zu viel! Es sind alles kräftige Parfüms, die mit Vorsicht behandelt werden wollen, auch wenn Sie versucht sind, in dem gutgemeinten Bemühen, Eindruck zu schinden, ein wenig über Ihr Ziel hinauszuschießen. Erfolg haben Sie nur, wenn Sie sich an die Regeln des guten Geschmacks halten und nicht dem typischen Widderverhalten erliegen, also übertreiben. Hier sind sie also:

- **Calandre** von Paco Rabanne
  Typ: blumig/grün
- **Ma Griffe** von Carven
  Typ: blumig/grün
- **Escape** von Calvin Klein
  Typ: blumig/fruchtig
- **Ferre** von Gianfranco Ferre
  Typ: blumig
- **Rive Gauche** von Yves Saint Laurent
  Typ: blumig/fruchtig

CALANDRE
brillant und streng

Calandre halte ich für sehr interessant, denn es wirkt wie ein brillantes, ziemlich unbekümmertes Parfüm, das tatsächlich jedoch einen überraschend weichen Kern hat.

Wie Sie vielleicht wissen, ist **Calandre** kein Neuling mehr. Es kam 1969 erstmals auf den Markt, hat sich aber so gut gehalten, daß man es durchaus als modernen Klassiker bezeichnen kann! Es hat eine außergewöhnlich treue Anhängerschaft und verdient es nicht, daß man es wegen neuerer, auffälligerer Parfüms fallenläßt (wenn mir auch auf Anhieb keines einfällt, das ihm wirklich ähnlich wäre). Es ist ein radikales Parfüm, voller Überraschungen. Wenn Sie es noch nicht kennen, sollten Sie es unbedingt ausprobieren.

Calandre kommt über Sie wie ein Auto-Crash. Kein Wunder! Ist sein Name doch das französische Wort für die Kühlerhaube eines Autos. **Calandres** vordergründige Töne sind so stark, daß Sie wahrscheinlich unter dem Ansturm grüner Blätter, denen mit Hilfe von Aldehyden noch mehr herbe Frische verliehen wurde, schwindelig werden. Aber gleich danach tauchen Sie ein in einen Wirbel von Blumen, die dank der ihnen hinzugefügten Aldehyde schärfer und durchdringender riechen als normal – Maiglöckchen, Jasmin und Rose. Rosenduft bildet den innersten Kern von **Calandre**, so konzentriert, daß er Ihnen zu Kopfe steigt. Dies ist das sanfte Herz des Parfüms, umhüllt vom trockenen, erdigen Geruch von Geranienblättern, Eichmoos und Bergamotte. Der Erfolg von **Calandre** beruht auf seiner Fähigkeit, seine beinahe metallische Schärfe mit dem pulsierenden Herzen romantischer Blumen auszugleichen. Nichts geht über die Schönheit von **Calandre**, es hat geradezu unwiderstehliche Anziehungskraft, die man romantisch nennen könnte – in ihrer intensiven Art. Aber es sind die pulsierenden Rosen in seiner Tiefe, die den »Motor« laufen lassen.

MA GRIFFE
zwingend originell

Im Französischen kann *griffe* alles bedeuten, von der Pfote über ein Designerlabel bis hin zur Unterschrift oder einem Markenzeichen. Bei diesem exquisiten Parfüm kommen sie alle in Frage, aber ich bin der Meinung, daß »mein Markenzeichen« wohl am passendsten ist, denn **Ma Griffe** ist ein Parfüm, das sich unauslöschlich mit Ihrer Persönlichkeit verbindet. Wie **Calandre** läuft auch **Ma Griffe** immer Gefahr, wegen eines neueren Parfüms fallengelassen zu werden, was keine kluge Entscheidung wäre. Manche Parfüms überdauern Jahrzehnte, weil sie eine Botschaft hatten – eine, die sie von den Mitläufern abhob. Und das ist Originalität. **Ma Griffe** ist ein echtes Original.

1946 läutete es eine völlig neue Art von Parfüm ein – grüne Aldehyde, die sich mit blumigen Aldehyden vereinten. Das bedeutet nichts anderes, als sowohl grüne wie auch blumige Zutaten verwendet, aber synthetisch verstärkt – beinahe neu erfunden – wurden, anstatt ein Parfüm ausschließlich auf natürlichen Essenzen aufzubauen (die nach dem verheerenden Krieg auch noch ziemlich rar gewesen sein dürften). Das heißt jedoch nicht, daß man angesichts des Wortes »synthetisch« die Nase rümpfen sollte – seit Chanels Erfolgen in den 20er Jahren sind Hunderte und Aberhunderte von Parfüms von ihrer »natürlichen« Grundlage abgewichen und haben ihren Rezepturen synthetische Elemente hinzugefügt, um so neue Düfte ohne den reinen Geruch von Rose, Jasmin oder Veilchen zu kreieren. Mit anderen Worten, sie haben ihren eigenen, geheimnisvollen Garten, ihr Bouquet aus Blumen, Früchten und so weiter erfunden. **Ma Griffe** ist einfach noch einen aufregenden Schritt weiter gegangen.

Es ist ein Parfüm aus dem Duft weißer Blüten – Gardenie, Jasmin, Rose –, der beinahe überwältigt wird vom scharfen, grünen Duft von Galbanum, Muskatellersalbei und Vetiver. Das Ganze erhält einen exotischen Hauch, indem man Ylang Ylang und Sandelholz zusammen mit Styrax beimischt, einem Harz mit einer ausgeprägten Narzisse/Hyazinthe-Note. Mit Aldehyden aufpoliert, entwickelt **Ma Griffe** dann einen ganz eigenen, zwingenden, edlen Charakter – eine Einzigartigkeit, die sowohl elegant als auch lebhaft ist. Es ist aggressiv, aber niemals laut, gesellig, aber nicht ungestüm, und es hat eine so fröhliche Art, daß ich glaube, daß es der Widder-Frau gefallen wird, die wegen ihres guten Geschmacks und ihres Selbstvertrauens bewundert werden will.

Ich bin überzeugt, daß Sie in **Ma Griffe** einen verläßlichen Freund finden und sich fragen werden, warum Sie nicht schon früher daran gedacht haben, es zu tragen. Und ich freue mich, daß es noch immer in der schlichten, schmucklosen Flasche daherkommt, verpackt in dem unverkennbaren Karton mit den lebhaften grünen und weißen Schrägstreifen.

Sie könnten **Ma Griffe** sehr gut zu Ihrem ureigenen Markenzeichen-Parfüm machen.

ESCAPE
weltläufig

Widder-Menschen laufen niemals vor etwas davon. Sie ziehen es vor, sich einer Situation zu stellen. Verwechseln Sie also – wenn es um dieses Parfüm geht – die Flucht vor der Verantwortung nicht mit der Flucht aus gesellschaftlichen Konventionen. **Escape** steht für letzteres. Es ist Ihr Paß in die Freiheit (als ob Sie den nötig hätten!) – ein Reisebegleiter, den Sie nicht nur passend finden, sondern der darüber hinaus auch noch in der Lage ist, mit Ihrem hektischen Reiseprogramm Schritt zu halten. Aber es verfügt daneben auch noch über eine überraschende Eigenschaft: **Escape** kann Sie tatsächlich entspannen, wenn Sie sich nur genug Zeit nehmen, um seine Frische und die Schwaden von Ozon, die es verströmt, einzuatmen. Mit diesem Parfüm schlagen Sie also zwei Fliegen mit einer Klappe!

Escape ist natürlich und vielseitig, um sich jeder Situation anzupassen. Es ist so unkonventionell, daß es den Nonkonformisten in Ihnen anspricht, dabei aber gesellig genug, um Sie zu decken, wenn Sie sich langweilen oder erschöpft sind. Es ist eine fröhliche Mischung aus Früchten und üppigen Blumen, abgesetzt mit Gewürzen. Die Kopfnote liest sich ein wenig wie das Rezept für einen Obstsalat (Mandarine, Apfel, Aprikose, Pfirsich, Melone, Pflaume), aber dieser Duft, der einem das Wasser im Munde zusammenlaufen läßt, wird durch ein paar wunderbar beruhigende, ozonhaltige Noten gemildert. Hinzu kommt der schwere Duft von Jasmin, Rose und Nelke, gemischt mit Spritzern von Koriander, Kamille und Schwarzer Johannisbeere. Sinnlich-sanfte unterschwellige Noten von Muskat, Sandelholz, Zeder und Ambra runden die Komposition ab, so daß **Escape** nicht seine Note verliert.

Widder-Frauen sind gerne unabhängig, und **Escapes** Leichtigkeit wird nie als Übergepäck empfunden. Mit seiner Lebensfreude wird **Escape** immer ein guter Wegbegleiter sein, wohin Sie auch aufbrechen mögen.

FERRE
hochexplosiv

Die glänzende, goldene Schachtel wird Sie augenblicklich in ihren Bann schlagen, sobald Sie das Fläschchen herausholen, das an eine runde, schwarze, in seidenes schwarzes Netzwerk gehüllte Bombe erinnert und deren goldener Verschluß verdächtig nach dem Stift einer Handgranate aussieht. Ein Tropfen **Ferre** aber wird den Brandstifter in Ihnen beruhigen – und wir wissen ja alle, welch gefährliche Pyromanen Widder-Menschen (selbst die Damen!) sein können! Dieses Parfüm gleicht einer hochexplosiven Bombe!

Es könnte schwierig werden, **Ferre** zu finden. (In guten Parfümerien werden Sie wohl noch am ehesten fündig). Außerdem sollten Sie es nicht mit seiner süßen, lieblichen Schwester, **Gianfranco Ferre**, verwechseln, die in einer jungfräulich-weißen Verpackung daherkommt. **Ferre** von Ferre hat nämlich absolut nichts Jungfräuliches an sich – es ist ein sehr weltlicher Cocktail. Nur erwachsene Widder sollten dieses Parfüm benutzen.

Als erstes kommt ein Schwall aus flüchtigen Orangenblüten, Bergamotteöl, bulgarischer Rose, Ylang Ylang und (wenig überraschend) Passionsfrucht. Während diese noch für Wirbel sorgen, rauscht die Herznote heran – Mimose, Veilchen, Johannisbeerknospe, Maiglöckchen und Pfirsich. Nicht einmal die Basisnoten Moschus, Gewürze, Vanille und Ambra sind verhalten. Sie dienen weniger als Gegengewicht als vielmehr als eine weitere Salve. Das ist natürlich ein typisch italienisches Bravado, von dem man sich nicht schrecken lassen sollte. **Ferre** ist im Grunde gar nicht so feurig, wie es scheint – seine Mischung aus kräftigen Blumendüften ist zwar schamlos sinnlich und betörend, aber mehr ein Spiel als eine Verführung. Dennoch ist **Ferre** ein Triumphfeuer, was einer heißblütigen, zielstrebigen Widder-Frau gut gefallen könnte!

RIVE GAUCHE
rassig und herb

Rive Gauche kam bereits 1971 auf den Markt, zu einer Zeit, als Prêt-à-porter einen Höhepunkt erlebte. Doch wie sein genialer Schöpfer hat es eine beneidenswerte Alterslosigkeit behalten und ist ewig jung geblieben wie Saint Laurents Haute Couture. Ich glaube sogar, daß es zu den wirklich seltenen Parfüms gehört, die von jeder Frau getragen werden können, vom Teenie bis zur Großmutter. **Rive Gauche** verfügt über den liebenswerten und unbekümmerten Charme, der nicht nur das muntere Wesen unterstreicht, das dem Widder angeboren ist, sondern ihm noch seinen eigenen Elan hinzufügt. Die Wirkung ist so positiv, daß Sie schon fast selbst glauben, klug und weltgewandt zu sein.

Der Name bedeutet soviel wie »linkes Ufer«, was sich in diesem Fall auf das linke Ufer der Seine bezieht. **Rive Gauche** weist also ganz direkt darauf hin, daß es für Bohemiens kreiert wurde. Sein bezauberndes Bouquet aus Geißblatt, Magnolie, Gardenie, Maiglöckchen und Jasmin scheint zunächst wie ein weißes Blumenarrangement, aber starke Fruchtnoten aus Bergamotte, Pfirsich, Vetiver und Tonkabohne geben dem Duft eine ganz andere Note. Wenn dann schließlich noch Spritzer von Vanille, Sandelholz und Geranienblatt hinzukommen, wird aus **Rive Gauche** ein rassiges, herbes Parfüm. Und wie um sicherzustellen, daß es sich nicht einfach um ein »Stadtgewächs« handelt, wird die gesamte Kreation noch mit einem Bündel starker Grüntöne abgerundet, was ihr einen ländlichen *Chypre*-Charakter verleiht. Die Heiterkeit und der gesellige Charme von **Rive Gauche** vermitteln der action-liebenden Widder-Dame dasselbe Gefühl von Aufregung wie eine rasante Fahrt auf einer Harley, die sie selbst steuert!

Geheimwaffen:
die Überraschungen

Aber jetzt zu Ihrer Vorliebe für das Ungewöhnliche, das Unvorhersehbare. In Zeiten, in denen Sie alles langsamer angehen wollen (oder zumindest glauben, Sie sollten es tun, ehe Sie zusammenbrechen) und Sie das Gefühl haben, nicht mehr soviel Energie zu besitzen wie sonst, geben Ihnen die sanfteren, entspannteren Parfüms eine völlig andere Art von Antrieb. Sie bewirken, daß Ihre weniger energischen Eigenschaften hervortreten, so daß Sie den Eindruck freundlicher Leutseligkeit erwecken. Sie sind nicht gefühlsduselig (oder wollen Ihre Sentimentalität nicht zeigen, wenn Sie es sind), und diese Düfte sind es auch nicht. Sie sind alle ausgesprochen individualistisch, aber nicht ganz so dogmatisch wie Ihre Basisparfüms. Wenn Sie in der entsprechenden Stimmung sind oder hineinkommen wollen/oder es sein wollen, können sie Ehrlichkeit und Freundlichkeit vermitteln, ohne dabei bestimmend zu wirken. Sie können Ihnen auch helfen, wenn es um Romantik und Liebe geht, bei der Ihre Ungeduld oft in Frust ausartet. Und vielleicht bringen sie Sie sogar dazu, ein wenig zu entspannen, so daß zur Abwechslung einmal jemand anders das Ruder übernehmen kann. Vielleicht gefällt Ihnen diese Veränderung sogar! Wie auch immer, sie bringen ein wenig Extra-Vergnügen in Ihr Liebesleben. Es sind dies:

- **Poême** von Lancôme
  Typ: blumig
- **Cheap and Chic** von Moschino
  Typ: blumig/fruchtig
- **Estée** von Estée Lauder
  Typ: blumig
- **Fidji** von Guy Laroche
  Typ: fruchtig/blumig
- **Fleur d'interdit** von Givenchy
  Typ: fruchtig/blumig

POÊME
einzigartig individuell

Die grazile Form der Flasche wird den Widder mit seinem Sinn für die Schönheit klarer Formen augenblicklich anziehen. Das Parfüm darin wird Sie mit seinem Gefühl leichter Rastlosigkeit entweder mitreißen oder beunruhigen. **Poême** ist so einzigartig, so individuell, daß man es entweder liebt oder haßt, es gibt kein Dazwischen. Der »schlachtenmüden« Widderfrau jedoch bringt es vielleicht die Ruhe, alles auf besonnene und vernünftige Art zu regeln. Es ist recht süß, aber nicht beklemmend, romantisch, nicht gefühlsduselig, jedoch maßgebend, ohne dogmatisch zu sein. Es ist ein Parfüm, das gleichzeitig besänftigend und wehmütig ist.

Lancôme hat es nach ausgesprochen unüblichen Richtlinien entwickelt. Es besteht nur aus Blumendüften – keine Früchte, Gewürze, keine grünen oder orientalischen Akzente, um Kontrast zu verleihen – die Blumen bestimmen alles! Aber es sind keine gewöhnlichen Blumen.

Die wichtigste Verbindung ist die zwischen einer höchst verführerischen Wüstenblume, der *datura candida*, und der legendären und äußerst seltenen blauen Mohnblume aus dem Himalaya. Diese verströmt einen süßen, sinnlichen Duft, der vergeht, sobald sie gepflückt ist. Deshalb wird bei Lancôme die *Technik der Lebenden Blume* angewandt, um die Essenz zu gewinnen, sie zu versiegeln und den Duft dann im Labor zu duplizieren. Das Ergebnis ist verblüffend, denn miteinander kombiniert riechen die beiden Basis-Blumen von **Poême** anders als in einem Garten. Ein sonniges Thema aus Freesien, gelben Rosen, Mimosen und Vanille-Blüten vervollständigt diese einzigartige Harmonie.

Poême soll nicht jedem gefallen. Es zählt zu den seltenen Parfüms, die an der richtigen Person eine einzigartige Duftnote entwickeln. **Poême** ist kein episches Gedicht, nichts Großartiges, vielmehr eine lyrische Ode, die die Sinne durchdringt und beruhigt. Es ist das Richtige, wenn Sie von innen heraus strahlen, nicht wenn Sie mit einem Ihrer großen Auftritte eine ganze Versammlung erschüttern wollen.

CHEAP AND CHIC
entzückend verrückt

Ich bezweifle, daß eine Widder-Dame allein schon der Flasche widerstehen könnte – einer kessen und lustigen Darstellung von Olive Oyl, *Popeyes* Freundin. Entzückend verrückt! Es war Franco Moschinos letztes Parfüm, und es sollte offenbar noch spleeniger sein als **Moschino**. (Und dabei ist das schon fast eine Parodie auf **Shalimar!**) **Cheap and Chic** ist nicht billig im vulgären Sinn des Wortes, es ist auch nicht besonders chic – eigentlich hätte es ebenso gut Cheeky and Cheerful (Frech und Fröhlich) heißen können, denn genauso riecht es.

Die Komposition hat nichts Außergewöhnliches. Tatsächlich liegt ein Teil ihres Charmes in dem eigentümlichen und irreführend-unschuldigen Blumenbouquet – Peonien, Jasmin, wilde Rose und Wasserpflanzen stehen Bergamotte mit seinem Zitrusduft, Petitgrain und Rosenholz gegenüber, unterstützt vom Duft weißer Orchideen, Tonkabohne, Vetiver und – man stelle sich das vor! – einem Hauch Bourbon!

Dieser Mix stürzt mit schelmenhafter Ungezogenheit auf einen ein, aber darunter verbirgt sich etwas Schönes. Trotzdem hat man den Eindruck, es mit einer Satire, wenn auch einer gutmütigen, zu tun zu haben. Moschinos Motto war: »Ich beseitige Täuschungen«, und hiermit hat er bestimmt ein paar Barrikaden eingerissen.

Aber nehmen Sie es nicht zu ernst. **Cheap and Chic** soll Spaß machen. Es besitzt diese erfrischende »Was-soll's«-Einstellung dem Leben gegenüber, die einfach genau zum Widder paßt, der sein Leben auch gern ein wenig abseits der ausgetretenen Pfade lebt.

ESTÉE
theatralisch streng

Doch wenden wir uns einem ernsteren Parfüm zu. **Estée** wirkt nur deswegen vollkommen, weil Sie es so sicher und vornehm zur Schau stellen. **Estée** sollte auch tatsächlich nicht nachlässig behandelt werden. Seine Welt ist die der eindrucksvollen Gegenwart, der theatralischen Effekte, ohne es dabei je zu übertreiben. Allein schon die Tatsache, daß Estée Lauder es nach ihrer eigenen Person benannt hat, sollte Ihnen sagen, daß dieses Parfüm dazu gedacht war, klar und deutlich Eleganz auszudrücken.

Für die Widder-Frau, die sich insgeheim wünscht, im Mittelpunkt zu stehen, sich dabei aber vor den Scheinwerfern fürchtet, kann sich **Estée** mit seiner glitzernden Eleganz und seiner betörenden Vornehmheit als Gottesgeschenk entpuppen. Ich würde es nicht gerade als elegant bezeichnen, aber es trägt Selbstvertrauen und Magnetismus in sich. Aber gehen Sie vorsichtig damit um – es ist ein sehr kräftiges Gemisch, und zuviel davon läßt die anderen sich abwenden.

Es fängt mit einem Hauch von Himbeere an, unterstützt von Zitrusöl und Pfirsich, dem eine kräftige Brise Koriander hinzugefügt wurde. Dann setzt eine wahre Prozession von Blumendüften ein – Rose, Maiglöckchen, Jasmin, Nelke, Ylang Ylang, gekrönt von einem verführerischen Hauch von Muskat und Styrax. Sogar eine Spur süßer Honig wird verwendet, um alles mit einem süßen Glanz zu überziehen. **Estée** hat es in sich – man soll es bemerken und ihm – hoffentlich – Beifall zollen.

Es liegt vielleicht nicht so ganz auf der Linie der sportsüchtigen Widder oder derjenigen, die ihre Neigung zum Prahlen unter Kontrolle haben, aber es wird bestimmt ein Favorit derjenigen, die sich gerne in vornehmeren Kreisen bewegen. Es stärkt nämlich Ihr gesellschaftliches Selbstbewußtsein, ohne dabei jedoch über die Grenzen weiblicher Anziehungskraft hinauszugehen. Und genau darum geht es bei **Estée** – es will mit seiner verführerischen Art Herzen brechen, ist dabei brillant und provokativ. Wenn die Leute anfangen zu rätseln, was Sie so anziehend macht, dann wissen Sie, daß Sie erfolgreich waren. Hören Sie auf meinen Rat – verraten Sie es nicht!

FIDJI
sinnlich und süß

Ganz gleich, ob Sie sich einbilden, einen Weg durch den dichten Dschungel zu schlagen oder in einer Hängematte zu faulenzen, mit einer Hibiskusblüte hinter dem Ohr, **Fidji** ist der tropische Cocktail, dem Widder einfach nicht widerstehen können, wenn sie sich anderswohin wünschen. Es ist extravagant, verschwenderisch und vor allem – unwiderstehlich! Außerdem war **Fidji** ein Riesenerfolg bei den Frauen, die es benutzten, und hat Männer mit seiner Verführungskraft angezogen, seit es 1966 auf der Bildfläche erschienen ist. Vielleicht hat es ein wenig an Popularität eingebüßt, aber ich kenne noch immer niemanden, der sich nicht von der Welle der Nostalgie mitreißen läßt, wenn ihm ein Hauch dieses Duftes umweht.

Dabei überrascht wohl am meisten, daß **Fidji** trotz all seiner tropischen Pracht tatsächlich aus eher zurückhaltend-sanften Blüten kreiert wurde, nämlich aus Rose, Nelke, Jasmin, Hyazinthe und Veilchen – denen man allerdings kräftig Ylang Ylang und Tuberose beigemischt hat. Diese Mischung scheint jedoch zu blumig für ein Parfüm, das vordergründig von reifen Mangos, Kokosnuß und Frangipani kündet. Doch darin zeigt sich die magische Kunst des Parfümeurs – er schafft einen Duft, der den deutlichen Eindruck von etwas hinterläßt, was in der Komposition überhaupt nicht enthalten ist. Aber wen kümmert das schon bei dem Erfolg von **Fidji**.

Es ist die Art Parfüm, die Männer – aus Gründen, die allzu offensichtlich sind – gerne Frauen schenken. Aber Sie können die Naive spielen und sie zappeln lassen. **Fidji** weckt vielleicht Leidenschaft in Ihnen, aber spielen Sie das Spiel nach Ihren Regeln – **Fidji** ist auf Ihrer Seite. Vergessen Sie es nicht, wenn Sie das nächste Mal in die Tropen reisen – am besten allein. Sie werden es nicht lange bleiben!

FLEUR D'INTERDIT
bewundernswert

Der richtige Duft für die Zeiten, in denen Sie Ihren Lebensweg in aller Ruhe gehen, nicht hasten. Es macht Ihnen nicht einmal etwas aus, wenn die Welt an Ihnen vorüberzieht. Sie wissen, daß Sie sie später sowieso irgendwo wieder einholen.

Fleur d'interdit war das Abschiedsgeschenk für Givenchys Muse Audrey Hepburn, ehe er die Zügel seines Modeimperiums aus der Hand legte. Seine Sanftheit und Zurückhaltung strafen die innere Kraft großer Schönheit Lügen, einer Schönheit jedoch, die anspruchslos ist. Es kommt in einer hübschen apfelgrünen und leuchtend rosa Schachtel daher. Wenn man sie öffnet, zeigt sich ein wunderschönes Fläschchen aus Mattglas, das das rosafarbene Parfüm enthält. Noch ehe Sie es gerochen haben, sind Sie schon verliebt. **Fleur d'interdit** ist eine Mischung aus Himbeere, Pfirsich, Melone und einem Hauch Gurke, der man den

Duft von Rosen, Flieder, Maiglöckchen, Veilchenblättern und einem Hauch Gardenie hinzugefügt hat. Über allem liegt ein zarter Duftschleier aus Vanille und ein wenig Sandelholz. Es ist fast so, als würde man die erste kühle Brise schnuppern, nachdem die Sonne an einem taufeuchten Frühlingsmorgen aufgegangen ist – frisch, schön, einfach vollkommen!

Fleur d'interdit drückt heitere Gelassenheit aus, die ganz plötzlich in fröhliche Sorglosigkeit umschlagen kann. Seine überschäumende Fröhlichkeit, sein jugendlicher Charme sind nicht dazu geschaffen, lange stillzustehen – es will ausziehen und den Tag erkunden, aber mit zielbewußtem Schritt, nicht im Laufschritt. Es duftet, als wolle es mit seinem ansteckenden Lachen losziehen – und Widder lachen nun mal gerne, oder nicht?

Der Vorteil, zwischen zwei Tierkreiszeichen geboren zu sein: die freie Auswahl

Es ist nicht nur Verwirrung, daß Sie sich weder dem einen noch dem anderen Sternzeichen zugehörig fühlen oder glauben, von beiden etwas zu haben – wenn Sie ganz am Ende vom Widder* geboren sind. Natürlich können Sie Ihre Parfüms einfach aus den Vorschlägen für Widder und Stier wählen, aber passen Sie auf! Je nach Ihren Eigenschaften passen sie vielleicht nicht alle zu Ihnen. Deshalb habe ich ein paar ausgesucht,

---

* Wenn Sie ganz zu Anfang des Widder-Sternzeichens geboren sind, sollten Sie vielleicht auch einen Blick auf die Auswahl für diejenigen werfen, die zwischen Fische und Widder geboren sind. (S. 74, 403–406, 412)

die jedes Parfümproblem oder jede Unschlüssigkeit lösen könnten. Die Wahl bleibt auf jeden Fall Ihnen überlassen, also: Viel Spaß beim Aussuchen!
Die Parfüms sind:

- **Tuscany per Donna** von Aramis
  Typ: blumig/fruchtig
- **Byzance** von Rochas
  Typ: blumig/orientalisch
- **Narcisse** von Chloé
  Typ: blumig

TUSCANY PER DONNA
leicht und lebendig

Kein abenteuerlustiges Parfüm, aber ich glaube, es wird den Widder ansprechen, der wie der Stier das Bedürfnis nach Ordnung und Bequemlichkeit im Leben hat. **Tuscany per Donna** ist leicht, freundlich und kokett. Es liebt Gesellschaft und paßt sich locker an. Es ist eine Mischung aus Jasmin und Orangenblüten auf einer Grundlage von Maiglöckchen, Rose, Geißblatt und Hyazinthe. Der zitronige Geruch von Mandarine, Bergamotte und Grapefruit durchdringt den reinweißen Blütenzauber, ohne jedoch vordergründig zu werden, und erst wenn der satte Duft von Sandelholz (und zwar eine Unmenge davon!) die Harmonie aus Frucht und Blumen durchdringt, setzt **Tuscany per Donna** wirklich »seinen Kopf« durch. Und dessen Ziel ist ländlich und friedlich. Wenn es Sie zu den dunstigen Hügeln und mohnbewachsenen Feldern der sonnigen Toskana entführt, wenn Sie den Duft frisch gepflückter Kräuter und frischgebackenen Brotes zu riechen vermeinen, dann hat **Tuscany per Donna** sein Ziel erreicht. Es soll den Widder bremsen und die Liebe des Stiers zur Natur in all ihren Impressionen stärken.

BYZANCE
verwirrend exotisch

Wünschen Sie sich nicht manchmal, geheimnisvoll, unergründlich, faszinierend genannt zu werden? Diese Züge findet man bei Widder-Geborenen nicht gerade häufig, aber wenn Sie ein bißchen Stier-Einfluß in sich tragen, sind sie nicht völlig unmöglich. Ihr Gemütszustand – zielbewußt, aber nicht ungeduldig, entschieden, aber kompromißbereit – wird Ihnen dabei ebenso helfen wie das Tragen eines so rätselhaften und lieblichen Duftes wie **Byzance**. In diesem Parfüm treffen zwei Welten aufeinander. Der verwirrend exotische, vornehme und anhaltende Duft ist nach der antiken Stadt Byzantinum benannt. Wenn Sie die erstaunliche Leuchtkraft des mittelmeerblauen, runden Flakons mit dem goldenen Siegel und dem roten Band genug bewundert haben, erschließt sich Ihnen gleichsam **Byzance** mit dem Zauber türkischer Rosen, Jasmins und Tuberose, kitzelt Ihre Nase mit dem würzig-exotischen Duft von Kardamom, Muskat, Vanille und Basilikum. Eine gehörige Portion Mandarine, ein Spritzer Ylang Ylang, ein Hauch Sandelholz unterstreichen die orientalische Pracht, und all dies wird von Aldehyden abgerundet, die aus **Byzance** ein nahezu unergründliches, aber ausgesprochen schmeichelhaftes Mysterium machen. Ich halte es für eine wunderbare Verbindung zwischen der Beeindruckbarkeit des Widders und der Sinnlichkeit des Stiers. Und wenn ein leiser Hauch seines Duftes hinter Ihnen her schwebt (bitte nichts übertreiben!), wird Sie das auf jeden Fall bezaubernd und faszinierend – ja sogar rätselhaft! – erscheinen lassen.

NARCISSE
schamlos verführerisch

Es könnte zwar nach der schönen, weißen Narzisse benannt sein, aber **Narcisse** ist kein simpler Tribut an eine Pflanze. Es ist eine Mischung aus dem berauschenden Duft von Narzissen sowie einer ganzen Reihe anderer Ingredienzien, was mich zu glauben veranlaßt, das Parfüm könnte nach dem griechischen Jüngling Narziß benannt sein, der sich in das Spiegelbild seiner eigenen Schönheit verliebte. Was auch immer zu dem Duft inspirierte, **Narcisse** ist auf jeden Fall ein Parfüm, das Widder wegen seiner Direktheit und Stiere aufgrund seiner Leidenschaft anspricht. Neben der Narzisse tritt noch eine weitere Blüte deutlich hervor, die in Australien Frangipani genannt wird. Es handelt sich um die rote karibische Form, und das verrät Ihnen schon, daß es sich um einen kräftigen, tropischen Duftcocktail handelt. Beide Blumen sind olfaktorischer Sprengstoff, vor allem, da dem Gemisch noch Aprikose, Marigold und Orangenblüte beigeben wurden. **Narcisse** ist kein zarter Duft. Er ist kräftig und anhaltend (verwenden Sie ihn also bitte nur sparsam!). Er ist lebhaft und liebt Gesellschaft. Er tut gar nicht erst so, als wolle er unauffällig bleiben – er ist schamlos verführerisch und ist sich seines Erfolgs gewiß. Sie werden ganz bestimmt nicht unbemerkt bleiben, wenn Sie nach **Narcisse** duften – und das noch lange.

Der männliche Widder:
Geschenke für seine Persönlichkeit

Er gewinnt »das Rennen« vielleicht nicht immer, aber Sie müssen ihn jederzeit so behandeln, als wäre er der Champion. Der Widder-Mann ist so konkurrenzbewußt, aggressiv und enthusiastisch, daß er am Erfolg wächst, er braucht einfach Anerkennung – sagen Sie ihm niemals, daß er versagt hat. Sollten Sie es dennoch tun, werden Sie einen guten Freund verlieren. Er mag die Herausforderung, liebt es, anzugeben und gibt daher viel auf sein Äußeres und ist stolz auf seine Erscheinung. Am liebsten würden Sie ihm dann den Kopf tätscheln wie dem kleinen Jungen, der er im Grunde ja ist. Er ist vielleicht nicht der gebildetste Mann der Welt, aber er hält sich dafür, also seien Sie kein Spielverderber und spielen Sie mit. Wie alle Kinder liebt er Geschenke, und alles, was dazu beiträgt, Eindruck zu schinden, wird dankbar angenommen. Er liebt die Düfte, die in seinen Augen nach Abenteuer und hohen Ehren riechen – er wird sie tragen wie einen Lorbeerkranz! Also nichts übertrieben Extravagantes. Und auch nichts Zartes. Leicht, aber intensiv und strahlend heißt die Devise – und nichts, was süßlich riecht (er verabscheut alles, was von seinem Macho-Image ablenken könnte!). Die folgenden Parfüms haben sich als erfolgreich erwiesen:

- **Polo** von Ralph Lauren
  Typ: grün/krautig
- **Santos** von Cartier
  Typ: grün/holzig
- **Escape for Men** von Calvin Klein
  Typ: holzig/fruchtig

- **Boss Sport** von Hugo Boss
  Typ: fruchtig/würzig

Polo

Das hat nichts mit dem Sport reicher Männer zu tun, sondern mit Laurens Polo-Label bei der Kleidung und bei Parfümerieartikel, die stilvoll und elegant, aber dennoch erschwinglich sind. **Polo**, der Duft, ist so etwas wie ein Klassiker geworden – er steht für guten, maskulinen Geschmack, ist prägnant und wird jederzeit wiedererkannt, ist dabei aber niemals so kräftig, daß er als aufdringlich bezeichnet werden kann. Ich glaube, die Originalversion ist nicht nur der Maßstab für die anderen **Polo**-Düfte (**Polo Sport, Polo Crest**), sondern auch erste Wahl für jeden Widder.

Polo riecht frisch und grün (wie frisch gemähter Rasen), wurde kombiniert mit aromatischen Kräutern, einem Hauch von Pinie, einem Spritzer Tabak und schließlich mit Eichmoos für die Tiefe, untermalt von dem Duft von Leder – einem vollen Geruch, der dazu dient, dem Parfüm Wärme und Haftung zu verleihen. **Polo** ist ganz gewiß nicht versnobt.

Santos

Ein kleines, extravagantes Geschenk von den Leuten, die auch die Uhren dieser Marke herstellen, die Sie ihm vielleicht nicht schenken können. Und seien Sie unbesorgt, **Santos** wird gut ankommen. Nicht nur seine französische Herkunft wird ihn für sich einnehmen – es ist darüber hinaus auch noch eine brillante Erweiterung seiner Lebensart. **Santos** ist eine maskuline Mischung aus frischen, grünen Zutaten, getränkt im Extrakt würziger Geranienblätter, holzig-grünen Vetivers, Ambras und mit einem Spritzer von Wacholderbeeren (aus denen guter Gin gemacht wird!), was ihm einen trockenen Ernst verleiht, der an frische Luft und Spaß erinnert. Es ist einfach ein guter Kumpel, der die Gesellschaft von Siegern liebt. **Santos** wird ihm genauso gut stehen wie eine goldene Uhr von Cartier – und wenn er die schon haben sollte, ist es eine besonders elegante Ergänzung.

Escape for Men

Wenn er sich ohne irgend etwas von Calvin Klein nicht wohl fühlt, sollten Sie ihm diesen Duft schenken. Es ist eine Mischung, die förmlich nach Widder riecht – der reinste Angriff aus spritzigen Zitrusölen mit frischen Kräutern, grünen Blättern und dem Extrakt trockener Zypresse, gemischt mit Vetiver und einem Hauch samtigen Eichmooses, das das Ganze weich einbettet. **Escape for Men** gehört zu jenen maskulinen Düften, die Männern gefallen, die gerne losziehen, etwas unternehmen und dann mit ihrer Tüchtigkeit prahlen. Ein richtig positives, außerordentlich selbstbewußtes Parfüm, das vor Energie und Enthusiasmus platzt. Klingt nach Widder-Mann? Ja, er wird sich mit diesem Parfüm in seinem Element fühlen, falls er nicht der weltgewandt-elegante Typ ist. **Escape for Men** ist nicht raffiniert genug, um einen wählerischen Geschmack zu befriedigen, aber wenn er bemerkt werden will (in seiner ganzen Person), dann ist **Escape for Men** sein Weg in die männliche Befreiung.

Boss Sport

Wenn er **Boss** zu komplex und nüchtern findet, dann versuchen Sie es mal mit **Boss Sport**, und sei es auch nur, um ihm etwas zu schenken, das er in seinem Bad zur Schau stellen kann und damit seine Überlegenheit zu Hause wie im Beruf zu unterstreichen (auch wenn Sie es besser wissen!). **Boss Sport** ist die Schlichtheit selbst – mit seinem frischen Geruch von Zitrusölen, die mit stark riechendem Lavendel versetzt sind (der nicht mehr den weiblichen Düften vorbehalten ist), dazu einer großzügigen Auswahl von frischen, grünen Kräutern, Geranienblättern und Vetiver, um der Mischung einen dunkleren, grünen Unterton zu verleihen. **Boss Sport** verfügt über die lebendige Frischluft-Qualität, die das Adrenalin schneller durch die Widder-Adern pumpt. Es ist eine gute Wahl für Männer, die zwar nicht wollen, daß man sie mit Parfüm in Verbindung bringt, die aber gleichzeitig so riechen möchten, als hätten sie gerade die Gefahren einer schwierigen Wildwasserfahrt hinter sich gebracht.

Wem steht was und wann:
So holen Sie das Beste aus Ihren Parfüms heraus

Parfüms sind nicht nur Erweiterungen Ihrer Persönlichkeit, sondern unterstreichen auch Ihr Aussehen und die Stimmung, in der Sie sich gerade befinden. Um die besten Eigenschaften zum Vorschein zu bringen, sollte man sie mit Respekt ihrem jeweiligen Charakter gegenüber behandeln. Auch Parfüms haben ihre Grenzen, genau wie Sie. Manche eignen sich besser für einen verführerischen Abend, andere für den Tag. Hieraus folgt, daß leichtere Parfüms sich bei wärmerem Wetter wohler fühlen, die schwereren dagegen im Herbst und Winter. Auch das Alter spielt eine wichtige Rolle: Jüngere Frauen meiden wahrscheinlich ganz automatisch ultra-elegante Düfte (oder sollten es zumindest tun!), während reifere Frauen begreifen sollten, daß ihre Zeit für die frechen, heiteren Parfüms vorbei ist. Ihr Teint ist nicht so wichtig, wenngleich ich glaube, daß dunklere Frauen – als Faustregel – automatisch zu den üppigeren, orientalischen Düften neigen, während Blondinen (echte oder gefärbte) romantischere und frischere Parfüms bevorzugen. Das ist auch die Grundlage für die leicht nachzuvollziehende Tabelle. Sie ist aber nur als hilfreiche Empfehlung gedacht, nicht als starre Regel!

Basisparfüms

	Zeit		Alter		Typ		Wetter	
Parfüm	Tag	Nacht	Jung	Älter	Hell	Dunkel	Warm	Kalt
Calandre	*	*	*	*	*	*	*	*
Ma Griffe	*	*	*	*	*	*	*	*
Escape	*		*		*		*	
Ferre		*	*	*	*		*	
Rive Gauche	*	*	*	*	*	*	*	*

Geheimwaffen

Parfüm	Zeit		Alter		Typ		Wetter	
	Tag	Nacht	Jung	Älter	Hell	Dunkel	Warm	Kalt
Poême	*	*	*	*	*	*	*	*
Cheap and Chic	*		*		*	*	*	
Estée		*		*	*	*	*	*
Fidji	*	*	*	*	*	*	*	
Fleur d'interdit	*		*		*	*	*	

Widder/Stier

Parfüm	Zeit		Alter		Typ		Wetter	
	Tag	Nacht	Jung	Älter	Hell	Dunkel	Warm	Kalt
Tuscany per Donna	*	*	*		*	*	*	
Byzance	*	*	*	*	*	*	*	
Narcisse	*	*	*		*	*		*

Fische/Widder

Parfüm	Zeit		Alter		Typ		Wetter	
	Tag	Nacht	Jung	Älter	Hell	Dunkel	Warm	Kalt
Montana Parfum de Peau		*		*		*		*
Blue Grass	*		*	*	*	*	*	
White Linen Breeze	*		*	*	*	*	*	

Herrendüfte

Parfüm	Zeit		Alter		Typ		Wetter	
	Tag	Nacht	Jung	Älter	Hell	Dunkel	Warm	Kalt
Polo	*		*		*	*	*	*
Santos	*	*	*	*	*	*	*	*
Escape for Men	*	*	*	*	*	*	*	
Boss Sport	*		*	*	*	*	*	

Stier
20. April–20. Mai

Sie und der Porzellanladen

Ich nehme an, daß Stiere es satt haben, immer mit dem alten, überholten Klischee vom Elefanten im Porzellanladen konfrontiert zu werden. Es trifft ohnehin nicht ganz zu, obwohl Stiere zum Frust neigen, wenn sie sich in einer schwierigen Lage befinden, und dann wütend versuchen auszubrechen. Aber eigentlich ist das gar nicht ihr Stil, und Stiere, vor allem Stier-Damen, haben einen ausgesprochen persönlichen Stil (und auch große Empfindsamkeit!)

Normalerweise sind sie nicht ungeschickt, und sie würden nicht mal im Traum daran denken, irgend etwas Schönes zu zerstören, schon gar nicht, wenn es wertvoll ist (Sie erkennen das auf den ersten Blick!). Tatsächlich gehören sie einem der am wenigsten destruktiven Sternzeichen an. Sie lieben schöne Dinge; Aussehen, Gedanken, Ideen. Sie sehen nicht nur das offensichtlich Schöne, sondern auch das Verborgene, die innere Schönheit und Harmonie.

Sie suchen Dinge gerne sorgfältig aus, wenngleich ihre Wahl ein wenig konservativ und klassisch ausfallen kann, nicht unkonventionell wie die impulsiverer und kapriziöserer Menschen. Sie machen sich nichts aus Glanz und Glamour, denn beides beleidigt ihren Sinn für guten Geschmack. Sie nehmen lieber weniger als mehr, um schlichte Eleganz und Vornehmheit zu unterstreichen.

Das Dumme dabei ist, daß sie allzuoft dazu neigen, ihre beste Eigenschaft zu verstecken, nämlich die Leidenschaft. Als wüßten Stiere nicht, daß sie leidenschaftliche Geschöpfe sind? Oder fürchten sie Peinlichkeiten (und vor Peinlichkeit haben sie eine Heidenangst!)? Jede Stier-Frau, die ich in meinem Leben getroffen habe, hat sich unter ihrem damenhaften und beherrschten Äußeren als leidenschaftlich und höchst romantisch erwiesen. Das macht sie aber auch verletzlich, anfällig für Schmeicheleien und Verführung, und deshalb versuchen sie, sich unzugänglich und fast scheu zu geben. Gefühle zu zeigen ist nicht Sache des Stier-Geborenen, es sei denn, seine Sinnlichkeit ist geweckt, was dazu führen könnte, daß er alle Zurückhaltung vergißt. Aber meistens regiert die Vernunft.

Daher erwartet man von ihnen immer wieder, daß sie praktisch, bequem, zuverlässig, nicht launisch (sogar stur) sind, und niemand vermutet diese andere Seite an ihnen. Sie kennen ihre Unberechenbarkeit, die sich in plötzlichen Wutausbrüchen äußert. Aber sie wissen auch, daß diese in Sekundenbruchteilen vorüber sind, und sie vergessen sie ebenso schnell, wie sie über sie gekommen ist. (Leider vergessen *die anderen* sie nicht!)

Stiere sind für ihre schrecklichen Ausbrüche bekannt. Das passiert, wenn ihre Pläne mißlingen. Sie haben alles genau geplant und sind überzeugt, daß es so und nicht anders gemacht werden muß. Wenn irgendwer das in Frage stellt oder versucht, es anders zu machen, explodieren sie. Ihr Gefühl für Recht und Harmonie ist verletzt. Aber es hat keinen Sinn, auch nur zu versuchen, dieses feurige Temperament zu ändern. Schließlich machen sie es sich ja nicht zur Gewohnheit.

Sie sind für ihren Mut bekannt (wenn man nicht gerade von ihnen verlangt, ihr ganzes Leben umzukrempeln und nach Feuerland auszuwandern), warum also fällt es ihnen so schwer, etwas vollkommen Unerwartetes und Gewagtes zu tun? Das kann alles sein: von einer neuen Liebe bis hin zum Einkaufsrausch, bei dem sie etwas Außergewöhnliches für sich kaufen – wie beispielsweise ein oder zwei neue Parfüms! Sie haben guten Geschmack und sind ausgesprochen romantisch veranlagt, aber viel zu oft hält die Vernunft sie davon ab, etwas zu tun, das ihre Freunde schockieren könnte, ihnen aber unendlichen Spaß macht.

Ich höre sie förmlich sagen: »Aber das kostet schwerverdientes Geld!«, und da könnten sie recht haben. Wir wissen alle, daß Stiere vielleicht nicht gerade geizig sind, aber immer genau wissen, wofür sie jeden Pfennig ausgegeben haben. Sie wollen ihr hartverdientes Geld nicht vergeuden, aber sie haben schon so viele Besitztümer angehäuft, daß sie sich dahinter verstecken können, und das sind eher langweilige Investitionen als Käufe aus Liebe. Außerdem hegen sie selbst mittlerweile den leisen Verdacht, daß manch einer sie für zu habgierig und vorsichtig hält – zum Teufel damit! Sie sollten der unterdrückten, pochenden, glühenden Leidenschaft freien Lauf lassen!

Stier-Stil

Sie sind sich hundertprozentig sicher, daß guter Geschmack ihnen angeboren ist, und sie wissen, wie sie ihn zeigen. Tatsächlich denken sie insgeheim jedesmal, wenn sie sich die Ergebnisse der Bemühungen anderer

Leute anschauen, daß sie selbst es noch ein kleines bißchen besser hätten machen können! Denn sie wissen, was zusammenpaßt und was nicht. Das liegt an ihrem unfehlbaren Blick für Schönheit und Harmonie.

Etwas, das einfach nur schön ist, reizt sie nicht. Es sind die klaren Linien und Formen, Einheitlichkeit und feste Materialien sowie volle, warme Farben, die sie anziehen. Ihr Haus und ihr Garten sind vielleicht nicht immer tadellos aufgeräumt (sie lieben den »bewohnten« Look und hassen den modischen Minimalismus, dessen Botschaft einfach völlig an ihnen vorbeigeht!), und steife Förmlichkeit mögen sie ebensowenig. Ihr Schlüsselwort ist Gemütlichkeit – präsentierbare Gemütlichkeit. Die persönlichen Dinge in ihrer Umgebung sind ihr Anker, den sie brauchen, ganz gleich, wie alt und abgenutzt sie auch sein mögen. Sie sind einfach stolz darauf, wie auf sich selbst. Das sind nicht bloß Gegenstände – es ist ein liebevoll ausgewählter Schatz, dazu gedacht, es ihnen gemütlich zu machen. Diese Stücke stehen für eine Sicherheit, ohne die sie nicht leben zu können glauben. Sie sind ständig um Ehrlichkeit, Integrität, Einfachheit bemüht, aber mit einer Art von Gefühl, die andere frechweg als sentimental bezeichnen würden. Sie selbst verstecken ihre Sentimentalität. Dabei ist es nicht falsch, auch die sanftere Seite zu zeigen – das macht sie nur zugänglicher und liebenswerter. Die Liebe zu den kostbaren Besitztümern sollte den Weg zum Ziel ihrer wahren Sehnsucht nicht versperren.

Normalerweise lieben sie alle warmen, erdigen Farben – Rot- und Brauntöne, Orange, und ihre Liebe zur Sonne und Natur erklärt ihre fanatische Ergebenheit Gelb- und Grüntönen gegenüber. Sie haben auch einen Hang zu Metallic-Farben und Gegenständen wie Kupfer, Bronze und – natürlich – Gold. Rubine, Smaragde, Saphire, geheimnisvolle Topase und Turmaline sind ihnen lieber als Brillanten, die in ihren Augen nur als Statussymbol oder Geldanlage wertvoll sind. In Schwarz sehen sie verblüffend elegant aus – es entspricht ihrer Vorstellung von schlichter Eleganz –, aber sie tragen fast immer etwas leuchtend Buntes oder blitzenden Schmuck dazu, um seine Strenge zu mildern. Strenge erinnert sie an Armut, und die ist das Einzige, was sie aus tiefstem Herzen fürchten!

Ihr Stil läßt sich also folgendermaßen zusammenfassen: ausgesucht harmonische, klassische Schönheit, die zugänglich ist und mit der es sich leicht leben läßt. Er spiegelt ihren eleganten, konservativ guten Geschmack wider. Hin und wieder sollten sie ihn auflockern – wer will schon für langweilig gehalten werden, oder?

Ihr äußerer Ausdruck ist *Gemütlichkeit*, ihr innerer Kern *Leidenschaft*.

Dies läßt sich nun in die für die Stier-Geborenen am besten geeigneten Parfüms umsetzen. Ich habe sie in zwei Kategorien eingeteilt:

1. *Basiswaffen* – die überaus wichtigen Basisparfüms, die Ihnen am besten stehen sollten. Sie bilden den Kern Ihres Parfümarsenals.
2. *Geheimwaffen* – sie unterstreichen die Basisdüfte, sind gewagter und ausgefallener, sollten aber immer noch zu Ihnen passen.

Es gibt auch eine Auswahl von Parfüms für diejenigen, die zwischen den Tierkreiszeichen Stier und Zwilling geboren sind, sowie eine Reihe von Herrendüften, die man dem Stier-Mann schenken kann. (Wenn Sie zwischen Widder und Stier geboren sind, finden Sie weitere Parfüms auf den Seiten 65–68, 74, 104). Ich habe jedes Parfüm einer bestimmten Kategorie zugeordnet. Am Ende des Kapitels sind alle Parfüms in einer Tabelle zusammengefaßt, die Ihnen verrät, ob sie besser für junge oder ältere Frauen, an warmen oder kalten Tagen, tags oder abends, für dunkle oder helle Typen geeignet sind.

Basisparfüms:
der unentbehrliche Grundstock

Guter Geschmack hat zwei Bedeutungen, wenn es darum geht, Parfüms zu finden, von denen sich Stier-Geborene augenblicklich angezogen fühlen. Erstens im kultivierten, zweitens im köstlichen Sinne. Köstlich? Aber gewiß doch. Die Parfüms, die in meinen Augen ideal für Ihre Persönlichkeit und Ihr Temperament sowie für Ihren Stil sind, haben entweder einen vorherrschend fruchtigen oder sehr komplexen blumig-fruchtigen Duft, bei dem Ihnen praktisch das Wasser im Mund zusammenläuft und Ihnen ganz schwindlig wird. Mit anderen Worten, sie sind erdig, holzig, aromatisch, aber dabei auf elegante Weise äußerst romantisch. Sie sind weder trocken noch scharf, auch nicht süß oder lieblich – das würde Ihrer Nase ohnehin nicht gefallen. Die meisten von ihnen sind tatsächlich Basiswaffen. Ich glaube nicht, daß sich Stiere von allzu viel Subtilität verführen lassen. Sie sind, wie Sie sind, selbstsicher, geradeheraus, erdverbunden und – geben Sie es ruhig zu – lustbetont, ohne auch nur im geringsten vulgär zu sein oder leichtsinnig zu werden. Nur sollten

Sie die romantische und sentimentale Seite in Ihnen nicht ignorieren. Bei meiner folgenden Auswahl habe ich es jedenfalls nicht getan:

- **Femme** von Rochas
  Typ: fruchtig/blumig
- **Fendi** von Fendi
  Typ: blumig/orientalisch
- **No. 5** von Chanel
  Typ: blumig
- **No. 19** von Chanel
  Typ: holzig/grün
- **Roma** von Laura Biagiotti
  Typ: orientalisch

FEMME
hypnotisch und sinnlich

Ihre Vorliebe und Ihre Bewunderung für die schönen Dinge des Lebens sind hochentwickelt, und unter den Parfüms ist **Femme** eines der besten, wenn es darum geht, auf möglichst elegante und feine Art Stilvermögen auszudrücken. Dabei ist es keineswegs zurückhaltend. Es strahlt hingegen diskrete Leidenschaft aus. Sie glauben anfangs vielleicht nicht daran, daß es seinem Namen gerecht wird und die Quintessenz weiblicher Psyche verkörpert, aber wenn Sie es näher kennenlernen, wird es Sie in seinen hypnotischen, sinnlichen Bann ziehen. Dieses Parfüm ist so unbestreitbar weiblich, daß nicht einmal die fanatischsten Feministen etwas dagegen haben können, denn **Femme** preist Natur und Stellung der Frau in ihrer Mitte.

In den späten zwanziger sowie den dreißiger Jahren war Marcel Rochas einer der führenden Couturiers in Paris, und es gelang ihm sogar, den verheerenden Zweiten Weltkrieg zu überstehen. Stolz stellte er 1944 sein neues, in limitierter Auflage produziertes Parfüm vor. **Femme** erwies sich als *die* überragende Kreation und hat die Erinnerung an seine berühmten, gewagten Kleider weit hinter sich gelassen. Er war immer ein Erneuerer gewesen – er erfand die zwei-Drittel-langen Mäntel, war der erste Designer, der Röcke mit tiefen Taschen versah, und der erste, der die Taille mit dem berühmt-berüchtigten *guêpiere*-Korsett schnürte. Er hatte keine Angst vor drastisch kurzen Schnitten oder grellen Farben, doch all sein Pariser Elan und seine Effekthascherei waren unterlegt mit einem strikten Sinn für klassische Linien. Dasselbe läßt sich auch für **Femme** sagen. Für die damalige Zeit war es gewagt, und es gibt noch immer nichts, was seiner »warmen« Zusammenstellung aus sonnengereiften Früchten und voll erblühten Blumen gleichkäme, die in eine außergewöhnliche Mischung von Moschus, Hölzern und Gewürzen eingebettet sind. Überwältigend ist jedoch der Eindruck von köstlichen Pfirsichen, Pflaumen und Orangen, überlagert vom Duft nach Jasmin, *rose de mai*, bulgarischen Rosen und Ylang Ylang, überzogen mit einem Hauch Ambra/Johanniskraut, was dem Parfüm goldenen Glanz und ganz eigenen Zauber verleiht. Es ist geheimnisvoll, leidenschaftlich und sinnlich, dabei aber angenehm und zugänglich, vom warmen Kern bis zum langsam vergehenden Nachhall. Ich habe gehört, es sei ein wenig »modernisiert« worden, und ich habe es auch erst kürzlich gerochen, es sind offenbar tatsächlich keine radikalen Änderungen vorgenommen worden. **Fem-**

me ist ein überaus beruhigendes und stilles, verführerisches Parfüm – seine Leidenschaft äußert sich eher in sanftem Murmeln als in einer offenen Schaustellung (ist das nicht auch *Ihr* Stil?). Das beste ist, daß Sie dieses Parfüm immer und überall benutzen können, sobald es zu einem Synonym für Ihr warmherziges, nostalgisches Wesen geworden ist.

FENDI
gesellig und erotisch

Die Schwestern Fendi wurden zunächst dadurch bekannt, daß sie feine Leder- und Pelzwaren produzierten, die von ihrem kollektiven, kreativen Genie und guten, aber gewagten Geschmack zeugten. Erst 1987 beschlossen sie, sich in die wilde und überfüllte Arena der Parfüm-Designer zu wagen. Sie bedienten sich dabei ihres ganz eigenen Stils und auffälliger Extravaganz. Zum Glück war das Parfüm so gut wie die Werbung es versprach, und auch wenn es seine ursprüngliche Position unter den bestverkauften Düften nicht halten konnte und man es folglich nicht mehr überall führt, so ist es doch immer noch zu kaufen – sehr zur Erleichterung der beachtlichen Anzahl seiner glühenden Verehrerinnen. Es ist kein Parfüm für heiße Tage. Nehmen Sie es also nicht mit in den Urlaub, außer, Sie wollen zum Skifahren. **Fendi** wurde mit Blick auf luxuriöse Pelze geschaffen und erblüht folglich an Herbst- und Wintertagen und ist bei wichtigen Anlässen der Glanzpunkt. **Fendi** liebt Gesellschaft – nicht umsonst ist es aus Rom! – und ist eines der geselligsten Parfüms, die ich kenne. Wenn Sie also ein Stier sind, der häufig auf Partys geht, sollten Sie es mitnehmen. Am liebsten jedoch verleiht es mit seinem sprühenden Witz einer Dinner-Party einen leicht schelmischen Touch.

Hinter all dem verbirgt **Fendi** jedoch ein großes, sentimentales, weiches Herz. Ein ganzer Armvoll stark duftender Jasmin versteckt sich in dem riesigen Strauß aus Rosen, Ylang Ylang, Nelken und Geranien, den es mit spritzigen Zitrusnoten und Unmengen fruchtiger und würziger Gerüche belebt, ehe es schließlich dem sanften, holzigen Duft von Rosenholz, Sandelholz und einem Spritzer orientalischen Patchoulis erliegt. Trotz seiner italienischen Herkunft lauert der Ferne Osten dicht unter **Fendis** Oberfläche und verleiht ihm einen erotischen Hauch. Auch ein leichter Geruch von Leder ist unverkennbar (wie passend!) und gibt **Fendi** das volle Aroma. Sie sehen also, es ist keine einfache Mixtur, sondern eine höchst komplexe Kreation. Es ist ein Parfüm mit leicht eitler, aristokratischer Ausstrahlung, das seine gesellige und fröhliche Natur jedoch nicht ganz verleugnen kann, dabei aber – selbstverständlich! – immer gesittet und elegant ist. Genau wie Sie.

No.5
klassisch schön

Sie können sich glücklich schätzen, wenn dieses wunderbare, bezaubernde Parfüm in Ihrem Parfümarsenal den besten Platz einnimmt. Vielleicht ist es das schönste Parfüm, das je geschaffen wurde, vielleicht auch nicht (ich halte es nicht dafür, aber Millionen Frauen tun es), aber es ist zweifellos das Parfüm, das zum

Synonym für Parfüm selbst geworden ist! **No. 5** verfügt über eine unerklärliche Ausstrahlung, die es allen anderen, die es zu imitieren versuchen oder den Wettkampf mit ihm aufnehmen, haushoch überlegen sein läßt, und dabei bleibt es doch immer zugänglich. Es ist arrogant, aber herzlich, ohne sentimental zu sein, herausfordernd, aber nicht verwegen, charmant, aber nicht aufdringlich. Es ist absolut unwiderstehlich und auf der Stelle zu erkennen. Und dasselbe gilt für die Frau, die es benutzt. Sie scheint sich ganz automatisch eine Eleganz anzueignen, die nicht berechnend ist, sondern einfach natürlich, die ihren eigenen Reiz noch erhöht und ihre Selbstsicherheit unterstreicht.

No. 5 ist eine außergewöhnliche, originelle Verschmelzung von synthetischen Ingredienzien, die einst – 1921, als es von dem berühmten Parfümeur Ernest Beaux kreiert wurde – als ausgesprochen gewagt galten und die man Aldehyde nannte. Zu ihnen gesellt sich eine Vielzahl reicher blumiger und ambrahaltiger Düfte. Die Aldehyde verleihen dem Parfüm seine Wirkung und seinen Glanz und bringen aus verborgenen Tiefen die Unmengen von *rose de mai*, Jasmin und Ylang Ylang zum Tragen, während sie gleichzeitig Vetiver, Sandelholz und Patchouli, welche dem Parfüm seinen pulsierenden Rhythmus verleihen, noch sanfter erscheinen lassen. **No. 5** hat auf einen Schlag nicht nur die Art und Weise, in der Parfüms kreiert wurden, verändert, sondern auch die Einstellung der Frauen, die es mit neuem Selbstbewußtsein und einer Eleganz trugen, die aus der Einzigartigkeit seines Charakters entspringt. **No. 5** ist ein ewiger Genuß – reizvoll, ausgesprochen feminin und zivilisiert. Außerdem ist es ein wunderbares, einmaliges Sicherheitsnetz. Kein Wunder, daß Stiere darauf schwören!

No. 19
süß und erdig

Sind Sie nicht froh darüber, daß Sie zwei Chanel-Parfüms haben, zwischen denen Sie wählen können, je nachdem, wie alt Sie sind, wie Sie gelaunt sind und wohin Sie gehen? Das Alter spielt eine wichtige Rolle bei diesem verführerischen, aber überraschend individuellen Parfüm. Es riecht an jungen Frauen tatsächlich einfach schöner als an Frauen über fünfunddreißig. Auch die Stimmung ist ein wesentlicher Faktor, wenn Sie **No. 19** mit Erfolg einsetzen wollen. Seine sonnige Persönlichkeit verabscheut dumpfe Ernsthaftigkeit, und **No. 19** zieht es vor, nicht zu wichtigen gesellschaftlichen Gelegenheiten geschleppt zu werden – es fühlt sich in weniger formeller Umgebung, vor allem im Freien, weitaus wohler.

Es war schon immer ein Problem, **No. 19** auf eine Note festzunageln. Es wird häufig als ein grün-blumiger Duft klassifiziert, aber ich finde, es ist eher erdig, holzig, feurig. Es ist eine wundervoll originelle Zusammenstellung von Waldgerüchen, die mich an feuchte Erde erinnern, an herabgefallene Blätter, die unter den Füßen rascheln, und an Rauchfahnen, die zwischen hohen grünen Bäumen in den leuchtendblauen Himmel emporsteigen. Tatsächlich ist es angefüllt mit weißen Hyazinthen, Iris, *rose de mai*, Ylang Ylang, und zwar auf der Basis von Orangenblüten, Sandelholz, grünem Galbanum, Veilchenblättern, Platanen und einem Hauch von goldenem Ambra und Eichmoos. Es ist geheimnisvoll, aber dabei niemals schwer oder anspruchsvoll.

No. 19 schimmert und glänzt fast ein wenig romantisch, strahlt geradezu ein Glücksgefühl aus, welches an

Nostalgie grenzt. Es wird Stier-Geborenen gefallen, die die Erde lieben, die Natur verstehen und nicht ohne frische Luft leben können. Vielleicht läßt es Sie auch an einen Spaziergang durch einen Zauberwald denken, entweder mit einem geliebten Partner oder aber allein und in der Hoffnung, irgendein Zauberwesen würde plötzlich auftauchen und Sie zu ungekannten Vergnügen entführen. Wäre das nicht eine angenehme Abwechslung?

ROMA
wild und aufregend

Die Ewige Stadt – das unvergeßliche Rom – ruft Sie erneut, und es ist mehr Aufforderung als Einladung! Dieses Parfüm kann man nicht einfach übersehen, doch nur die mutigsten Stiergeborenen, die über einen starken Willen verfügen, werden es benutzen wollen. Aber wenn sie es tun, dann werden sie es so stolz tragen wie einen Orden! **Roma** stellt sein Licht nicht unter den Scheffel, wie man so schön sagt. Es ist eines der extrovertiertesten Parfüms, die ich kenne, aber dabei von so nachhaltiger Schönheit, daß man es auch schlicht als hinreißend bezeichnen könnte!

Hier haben wir *Roma alla tempestosa* – wild, aufregend, ungehemmt. Es ist das perfekte Parfüm für Stier-Geborene, die gern »die Korken knallen lassen« und sich ins Getümmel stürzen. Wenn Sie aber eher ein Stubenhocker sind, dem Sicherheit wichtig ist, dann sollten Sie **Roma** für Ihre Parfümsammlung beiseite lassen. Andererseits, Sie sollten es wenigstens einmal probieren!

Es ist hervorragend geeignet, um auf sich aufmerksam zu machen, mit einem auffälligen Gemisch aus explosiven Kräutern und Gewürzen (Kardamom, Minze und Myrrhe) und dem unterschwelligen Duft von Nelke, Patchouli und Schwarzer Johannisbeere. Dieser Mix wird dann mit Jasmin, Maiglöckchen und Eichmoos ein wenig abgemildert. **Roma** ist jedoch so kräftig, daß Sie es nur äußerst vorsichtig auftragen sollten (ich warne Sie: es haftet ewig!). Aber es hat ein ganz eigenes, draufgängerisches, stark duftendes Aroma mit einem gewissen vulgären Reiz, den Sie möglicherweise unwiderstehlich finden. **Roma** ist so warm und phantasieerregend, daß Sie feststellen könnten, daß der konservative, vernünftige Teil Ihres Wesens urplötzlich *la dolce vita* zelebriert – ungezügelt im Fellini-Stil!

Geheimwaffen: die Überraschungen

Nach der langen Liste erstklassiger Parfüms ist Ihnen vielleicht schon schwindlig, aber hier sind bereits die nächsten – sozusagen die Reserve. Sie sind ebenso wichtig, denn sie sind es, die Sie in einem völlig anderen Licht zeigen können. Natürlich kann man keine Wunder von ihnen erwarten – die müssen allein von Ihnen kommen, aber ich wette, daß das eine oder andere Ihrem Parfümarsenal nicht nur eine neue Variante hinzufügen wird, sondern darüber hinaus auch noch die verborgenen Eigenschaften ans Tageslicht bringt, von denen Sie befürchten, sie könnten Ihrem Image schaden. Mit anderen Worten – stürzen Sie sich auf sie – sie sind Entdeckungen voller Leidenschaft und Schönheit! Und hier sind sie:

- **Ivoire** von Pierre Balmain
  Typ: blumig
- **Tocade** von Rochas
  Typ: fruchtig/blumig
- **Kenzo** von Kenzo
  Typ: blumig/orientalisch
- **Ysatis** von Givenchy
  Typ: blumig/orientalisch
- **Givenchy III** von Givenchy
  Typ: holzig

IVOIRE
wahrhaft himmlisch

Ivoire ist ein zauberhaftes Parfüm, so überaus schön, daß es Ihr Herz dazu bringt, sich vor Sehnsucht nach den flüchtigen Augenblicken zu verzehren, in denen Sie den Himmel auf Erden erlebt haben, Augenblicken, die alles Schreckliche in Ihrer Welt in den Hintergrund haben treten lassen. Das ist seine hervorragende Eigenschaft. Weniger glücklich ist die Tatsache, daß es nicht so leicht ist, aber auch nicht unmöglich, dieses Parfüm zu finden – Parfümerien und Duty-free-Shops führen es normalerweise. Wenn Sie es schließlich gefunden haben, dann haben Sie das Gefühl, als hätten Sie etwas Seltenes und Schönes entdeckt, nach dem Sie sich Ihr Leben lang gesehnt haben. Wenn das einen romantischen und insgeheim sentimentalen Stier-Geborenen nicht zufriedenstellt, dann stimmt wirklich etwas nicht!

Kurz vor seinem Tod sah Pierre Balmain (der in seinen besten Tagen einer der Größten der Modewelt war) eine wunderschöne Frau in elfenbeinfarbener Seide elegant die große Treppe vor der Pariser Oper hinabschreiten und in die Nacht entschwinden. Diese Erscheinung ließ ihn nicht mehr los, und so schuf er dieses Parfüm als anonymen Tribut an ihre vergängliche Schönheit. Es ist ein wahrhaft himmlischer Duft, derart erfüllt von Sanftheit, Sinnlichkeit und einem inneren Leuchten, daß es seine Trägerin und jeden in ihrer Nähe in eine andere, vergangene Welt voll Charme und Anmut entführt.

Ivoire ist die komplexe Harmonie aus Jasmin, Maiglöckchen, Veilchen, türkischen Rosen, Nelken und Ylang Ylang, untermalt von sanften, pulverisierten Gewürzen und grünen Blättern. Es erinnert mich immer an einen verwilderten Blumengarten, aus dem nach einem sommerlichen Regenschauer die verschiedensten Düfte aufsteigen. Es verfügt über die kühle Ruhe von Elfenbein ebenso wie über seinen feinen matten Schimmer. Und es haftet so gut und schnell, daß es Sie in eine Aura von Wohlgefühl und Ruhe hüllt, die einfach all jene erreichen muß, die in Ihren Zauberkreis geraten. Wenn Sie glauben, ich würde übertreiben, dann sind Sie **Ivoires** hypnotischem Zauber ganz offensichtlich noch nicht verfallen.

TOCADE
raffiniert verführerisch

Wenn Sie den weichen und sinnlichen Geruch von Vanille mögen, dann werden Ihnen die Nase kribbeln und das Wasser im Munde zusammenlaufen, sobald Sie den schweren, köstlichen Duft dieses Neuankömmlings aus dem Haus Rochas einatmen. **Tocade** kann sowohl »Blinde Leidenschaft« als auch »Liebe auf den ersten Blick« bedeuten. Sie erhalten also schon mit dem Namen die Botschaft, daß es sich um ein romantisches, feminines Parfüm handelt. Aber wie alle Parfüms von Pariser Parfumeurs hält auch **Tocade** neben seinem recht konventionellen Duft aus Rosen und Bergamotte ein paar Überraschungen bereit. Da ist zunächst einmal die Gardenie mit ihrem vollen und cremigen, verschwenderisch-üppigen Aroma, dann Iriswurzel, die dem Parfüm etwas Veilchenähnliches verleiht, und schließlich eine mehr als großzügige Dosis reiner Vanille. Die Wirkung ist entwaffnend.

Tocade ist eines der scheinbar so weltgewandten Parfüms, von denen Sie anfangs vielleicht glauben, sie wollten einfach nur cool und elegant scheinen. Aber das ist nicht alles. Es hat ein bißchen etwas von einem »Wildfang«, doch subtil und komplex genug, um ernst genommen zu werden, aber auch voll kapriziöser Launenhaftigkeit. Sein Herz will nicht eingefangen werden – es will schäkern, ehe ein Ereignis größere Bedeutung erhält. **Tocade** ist so selbstsicher, daß es alle Hindernisse mit Leichtigkeit überwindet. Es kann wunderlich und ungestüm, oder aber raffiniert verführerisch sein, ganz wie Sie wollen. Das bleibt ausschließlich Ihnen überlassen. Die Wahrscheinlichkeit ist jedoch groß, daß Sie sich auf den ersten Blick verlieben, wenn Sie die schlanke Flasche mit dem diamantgleichen Verschluß sehen. Ich halte **Tocade** besonders geeignet für Stier-Geborene, die nicht bereit sind, sich gleich auf etwas allzu Ernstes einzulassen, sondern die erst einmal eine gute Zeit haben wollen, ehe sie den ersten Sprung wagen. Wie auch immer – es sieht einfach köstlich aus und duftet auch so!

KENZO
unvergeßlich lieblich

Kenzo ist ein außergewöhnlicher, genialer Designer, dessen Herz Paris gehört, der aber trotzdem Japan treu bleibt. Ein einziger Blick auf seine Haute Couture verrät Ihnen das. Sie sind ein wenig vom Orient inspiriert, aber die angewandte Technik ist die des Okzidents. Dasselbe gilt auch für dieses hinreißende, stark nach Tuberose duftende Parfüm. (Ich muß hier jedoch anmerken, daß **Kenzo** Ihren feinen Geruchssinn vielleicht ein wenig überstrapaziert, wenn Sie den alles umhüllenden vollen Duft von Tuberosen nicht mögen.) Er hat sein liebliches Parfüm nach den Prinzipien des Ikebana komponiert. Seine intensive, schlichte und sinnliche Kreation soll Heiterkeit und Ausgewogenheit vermitteln. Die wichtigsten Blumen sind Tuberose, Magnolie, Gardenie, Jasmin und Ylang Ylang – alle eindeutig im Orient verwurzelt. Der Duft von Pflaume und Pfirsich, Orange und Vanille, Kardamom und Koriander durchzieht diese Mischung. Sie alle sind auf die subtilste Art hypnotisch und verführerisch. Aber der Duft der Tuberose ist darüber hinaus auch sehr lang anhaltend. Er scheint unter der Oberfläche dieses Meisterwerks aus Harmonie und Kontrasten warm und suggestiv zu pulsieren. Ein orientalischer Dichter hat sich einmal dazu hinreißen lassen, die stark duftende Tuberose als »die Königin der Nacht in den Zaubergärten Malaysias« zu bezeichnen; ihr Aroma ist der Schlüssel zu **Kenzo** – und höchstwahrscheinlich auch der Schlüssel zum Herzen des Stieres, das in eine geheime Gegend versetzt werden möchte, in der es einen neuen Hafen findet, um inmitten schöner Dinge zu leben. **Kenzo** erfüllt diesen Wunsch.

YSATIS
unvergleichlich klassisch

Es gibt einige wenige Dinge im Leben, die so wunderschön sind im Design, so harmonisch, daß man sie am liebsten als perfekt bezeichnen würde. Wenn es nun so etwas wie ein perfektes Parfüm gibt, dann kommt dieser Klassiker von Givenchy dem ziemlich nahe.

Ysatis ist so elegant, so ausgewogen, so exquisit, das es auf einem Podest stehen könnte. Es erinnert geradezu an eine Statue, von der hohen, schlanken Flasche mit dem orientalischen Verschluß bis hin zu seinen erlesenen klassischen Inhalt. Aber damit es nicht zu distinguiert und cool wird, hat man es mit den eindeutig verführerischen Schätzen des Orients ausgestattet, so daß seine alabasterne Glätte Leben und Sinnlichkeit atmet.

Ysatis gehört zu den seltenen Parfüms, die als Einheit geschaffen sind. Sein Bogen aus Ingredienzien durchläuft nicht die üblichen Stadien von Kopf- und Herznoten, sondern ist so klug und harmonisch erdacht und zu einer Synthese verschmolzen, daß es von Anfang bis Ende den gleichen Duft verströmt, vom ersten Auftragen bis zum allmählichen Verblassen. Und welch ein Duft ist das! Wenn Sie sich einen Chor vorstellen könnten, der einen reinen Akkord aus Rosen, Jasmin, Ylang Ylang, Nelke, Jonquille, Orangenblüte, Mandarine, Kokosnuß, Vanille und Gewürznelke singt – mit einem einzigen, langen Atemzug, dann haben Sie eine ungefähre Vorstellung von der stillen Sensation dieses unvergleichlichen Parfüms. Kein Wunder, daß seine Anhänger schon seufzen, wenn nur sein Name fällt. Und wenn **Ysatis,** ganz ruhiges Selbstvertrauen und sich seiner Sinnlichkeit bewußt, einen Raum betritt, dann werden Sie wahrscheinlich bemerken, wie alle Anwesenden gleichsam aus Ehrfurcht verstummen. Stellen Sie sich vor, Sie allein könnten der Grund dafür sein!

GIVENCHY III
voll und faszinierend

Dieses Parfüm stammt noch aus der ruhmreichen Zeit des Hauses Givenchy. Es ist praktisch verschwunden (zumindest aus den großen Geschäften), aber zum Glück kann man es in kleineren Parfümerien immer noch finden. Ich glaube nicht, daß es schon vollkommen gestrichen ist, aber ein paar seiner treuen Anhänger, die ich kenne, haben für den Fall einer solchen Katastrophe schon ein ganzes Lager angelegt. Nicht nur, weil es schwer zu erstehen ist, sondern weil es auch zu den raren, rauchigen, schwelenden Parfüms gehört, deren Zusammensetzung so originell sind, daß ihre kompromißlose Individualität förmlich verlangt, ausgelöscht zu werden.

Givenchy III ist ein prachtvoller Rebell, aber nicht aufwieglerisch. Es ist ein sehr majestätisches und anmutiges Parfüm. Es ist beschaulich und dabei überraschend sinnlich, voll und faszinierend, ohne großes Aufsehen zu erregen. Sein Ziel sind romantische Heiterkeit und intelligente Zuneigung. Wie eine Rassekatze mag es Ihnen anfangs ausgesprochen zurückhaltend erscheinen, wird Sie aber schließlich auf die subtilste Weise für sich einnehmen.

Givenchy III ist eine Kombination aus wunderbaren, warmen Düften wie Mandarine, Ambra, Eichmoos, Pfirsich, Patchouli, Nelke, Myrrhe und Vetiver. Darüber ist ein Mantel aus Rose, Jasmin und Jonquilleblättern gebreitet, schließlich gekrönt von einem betörenden Strauß aus Gardenien und Maiglöckchen. Dieser Cocktail wird langsam zum Kochen gebracht und läßt ihn dann über einer Schicht Rosenholz ziehen, bis ein sanftes, rauchiges Gemurmel aufsteigt und die umgebende Luft durchdringt. Wenn man es trägt, ist es gerade so, als würde man in einem herbstlichen Wald plötzlich eine Trompetenfanfare aus der Ferne hören, die einen zum Folgen auffordert. Ich kann mir keinen vernünftigen Stier vorstellen, der den klagenden, aber romantischen Ruf von **Givenchy III** nicht beachten würde – außer die ganz jungen, ungestümen, für die diese elegante, reife Schönheit offensichtlich nicht bestimmt ist. Aber wenn Sie ein bißchen reifer und abgeklärter sind, dann ist **Givenchy III** genau das Richtige!

Der Vorteil, zwischen zwei Tierkreiszeichen geboren zu sein: die freie Auswahl

Es bedeutet nicht nur Verwirrung, daß Sie sich weder dem einen noch dem anderen Sternzeichen zugehörig fühlen oder glauben, von beiden etwas zu haben – wenn Sie ganz am Ende vom Stier* geboren sind. Natürlich können Sie Ihre Parfüms einfach aus den Vor-

---

* Wenn Sie ganz am Anfang des Stier-Zeichens geboren wurden, sollten Sie sich auch noch einmal die Auswahl für die Menschen ansehen, die zwischen Widder und Stier zur Welt gekommen sind. (S. 65–68, 74, 104)

schlägen für Stier und Zwilling wählen, aber passen Sie auf! Je nach Ihren ganz persönlichen Eigenheiten passen vielleicht nicht alle zu Ihnen. Deshalb habe ich ein paar ausgesucht, die jedes Parfümproblem oder jede Unschlüssigkeit lösen könnten. Die Wahl bleibt auf jeden Fall Ihnen überlassen, also: Viel Spaß beim Aussuchen!
Hier sind sie:

- **Eau Dynamisante** von Clarins
  Typ: fruchtig
- **Envy** von Gucci
  Typ: blumig
- **Calèche** von Hermès
  Typ: blumig/grün

EAU DYNAMISANTE
lebhaft und anziehend

Niemand kann **Eau Dynamisante** vorwerfen, nur ein subtiler Hauch von Zitrus mit einem Anflug von ein oder zwei Kräuteressenzen zu sein. Es ist ein ganzes Kraftwerk aus spritzigen Zitrusölen, abgerundet mit einem volltönenden Chor aus erdigen Kräutern wie Rosmarin und Thymian, ergänzt von dem sanften Grün von Eichmoos und der exotischen Sinnlichkeit von Patchouli. Darüber hinaus enthält es ein paar von Clarins wundersamen hautpflegenden Eigenschaften, um die Haut weich und geschmeidig zu machen, während die anderen Zutaten ihre duftende Restaurationsarbeit verrichten. **Eau Dynamisante** ist vielleicht nur ein besseres Toilettenwasser, aber glauben Sie mir, es hat es in sich!

Man soll es zwar eigentlich großzügig über Gesicht und Körper »schütten«, doch seien Sie gewarnt: Wenn es um die Nasen anderer Leute geht, dann ist weniger hier mehr! Dieses Parfüm hat die Angewohnheit, seine Botschaft für gewisse Zeit recht kräftig auszusenden. Gehen Sie also vorsichtig damit um! (Natürlich ist die anhaltende Wirkung von Haut zu Haut verschieden.) Aber es ist ein lebhafter, recht anziehender Duft, bestens geeignet, um die Sorgen der Welt fortzuwischen, vor allem an langen, heißen Sommerabenden. Es eignet sich sowohl für den naturliebenden Stier-Geborenen als auch für den sorgloseren und überschäumenden Zwilling, der die Lebendigkeit dieses Parfüms ebenso genießen wird wie die erstaunliche Möglichkeit, es um sich herum zu versprühen, wenn das gefürchtete Stimmungstief heranzuziehen droht.

ENVY
einfach berauschend

Envy ist zwar erst kurze Zeit auf dem Markt, hat aber einen phänomenalen Erfolg zu verzeichnen – der Grund dafür, da bin ich mir sicher, liegt darin, daß die glücklichen Frauen, die es tragen können, das mit so viel Elan tun, daß die anderen, die aus irgendeinem Grund nicht damit zurechtkommen oder wissen, daß es für sie das falsche ist, einfach Neid verspüren müssen. Egal, für Sie, die »an der Schwelle Geborenen«, ist es jedenfalls perfekt, weil es so lebhaft und berauschend ist. Es hat die unglaubliche Fähigkeit, Männern die Köpfe zu verdrehen, und wir wissen schließlich alle, wie wichtig das für die Zwillingshälfte in Ihnen ist. Stiere werden es wegen seiner blumigen Schönheit mögen. **Envy** fängt mit einem phantastischen Schwall grüner Noten an, um dem Thema »Neid« zu einem guten Start zu verhelfen (sogar das Parfüm selbst zeigt sich in einem hübschen, leuchtenden Limonengrün), aber sie werden schnell von üppigen weißen Blumen förmlich überwältigt – Magnolie, Jasmin, Hyazinthe und vor allen Dingen Maiglöckchen. Das Maiglöckchen ist eine trügerische kleine Blume, bebende, unschuldige Schönheit, die ein süßes und fesselndes Parfüm verströmt. Doch seien Sie auf der Hut! Es ist mehr als fesselnd – es fängt Sie ein! Vielleicht ist das der Grund für **Envys** geneideten Erfolg.

CALÈCHE
elegant und chic

1961 kreiert, zählt es schon lange zu den angesehenen und bewunderten Klassikern, und das aus gutem Grund – **Calèche** ist ein Meisterwerk, verwirrend leicht und gleichzeitig verführerisch. Es ist die erfolgreiche Interpretation eines blumigen Parfüms mit grünen Untertönen und aldehyden Noten an der Oberfläche. Das verleiht ihm seine unvergleichliche Ausstrahlung. Stier-Geborenen gefällt es aufgrund seiner klassischen Schönheit, den an der Schwelle zum Zwilling Geborenen wegen seines Flairs von Aufregung und Erwartung. **Calèche** ist nach den eleganten Pferdekutschen des neunzehnten Jahrhunderts benannt, in denen Frauen von Welt – heimlich oder in aller Offenheit – zu ihren Verabredungen fuhren. **Calèche** ist eine Komposition aus vielen, vielen lieblichen Blumen – in erster Linie

Gardenie, Jasmin, Ylang Ylang, Rose, Orangenblüte, Maiglöckchen und Iris – über einer Chypre-Basis aus Bergamotte, Zitrone, Vetiver, Moos, grünen Blättern und Sandelholz. Ein Hauch von Gewürzen und ein Spritzer Pinie fügen noch Eleganz und Chic hinzu. Aber wenn **Calèche** auch oberflächlich so verspielt scheint, sind die Absichten, die es hinter Spaß und Spiel verbirgt, doch todernst. Es ist da, um bemerkt zu werden, um Köpfe zu verdrehen und zu verzaubern, in einer Art und Weise, die ganz plötzlich in eine echte Herzensangelegenheiten umschlagen kann. Denn **Calèche** besitzt wirklich ein warmes Herz, und seine »Opfer« können vollkommen überrascht werden. Es ist ein weltgewandtes Parfüm, das nichts mit Unschuld im Sinn hat, genau wie die Frau, die die ihre schon vor langer Zeit gegen das Vergnügen einer zivilisierten Verführung eingetauscht hat. Stier-Geborene werden es wegen seiner Eleganz lieben, während Zwillinge sich schon in einer hübschen *calèche* durch Paris kutschieren sehen.

Der Stier-Mann:
prosaische Geschenke mit Klasse

Der Stier-Mann ist ein relativ offenes, ruhiges, aber zugleich leidenschaftliches Geschöpf, selbst wenn er versuchen sollte, das mit aller Entschiedenheit zu leugnen. Er verfügt über einen praktischen Verstand, ist freundlich und geradeheraus, gibt aber gewöhnlich nicht damit an. Manch einer verwechselt diese natürliche Bescheidenheit mit Langeweile, aber Sie wissen es besser! Er muß nur ein wenig aus sich herausgelockt werden. Seine Liebe zur Natur, seine Fähigkeit, schöne Dinge zu genießen, seine guten Manieren (vor allem Frauen gegenüber, so lange sie nicht versuchen, ihn auszunutzen), all dies sind Eigenschaften, die Sie unterstreichen sollten, wenn Sie einen Duft auswählen. Er wird die brandneuen Mischungen, die ihre Botschaft laut und deutlich verkünden, ebensowenig mögen wie schrille exotische Düfte, die ihn wahrscheinlich nur in Verlegenheit bringen. Ihm gefallen die ruhigeren, natürlicheren, prosaischen Düfte mehr. Vergessen Sie nicht, daß er im Grunde ein Naturbursche ist – kein oberflächlicher, launischer Playboy.

- **Vetiver** von Guerlain
  Typ: grün/holzig
- **YSL Pour Homme** von Yves Saint Laurent
  Typ: krautig/fruchtig
- **Safari for Men** von Ralph Lauren
  Typ: würzig/grün
- **Tuscany** von Aramis
  Typ: fruchtig/würzig

Vetiver

Dies ist die brillant kultivierte Konzentration von Vetiver, der Wurzel eines höchst aromatischen Grases, das im Fernen Osten und in der Karibik wächst. Es duftet stark nach Hölzern, mit einem Hauch von Grüntönen und einer gewissen, unterschwelligen Moschusnote, die man bei Guerlain (schon seit Napoleon III., Meister in der Kunst, männliche Parfüms zu entwickeln) noch ein wenig kräftiger und trockener gemacht hat, indem man ein bißchen Zitrus, Tabakblatt und Eichmoos zusetzte. Um die berühmte Sanftheit zu erzielen (reiner Vetiver kann ziemlich stark sein!) werden Sandelholz und Zeder hinzugefügt, wodurch eine frische, aber nicht herbe, heitere Note erzielt wird, die vor allem Geschäftsmännern oder anderen Männern im Urlaub gefällt. Vielleicht nehmen Sie **Vetiver** sogar einmal selbst, zur Abwechslung nach all den Blumendüften!

YSL Pour Homme

Dieses Parfüm ist schon fast so etwas wie eine Legende geworden, ohne auch nur einen Funken von Alterserscheinungen zu zeigen. Es ist eines der großen »Beständigen« – ein Duft, den die meisten Männer von Welt, vor allem aber Stiere, wegen seiner fruchtigen Zitrusfrische mögen, die von beruhigenden Kräutern wie Lavendel, Rosmarin und Thymian gemildert wird. **YSL**'s Kopfnoten sind sehr zitronig, aber ein kräftiger Zug samtigen Eichmoos' verhindert, daß es zu herb wird. Daneben erhält es durch einen Hauch exotischen Patchoulis noch einen sinnlichen Akzent. Es gefällt vor allem jungen Männern. Daneben verfügt es über soviel urbanen Charme, daß es ganz entspannt an Dinnerpartys teilnehmen kann. Im Boudoir jedoch ist **YSL** fehl am Platze. Es ist auf die falsche Art frech!

Safari for Men

Die ganze Liste der Gewürze in **Safari for Men** ist ein Geheimnis, aber es handelt sich auf jeden Fall um weniger starke, wie Kardamom und Koriander, es sind nicht die schweren wie Gewürznelke und Pfeffer. Unter ihnen fällt vor allem der anisähnliche Beigeschmack von Estragon und Beifuß auf. Auch die sanfte, anhaltende Präsenz von Zedernblatt und Eichmoos ist auszumachen, und schließlich noch ein Hauch exotischen Patchoulis, was dem Ganzen ein wenig Sinnlichkeit verleiht. **Safari** ist vom Namen und vom Charakter her ein Duft für draußen, aber ein zivilisierter, der auch den materiellen Annehmlichkeiten des Lebens entspricht – und genau deshalb kommen seine Weltgewandtheit und ungewöhnliche Zurückhaltung den männlichen Stier ebenso entgegen, wie seine klassische Verpackung. **Safari for Men** ist ein Abenteuer, aber ohne den Staub, die Gefahren und die Unbequemlichkeiten.

Tuscany

Tuscany ist ein sehr duftiges und sonnendurchtränktes Parfüm, voll sanfter Wärme und einer gewissen Verträumtheit, als wäre ein Tag zur Mittagszeit nicht glühendheiß, sondern so angenehm, daß man sich mit einem Glas guten Weines in der Hand ein schattiges Plätzchen suchen kann. Es ist unkompliziert und freundlich mit seinen Orangen- und Mandarinendüften, unter die sich aromatische, aber nicht zu feurige Gewürze mischen. Dazu kommt ein Hauch beruhigender Lavendel, und das alles ist eingebettet in Eichmoos, Patchouli und den erdigen Moschusduft von Geranienblättern. **Tuscany** hat sich praktisch in den Status eines klassischen Herrenparfüms hineingeschmuggelt, einfach deshalb, weil Männer es nicht aufdringlich finden.

Es ist ein kleiner Trost und mildert die Härten des Lebens, die Stiere ohnehin nicht mögen. Er wird es lieben – heimlich, natürlich!

Wem steht was und wann:
So holen Sie das Beste aus Ihren Parfüms heraus

Parfüms sind nicht nur Erweiterungen Ihrer Persönlichkeit, sondern unterstreichen auch Ihr Aussehen und die Stimmung, in der Sie sich gerade befinden. Um die besten Eigenschaften zum Vorschein zu bringen, sollte man sie mit Respekt ihrem jeweiligen eigenen Charakter gegenüber behandeln. Auch Parfüms haben ihre Grenzen, genau wie Sie. Manche eignen sich besser für einen verführerischen Abend, andere für den hellen Tag. Hieraus folgt, daß leichtere Parfüms sich bei wärmerem Wetter wohler fühlen, die schwereren dagegen im Herbst und Winter. Auch das Alter spielt eine wichtige Rolle: Jüngere Frauen meiden wahrscheinlich ganz automatisch die ultra-eleganten Düfte (oder sollten es zumindest tun), während reifere Frauen erkennen sollten, daß ihre Zeit für die frechen, heiteren Parfüms vorbei ist. Ihr Teint ist nicht so wichtig, wenngleich ich glaube, daß dunklere Frauen – als Faustregel – automatisch zu den üppigen, orientalischen Düften neigen, während Blondinen (echt oder gefärbt) romantischere und frischere Parfüms bevorzugen. Das ist auch die Grundlage für die leicht nachzuvollziehende Tabelle. Sie ist jedoch nur als hilfreiche Empfehlung gedacht, nicht als starre Regel.

Basiswaffen

	Zeit		Alter		Typ		Wetter	
Parfüm	Tag	Nacht	Jung	Älter	Hell	Dunkel	Warm	Kalt
Femme	*	*		*	*	*	*	*
Fendi	*	*	*	*		*		*
Nr. 5	*	*		*	*	*	*	*
Nr. 19	*		*		*	*	*	*
Roma		*	*	*		*		*

Geheimwaffen

	Zeit		Alter		Typ		Wetter	
Parfüm	Tag	Nacht	Jung	Älter	Hell	Dunkel	Warm	Kalt
Ivoire	*	*	*	*	*	*	*	*
Tocade	*		*	*	*	*	*	
Kenzo		*	*	*	*	*	*	*
Ysatis	*	*		*	*	*	*	*
Givenchy III	*	*	*		*	*	*	*

Stier/Zwilling

	Zeit		Alter		Typ		Wetter	
Parfüm	Tag	Nacht	Jung	Älter	Hell	Dunkel	Warm	Kalt
Eau Dynamisante	*		*	*	*	*	*	*
Envy	*		*		*	*	*,	
Calèche	*	*	*	*	*	*	*	*

Widder/Stier

	Zeit		Alter		Typ		Wetter	
Parfüm	Tag	Nacht	Jung	Älter	Hell	Dunkel	Warm	Kalt
Tuscany per Donna	*	*	*		*	*	*	
Byzance	*	*	*	*	*	*	*	
Narcisse	*	*	*		*	*		*

Herrendüfte

	Zeit		Alter		Typ		Wetter	
Parfüm	Tag	Nacht	Jung	Älter	Hell	Dunkel	Warm	Kalt
Vetiver	*		*	*	*	*	*	
YSL Pour Homme	*	*		*	*	*	*	*
Safari for Men	*		*	*	*	*	*	
Tuscany	*	*		*	*	*	*	*

Zwillinge
21. Mai–20. Juni

Sie und der Kristallüster

Sie sind ganz verrückt nach Kristallüstern und allem, was funkelt, glitzert oder sprüht. Sie wünschen sich ihr Leben als Karussell, das sich dreht und wendet und sie in berauschende Zeiten entführt, voller Romanzen, die keine Bedeutung haben müssen. Sie sind von Natur aus ernst, aber das behalten sie für sich. Für sie dreht sich die Welt, also können sie sich mit ihr drehen – ganz Glanz und Gloria! Und sie tun das auf so charmante Weise! Neben den Waage-Geborenen (ebenfalls ein Luftzeichen) sind die Zwillinge-Frauen gewöhnlich die attraktivsten im Tierkreis. Verführerische Kleider und märchenhafter Schmuck scheinen nur für sie geschaffen zu sein – und auch das Parfüm bildet da keine Ausnahme. Wie die Motte vom Licht fühlen Sie sich von den magnetischsten, zauberhaftesten Düften angezogen.

Andere Menschen bezeichnen sie vielleicht als kapriziös, launisch und ruhelos, aber das sind Eigenschaften, die sie als Tugenden betrachten. Pessimismus kennen Zwillinge nicht – zumindest äußern sie ihn nicht. Sie lieben das Leben und kosten es voll aus. Sie schwärmen für große Veranstaltungen und all den Klatsch, der damit einhergeht – aber sie nutzen diesen Klatsch und Tratsch nur selten auf boshafte Weise. Ihr Wesen erlaubt es nicht, andere bewußt zu verletzen. Sie sind die bei weitem besten Kommunikatoren des Tierkreises und können die Seele der Diplomatie sein (Diskretion steht auf einem anderen Blatt!). Sie sind talentierte Künstler und lieben es, im Rampenlicht zu stehen – Kameras wurden extra für sie erfunden (denken Sie bloß an Marilyn Monroe, den berühmtesten Zwilling!). Sie sind wißbegierig, anpassungsfähig, vielseitig, und Alter ist ein Fremdwort für sie. Sie sind frischer als der Frühling selbst!

Ihr größtes Problem ist ihre Seele. Sie geben es zwar ungern zu, aber sie können in tiefste Depressionen verfallen. Doch würden sie diese dunkle und beunruhigende Seite niemals jemandem zeigen, höchstens einem anderen Zwilling. Sie ziehen es vor, sich selbst daraus zu befreien. Wenn sie einmal richtig verzweifelt sind und dringend Hilfe benötigen, dann bitten sie schon darum, aber meistens halten sie gutgemeinte Ratschläge für eine peinliche Einmischung. Sie verstehen ihre Rastlosigkeit und Instabilität so gut zu verbergen, daß es aussieht, als gebe es sie gar nicht. Und es ist erstaunlich, wie sie immer wieder fröhlich und selbstbewußt aus einer mißlichen Sache hervorgehen. Ihr Schönheitssinn ist ihnen dabei eine enorme Hilfe. (Ich kenne eine Zwiliinge-Dame, die auf die wundersame Wirkung von wirklich gutem Champagner und ein paar kräftigen Spritzern **Joy** schwört – sie behauptet, es würde nie fehlschlagen.)

So, wie sie für sich persönlich absolute Freiheit beanspruchen, verlangen sie auch von anderen ein bißchen viel. Und gewöhnlich gibt man nach. Es ist einfacher so, denn wenn sie von dem einen nicht bekommen, was Sie wollen, holen sie es sich woanders. Und wenn es darum geht, Wünsche zu befriedigen, sind sie nicht einmal besonders wählerisch. Natürlich verrechnen Sie sich auch schon mal und stellen fest, daß sie etwas erreicht haben, was sie eigentlich gar nicht wollen. Dies hat ihnen den Ruf eingebracht, launisch zu sein, und den revidieren sie nur mit Hilfe des Geheimnisses, daß sie wunderbar großzügig und verständnisvoll im Grunde sind. Sie geben ebenso gerne, wie sie nehmen. Sie zermartern sich das Hirn, bis sie das perfekte Geschenk für einen Freund gefunden haben – sie schenken niemals etwas, was jemand ihrer Meinung nach bekommen sollte, sondern das, was er oder sie sich wirklich wünscht. Das entspricht ihrem einfühlsamen Herzen, der Preis ist ihnen verdammt egal.

Ihr größter Feind ist wahrscheinlich ihre verzweifelte Sehnsucht, geliebt zu werden. Das läßt sie sich manchmal zu Menschen hingezogen fühlen, die sie nicht verdient haben. Zum Glück halten ihre Freunde zu ihnen, bis sie zwar verletzt, aber klüger aus der Sache hervorgehen. Es fällt ihnen schwer, einen guten Rat anzunehmen, aber wenigstens wissen sie, daß es ihn gibt! Und genau deshalb werden sie von ihren Freunden so sehr geschätzt. Also, Zwillinge sollten sich nicht um kleinliche Kritik kümmern, die Leute gar nicht beachten, die sie als oberflächlich und schizophren bezeichnen. Sie sollten einfach Vertrauen in ihre Freunde haben, in die Dinge, die sie lieben und respektieren, und so lebhaft bleiben, wie sie möchten. Sie sind im Tierkreis das weibliche Gegenstück zu Peter Pan, mit einer gehörigen Portion von Tinkerbell, und das läßt sich von den mürrischen (und möglicherweise eifersüchtigen) Lästerzungen sicher nicht behaupten! Zwillinge lachen sie einfach nur an, zwinkern ihnen zu und tanzen dann fröhlich weiter durchs Leben.

Zwillinge-Stil

Sie wissen sehr gut, daß sie einen haben. Er ist ihnen angeboren. Es ist vielleicht nicht der eleganteste Stil, aber er verkörpert ihre ganz eigene Welt aus hellen, luftigen, sorgfältig lässigen und fast immer extrem teuren Besitztümern. Sie lieben hübsche Dinge, solange sie nicht zu verspielt sind. Kleider, Accessoires und Make-up sollen äußerst feminin und zart sein. Der strenge, maßgeschneiderte Look liegt ihnen nicht, aber auch zuviel Schnickschnack meiden sie. Es fällt ihnen offenbar schwer, sich auf eine Sache zu konzentrieren, und sie werden immer wieder Gegenstände hinauswerfen oder ersetzen (vor allem Möbel), bis sie glauben, genau das Richtige zu haben. Sie sind Perfektionisten, dafür bekannt, mitten in der Nacht aufzustehen, um Kissen anders zu arrangieren oder einer Marinade noch ein anderes Gewürz hinzuzufügen. Bei ihnen muß einfach alles stimmen!

Pastelltöne, Weiß, Gold und Silber sind die Farben, die sie bevorzugen. Rosa ist gewöhnlich ihre Lieblingsfarbe – in allen Schattierungen, außer Rotbraun. Das Glitzern von Gold und anderen Metallictönen, der funkelnde Glanz von Diamanten, Saphiren und Smaragden läßt ihnen Schauer über den Rücken laufen, und für ein Stück von einem Juwelier wie Cartier oder Tiffany würden sie durchs Feuer gehen. Sie sind vielleicht keine überwältigenden Köche, aber sie wissen, wie man Dinge zusammenstellen muß, damit sie sensationell aussehen, und wenn sie eine Party geben, dann wird man sich noch lange daran erinnern. (Allein die Vorstellung, nicht genug Champagner zu haben, ist für sie ein Alptraum!) Da ihnen die Liebe zu schönen und teuren Dingen im Blut liegt, ist es nicht nur ein Vergnügen für sie, Parfüms auszuwählen, sondern eine Erfahrung, die der Liebe ähnelt! Sie müssen einfach die besten, faszinierendsten und außergewöhnlichsten Parfüms haben, die je kreiert worden sind, und obendrein in den reizvollsten Verpackungen. Jetzt kommt es nur noch darauf an zu erkennen, welche Düfte ihre – in Gesellschaft gezeigte – Persönlichkeit am besten unterstreichen und welche ihnen die einzigartige Ausstrahlung verleihen, die selbst ihre besten Freundinnen in Erstaunen versetzt.

Ihre äußere Erscheinung ist *Munterkeit*, ihr innerer Kern *Großzügigkeit*.

Dies läßt sich nun in die für die Zwillinge-Geborenen am besten geeigneten Parfüms umsetzen. Ich habe sie in zwei Kategorien eingeteilt:

1. *Basiswaffen* – die überaus wichtigen Basisparfüms, die Ihnen am besten stehen sollten. Sie bilden den Kern Ihres Parfümarsenals.
2. *Geheimwaffen* – sie unterstreichen die Basisdüfte, sind gewagter und ausgefallener, sollten aber immer noch zu Ihnen passen.

Es gibt auch eine Auswahl von Parfüms für diejenigen, die zwischen den Tierkreiszeichen Zwilling und Krebs geboren sind, sowie eine Reihe von Herrendüften, die man dem Zwillinge-Mann schenken kann. (Wenn Sie zwischen Stier und Zwillinge geboren sind, finden Sie weitere Parfüms auf den Seiten 97 ff., 104, 137). Ich habe jedes Parfüm einer bestimmten Kategorie zugeordnet. Am Ende des Kapitels sind alle Parfüms in einer Tabelle zusammengefaßt, die Ihnen verrät, ob sie besser für junge oder ältere Frauen, an warmen oder kalten Tagen, tags oder abends, für dunkle oder helle Typen geeignet sind.

**Basisparfüms:
der unentbehrliche Grundstock**

Wenn Zwillinge in Partystimmung sind, heißt es: Auf ins Getümmel. Das bedeutet nämlich Lachen und Ausgelassenheit auf der ganzen Linie! Ihre Fähigkeit, fröhlich zu sein, Feste zu feiern und Spaß zu haben, ist schon legendär (und ein wenig erschreckend für andere, die nicht mit Ihrer Energie Schritt halten können!). Deshalb glaube ich, daß Ihre Basisparfüms, praktisch eine Erweiterung Ihrer Jubelstimmung sind, gewöhnlich leichte, blumige Düfte sind. Orientalische Parfüms sind zu üppig und schwer für Sie, und Sie finden die warmen, fruchtigen Düfte auch ein bißchen langweilig. Grüne Parfüms gefallen Ihnen, wenn Sie mit Blumen geschmückt sind – zu herbe, frische Düfte widersprechen ihrem Wunsch, jederzeit ausgesprochen weiblich zu wirken, und ein Frischluftfanatiker sind Sie ohnehin nicht (all diese krabbelnden, kriechenden Kreaturen in Ihrer Sektflöte ...) Also heißt es: Je spritziger, desto besser, und es gibt eine Menge Parfüms, die diesen Ansprüchen Genüge tun. Passen Sie nur auf, daß Sie sich nicht mit zu vielen betörenden Düften »überschütten« – Sie genießen den Ruf (meist zu Unrecht), flott und kokett zu sein. Daher wäre es gut, diesem Ruf ein oder zwei Parfüms entgegenzusetzen, die edel und mondän sind. Es ist kein Zufall, daß ein paar der Parfüms, die wie für Sie geschaffen zu sein scheinen, von berühmten Juwelieren kreiert wurden, die ihr Schmucksortiment mit dem einen oder anderen Parfüm ergänzt haben. Ihre Liebe zu schimmernden Perlen ist schließlich nicht nur berühmt, sondern schon fast berüchtigt. Aber wenn es darum geht, sich zu schmücken, ist Ihr Instinkt unfehlbar. Sie haben auf diesem Gebiet keine Konkurrenz, und so können Sie Ihre Wahl treffen, ohne lange zu zögern. Und hier sind Ihre Parfüms:

- **Bvlgari** von Bulgari
  Typ: blumig/würzig
- **Joy** von Jean Patou
  Typ: blumig
- **Yvresse** von Yves Saint Laurent
  Typ: blumig/fruchtig
- **Jean-Paul Gaultier** von Jean-Paul Gaultier
  Typ: blumig
- **Champs-Elysées** von Guerlain
  Typ: blumig

BVLGARI
betörend modern

Brechen Sie sich bloß nicht die Zunge ab, wenn Sie versuchen, den Namen so auszusprechen, wie er geschrieben wird – das »v« steht nämlich für das »u« aus dem mittelalterlichen lateinischen Alphabet. Fragen Sie also einfach nach Bulgari-Parfüm, wenn Sie diese wundervolle flüssige Schöpfung eines der meistgeschätzten Juweliere Europas entdecken wollen.

Als dieser Duft in seiner klobigen Flasche von nahezu dramatischer Schlichtheit erstmals auftauchte, die halb aus klarem, halb aus mattem Glas besteht und mit einem prächtigen Stöpsel verschlossen wird, war schon durchgesickert, daß ein Bestandteil des Parfüms grüner Tee sei. Die Medien stürzten sich darauf und erklärten emphatisch, wie verblüffend und ungewöhnlich **Bvlgari** doch wäre. So gab es eine kleine Enttäuschung, als Frauen erklärten, es wäre zwar ein sehr schönes Parfüm, aber wo, bitte, sei die grüne-Tee-Komponente? Wie bei den meisten Parfüms aber darf ein solch ungewöhnlicher Bestandteil jedoch nicht zu vordergründig sein, sondern soll der ganzen Kreation ihre subtile Einzigartigkeit verleihen. In Fall **Bvlgaris** dient er nicht nur dazu, der Basisharmonie etwas Orientalisches hinzuzufügen, sondern soll ihr darüber hinaus auch noch eine geheimnisvolle Note verleihen. Es fügt dem Parfüm sozusagen ein gehauchtes Ausrufezeichen hinzu. Schließlich würden Sie ja selbst aus den Händen Bulgaris wohl kaum ein Parfüm entgegennehmen wollen, das wie eine Tasse Jasmin-Tee duftet, oder? Es ist jedoch interessant zu sehen, daß diese Tee-Assoziation sich festgesetzt hat. Später wurde eine kräftigere *eau parfumée extrême*-Version entwickelt, die offenbar mehr aus diesem Thema machen sollte. Aber Tee spielt bei **Bvlgari** eigentlich nicht die Hauptrolle.

Bvlgari basiert auf sehr frischen, blumigen Noten – Jasmin, Mimose, Orangenblüte und der vollen Prelude-Rose (noch ein Neuling bei der Parfümherstellung!). Doch bilden diese nur den Hintergrund für den unvergleichlichen Duft von Flieder und Freesien. Ein wenig brasilianisches Rosenholz und Moschus vertiefen das Ganze, und schließlich kommt die *cause célèbre* – der verführerische Duft des Tees. Der letzte Akkord ist also eindeutig blumig, birgt aber einen Hauch von orientalischem Wohlgeruch.

Dank dieser rätselhaften Eigenschaft muß **Bvlgari** dem neugierigen Zwilling einfach gefallen. Es ist modern, verlockend und wird natürlich mit Bulgaris auffälligem, modischen Schmuck in Verbindung gebracht. Ich wüßte nicht, warum Sie dem subtilen, aber ausgesprochen reizvollen Zauber dieses charmanten Parfüms nicht erliegen sollten, selbst wenn die Vorstellung, ein bißchen nach grünem Tee zu riechen, nicht unbedingt nach Ihrem Geschmack ist! Glauben Sie mir, es ist lediglich eine Andeutung.

JOY
einfach unwiderstehlich

Früher einmal wurde **Joy** als das teuerste Parfüm der Welt bezeichnet, und es ist auch heute noch nicht gerade billig. Schon als Patou es (mit Hilfe der bekannten Dame der Gesellschaft, nämlich Elsa Maxwell) 1930 auf der Höhe seines Ruhms als *couturier extraordinaire* auf den Markt brachte, war **Joy** nur für die ganz Reichen bestimmt. Und das verwundert nicht, wenn man bedenkt, wie seine Kreation erschaffen wurde. Man könnte ein Buch darüber schreiben!

Jean Patou wollte das Allerbeste – sein neues Parfüm sollte die absolute Quintessenz aus Luxus und Extravaganz sein. Es mußte ebenso »bar jeglicher Vulgarität« sein, aufregend schamlos und höchst einzigartig. Kosten spielten keine Rolle. (Dieser Punkt wird Miss Maxwell besonders gefallen haben!) Vielleicht litt es noch immer unter dem Riesenerfolg seines Konkurrenten, Chanels **No. 5,** und dessen Verachtung für »rein-natürliche« Ingredienzien – auf jeden Fall verwendete man für **Joy** zwei der teuersten, natürlichen Zutaten, die zu jener Zeit verfügbar waren – *jasmin absolu* aus Grasse und bulgarische Rosen, die in dem unvergleichlichen Tal der Rosen in eben diesem Land gezüchtet worden waren. Mehr noch, sie wurden in enorm hoher Konzentration verwendet (jede einzelne Unze von **Joy,** so wird behauptet, enthält die Essenz aus 10 000 Jasminblüten und über 300 Rosen, und das ist erst der Grundstock!) Über hundert weitere Zutaten wurden hinzugefügt, um das beste aus diesem mächtigen Akkord herauszuholen – Pfirsich, Orchidee, Maiglöckchen, Ylang Ylang, Tuberose, Moschus, Zibet und so weiter – aber all dies bleibt nur ein Murmeln im Hintergrund, vor dem sich der aufregende Duft von **Joys** beiden Hauptbestandteilen abhebt. **Joy** ist die reinste Freude für Zwillinge, die über genügend Schwung und Pfiff verfügen, um jeden einzelnen Tropfen dieses hypnotischen Parfüms zu genießen. Und ich muß sagen, es hat stets alle Erwartungen erfüllt. Es ist unwiderstehlich – und ich wette, wenn Sie seinem verführerischen Zauber erliegen, werden Sie ihm dieselbe Bewunderung und Treue entgegenbringen wie dem Mann, den Sie in Ihrem Leben am meisten lieben. Wer will da noch behaupten, Sie seien launisch?

YVRESSE
berauschend luxuriös

Freuen Sie sich nicht zu früh – es ist kein neues Parfüm von Saint Laurent, sondern nur der neue Name für sein wunderbares **Champagne.** Leider war er den halsstarrigen Weinbauern letzten Endes vor Gericht doch unterlegen und mußte es umbenennen. Aber auch unter einem anderen Namen duftet **Champagne** immer noch genauso gut. Der Name **Yvresse** ist eine kluge Kombination aus dem Taufnamen seines Schöpfers und dem französischen *ivresse*, was (wie überaus passend!) soviel bedeutet wie Berauschung, Vergnügen und Verzückung.

Ansonsten wurde nichts verändert, nicht die wunderschöne, originelle Verpackung, die an einen Champagnerkorken erinnert, und schon gar nicht das herrliche Parfüm selbst. **Yvresse** ist einfach berauschend, köstlich und gewagt. Es unternimmt keinerlei Versuch, den Schaumwein zu imitieren, abgesehen von seiner Wirkung, die Menschen bis an die Grenzen der Euphorie glücklich zu machen. Und auf diesem Gebiet hat es durchschlagenden Erfolg! **Yvresse** zählt zu den geselligsten und schmeichlerischsten Parfüms, hat Pfiff und verfügt daneben über ein ganz eigenes elegantes Funkeln.

Yvresse kann auch stolz sein auf seine einzigartige Komposition. Ich habe ja bereits erwähnt, daß Zwillinge fruchtige Düfte gewöhnlich ein bißchen langweilig finden, und **Yvresse** ist ziemlich fruchtig. Aber seine Früchte sind alles andere als alltäglich! Da haben wir zum Beispiel Nektarine – voll und reif, mit einem Hauch von Zitrus- und Pfirsichgeruch, der einem das Wasser im Mund zusammenlaufen läßt – abgerundet mit chinesischen Lychees (ist das nicht mal etwas anderes?). In diesem Fall ist es das bestimmt, denn bei **Yvresse** wird eine neue Technik angewandt – die Essenz der Früchte wird kurz vor dem Pflücken herausgefiltert, wodurch eine einzigartige Frische erzielt wird. Dadurch sind sowohl die Nektarine- als auch die Lychee-Noten ausgesprochen berauschend. Um diese extreme Frische noch zu verstärken, wird eine Kombination aus Minze und Anis hinzugefügt, zusammen mit einigen wenigen, aber stark duftenden Bauernrosen, ein paar Spritzern Eichmoos, Patchouli sowie Vetiver wegen der Leichtigkeit.

Der Duft von **Yvresse** ist nicht nur gewagt, sondern überraschend sinnlich. Er wird Zwillingen, die bei allem Spaß gern auch Eleganz und Raffinesse haben, besonders gefallen. Übermütige, junge *Genießer*, die Spritzigkeit und Kitzel erwarten, sind vielleicht ein wenig enttäuscht von ihm, aber die Witzigen und Weltgewandten werden in seiner fröhlichen Üppigkeit schwelgen. Und was noch wichtiger ist: **Yvresse** ist den wahren Annehmlichkeiten einer jeden Feierlichkeit gewidmet – und das wiederum ist eine absolute Priorität für weltgewandte Zwillinge. Wen kümmert es da schon, wenn es nicht mehr **Champagne** heißt? Es hat noch immer dasselbe Funkeln. Und wie alles, was teuer ist und funkelt, hält es lange!

JEAN-PAUL GAULTIER
sentimental und lieblich

Couturiers, vor allem die französischen, legen oft ein unerwartetes Betragen an den Tag, wenn es darum geht, der Parfümkreation zuzustimmen, die ihren Namen tragen soll. Und dieses einstige *enfant terrible* der nonkonformistischen Modewelt war wahrscheinlich die größte Überraschung überhaupt. Alle haben etwas Ungewöhnliches und Ausgefallenes erwartet. Indessen ist nach anfänglicher Geheimniskrämerei und zahlreichen Ablenkungsmanövern, **Jean-Paul Gaultier** ein sentimentales, liebliches, altmodisches Parfüm geworden. So hat er schließlich doch alle schockiert, aber eben auf seine typische, ungewöhnliche Art und Weise.

Nicht, daß man angesichts der Verpackung etwas Jungfräuliches erwartet hätte. Da ist zunächst eine silberne Dose. Öffnet man sie, so kommt der Torso einer üppigen Frau im Korsett zum Vorschein (Erinnerung an Schiaparellis legendären Flakon für ihr Parfüm **Shokking**, das die Welt 1937 in Erstaunen versetzte). Diese hier ist eine Hommage an Gaultiers geliebte Madonna – die irdische, nicht die himmlische! –, doch die Überraschung ist das Parfüm selbst. Es ist ein fast hausbackenes Gemisch aus Rosen, Orangenblüten, Orchideen, Iris, Ylang Ylang und Mandarine, aber gewürzt mit Ingwer und Sternanis, und schließlich großzügig mit Vanille und Moschus durchtränkt. Es ist zuckersüß, charmant und irgendwie entwaffnend. »Warum?« fragen Sie vielleicht. Die Antwort ist bei Gaultiers Großmutter zu suchen. Er liebte es, in Ihrem Boudoir zu verweilen, in dem sich ihr Schnürkorsett, duftender Nagellack und rosiger Gesichtspuder befanden. Die Erinnerung ist ihm geblieben, zweifellos ein nostalgisches »Gegengift« zu all dem glitzernden Glamour, von dem er später umgeben war.

Jetzt möchten Sie vielleicht wissen, ob **Jean-Paul Gaultier** tatsächlich ein Parfüm ist, das Sie in Erwägung ziehen sollten. Die Antwort lautet ja, wenn Sie ein Zwilling sind, der süße Gedanken ebenso liebt wie rosige Träume und der sich gerne in nostalgischen Erinnerungen verliert. Oder wenn Sie einfach der sensationellen Verpackung dieser amüsanten und liebenswerten *jolie folie* nicht widerstehen können.

CHAMPS-ELYSÉES
echt pariserisch

Ich denke, es wäre unfair von mir, Ihren angeborenen guten Geschmack nicht mit einem Guerlain-Parfüm anzuerkennen. Und **Champs-Elysées** kam genau rechtzeitig auf den Markt, um dem Hang des Zwillings zu schönen und angenehmen Dingen entgegenzukommen. Es ist eine unerwartet leichte Kreation von Guerlain. Es ist eher leicht und lebhaft als intensiv romantisch, aber ich glaube, es wird Ihnen wegen seiner berauschenden Lebenslust gefallen.

Champs-Elysées kommt in einer ausgesprochen eindrucksvollen Schachtel in Gold und Leuchtendrosa sowie einer schönen eckigen Flasche daher, die irgendwie an Pariser Architektur erinnert. Auf den ersten Blick ist es einfach herrlich – es scheint Sie in eine Aura aus funkelndem Licht und Glanz zu hüllen. Und wenn es dann erblüht wie der junge Frühling, dann kann es gar nichts anderes sein als ein echtes Pariser Geschöpf.

Wie es Guerlains Art ist, ist seine Zusammenstellung wahrhaft abenteuerlich. Für **Champs-Elysées** wird der anhaltende, fliedergleiche Duft der Buddleia (auch als Schmetterlingsbusch bekannt) verwendet, sozusagen als Gegengewicht zu dem anfänglichen Ansturm aus Mimosenblättern, Schwarzen Johannisbeeren, Rosenblättern und Mandelblüten, gefolgt von dem sonnigen Duft von Mimosenblüten auf der unterschwelligen Basis von Hibiskussamen und Mandelholztönen. Die Wirkung ist verblüffend, erregend und fast quälend, wenn das wohlriechende Aroma der Buddleia zum Tragen kommt und den sanft romantischen und femininen Eindruck festlegt, der **Champs-Elysées** seine strahlende

Frische verleiht. Es ist verspielt und witzig, elegant, ohne zurückhaltend zu sein, aber vor allem hat es die Fähigkeit, seine Trägerin außerordentlich jung erscheinen zu lassen.

Zweifellos wurde es entweder nach der blendenden, aber überfüllten Avenue benannt, die gleichbedeutend ist mit Pariser Chic, oder aber es hat seinen Namen bekommen, weil die schönste von Guerlains Boutiquen in Nr. 68 an den Champs-Elysées untergebracht ist. Ich stelle mir jedoch gerne vor, daß es auf das elegantere siebzehnte Jahrhundert zurückgeht, als die ursprünglich grüne Allee sich noch in den Randbezirken von Paris befand und mit ihrem Zickzackkurs als recht ländlich galt, bis sie im achtzehnten Jahrhundert begradigt wurde. Wie schön und wahrhaft romantisch muß es damals gewesen sein, ohne die Hast, die Luftverschmutzung und den Lärm, die heutzutage aus den Champs-Elysées mitunter einen Alptraum machen können! Da tut es gut zu wissen, daß Sie sich jederzeit in diesen parfümierten Zauber hüllen und sich Paris genau so vorstellen können, wie Sie es gerne hätten. Ein berauschende Phantasie für Zwillinge!

Geheimwaffen:
die Überraschungen

Wenden wir uns nun der ruhigeren Seite zu, auch wenn Sie in Ihrem hektischen Leben vielleicht nur eine untergeordnete Rolle spielt. Wie wir wissen, neigen Zwillinge zu abrupten Temperamentsausbrüchen. Plötzlich ist die Schau zu Ende, der letzte Vorhang ist gefallen, die Rosen sind in die Vasen gestellt. Was nun? Einsamkeit erschreckt sie genauso, als wenn man Sie zu lange allein läßt, Sie werden verdrießlich und weinerlich.

Sie müssen schon selbst einen Ausweg finden, aber eine gute Methode besteht darin, etwas für andere zu tun. Finden Sie zu Ihrer grenzenlosen Freundlichkeit und Großzügigkeit zurück. Und anstatt sich mit Parfüms zu schmücken, die wie ein Orden an Ihnen haftenbleiben, greifen Sie zu den weniger aufdringlichen, den weniger kapriziösen. Sie müssen gar nicht so anders sein als Ihre Basisparfüms, aber sie sollten etwas weniger auffallen. Sie können mehr werden als nur Lückenbüßer – sie können zu Rettern werden, wenn das Leben mal wieder düster aussieht. Ich habe sie wegen ihrer therapeutischen Wirkung ebenso ausgewählt wie wegen ihrer Weiblichkeit und ihres aromatischen Wohlgeruchs. Sie sind alle angenehm, aber ziemlich sanft, durch und durch charmant und entspannt – genau wie Sie es sein werden, wenn Sie erst einmal aufhören, zu grübeln und sich statt dessen denen zuwenden, die Sie lieben. Sie wollten doch schon immer ein Engel sein, oder nicht? Hier sind sie nun:

- **Carolina Herrera** von Carolina Herrera
  Typ: blumig
- **Oscar de la Renta** von Oscar de la Renta
  Typ: blumig
- **Un Air de Samsara** von Guerlain
  Typ: blumig/orientalisch
- **Moschino** von Moschino
  Typ: blumig/orientalisch
- **Muguet du Bonheur** von Caron
  Typ: blumig

CAROLINA HERRERA
einfach schön

Carolina Herrera (einst als die eleganteste Frau der Welt bezeichnet) ist eine Designerin, deren Kleider absolute Weiblichkeit ausstrahlen, dabei aber überraschend streng und eindrucksvoll sind. Dasselbe gilt für ihr erstes Parfüm. Wenn Sie es auch selbst als »Feuerwerk aus Jasmin« bezeichnet hat, so ist es doch alles andere als bloß berauschend. Zwei Arten von Jasmin werden verwendet – die eine romantisch-süß, die andere durchdringend-herb –, um auf Anhieb Eindruck zu machen, doch sollen Sie deshalb nicht duften wie eine Schlingpflanze in voller Blüte. **Carolina Herreras** Charme macht mehr aus.

Zu dem französischen und spanischen Jasmin gesellen sich die kräftige indische Tuberose, Narzisse und Ylang Ylang, was allein schon für ein Feuerwerk sorgt, aber ihre Vergänglichkeit unterwirft sich der besänftigenden Wirkung von Aprikose, Orangenblüte, Hyazinthe und Geißblatt. Ein Hauch von Moschus und Schwaden aus Sandel- und Zedernholztönen mengen sich darunter und neutralisieren die Blumenfülle, so daß **Carolina Herrera** nicht zu stark nach Blumen duftet.

Carolina Herrera ist ein Parfüm für Frauen, die Raffinesse und Chic lieben. Es ist durchdringend, aber nicht aufdringlich. Seine blumige Schönheit ist niemals übertrieben süß, und es verfügt über eine innere Stärke, die Ihre Attraktivität unauffällig ergänzt. Zu der schlichten schwarz-weißen Schachtel mit den großen Punkten und den gelben Bändern wurde Herrera durch die Flamenco-Kleider aus Sevilla inspiriert, und die sind, wie bekannt, zwar bunt und auffällig, aber auch auf klassische Art gestaltet. **Carolina Herrera** ist ausdrucksvoll, schön und anziehend – geeignet, eine Zwillingsdame neu zu beleben, die das Vertrauen und den Glauben an sich selbst verloren hat. Wenn Sie es zum ersten Mal ausprobieren, lassen Sie es in aller Ruhe in Ihre Haut einwirken, damit der erste »Angriff« von Jasmin Sie nicht schockiert – sein sanft schlagendes südliches Herz wird Sie schon bald besänftigen und verführen. Ein Segen!

OSCAR DE LA RENTA
luftig-leicht und sinnlich-weiblich

Dieser Designer wundervoller, ausgesprochen auffälliger Kleider, die so viele der anspruchsvollsten Frauen in der Modewelt zieren, wurde auf einer karibischen Insel, in der Dominikanischen Republik, geboren. Umgeben von ihrem tropischen Charme und der Leidenschaft der vielrassigen Bevölkerung, wuchs er dort heran. In seiner Kindheit war er stark von seiner Großmutter beeinflußt, deren üppiger, wilder Garten ihn mit der Schönheit und Kraft seiner Blumen bezauberte. Viele Jahre später sollte dieser Garten ihn zu seinem ersten Parfüm inspirieren, mit seiner Fülle aus extravagant vermischten Blumen, Blättern und Gewürzen. Es wurde eine Sensation und zu einem echten, modernen Klassiker.

Oscar de la Renta explodiert förmlich in einer tropischen Pracht aus Jasmin, Tuberose, Ylang Ylang, Orchideen, Gardenie und wilder Orangenblüte. Es ist als würde man am frühen Morgen unerwartet einen Garten riechen, auf dessen Blumenblättern noch die Tautropfen liegen. Dieser Eindruck wird noch durch die herbe Würze von Koriander, Basilikum, Cascarilla (Süßholzrinde aus der Karibik), Gewürznelke, Myrrhe und Opoponax unterstrichen, die dem Parfüm seine intensive Frische verleihen, die dann wiederum von der Weichheit von Pfirsich, Lavendel, Sandelholz, Ambra und Patchouli (und zwar einem gehörigen Spritzer von dem letztgenannten!) gemildert wird. Das alles ist strahlendhell und luftig-leicht, zugleich aber sinnlich und weiblich. Die wunderschöne, geschwungene Flasche wird mit einer Glasblüte verschlossen, in deren Mitte ein einzelner Tautropfen ruht – Nostalgie schlägt erneut zu! Und gerade deshalb gefällt es dem romantischen Zwilling, der ein bißchen Glanz, einen kleinen Tusch gebrauchen kann. **Oscar de la Renta** weiß, wonach sich Frauen mitunter sehnen – eine Wiedergeburt, die als kultivierte Phantasie getarnt ist.

UN AIR DE SAMSARA
unbekümmert und frisch

Einige der großen, erfolgreichen Parfüms, die für etwas schüchternere Naturen vielleicht ein bißchen zu kühn waren, gibt es jetzt auch als weniger explosive Mischung (gewöhnlich mit der ziemlich lauen Entschuldigung, daß sie leichter und damit auch moderner wären – ein fragwürdiges Stückchen Logik!).

Als Guerlain sein neues »Baby« ankündigte, erklärte er, es würde dem wunderbaren **Samsara** entspringen und hätte deshalb selbstverständlich auch Ähnlichkeit mit seiner berühmten »Mutter«, wäre aber absolut ein Kind seiner Zeit. Mit anderen Worten, es sollte keine schwächere, verwässerte Ausgabe sein, sondern ein Parfüm mit ganz eigenem Wesen und eigener Schönheit. So versprach **Un Air de Samsara** von Anfang an, zwar der **Samsara**-Linie anzugehören, aber dabei völlig unabhängig und einzigartig zu sein. Und das ist es! Die Unterschiede sind beachtlich.

Samsara ist eine erlesene Mischung aus dem besten Jasmin und Sandelholz, das man bekommen kann. Beide werden zu nahezu gleichen Teilen gemischt, bis ein intensives, lang haftendes Parfüm entsteht. **Un Air de Samsara** beinhaltet beide Ingredienzien allerdings weniger konzentriert und unterstützt von der Frische von Minze und starken Zitrustönen. Der Unterschied zeigt sich sofort und wird dank der Herznote von Narzisse, veilchengleicher Iris und warmem Ambra immer deutlicher. Ein Kranz aus grünen Blätter ist die abschließende Verzierung – eine, die Sie wahrscheinlich wie einen Hauch frischer Luft empfinden.

Un Air de Samsara ist herrlich leicht und frisch. Es kribbelt ansteckend, hält aber für ein *eau de toilette* ungewöhnlich lange an. Es hat so viel eigenen Charakter, daß es sich weder zusammen mit seiner »Mutter« noch in aufeinander folgenden Schichten auftragen läßt. **Un Air de Samsara** ist unabhängig und selbstbewußt genug, um als das starrköpfige »Kind« zu gelten, das nicht im Schatten seiner »Mutter« stehen will. Das müßte den freiheitsliebenden Zwillingen gefallen, wenn sie ein bißchen bedrückt sind und Aufmunterung brauchen!

MOSCHINO
prickelnd und verführerisch

Moschino ist wie eine ausgelassene kleine Range, ungestüm und verspielt, wie man es von seinem einst lebhaften Schöpfer auch erwartet hat. Wenn Ihnen nun Guerlains kräftiges **Shalimar** gefällt, sie es aber zu anspruchsvoll für Ihr Temperament finden, dann wird **Moschino** Sie mit seiner Mischung aus kapriziösem Charme und Sexappeal sicher für sich gewinnen können.

 Moschino ist natürlich keine Kopie, doch es hat eine ähnliche, wenngleich weniger ernsthafte Attitüde. Es ist ein orientalischer Duft, aber jung und sehr modern. Und es hat so etwas wie eine gespaltene Persönlichkeit. Seine eigenwilligen Kopfnoten sind alle würzig und scharf – Oregano, Pfeffer, Muskat, Koriander und Kardamom. Sie werden durchzogen von grünem Galbanum und von einigen Spritzern Patchouli und Ylang Ylang gekrönt. Es ist ein ziemlich feuriger Anfang. Aber wenn der Rauch verflogen ist, hat sich **Moschino** plötzlich in etwas Sinnliches und Verführerisches verwandelt – in einem Topf brodeln nun Rosen, Jasmin, Nelken, Gardenie und Geißblatt. Besänftigend werden Ambra und Moschustöne hinzugefügt –, bis eine gehörige Portion stark duftender, sinnlicher Vanille das Gemisch schließlich zum Schäumen bringt. **Moschino** hat sein Ziel erreicht, hat Ihre Sinne betört.

 Es ist eines der täuschendsten Parfüms, die ich kenne – nach außen hin fröhlich prickelnd, leicht und spritzig, aber im Kern eine berechnende Verführerin. Trotzdem ist es, dank seiner Unbekümmertheit, niemals schwer oder düster, sondern wirklich einfach wie ein kleines, schelmisches Mädchen, das sich gut amüsieren, aber nicht sündigen will. **Moschino** ist das ideale Parfüm, wenn Sie andere (und auch sich selbst) daran erinnern wollen, daß Sie etwas besitzen, worum die anderen Sie beneiden.

MUGUET DU BONHEUR
ein frühlingshafter Duft

Dieses Parfüm läßt sich eventuell nur schwer auftreiben, aber eine ganze Reihe von Parfümerien haben einige Düfte aus der breiten Palette von Caron wieder in ihr Programm aufgenommen, weil sie in Paris wirklich überaus beliebt sind. Seien Sie beharrlich, denn es ist eines der schönsten Maiglöckchenparfüms (sollten Sie kein Glück haben: sowohl Diors **Diorissimo** als auch Guccis **Envy** sind ein kleiner Ersatz, und es gibt auch ausgezeichnete Düfte in dieser Richtung von Floris und Crabtree & Evelyn).

Muguet (der französische Name für Maiglöckchen) **du Bonheur** ist mehr ein bloßer Hauch als eine Imitation dieser Blume mit ihrem intensiven Duft, der so überraschend lange anhält. In diesem Parfüm wird er zart, doch wirkungsvoll eingesetzt. Anfangs scheint der Duft in weiter Ferne zu liegen, aber allmählich tritt er schüchtern zwischen grünem Gesträuch hervor auf die Lichtung, bebend und unschuldig. Hat man ihn erst einmal aus seinem Versteck hervorgelockt, hüllt er alles in die ruhige Aura seines lieblichen süßen Aromas. Er ist umgeben von einem Kranz aus frischen, grünen Blättern und einem Hauch weißer Hyazinthe, aber in erster Linie bleibt dieses Parfüm ein Tribut an die lieblichste Schöpfung der Natur. **Muguet du Bonheur** ist nicht kühn genug, um seine Gegenwart lautstark zu verkünden, aber es ist ein Parfüm, welches die Menschen in Ihrer Umgebung rätseln und schnuppern läßt. Nach und nach wird es sie so faszinieren, daß sie näher kommen werden.

Der Vorteil, zwischen zwei Tierkreiszeichen geboren zu sein: die freie Auswahl

Es bedeutet nicht nur Verwirrung, daß Sie sich weder dem einen noch dem anderen Sternzeichen zugehörig fühlen oder glauben, von beiden etwas zu haben – wenn Sie ganz am Ende vom Zwilling* geboren sind. Natürlich können Sie Ihre Parfüms einfach aus den Vorschlägen für Zwilling und Krebs wählen, aber passen Sie auf! Je nach Ihren ganz persönlichen Eigenheiten passen vielleicht nicht alle zu Ihnen.

Deshalb habe ich ein paar ausgesucht, die jedes Parfümproblem oder jede Unschlüssigkeit lösen könnten. Die Wahl bleibt auf jeden Fall Ihnen überlassen, also: Viel Spaß beim Aussuchen!

- **L'Air du Temps** von Nina Ricci
  Typ: blumig/würzig
- **Beautiful** von Estée Lauder
  Typ: blumig
- **Calyx** von Prescriptives
  Typ: fruchtig

---

* Wenn Sie ganz am Anfang des Zwillings-Zeichens geboren wurden, sollten Sie sich auch noch einmal die Auswahl für die Menschen ansehen, die zwischen Stier und Zwilling zur Welt gekommen sind. (S. 97 ff., 104, 137)

L'AIR DU TEMPS
eine Rhapsodie

Und außerdem in mindestens einer Hinsicht auch noch geheimnisvoll. Keine Entschlüsselung seiner Zutaten hat je enthüllt, welches die so überaus wesentlichen Gewürze in diesem durch und durch bezaubernden Bouquet sind. Ich vermute, daß **L'Air du Temps** seine zeitlose Faszination diesem Geheimnis zu verdanken hat. Nina Ricci hat es 1948 kreiert, als Zutaten, die vorher nicht zugänglich waren, wieder gekauft werden konnten. Vielleicht wurde damals beschlossen, die Seltenheit dieser »neuen« Gewürze zu einem Teil des unerklärlichen Zaubers zu machen, den dieses Parfüm durch Generationen hinweg auf junge und weniger junge Frauen ausgeübt hat. Und da Zwillinge-Frauen Geheimnisse lieben und Krebs-Frauen gerne ihre Phantasie spielen lassen, ist **L'Air du Temps** das perfekte Parfüm für beide Zeichen. Sein köstliches Bouquet aus Gardenie, Nelke, *rose de mai*, Jasmin und Lilie auf der Basis von Ylang Ylang, Pfirsich, Moos und Moschus, dazu der rätselhafte Schleier aus Gewürznoten, der es in eine eigene Welt der Unschuld und Zärtlichkeit hüllt, haben **L'Air du Temps** zu einem der kostbaren Düfte gemacht, die schon jetzt eine Legende sind. Ich kenne niemanden, dem es nicht gefällt – dieses Parfüm in seinem ausgefallenen Kristallflakon von Lalique, der von einem sich umschlingenden Taubenpaar aus mattiertem Glas gekrönt wird.

BEAUTIFUL
ein Duft von tausend Blumen

Es ist *das* rosa Parfüm schlechthin. Seine Verpackung stellt es schon als solches vor, und seine Flut von Blumendüften, schwebend in einer atemlosen Stille voll weicher, reifer Früchte, verleiht dieser Komposition eine reizvolle Unschuld, die Bilder amerikanischer Schönheitsköniginnen in rosafarbenen Tüllkleidern, romantischer Sommerabende und – natürlich – errötender Bräute heraufbeschwört. Die Liebe des Zwillings zu heiterer Anmut läßt ihn diesem Duft zustimmen, und die Liebe des Krebses zu süßer Nostalgie weiß den lyrischen Charme dieses Parfüms zu schätzen. Möglicherweise finden Sie es auch ein wenig zu süß: Gehen Sie sparsam damit um, denn es haftet recht gut.

Beautiful kann kaum etwas anderes sein als schön, mit seiner üppigen Mischung aus rosa Rosen, Flieder, Veilchen, Nelke, Maiglöckchen, Jasmin, Orangenblüte und Freesie, zu einer wahren Köstlichkeit aufgeschäumt mit Hilfe von Zitrone, Bergamotte, Pfirsich und Schwarzer Johannisbeere, einem Hauch von Salbei, Vetiver, Vanille und Moschus. Und in dieser unwiderstehlichen Köstlichkeit versteckt, lauert der Charme der Südstaatenschönheit, verbergen sich weiße Magnolien in voller, verführerischer Blüte. Von Lauder wurde es ekstatisch als »Duft von Tausend Blumen« bezeichnet, und in diesem Fall ist das wahrscheinlich nicht einmal übertrieben. Nehmen Sie, wie gesagt, nur nicht zuviel davon, dann wird in Ihrem Garten gewiß alles wirklich **Beautiful** duften.

CALYX
köstlich fruchtig

Jede Frau braucht einen spritzigen, leichten und weniger ernsten Duft, mit dem sie sich großzügig besprühen kann, um schlechte Laune zu vertreiben. Das gilt ganz besonders für die Damen zwischen zwei Sternzeichen. **Calyx** ist da genau das Richtige, Sie können so großzügig damit umgehen, wie Sie wollen, denn es kostet nicht die Welt. Mit dem frisch-herben Aroma von Grapefruit und der Süße von Freesien fängt es rasant an, sammelt auf seinem fröhlichen Weg dann die köstlichen Essenzen von Mangos, Guaven, Maracuja, Mandarine, gibt schließlich ein wenig Melone und Papaya sowie einen kräftigen Schuß weiße Lilie und einen Spritzer Himbeerduft hinzu. Alles fügt sich zu einem perfekten, köstlich fruchtigen, schaumig-lockeren *frappé* zusammen. **Calyx** ist nicht als wichtiges Parfüm gedacht, vollbringt aber wahre Wunder, wenn Sie niedergeschlagen oder sehr aufgebracht sind. Sie sollten vielleicht eine zweite Flasche im Büro aufbewahren, damit Sie angesichts von Unannehmlichkeiten immer noch glücklich lächeln und so duften können, als wären Sie zu allem fähig.

Der Zwillinge-Mann:
Wenn es nicht teuer ist, vergessen Sie's!

Nicht, daß der Zwillinge-Mann generell ein Snob wäre, aber er ist ganz gewiß ein Pfau. Das wiederum soll nicht heißen, er sei übertrieben eitel – er präsentiert sich nur gern in seinen besten Sachen. Dabei ist es egal, ob er in einem vornehmen Anzug oder in lässiger Freizeitkleidung steckt – jede Wette, daß es das Beste ist, was er sich leisten kann. Deshalb sollte jedes Geschenk, das Sie für ihn aussuchen, erlesen sein – je teurer und exclusiver, desto besser! Dieser Mann liebe höchste Eleganz, ist jedoch Farbtupfern nicht abgeneigt, auch wenn er es nicht grellbunt mag. Er verbringt sein ganzes Leben entweder mit Feiern oder mit dem Versuch, das beliebteste Mitglied seiner Gruppe zu sein – er wird alles tun, um Eindruck zu schinden. Sie werden ihn also zutiefst beleidigen, wenn Sie versuchen, ihm etwas unterzujubeln, das seinen Ansprüchen nicht gerecht wird. Es sei denn, es hat den Glanz des Neuen – er liebt alles, was neu ist, Hauptsache, er bekommt es als erster! Er mag heitere Düfte – vorzugsweise leichte und spritzige. Meiden Sie also die großen männlichen Klassiker – er findet sie nur langweilig.

Die folgenden vier Düfte haben alle bekannte Designernamen (was für den modebewußten Zwilling ein absolutes Muß ist, weil sie Eindruck auf die anderen machen).

- **Égoiste Platinum** von Chanel
  Typ: Kräuter
- **Insensé** von Givenchy
  Typ: blumig/fruchtig
- **Moschino pour Homme** von Moschino
  Typ: fruchtig/orientalisch
- **Jazz** von Yves Saint Laurent
  Typ: blumig/würzig

Égoiste Platinum

Platinum ist eine Variation des klassischen Sandelholzparfüms **Égoiste**, die sich jedoch wesentlich von diesem unterscheidet. Sie ist deutlich frischer und leichter, dabei aber immer noch recht kräftig. Der faszinierenden Rezeptur aus Lavendel und zitronig-duftendem Petitgrain vor einem herben Hintergrund aus Muskatellersalbei und Geranienblättern wird mit Hilfe von Zedernholz und Baummoos ein Hauch von Waldluft verliehen. Schließlich werden die Ecken und Kanten mit der dem Sandelholz eigenen Feinheit geschliffen, was **Égoiste Platinum** eine mild-freundliche, dabei aber schimmernde und glänzende Präsenz verleiht. Es hat die Frische der freien Natur, ist dabei aber raffiniert genug, um die Sensation einer Party zu sein, doch es riecht niemals vulgär oder zu stark – das wäre für den wählerischen Zwilling einfach nicht akzeptabel!

Insensé

Das ist ein toller Duft für Zwillinge. Er hat die Schlagkraft des Namens Givenchy und auch dessen angeborenen Sinn für Eleganz und guten Geschmack. Beides wird hier durch eine ausgesprochen originelle Rezeptur unterstützt. Nichts riecht so wie **Insensé**, und deshalb ist es ideal für den Zwilling mit seiner Vorliebe für Besonderes. **Insensé** basiert auf den Knospen schwarzer Johannisbeeren und Blättern, was einer ausgesprochen ungewöhnlichen Mischung zu einem starken Start verhilft. Als nächstes nimmt man das unverkennbare Aroma sizilianischer Mandarinen und eine gehörige Portion grasigen Vetivers aus der Karibik wahr. Schließlich treten ein paar Blumen auf den Plan – aber lassen Sie sich davon nicht beirren! Sie werden soweit gedämpft, daß sie zusammen mit dem samtigen Eichmoos nur noch ein warmes, pulsierendes Herz bilden, das dem Parfüm eine dunkle Waldnote verleiht. Das Ergebnis ist erstaunlich. Was nun den Namen angeht – nun ja, ich wollte es eigentlich nicht erwähnen, weil ich weiß, wie empfindlich Zwillinge sind. Aber zur Kenntnisnahme: Insensé heißt »verrückt« auf französisch, nur bedeutet französische Verrücktheit normalerweise »Ich bin verrückt nach dir!« Auf jeden Fall ist er verrückt, wenn er **Insensé** nicht mag!

Moschino pour Homme

Mit diesem Angeber, der alles übertrifft, landet die Gewürzkarawane am Disco-Ende der Seidenstraße. **Moschino pour Homme** ist genauso leicht und spritzig wie sein weibliches Gegenstück **Moschino**. Es sendet ganz offen einschmeichelnde Schwingungen aus, aber immer im Spaß. Es ist eine Mischung aus Koriander, Muskat, Pfeffer und Tangerine, gewürzt mit Lavendel und Vetiver und einem sinnlichen Hauch von Patchouli. Was soll ich noch mehr sagen? Nur soviel: Es ist ein wahrer Partygänger, dem man ganz sicher nicht trauen darf!

Jazz

Mit diesem Klassiker vom Meister aller geschmackvollen, aber unkonventionellen Dinge kann Ihr Zwilling den Coolen spielen. **Jazz** hat seine gehobene Stellung unter den Männer-Düften aufgrund seiner Fähigkeit bekommen, sich überall anzupassen, dabei aber immer noch eine gewisse Überlegenheit auszustrahlen. Es ist eine Komposition aus Gewürzen und Wacholderbeeren, Spanischer Rosengeranie, einem Spritzer kühler Lilie und einem kräftigen Klacks durchdringenden Weihrauchs. Männer finden sich toll, wenn sie **Jazz** benutzen, und Frauen fühlen sich automatisch zu ihm hingezogen, verspricht es doch lustig zu werden, mit einem Mann zusammen zu sein, der weiß, was er will – aber das hübsch für sich behält! Das schafft die Art von Ambiente, für die Zwillinge geboren zu sein scheinen – die pure Brillanz spontaner Improvisation.

**Wem steht was und wann:
So holen Sie das Beste aus Ihren Parfüms heraus**

Parfüms sind nicht nur Erweiterungen Ihrer Persönlichkeit, sondern unterstreichen auch Ihr Aussehen und die Stimmung, in der Sie sich gerade befinden. Um die besten Eigenschaften zum Vorschein zu bringen, sollte man sie mit Respekt ihrem jeweiligen eigenen Charakter gegenüber behandeln. Auch Parfüms haben ihre Grenzen, genau wie Sie. Manche eignen sich besser für einen verführerischen Abend, andere für den Tag. Hieraus folgt, daß leichtere Parfüms sich bei wärmerem Wetter wohler fühlen, die schwereren dagegen im Herbst und Winter. Auch das Alter spielt eine wichtige Rolle: Jüngere Frauen meiden wahrscheinlich ganz automatisch die ultra-eleganten Düfte (oder sollten es zumindest tun), während reifere Frauen erkennen sollten, daß die Zeit für die frechen, heiteren Parfüms vorbei ist. Ihr Teint ist nicht so wichtig, wenngleich ich glaube, daß dunklere Frauen – als Faustregel – automatisch zu den üppigen, orientalischen Düften neigen, während Blondinen (echt oder gefärbt) romantischere und frischere Parfüms bevorzugen. Das ist auch die Grundlage für die leicht nachzuvollziehende Tabelle. Sie ist aber nur als hilfreiche Empfehlung gedacht, nicht als starre Regel.

Basisparfüms

	Zeit		Alter		Typ		Wetter	
Parfüm	Tag	Nacht	Jung	Älter	Hell	Dunkel	Warm	Kalt
Bvlgari	*	*	*	*	*	*	*	*
Joy	*	*	*	*	*		*	*
Yvresse	*	*	*	*	*		*	*
Jean-Paul Gaultier	*		*		*	*	*	*
Champs-Elysées	*	*	*		*	*	*	

Geheimwaffen

	Zeit		Alter		Typ		Wetter	
Parfüm	Tag	Nacht	Jung	Älter	Hell	Dunkel	Warm	Kalt
Carolina Herrera	*		*	*	*	*	*	
Oscar de la Renta	*	*	*	*	*	*	*	
Un Air de Samsara	*		*		*	*	*	
Moschino	*	*	*		*	*	*	*
Muguet du Bonheur	*		*		*	*	*	

Zwillinge/Krebs

	Zeit		Alter		Typ		Wetter	
Parfüm	Tag	Nacht	Jung	Älter	Hell	Dunkel	Warm	Kalt
L'Air du Temps	*	*	*		*		*	*
Beautiful	*	*	*		*	*	*	*
Calyx	*		*	*	*	*	*	

Stier/Zwillinge

	Zeit		Alter		Typ		Wetter	
Parfüm	Tag	Nacht	Jung	Älter	Hell	Dunkel	Warm	Kalt
Eau Dynamisante	*		*	*	*	*	*	*
Envy	*		*		*	*	*	
Calèche	*	*	*	*	*	*	*	*

Herrendüfte

	Zeit		Alter		Typ		Wetter	
Parfüm	Tag	Nacht	Jung	Älter	Hell	Dunkel	Warm	Kalt
Égoïste Platinum	*	*	*	*	*		*	*
Insensé			*		*	*	*	
Moschino pour Homme	*	*	*	*		*	*	*
Jazz	*		*		*	*	*	

Krebs
21. Juni – 22. Juli

Sie und das Gartentor

Sie haben es sicher hinter sich geschlossen und sind den Weg zum Haus entlanggeschlendert, wobei Sie Ihre Narzissen bewundert haben, die ihre trompetenförmigen Blüten stolz gen Himmel recken, Ihre in voller Blüte stehenden preisgekrönten Rosen und die Tibouchina in ihrer purpurnen Pracht. Die Kinder sind bestimmt schon da. Und obwohl Sie wissen, daß Chaos und Katastrophen über Sie hereinbrechen werden, sobald Sie durch die Vordertür Ihres sicheren Hafens eintreten, bringt Sie das überhaupt nicht aus der Ruhe. Irgendwie gelingt es Ihnen, die Kinder zu beruhigen, den Hund zum Schweigen zu bringen, das Abendessen vorzubereiten und vielleicht sogar noch eine Blumenschale als Tischschmuck zu arrangieren. Wenn dann schließlich Ihr Göttergatte heimkehrt, ist alles organisiert, und alle sind glücklich. Natürlich merkt keiner, daß Sie unter Ihrem beherrschten Äußeren kurz vor dem Explodieren sind. Schließlich brauchen Sie all das doch, um zu funktionieren. Bloß gerät Ihr Uhrwerk manchmal aus dem Takt und fordert Sie auf, endlich aufzuwachen und Sie selbst zu sein. Sie sind nicht Florence Nightingale, Mutter Courage und Jeanne d'Arc – nett, praktisch, anspruchslos und aufopferungsvoll. Aber in Ihren Augen ist das alles vollkommen normal, und wenn Sie nicht jemanden hätten, um den Sie sich kümmern müßten, wären Sie verloren! Heim und Familie sind alles für Sie. Vom Hund angefangen, wendet sich jeder an Sie, der Trost, Schutz oder Beistand braucht – und bekommt es auch. Nur die Tatsache, daß es so oft als selbstverständlich hingenommen wird, ärgert Sie. Wenn Ihnen dann doch mal die Sicherung durchbrennt (was die anderen nicht so recht verstehen!), gewinnen Sie schnell Ihre Selbstbeherrschung und Nettigkeit zurück. Manchmal schmollen Sie vielleicht ein bißchen. Und wenn Sie schmollen, dann beachten die anderen das entweder nicht oder gehen Ihnen aus dem Weg. Sie wissen, daß Sie verletzlich sind und dann – nun ja – reizbar sein können. Und das sollten Sie auch ruhig. Sie besitzen genügend innere Stärke, um sich durchzusetzen, also tun Sie das auch, selbst wenn es ein paar andere aus der Fassung bringt.

Das wichtigste Prinzip im Leben der Krebs-Menschen sind eben Ehrlichkeit und Offenheit. Deshalb kämpfen sie auch mit Händen und Füßen, wenn es gilt, eine gute Sache durchzusetzen. Zeigt man ihnen ein krankes Tier oder einen Vogel, dann haben Sie nicht nur Mitleid mit ihm, sondern helfen. Und wenn es um Gerechtigkeit geht – selbst in kleinen Dingen – dann können sie zum wahren Fanatiker werden. Grausamkeit hassen sie ebenso wie Gauner. Es sollte mehr Menschen wie sie geben!

Sie schätzen die Dinge in Ruhe ein. Sie verurteilen nicht, sondern treffen praktische und konstruktive Entscheidungen. Die werden nicht überstürzt gefällt, sondern in Zeiten, wenn sie sich zurückziehen können. Sie sollten das häufiger tun, denn es hilft ihnen, sich zu regenerieren, setzt ihre kreativen Kräfte sowie ihren unstillbaren Wissensdurst und Forschungsdrang frei. Sie lieben es, in die Geschichte – vor allem die Familiengeschichte – einzutauchen. Sie wissen, was sie wert sind, neigen aber dazu, sich zu unterschätzen oder ihren Wert herabzusetzen – ihre Bescheidenheit kann manchmal eher hinderlich als förderlich sein. Sie haben einen angeborenen analytischen Verstand, der verkümmert, wenn er nicht eingesetzt wird. Es ist ja schön und gut, ein sicherer Hafen für all die lieben, kleinen Boote zu sein, die vor dem verheerenden Sturm flüchten, aber nicht, wenn die es sich zur Gewohnheit machen. Sie sollten zur Abwechslung einmal an sich selbst denken – an ihren wachen, intelligenten Kopf!

Die meisten von ihnen sind im Grunde ihres Herzens schüchtern. Ist die Schüchternheit aber erst einmal überwunden, werden die Krebs-Frauen meist auf die eine oder andere Art erfolgreich. Sie geben großartige Manager ab. Sie sind gewitzt und setzen sich bei Geschäften rücksichtslos durch. Sie erwarten viel für ihr Geld. Aber dabei sind sie immer höflich und gerecht. Nur ein Narr würde versuchen, einen Krebs hereinzulegen. Und hier kommt ihr Selbstwertgefühl ins Spiel. Manchmal glauben sie, es wäre einfach zu anstrengend, sich neu zu definieren, selbst für eine größere Gelegenheit. Unsinn! Sie haben so viel Potential und in jeder Beziehung guten Geschmack, da sollten sie sicher sein, daß das auch für ihr persönliches Image gilt, selbst wenn dies eine radikale Veränderung bedeutet. Sie werden sich befreit fühlen, und die Wirkung wird nicht unbemerkt bleiben. Die anderen werden sie plötzlich mit ganz neuen Augen sehen und kommen vielleicht sogar mit ganz überraschenden Vorschlägen.

Aber kluge Krebs-Frauen werden sich nur bei ihnen bedanken und ihnen erklären, daß *sie sie* rufen werden, nicht umgekehrt. Niemals würde ich ihnen vorschlagen sich wie Nora in Ibsens berühmtem Drama zu verhalten und das Gartentor für alle Zeit hinter sich zuzuwerfen. Aber würde es nicht auch eine Krebs-Frau genießen, wenn ihr ein Gentleman seinen Arm bieten, das Tor für sie öffnen und sie zu einer großen, glänzenden Limousine führen würde?

Krebs-Stil

Sie haben einen ganz klar definierten Geschmack und nichts mit Rüschen und Spitzen im Sinn. Statt dessen lieben sie es klassisch, ergänzt mit einem Hauch Phantasie – Antikes gemischt mit Modernem, ein verblüffender Versuch von Ikebana statt der Schüssel mit Rosen zum Nachmittagstee, bescheidene Bauernmöbel auf feinen Perserteppichen und so weiter. Das ist ihre subtile Art, individuell und unkonventionell zu sein – aber nicht übertrieben. Vulgäres hat in ihrem Haus keinen Platz. Alles muß praktisch und bequem sein, mit einem Touch diskreter Romantik – aber wirklich nur einem Touch! Ohne Blumen können sie nicht leben, und sie lieben fröhliche Farben, aber keine grellen. Blau, Gelb und warme Erdfarben gefallen ihnen besser als Purpur und Rottöne. Die Krebs-Frauen sind gute Köchinnen, aber mit *nouvelle* irgendeiner Art haben sie nichts im Sinn. Ihre Stärke ist die Hausmannskost, die sie auf eigene Weise servieren. Sie haben nichts gegen Gäste und wachsen mit der Herausforderung, aber sie fühlen sich wohler, wenn wieder alle gegangen sind, nachdem sie ihnen versichert haben, wie schön es doch gewesen sei. Und dann heißt es: weg mit den hochhackigen Schuhen, die Füße hochgelegt, ein bißchen sanfte Musik gespielt und dabei etwas Knuddliges auf dem Schoß halten.

Bequemlichkeit ist ein Segen, Selbstzufriedenheit ist es nicht, und sie wissen sehr wohl, daß sie häufig Gefahr laufen, für langweilig und sogar launisch gehalten zu werden. Da die Sehnsucht des Krebses nach Bequemlichkeit manchmal dazu führen kann, daß er das Handtuch wirft, ist es wichtig, sich zu erinnern, wie tüchtig sie im Grunde sind. Dasselbe gilt auch für ihre äußere Erscheinung. Sie sind ordentlich und kleiden sich sorgfältig, aber sie neigen dazu, in Routine zu verfallen. Nun, dann wird es Zeit, über die Stränge zu schlagen. Sie sollten einmal Farben zusammenstellen, an die sie noch nicht einmal im Traum gedacht haben, sich mit einer Gesichtsmaske verwöhnen und sich eine völlig neue Frisur zulegen (eine andere Tönung kann auch nicht schaden!), sie sollten sich mal wieder richtig fein machen und ein, zwei neue Parfüms ausprobieren – eines, dem sie wirklich nicht widerstehen können, und eines, das so auffallend und untypisch für sie ist, daß es ihnen ein ganz ungewohntes Bild von sich selbst vermittelt. Sie werden zu ihrer Überraschung feststellen, daß eine total andere Seite von ihnen zum Vorschein kommt und ein paar Stirnen sich kraus ziehen – zur Abwechslung.

Ihr äußerer Ausdruck ist *Mitgefühl*, ihr innerer Kern *Überraschung*.

Dies läßt sich nun in die für die Krebs-Geborenen am besten geeigneten Parfüms umsetzen. Ich habe sie in zwei Kategorien eingeteilt:

1. *Basiswaffen* – die überaus wichtigen Basisparfüms, die Ihnen am besten stehen sollten. Sie bilden den Kern Ihres Parfümarsenals.

2. *Geheimwaffen* – sie unterstreichen die Basisdüfte, sind gewagter und ausgefallener, sollten aber immer noch zu Ihnen passen.

Es gibt auch eine Auswahl von Parfüms für diejenigen, die zwischen den Tierkreiszeichen Krebs und Löwe geboren sind, sowie eine Reihe von Herrendüften, die man dem Krebs-Mann schenken kann. (Wenn Sie zwischen Zwillinge und Krebs geboren sind, finden Sie weitere Parfüms auf den Seiten 128–131, 137, 167). Ich habe jedes Parfüm einer bestimmten Kategorie zugeordnet. Am Ende des Kapitels sind alle Parfüms in einer Tabelle zusammengefaßt, die Ihnen verrät, ob sie besser für junge oder ältere Frauen, an warmen oder kalten Tagen, tags oder abends, für dunkle oder helle Typen geeignet sind.

Basisparfüms:
der unentbehrliche Grundstock

Auch wenn Krebs-Frauen zu praktisch veranlagt sind, um als romantisch im wahrsten Sinne des Wortes bezeichnet zu werden, fühlen sie sich doch zu den Parfüms hingezogen, die man zu den Romantikern zählt. Romantische Parfüms werden in der Regel aus Blumendüften komponiert, und das ist wahrscheinlich der Grund dafür, daß Krebse ihnen leicht verfallen. Ihre Phantasie gaukelt ihnen liebliche Bilder von exotischen Gärten in der Dämmerung vor, seltene, im Dunkel der Nacht blühende Schönheiten, aber auch schlichte Sträuße aus selbstgepflückten Blumen. Deshalb meiden sie gewöhnlich die trockenen, nach Wald riechenden Parfüms oder die anderen, die so modern sind, daß ihre Aggressivität ihnen auf die Nerven geht. Orientalische Düfte, die auf Verführung eingestellt sind, sind ihnen zu beklemmend und schwer, und die süß-lieblichen Parfüms, die wie herzloses Gekicher sind, finden sie frivol und oberflächlich. Andererseits ziehen Blumenbouquets sie an, die entweder einen frischen, grünen Unterton haben oder mit Hilfe von Ambra und Moschus wärmer und weicher abgestimmt worden sind – sie dürfen nur nicht zu süß sein. Leichte Parfüms finden sie angenehmer, ja beruhigend. Sie werden immer ihre Favoriten sein, wenn sie nicht laut und grell sind. Krebs-Damen sind für ein paar kleine, diskrete Tupfer bekannt, um nur ja niemanden zu beleidigen. Tatsache ist jedoch, daß diese samtpfotige Art überhaupt keinen Eindruck macht – nach einer halben Stunde nicht einmal mehr auf sie selbst! Verehrte Krebs-Dame, seien Sie also bitte ein bißchen großzügiger – halten Sie sich nicht zu sehr zurück, sonst fallen Sie noch ganz aus dem Bild heraus, und dafür sind Sie doch nun wirklich zu individuell! Hier sind die Parfüms, die ich für Sie ausgewählt habe:

- **Romeo Gigli** von Romeo Gigli
  Typ: blumig/würzig
- **Amarige** von Givenchy
  Typ: blumig/holzig
- **Boucheron** von Boucheron
  Typ: blumig/fruchtig
- **Diorissimo** von Christian Dior
  Typ: blumig
- **Cabochard** von Grès
  Typ: blumig/orientalisch

ROMEO GIGLI
einfach bezaubernd

Ich kenne keine Frau, die sich nicht in dieses Parfüm verliebt hat, nachdem sie es entdeckt hat. Unangekündigt tauchte es Anfang der 90er Jahren auf und blieb ein gutgehütetes Geheimnis der Frauen, die schon im voraus davon wußten. Sie wollten natürlich nicht, daß ihnen jemand die Show stahl. Aber es ist schwierig, etwas Großartiges geheimzuhalten, und so sickerte die Kunde von einem betörenden, neuen italienischen Designerparfüm schließlich durch.

Unter dem Werbeslogan »Ein Parfüm, das Sie an eine Frau erinnert, die Sie an ein Parfüm erinnert« begann sein Siegeszug. Und wenn die Frauen es erst einmal in den exklusiveren Parfümerien aufgetrieben hatten, wurden sie auch (sowie Männer, vermute ich) sofort von der einzigartigen, kleinen Glasflasche mit dem Wirbel oben gefangengenommen, der ein bißchen an eine mittelalterliche Fahne erinnert. (Tatsächlich wurde Gigli von seinem eigenen antiken Tintenfaß inspiriert!) Hatten sie dann daran gerochen, war sein Erfolg besiegelt.

Romeo Gigli entführt Sie auf eine wahrhaft romantische Reise mit Bergamotte, Limone und Mandarine aus Sizilien, Ringelblumen aus Nordafrika, Basilikum von den Seychellen, grünem Galbanum aus Persien, Jasmin und Mango aus Indien, Lilien und Nelken aus der Türkei, Maiglöckchen und den Knospen der Schwarzen Johannisbeere aus Frankreich und schließlich noch Freesien aus England. Und das sind nur die Kopf- und Herznoten! Wenn Sie diese extravagante Reise bis ans Ende fortsetzen, gesellen sich noch Eichmoos vom Balkan, Patchouli und Vanille aus Malaysia, ein wenig arabische Myrrhe und ein Spritzer spanischer Minze hinzu. Sie finden das ein bißchen viel? Ganz und gar nicht! Die Mischung ist so wunderbar harmonisch, daß es Ihnen schwerfallen würde, einen einzigen Duft herauszufiltern. Alles verschmilzt zu einer betörenden, unglaublich frischen und lebhaften Mixtur, die Ihnen den Kopf verdreht, Ihre Sinne betäubt und Ihr Herz zum Schmelzen bringt.

Romeo Gigli ist ein Meisterwerk. Es ist jung, extrovertiert und entschlossen, Sie zu fesseln. Den eigentlich vorsichtigen Krebs-Geborenen könnte es die Tür zu ungeahnten Tagträumen öffnen. Ich sage nur soviel: Wenn es nicht dafür sorgt, daß Ihr derzeitiger Romeo Ihren Balkon erklimmt und Ihnen seine unsterbliche Liebe erklärt, dann ist er die Mühe nicht wert.

AMARIGE
sanft überzeugend

Das Wort ist tatsächlich ein charmantes Anagramm des französischen *mariage*, was soviel bedeutet wie Ehe oder eine Verbindung überhaupt. Das heißt natürlich nicht, daß Givenchy **Amarige** ausschließlich für Bräute erfunden hat, damit sie auf ihrem Gang durch die Kirche eine Duftwolke hinter sich lassen – tatsächlich wollte er damit an »amouröse und zauberhafte Begegnungen« ebenso wie an die Ehe erinnern. Und das gelingt **Amarige** auch, hauptsächlich aufgrund seiner wunderbar andersartigen Komposition.

Die erste Verbindung, die **Amarige** deutlich von anderen Blumendüften unterscheidet, ist die Kombination aus Gardenie und brasilianischem Rosenholz – der üppige Blumenduft mit dem vollen, harzigen Holz! Aber das ist nicht das einzig Ungewöhnliche. Schon kommt ein Bouquet aus prächtigen Blumen – Mimosen, Ylang Ylang, Neroli (dem bittersüßen Öl der kaum geöffneten Knospen des Sevilla-Orangenbaums) und Jasmin, alles umhüllt von einem Schleier aus Moschus und Vanille. Mandarine, Tonkabohne, Veilchenblätter, rote Beeren und andere holzige Noten, die mit dem vollen Rosenholz harmonieren, runden die exquisite Mischung ab.

Amarige mag man oder mag man nicht. Doch überstürzen Sie Ihre Entscheidung nicht. Anfangs kann es Ihnen zu schwer und kräftig erscheinen, mehr wie ein Dschungel nach einem heftigen Regenschauer, aber seine Taufrische und die Ruhe, die es ausstrahlt, werden die meisten Krebs-Geborenen verführen. Es ist nicht verspielt, sondern weich und voller Glut. Es kann Sie in eine Traumwelt entführen, kann wunderbare Bilder von zeitlosem Frieden und Harmonie schaffen, die Ihre tiefsten Gedanken in Begegnungen und Verbindungen umwandeln, die keine Halluzinationen sind, sondern etwas Definitives und Bleibendes (wie eine Ehe vielleicht?) Wenn ich Sie wäre, würde ich dem Duft von **Amarige** nachgeben – mit einem zufriedenen Lächeln!

BOUCHERON
fein und edel

Es ist eine Extravaganz, die ihren Preis wert ist – Sie müssen möglicherweise Ihr gesamtes Budget neu überdenken, um sich diese Extravaganz leisten zu können.

Doch selbst wenn Sie ein vorsichtiger, praktischer Krebs sind, heißt das noch lange nicht, daß Sie auf jedes Vergnügen und jeden geheimen Wunsch auch verzichten müssen, oder? Krebse verdienen das Beste, weil sie ihr Bestes geben. Es ist also nur fair!

Boucheron kommt aus dem Haus der bekannten Juweliere, die sonst die Reichen und Berühmten verwöhnen. Aber bei seinem ersten Ausflug ins Reich der Parfüms bestand Alain Boucheron, der Kopf dieses Imperiums, darauf, daß es nichts weniger sein durfte als ein kostbares Juwel von Parfüm, dem Hause Boucheron angemessen. Nachdem sie jahrelang daran gearbeitet hatten, eine brillante Mischung zu komponieren, die in der Originalität ihresgleichen sucht, war es schließlich soweit. Doch Boucheron gefielen die Kopfnoten nicht. Er ließ sie ändern. Wie man weiß, ist ein solcher Einspruch von oben für das Ergebnis oft nur ausgesprochen peinlich. Aber in diesem Fall haben sein überragender, unfehlbarer Geschmack und seine empfindliche Nase recht behalten. So wurde **Boucheron** geboren – nachdem die Schönheitsoperation bereits stattgefunden hatte!

Üppige Früchte (Mandarinen, Aprikosen, Orangen) bilden den goldenen Hintergrund, vor dem sich ein riesiger Strauß aus Blumen abhebt (Orangenblüte, Tuberose, Jasmin, Ylang Ylang, Narzisse), ehe alles (wie ein Brillant mit zahlreichen Facetten) mit Sandelholz, Ambra und Tonka geschliffen wird. Dieser kostbare, wie ein Brillant funkelnde Schmuckstein, der seine pulsierende innere Tiefe enthüllt, ist **Boucheron**.

Es ist ein ausgesprochen wohlriechendes Parfüm, fein und edel. In seiner Flasche, die wie ein goldener Ring mit einem großen, blauen Stein geformt ist, verströmt es Pracht und Raffinesse. Vor allem anderen erinnert es Sie jedoch daran, daß Luxus nicht nur Fülle und Schwelgen bedeutet, sondern eine Bestätigung Ihres eigenen, unschätzbaren Wertes ist. Also, sparen Sie!

DIORISSIMO
liebenswert schlicht

Dies ist Diors schlichtestes und süßestes Parfüm. Es will auch gar nichts anderes sein als eine Huldigung an das hübsche kleine Maiglöckchen. Aber es ist ein trügerisches Pflänzchen – scheinbar scheu und zart, verströmt es doch einen sehr starken, nahezu durchdringenden und absolut unverkennbaren Duft. Er ist so stark, daß Diors Parfümeure ihn mit sanften Ingredienzien umgeben – Lilie, Jasmin, Boronia und Flieder, ihn dann mit frischen, grünen Noten verflochten und ihm mit Hilfe von Ylang Ylang und Sandelholz Tiefe verliehen haben. Gleichwohl, der starke Duft von Maiglöckchen triumphiert über alle.

Diorissimo ist eines der frischesten, blumigsten Parfüms, die eine Frau zieren können, und seine unschuldige, aber eifrige Koketterie gefällt den Krebs-Damen, die es lieben, wenn Frühlingsblumen zu voller Blüte erwachen. Es ist ein Parfüm, das Sie glücklich, sorglos und optimistisch stimmt. Und dieser Optimismus ist berechtigt – die meisten Männer verlieren den Verstand, wenn es vorüberzieht. Schlechte Nachricht jedoch für viele Krebse – **Diorissimo** ist eindeutig ein Parfüm für junge Leute. Die Reiferen unter Ihnen sollten seinen Verlockungen widerstehen.

CABOCHARD
glutvoll

Sie halten sich vielleicht für zu vernünftig, um einem so verführerischen, verdächtig orientalischen Parfüm wie diesem Klassiker auf den Leim zu gehen, aber viele Frauen, die noch konservativer sind als Sie, haben genau das getan. **Cabochard** gehört zu den listig-klugen Parfüms, die den Menschen immer Rätsel aufgeben. Die Inspiration zu diesem Parfüm war eine Kreuzfahrt, die Madame Grès Ende der 50er Jahre zu den Gewürzinseln unternommen hatte, mit einem kleinen Abstecher nach Indien. Natürlich hinterließen die Eindrücke und Einblicke, die Düfte und die Sinnlichkeit Spuren. Bei ihrer Rückkehr nach Frankreich beauftragte sie den Parfümeur Omar Arif, ein üppiges, orientalisches Parfüm zu schaffen, das in der exklusiven Welt von Paris seinen Platz haben würde. Und so wurde **Cabochard** eine zivilisierte und feine exotische Schönheit.

Das Wort bedeutet soviel wie »unverschämt, hartnäckig, eigenwillig«, aber angesichts der französischen Art, die Dinge nicht beim richtigen Namen zu nennen, läßt es sich wohl besser mit »charmant und beharrlich« übersetzen. Und das ist es gewiß, mit seinen üppig fruchtigen, würzigen Kopfnoten, die in die atemberaubende Pracht von Jasmin, Rose, aromatischer Nelke und Ylang Ylang übergehen, eingehüllt in Eichmoos, grünes Galbanum, Geranie sowie Patchouli und gekrönt von der milden Wärme von Moschus, Tabak und Leder. Dies alles glimmt und glüht dann vor sich hin, bis es seinen Zauber und sein Geheimnis in warmen Wogen der Sinnlichkeit verströmt.

Wenn Sie jetzt glauben, das paßt nicht zum Krebs,

dann irren Sie sich. **Cabochard** könnte genau das sein, wonach Sie suchen – ein ausgesprochen elegantes Parfüm, das allen zeigt, daß Sie mehr zu bieten haben als nur Zuverlässigkeit und Beständigkeit. Vielleicht läßt es Sie sogar vor Leidenschaft erglühen.

Geheimwaffen:
die Überraschungen

Ich habe bereits erwähnt, daß der Ausdruck Ihres inneren Selbst – eines Teils, den Sie nicht oft zeigen – das Element der Überraschung ist.

Heißt das nun, daß Sie plötzlich Ihre Familie und Freunde schockieren oder daß Sie durchaus fähig sind, sich selbst mit ebenso plötzlichen Stimmungsumschwüngen zu überraschen? Nun, es ist wohl von beidem etwas. Und dahinter verbergen sich weit mehr Möglichkeiten zur persönlichen Zufriedenheit, als Sie vielleicht glauben. Da Krebse manchmal zu bequem und nachgiebig sind, werden sie häufig als langweilig oder lethargisch kritisiert. Das wiederum macht sie wütend, und wenn es auf Sie zutrifft, dann wird es höchste Zeit, daß Sie etwas dagegen tun. Außerdem wird dann auch wieder Ihr Sinn für Humor und Ihr messerscharfer Verstand zum Vorschein kommen, und Sie werden sich den nackten Tatsachen in Ihrem Spiegel stellen. Wenn das, was Sie da sehen, nicht das ist, was Sie sich wünschen, dann resignieren Sie nicht gleich – erneuern Sie sich! Eine »zweite Reihe« von Parfüms, die ganz anders sind als Ihre wichtigsten, wirkt Wunder! Die Düfte, die ich für Sie ausgesucht habe, sind keine radikalen (das würde Sie nur verschrecken), umfassen aber ein weites Spektrum an Stilrichtungen und Persönlichkeiten – ja, auch Parfüms haben individuelle Persönlichkeiten und Eigenschaften. Sie reichen von den offen verführerischen über die eleganten bis zu den faszinierend ambivalenten. Aber alle enthalten eine Überraschung – und das ist nicht zuletzt die Tatsache, daß sie an Ihnen so überraschend gut riechen. Es sind dies:

- **Volupté** von Oscar de la Renta
  Typ: blumig
- **Venezia** von Laura Biagiotti
  Typ: blumig/orientalisch
- **Chamade** von Guerlain
  Typ: blumig/fruchtig
- **Y** von Yves Saint Laurent
  Typ: fruchtig/blumig
- **Opium** von Yves Saint Laurent
  Typ: orientalisch

VOLUPTÉ
es hält, was es verspricht

Als dieses Parfüm auf den Markt kam, wurde viel über den Namen gerätselt. Und obwohl immer wieder, ganz hochtrabend, die kaum zu übersetzenden Worte von Baudelaire zitiert wurden (calme, luxe et volupté) läßt sich das französische *volupté* doch ganz einfach als »Sinnlichkeit« übersetzen. Und ich bin sicher, daß Oscar de la Renta genau das im Sinn hatte, als er diesen Duft geschaffen hat.

Er wollte eine Rückkehr zur Eleganz, eine Abkehr

von den kühnen, frechen und aggressiven Parfüms, die »durch die Straßen zogen«. Also kehrte er zu den opulenten Blumendüften der 30er Jahre zurück, die Sexappeal ausstrahlten, doch auf feine Art, und nicht die Sinne damit bombardierten. Aber dabei blieben sie allemal locker und fröhlich. **Volupté** war eine zeitgemäße Lösung.

Seine Mischung aus stark duftenden Blumen – Freesien, Mimose und Osmanthus – erhält durch die neue Technik der Lebenden Blume einen extrem naturidentischen Duft, während Jasmin, Heliotrop, Mandarine und Melone Akzente setzen. Diese werden wiederum durch den eindeutigen Duft von Veilchen betont – meiner Meinung nach eine gute Variante, denn heutzutage gibt es viel zu wenige Veilchenparfüms. Wie auch immer, **Voluptés** Erfolg wurde bereits 1993 anläßlich der Fifi Awards der Fragrance Foundation in Amerika gekrönt.

Volupté mag vielleicht ein wenig zu sinnlich für Ihren persönlichen Geschmack sein, aber wenn Sie es diskret verwenden, ist es ein aufregendes und unvergeßliches Parfüm. Zumindest wird man Sie bemerken – **Volupté** schlägt eine recht berauschende Schneise auch in große Menschenmengen.

VENEZIA
ein Abenteuer

Der furchtlose mittelalterliche Reisende Marco Polo soll dem Westen alles mögliche gebracht haben, von Spaghetti bis Feuerwerk, aber eine der esoterischsten und romantischsten Entdeckungen auf seiner schier endlosen Liste war eine honigsüß duftende kleine Blume aus China, die Wong-shi-Blüte. Diese gardeniengleiche Blume gewann offenbar die Herzen der vornehmen Damen Venedigs, wurde von den Dichtern ihrer Zeit als »l'elisir d'amore« (Liebeselixier) und vom neidischen Adel als Aphrodisiakum bezeichnet. Ihr Geheimnis scheint von den Venetianern sozusagen hinter Schloß und Riegel aufbewahrt worden zu sein, denn sie züchteten die Pflanze heimlich in ihren Gärten. Das erzählt man sich zumindest. 1992 tauchte sie jedenfalls in einem von Italiens beliebtesten Designern geschaffenen Parfüm wieder auf.

Mit welcher Wirkung? Nun, Venezia ist ein wirklich schönes Parfüm, und es riecht sicherlich wie kein anderes. Die glückliche Verbindung der Wong-shi-Blüte mit Jasmin ist das Hauptthema, daneben verschmelzen die orientalischen Ingredienzien wie Mango, Ylang Ylang und Osmanthus, die andere faszinierende chinesische Blume, zu einem schmeichelnden Duft. Hinzugefügt wird der erdige Geruch der Knospen von Schwarzer Johannisbeere und Geranien, etwas spanische Pflaume, ein Spritzer frischer Freesie und schließlich noch Vanille und Moschus, damit das Parfüm nichts an Feurigkeit verliert. Was uns schließlich in die Nase steigt, ist ein höchst ungewöhnlicher, gewagter und spritziger Duft – in der Tat ein *elisir d'amore.*

Venezia ist ausgesprochen kräftig, einschmeichelnd, und es beschwört immer wieder Bilder seiner romantischen Inspiration herauf. In der Harlekin-Verpackung sieht es einfach sensationell aus und deutet Spaß, Frivolität und Phantasie an, all das, was es den Krebs-Geborenen bietet, die alle Vorsicht sausen und sich zu Abenteuern hinreißen lassen sollten.

CHAMADE
betörend und geheimnisvoll

Es ist eines der geheimnisvollsten Parfüms, die ich kenne. Aber es ist auch eines der elegantesten und einschmeichelndsten. **Chamade**s Aussage ist so inbrünstig, daß niemand in seiner Umgebung davon unberührt bleibt. Und es ist auch noch ein Meisterwerk an Originalität in der Tradition Guerlains.

Der Name an sich ist ambivalent. Er kann sowohl das schnelle Schlagen eines Herzens bezeichnen, als auch dessen totalen Stillstand. **Chamade** bewirkt beides. Es ist die hinreißende und kostspielige Mischung üppiger, romantischer Blumen wie Flieder, Hyazinthe, Tuberose, Rose und Jasmin, deren Duft durch Gewürznelken, Schwarze Johannisbeerknospe und ein paar exotische Früchte verstärkt wird, die Guerlains Geheimnis bleiben. Genau sie sind es, die **Chamade** sein unterschwelliges Pulsieren, seine Wärme und Lieblichkeit verleihen.

Chamade hat die Eigenschaft, zu einem wesentlichen Teil von Ihnen zu werden, als würden Sie es nicht bloß um der Wirkung willen auftragen. Es ist wie schon gesagt, außerordentlich elegant, aber dabei nicht hochmütig und eignet sich nur für weltkluge und kühne Frauen, die niemals die Grenzen des Anstands verletzen würden – das heißt, bis sie ihre Eroberung gemacht haben und mit dem Objekt ihrer Begierde allein sind! Sie, meine lieben Krebs-Damen, die vielleicht ein wenig zögern, der Ouvertüre nun auch das Spiel folgen zu lassen, finden in **Chamade** möglicherweise einen eleganten Duft, der den Vorhang für ein Spiel öffnet, das erst mit der völligen Unterwerfung unter verborgene Leidenschaft endet. Sagen Sie nur nicht, ich hätte Sie nicht gewarnt!

Y
brillante Eleganz

Ich bezeichne diesen Klassiker des großen Saint Laurent als ein »Wiederauferstehungs«-Parfüm. Krebse leiden häufiger unter einer Identitäts-Entgleisung als unter einem Identitätsverlust. Die alltäglichen Kleinigkeiten nehmen sie so in Anspruch, daß sie darüber fast vergessen, wer sie sind und wie individuell und einflußreich sie sein können.

Das Leben anderer zu verbessern ist eine Sache, aber völlig darin aufzugehen eine andere. Und hier kommt Ihnen **Y** zu Hilfe. Seine Schönheit und Brillanz, sein feines Understatement erinnern Sie rechtzeitig daran, daß Sie nicht einfach nur wichtig, sondern einzigartig sind! Es ist eines der Parfüms, die Ihnen augenblicklich Selbstvertrauen schenken – ja, sogar Dynamik! Plötzlich sind Sie jemand, mit dem man rechnen muß!

Y ist die kunstvoll ausgewogene Komposition zahlreicher Blumen (jede einzelne von ihnen üppig) – Gardenie, Geißblatt, Jasmin, bulgarische Rose, Ylang Ylang, Iris, Tuberose und Hyazinthe, die sich mit Ambra, Pfirsich, Pflaume und Patchouli vereinen und von einer funkelnden, grünen Aureole aus jungen Blättern und Eichmoos gekrönt werden. Vor allem die Eichmoosnote ist deutlich zu riechen – ein weiterer, gewagter Streich aus Saint Laurents scheinbar unerschöpflicher Trickkiste.

Y sollten Sie nicht unterschätzen. Es wurde 1964 kreiert, aber erst kürzlich einer »Modernisierung« unterzogen, in dem Bemühen, jüngere Kunden anzuziehen. Doch nur die Verpackung scheint sich verändert zu haben – die exquisite Eleganz seines Duftes wurde so geringfügig verändert, daß es keinen Aufruhr unter seinen Anhängern gab. Also, Ende gut, alles gut – das sagen Sie sich vielleicht, wenn Sie Ihre Individualität von **Y** neu beleben lassen und es auf das Podest zurückstellen, wo es hingehört. Allzuoft verraten und verkaufen sich Krebs-Damen selbst. **Y** wird das verhindern – auf elegante Art und Weise.

OPIUM
freiheitsliebend

Wenn wir schon bei Parfüms sind, die außerordentliche Dinge für Sie tun können, sollten wir die andere Verführerin von Saint Laurent, das glänzende, dramatische **Opium**, nicht vergessen.

Längst ist die Kontroverse über seinen Namen erloschen. **Opium** verführt weiterhin Frauen dazu, es zu benutzen, und Männer verfallen ihm (und füllen auch hoffentlich die Flasche immer wieder für Sie nach, damit Sie diese Gewohnheit beibehalten können). Dabei ist **Opium** nicht annähernd so verführerisch wie sein Ruf, es ist auch keine *femme fatale*. Unter den orientalischen Düften ist es ein Leichtgewicht, das heiße Sinneslust meidet und statt dessen auf weitaus subtilere und manipulativere Art verführt.

Es enthält alle traditionellen orientalischen Zutaten – Nelke, Zimt, Myrrhe, Opoponax, Ambra, Moschus, Weihrauch, Pfeffer und Patchouli ebenso wie Rose, Jasmin und Orchideen, dazu Hesperidia (hochkonzentrierte Zitrusöle), Pflaume, Koriander und Vanille, die für eine spritzige und sinnliche Würze sorgen, die **Opium** auch seinen schamlos prickelnden Sexappeal verleihen.

Opium ist das Parfüm, das Sie brauchen, um sich von Ihrem sicheren und konventionellen Image zu lösen – das Parfüm, das Sie reizt. Es ist das Parfüm, das Sie wieder zu einer begehrenswerten Frau machen kann. Es ist das Parfüm, welches Sie geradezu zwingt, über die Stränge zu schlagen und das Leben beim Schopf zu packen.

Es ist bei alledem nicht übermächtig. Und es hält sehr lange an. Tragen Sie es beim Zubettgehen, und wer immer neben Ihnen liegt, wird am nächsten Morgen danach duften. Vorsicht beim Fremdgehen, Männer!

Der Vorteil, zwischen zwei Tierkreiszeichen geboren zu sein: die freie Auswahl

Es bedeutet nicht nur Verwirrung daß Sie sich weder dem einen, noch dem anderen Sternzeichen zugehörig fühlen oder glauben, von beiden etwas zu haben – wenn Sie ganz am Ende vom Krebs* geboren sind. Natürlich können Sie Ihre Parfüms einfach aus den jeweiligen Vorschlägen für Krebs und Löwe wählen, aber Vorsicht! Sie passen vielleicht nicht alle zu Ihnen. Deshalb habe ich ein paar ausgesucht, die jedes Parfümproblem oder jede Unschlüssigkeit beseitigen können. Die Wahl bleibt auf jeden Fall Ihnen überlassen, also: Viel Spaß beim Aussuchen! Hier sind sie:

---

* Wenn Sie ganz am Anfang des Krebs-Zeichens geboren wurden, sollten Sie sich auch noch einmal die Auswahl für die Menschen ansehen, die zwischen Zwillinge und Krebs zur Welt gekommen sind. (S. 128–131, 137, 167)

- **Chloé** von Parfums Lagerfeld
  Typ: blumig
- **Armani** von Giorgio Armani
  Typ: blumig
- **Tendre Poison** von Christian Dior
  Typ: blumig/grün

CHLOÉ
ein sensationeller Erstling

Dies war Lagerfelds erster Vorstoß ins Reich der Parfüms. Wie erhofft, machte er mit seiner kompromißlosen Kreation auch gleich Schlagzeilen. Lagerfeld beharrte auf einem kräftigen, floralen Bouquet, das hauptsächlich vom intensiven Duft der Tuberose geprägt wird – einem Duft, den Frauen entweder wahnsinnig lieben oder meiden wie die Pest. Mit der ihm eigenen hochmütigen Verachtung hat er an seinem Standpunkt festgehalten, und **Chloé** mußte viel Kritik einstecken, weil einige es für zu kräftig hielten. Ich finde es sensationell – klar und eindeutig, aber dank seiner Kombination aus Tuberose und Jasmin, Orangenblüte, Ylang Ylang und Ambra gleichzeitig romantisch und sanft. Es kann jedoch keinen Zweifel daran geben, daß Tuberose alle anderen übertrumpft. Der aromatische Duft dieses Parfüms wird Krebs-Geborenen gefallen – vor allem denjenigen unter ihnen, die gerne Eindruck machen, was auch für die Löwe-Geborenen gilt. **Chloé** verfügt zumindest über deren sprichwörtlichen Mut.

ARMANI
ein wahres Feuerwerk

Da es eine Schöpfung von Armani ist (und noch dazu sein erstes Parfüm), würde man erwarten, daß es den typischen Minimalismus seiner eleganten Kleider widerspiegelt. Weit gefehlt! **Armani** ist ein üppiges, verführerisches Parfüm, dessen prachtvolle Blütensammlung aus Jasmin, Maiglöckchen, Hyazinthe und Rose, vor den würzigen Noten von Koriander, Basilikum und Sandelholz, untermalt mit einem Hauch Ambra und einer Wolke sinnlichen Moschus', schon fast zu stark ist. **Armani** ist ein Feuerwerk, einschließlich der leidenschaftlichen, glühendheißen Nachwirkungen. Es ist süß, beharrlich und alles andere als zurückhaltend. Armani selbst sagt von ihm, es habe einen geheimnisvollen Nimbus – und das stimmt, wenn auch nur, weil es ganz und gar nicht modern ist. Es gehört schon fast in eine andere Zeit. Sein romantischer Charme wird Krebs-Geborenen gefallen, während sein eindrucksvoller Name dem gesellschaftsbewußten Löwen gewiß leicht über die Lippen kommt.

TENDRE POISON
frech und brillant

Dieses sehr freimütige Kind einer formidablen Mutter namens Poison ist brillant und frech, ein grüner Duft, der nicht einfach nur ein Abklatsch ist. Es hat selbst etwas zu sagen. Natürlich hat **Tendre Poison** ein paar Züge geerbt, wie die Üppigkeit der Tuberose, aber es läßt alles Dramatische schnell hinter sich und wendet sich den frischeren, jüngeren Düften wie Freesie, Orangenblüte, Mandarine und grünem Galbanum zu, unterstützt von Sandelholz, Vanille und einem Hauch des russischen Korianders, der sich schon bei seiner Mutter findet. Doch wenn **Poison** seinem Namen auch alle Ehre macht, sollten Sie sich von **Tendre Poison** nicht verschrecken lassen – es ist zwar zart, aber nicht schwach. Für junge Krebs-Damen ist seine blumige Explosion aufregend, für junge Löwe-Damen ist sie eine ausgezeichnete Grundlage, wenn sie sich zum großen Raubzug anschicken.

Der Krebs-Mann:
Locken Sie ihn aus seiner Schale

Sie haben vielleicht schon bemerkt, daß sich Krebs-Männer gerne zu Hause aufhalten. Manchmal verschanzen sie sich förmlich in ihren vier Wänden. Sie haben Gewohnheiten, die sie nur schwer ablegen, dazu könnte das Tragen von alten Latschen gehören, deren Tage längst gezählt sind, das Pfeiferauchen und das Brummeln aus den Tiefen eines abgenutzten Sessels, wo sie in ein Buch oder eine Zeitschrift vertieft sind. Sie reagieren selbst auf den Ruf zum Essen nicht sofort. Auch ihre Liebe zu frischer Luft ist nicht gerade ausgeprägt, es sei denn, es geht um den Garten, und Sport interessiert sie eigentlich nur vom bequemen Sessel aus. Sie sind jedoch liebenswerte Geschöpfe – treu, zuverlässig und immer hilfsbereit. Sie lieben das Wasser, sind aber nur unter Druck gute Segler oder Wildwasser-Kanuten. Und Druck ist auch das Stichwort, wenn es darum geht, sich herzurichten. Ein männlicher Duft als

Geschenk ist also sehr willkommen, denn selbst würden sie so etwas nicht kaufen. Schenken Sie ihnen aber nichts zu Modisches oder etwas mit exotischen Touch. Halten Sie sich lieber an die eleganten, nicht zu schweren Düfte – aber mit einem kleinen exzentrischen Hauch, der sie faszinieren wird. Schließlich sind auch sie ein bißchen exzentrisch.

- **Monsieur de Givenchy**
  Typ: fruchtig/moschusartig
- **Antaeus** von Chanel
  Typ: holzig
- **Versus** von Gianni Versace
  Typ: fruchtig/würzig
- **Booster** von Lacoste
  Typ: grün/krautig

Monsieur de Givenchy

Dieser maskuline Klassiker hat nichts besonders Exzentrisches, aber seine Individualität wird dem Krebs-Mann sofort gefallen. Es hält sich nicht an die üblichen Themen für Herrenparfüms, die entweder fruchtig nach Zitrusölen oder holzig nach Kräutern riechen, meistens eingehüllt in einen seifigen Ton. Da es von Givenchy stammt, erwartet man etwas elegant Andersartiges, und genau das bekommt man auch. **Monsieur de Givenchy** ist ein sanfter Charmeur, der sich mit einer sehr kräftigen Kopfnote vorstellt und dann eine ganze Weile so bleibt. Warnen Sie Ihren Krebs-Mann um Himmels willen, falls er ein bißchen zu großzügig damit umgeht, sonst fragt er sich noch, warum alle einen Schritt zurückweichen, wenn er in die Nähe kommt. Nur ein Spritzer ist bei diesem lavendel-gewürzten Verführer allemal genug. Eine zitronige Note von Bergamotte verleiht dem Parfüm den anfänglichen Glanz, zusammen mit etwas Zitrone, einem Spritzer süßer Verbene und einer Menge Lavendel. Aber dann setzt sich Moschus durch und verschafft der Komposition so etwas wie eine olfaktorische Osmose. (Wenn er vor dem Gedanken zurückschreckt, Moschus zu tragen, erklären Sie ihm, daß es sich hier um französischen Moschus handelt, der sehr erotisierend ist – das sollte ihn überzeugen!) Er wird **Monsieur de Givenchy** nur bei besonderen Anlässen benutzen, und das ist gut so. Es ist ein sehr elegantes Parfüm mit Klasse, aber fürs Büro doch ein wenig zu leidenschaftlich. Sie wollen ja nicht, daß er wegen Duftbelästigung belangt wird, oder?

Antaeus

Erzählen Sie ihm von der Legende, die sich hinter diesem Duft verbirgt, und überraschende Dinge können geschehen. In der griechischen Mythologie ist Antaeus ein Riese, der Sohn des Meeresgotts Poseidon und der Erdgöttin Gaea. Jeder, der durch sein Reich reiste, mußte mit ihm ringen. Seine geheime Kraft wurde jedes Mal erneuert, wenn er seine Mutter (die Erde) berührte. Wenn er also zu Boden geworfen wurde, wurde er unbezwingbar. (Ich verrate Ihnen nicht, wie er gestorben ist!) Nun, unser **Antaeus** ist eine ziemlich kräftige Komposition von Chanel, gemischt aus Sandelholz, Zeder, Salbei (ein nach Minze riechendes Kraut), Labdanum (ein Harz, das nach Leder duftet), sinnlichem Patchouli und süßer Myrte. Dem Krebs-Mann werden die heldenhaften und klassischen Eigenschaften, die man mit **Antaeus** verbindet, gefallen.

Versus

Junge Krebse werden diesen Duft für Wahnsinn halten, was nicht heißt, daß er abscheulich ist. **Versus** ist eine wunderbare Mischung aus exotischen Ingredienzien wie Papaya, Muskat und Tabak sowie spritzigen Zitrusölen, der warmen Sinnlichkeit von Jasmin und dem glühenden Ambra. Mit dem Schwung von **Versus** glaubt Ihr Krebs vielleicht sogar, er sei auf Bali. Dabei ist dieses Parfüm natürlich typisch Versace – ungehemmt und freimütig, vielleicht eine gute Art, um ihn in Bewegung zu setzen und ihn mitten hinein ins volle Leben zu werfen (wo er wahrscheinlich sofort einen anderen Krebs findet, der ihn heiratet und bemuttert!) Auf jeden Fall gibt es auch noch Versaces **Versus Donna** für sie, das ebenso jugendlich frisch ist und funkelt wie **Versus**. Die beiden geben ein reizendes Paar ab!

Booster

Für den Fall, daß Sie (oder er) es nicht wissen: René Lacoste war in den 30er Jahren ein französischer Tennischampion. Damals hat er sein berühmtes Shirt erfunden und das Symbol für seinen Spitznamen *le crocodile* darauf genäht, um es unverwechselbar zu machen. Heute ist Lacoste ein noch viel bekannterer Name, und sein Krokodil-Markenzeichen wird nicht nur respektiert, sondern eifersüchtig bewacht. Ich glaube jedenfalls nicht, daß irgend jemand es wagen wird, **Booster** zu kopieren – es ist viel zu einmalig mit seinem heiteren Duft nach Pfefferminz, Basilikum, Menthol, Eukalyptus, Zitrus, Estragon, Muskat, scharfem Chili und Vetiver, über einer Basis aus grünem Galbanum. Ich gebe allerdings zu, es ist wohl in erster Linie für Sportsmänner gedacht, aber ein paar kleine Spritzer **Booster** werden dem im Zeichen des Krebses geborenen Couch-Champion das Gefühl geben, genau da zu sein, wo etwas passiert. **Booster** ist wie ein Schlag zwischen die Rippen mit dem Hockeyschläger, aber weniger gefährlich. Es wird nicht nur seinen Sinn für Exzentrik ansprechen, sondern ihm das Gefühl geben, das Spiel anzutreiben, indem er sein Bestes gibt.

**Wem steht was und wann:
So holen Sie das Beste aus Ihren Parfüms heraus**

Parfüms sind nicht nur Erweiterungen Ihrer Persönlichkeit, sondern unterstreichen auch Ihr Aussehen und die Stimmung, in der Sie sich gerade befinden. Um die besten Eigenschaften zum Vorschein zu bringen, sollte man sie mit Respekt ihrem jeweiligen eigenen Charakter gegenüber behandeln. Auch Parfüms haben ihre Grenzen, genau wie Sie. Manche eignen sich besser für einen verführerischen Abend, andere für den Tag. Hieraus folgt, daß leichtere Parfüms sich bei wärmerem Wetter wohler fühlen, die schwereren dagegen im Herbst und Winter. Auch das Alter spielt eine wichtige Rolle: Jüngere Frauen meiden wahrscheinlich ganz automatisch die ultra-eleganten Düfte (oder sollten es zumindest tun), während reifere Frauen erkennen sollten, daß die Zeit für die frechen, heiteren Parfüms vorbei ist. Ihr Teint ist nicht so wichtig, wenngleich ich glaube, daß dunklere Frauen – als Faustregel – automatisch zu den üppigen, orientalischen Düften neigen, während Blondinen (echt oder gefärbt) romantischere und frischere Parfüms bevorzugen. Das ist auch die Grundlage für die leicht nachzuvollziehende Tabelle. Sie ist aber nur als hilfreiche Empfehlung gedacht, nicht als starre Regel.

Basiswaffen

	Zeit		Alter		Typ		Wetter	
Parfüm	Tag	Nacht	Jung	Älter	Hell	Dunkel	Warm	Kalt
Romeo Gigli	*	*	*		*	*	*	
Amarige	*	*		*	*	*	*	*
Boucheron		*		*	*	*	*	
Diorissimo	*		*		*		*	
Cabochard		*		*		*		*

Geheimwaffen

	Zeit		Alter		Typ		Wetter	
Parfüm	Tag	Nacht	Jung	Älter	Hell	Dunkel	Warm	Kalt
Volupté		*		*	*	*	*	*
Venezia	*	*		*		*		*
Chamade		*		*	*	*		*
Y	*	*		*	*	*	*	*
Opium		*	*	*	*	*	*	

Krebs/Löwe

	Zeit		Alter		Typ		Wetter	
Parfüm	Tag	Nacht	Jung	Älter	Hell	Dunkel	Warm	Kalt
Chloé	*	*	*	*	*	*		*
Armani		*	*	*		*		*
Tendre Poison	*		*		*	*	*	

Zwillinge/Krebs

	Zeit		Alter		Typ		Wetter	
Parfüm	Tag	Nacht	Jung	Älter	Hell	Dunkel	Warm	Kalt
L'Air du Temps	*	*	*		*		*	*
Beautiful	*	*	*		*	*	*	*
Calyx	*		*	*	*	*	*	

Herrendüfte

	Zeit		Alter		Typ		Wetter	
Parfüm	Tag	Nacht	Jung	Älter	Hell	Dunkel	Warm	Kalt
Monsieur de Givenchy		*		*		*		*
Antaeus	*		*		*	*	*	*
Versus	*	*	*		*	*	*	
Booster	*		*	*	*	*	*	

Löwe
23. Juli – 22. August

Sie und der Thron

Ich weiß nicht, ob man ihnen das überhaupt sagen sollte, schließlich glauben Löwen ohnehin, sie wüßten es. Aber wenn sie einen Raum betreten, wird es hell! Ich weiß auch nicht, ob ihnen dieses Glühen angeboren ist oder ob sie ihr Illuminationstalent vor ihrem großen Auftritt erst testen müssen. Doch das ist auch nicht wichtig – Löwe-Menschen, vor allem Frauen, scheinen eine starke Ausstrahlung zu besitzen und *bon esprit* zu verströmen, was andere vor Neid erblassen läßt.

Das ist das Gute. Weniger gut ist es, daß intensives Licht manchmal blind macht, so daß sie eine Gastfreundschaft entweder überstrapazieren oder, was mehr auf die männlichen Löwen zutrifft, ihre »Lichtquelle« versiegt plötzlich, und der Löwe erschlafft (und schläft manchmal sogar), eine Peinlichkeit, auf die er gern verzichtet. Gesichtsverlust ist ein schrecklicher Schlag für Löwen.

Aber ihre Tugenden dominieren über ihren Fehlern, solange sie ihre Zunge im Zaum halten (was heißt: sich vor Alkohol in acht zu nehmen.). Löwen sind von Natur aus redselig, unter Alkohol können sie jedoch todlangweilig werden. Im übrigen sind sie gute Gesellschafter, fabelhafte Gastgeber, die alles perfekt machen, und sie sind überaus witzig. Deshalb sind Löwen immer gern gesehen.

Sie möchten wissen, was es nun mit dem Thron auf sich hat? Nun, Löwen gehen schnurgerade darauf zu. Sie sind überzeugt, daß sie geboren wurden, um auf dem Thron zu sitzen, und sobald sie da sitzen, herrschen sie wie königliche Geschöpfe, die sie sind. Und sie herrschen unnachgiebig und entschieden, denn alles muß nach ihrem Willen laufen! Eine Menge Leute, von denen sie das nicht erwarten würden, nennen sie hinter ihrem Rücken »die, die bestimmen«, und sie neigen tatsächlich dazu, die anderer zu negieren und die Menschen herumzukommandieren (selbst wenn sie das gar nicht merken). Aber sie meinen es gut. Boshaftigkeit ist ein Fremdwort für sie. Sie sind die Freundlichkeit und Großzügigkeit in Person – und ehrlich.

Die Löwe-Frau ist eine ideale Mutter, die ihre Jungen liebevoll umsorgt und für alles sorgt, und dank ihrer Loyalität und Opferbereitschaft ist sie eine ideale Kameradin, sei es als Ehefrau oder verwandte Seele. Sie ist furchtlos und mutig, ein Bollwerk, solange sie nicht wütend ist. Ein wütender Löwe ist kein schöner Anblick. Und außerdem gefährlich. Meistens endet es damit, daß die anderen nachgeben, wenn auch oft zögernd und nicht unbedingt aus Überzeugung. Und das ist der Punkt, wo der Thron auch zu wackeln anfangen könnte. Ein falsches Gefühl von Macht kann zu Fehlern führen, zu enormen, denn ein Löwe macht niemals halbe Sachen, seine Entscheidungen sind nicht immer richtig, und er sollte (auf seine ganz eigene, lässige Art) den Rat derjenigen einholen, die vielleicht mehr Erfahrung haben als er und möglicherweise auch besseren Geschmack. Der Geschmack des Löwen kann manchmal ein wenig überzogen sein – zu viel von zu vielen teuren Dingen – und genau da wird es kritisch. Bescheidenheit (alle *wirklich* königlichen Menschen verfügen darüber!) wäre angebracht und auf andere zu hören empfehlenswert. Es bewahrt ihn vielleicht vor dem Messer im Rücken.

Löwen neigen dazu, Dinge betonen zu wollen, gewissen Leuten klar zu machen, daß sie es sind, die die Regeln aufstellen – als ob irgend jemand das nicht bemerken könnte! Sie umgeben sich mit Prunk und Pracht, je extravaganter, desto besser. Wenn sie nicht die erste Geige spielen, reagieren sie trotzig. Das läßt einen kurzen Blick auf ihr Gefühl von Unsicherheit zu, was sie zu jeder Zeit zu verdecken suchen. Sie leiden zwar nicht an Minderwertigkeitskomplexen, aber mitunter kommen selbst ihnen Zweifel an ihrer Unverwundbarkeit, und dann werden sie unwirsch. Ihr Ausweg besteht darin, sich an einen privaten Ort zurückzuziehen (vielleicht unter einen schönen, schattigen Baum?) und ihre Wunden zu lecken. Nur Löwen können sich selbst kurieren – sie hassen es, wenn jemand sie als nicht perfekt erlebt. Doch schon bald werden sie wieder stolz durch ihren Dschungel streifen.

Aber es gibt immer einen, der nur darauf wartet, sie vom Thron zu stoßen. Sie sollten deshalb ihre Höflinge sorgfältig auswählen – ihr Wunsch nach Schmeicheleien kann sie manchmal blind machen. Wenn sie also einen Raum betreten und ihn erhellen (und damit jeden Anwesenden), sollten Sie ein Auge offenhalten. Nicht alle Menschen sind so von Grund auf offen, ehrlich und vertrauensvoll wie die Löwen. Vorsicht vor lachenden Hyänen!

Löwe-Stil

Der Ausdruck »dress to kill« könnte extra für sie geprägt worden sein. Mit ihrer persönlichen Darstellung ist es ihnen todernst. Sie sind nicht eitel, aber sie wenden viel Zeit und Mühe auf, um Eindruck zu machen. Sie sind penibel und werden alle nur möglichen Kombinationen ausprobieren (selbst unwahrscheinliche oder unorthodoxe), bis alles perfekt aussieht. Der Gedanke, weniger gut als bestmöglich auszusehen, ist ihnen ein Greuel – ist das vielleicht eine andere Interpretation des stolzen Löwen? Sie träumen – und das nicht nur heimlich – von Luxus, Pracht und Extravaganz. Und wenn sie das nicht haben können, dann bemühen sie sich zumindest um ein erschwingliches Äquivalent. Wenn sie schon nicht das Beste haben können, dann soll es doch wenigstens so aussehen!

Ihre Farben sind Gold und Silber, Rot und Schwarz, Purpur und Königsblau. Pastellfarben stehen ihnen nicht. Sie verwenden übermäßig viel Accessoires, bis jemand sie überzeugt, daß es besser ist, weniger zu tragen. Ihre Liebe für Grellbuntes, für mitreißende, dramatische Ideen bestimmt ihren Geschmack – sie müssen ihn bloß ein bißchen verfeinern. Hat man ihnen erst einmal gezeigt, wie, gelingt ihnen das mit Leichtigkeit – aber hinter allem Understatement wird immer noch der Wunsch nach einem großen Auftritt lauern. Natürlich ist ihr Heim ihre »Burg«, und es wird immer erstaunlich aufgeräumt aussehen (sie sind Ordnungsfanatiker!). Und dasselbe erwarten sie auch überall sonst. Aber sie bewegen sich ohnehin so, als wären alle anderen Heime ebenfalls ihre »Burg«.

Wenn es darum geht, das Beste aus ihren guten

Eigenschaften zu machen, neigen sie zur Übertreibung. Ein wenig Zurückhaltung kann da nicht schaden. Das gilt auch für Parfüms. Seltsamerweise treffen sie nicht immer die für sie beste Auswahl. Sie lassen sich ablenken, vergucken sich in eine fabelhafte Verpackung, in glitzernde, fremdartige Fläschchen und bekannte Namen und lehnen allzu leicht etwas ab, was sie als schlichtweg gewöhnlich erachten! Häufig kaufen sie ein Parfüm, das viel zu erotisch für sie ist. Löwe-Geborene sind sehr sinnlich, ja sogar zügellos, aber sie sind nicht unbedingt große Verführer. Deshalb sollten sie auch nicht versuchen, wie ein Vamp zu duften und wie der stolze, aber unheilbare Romantiker, der sich unter ihrer makellos gestylten und frisierten Mähne tatsächlich verbirgt. Schnurren ist besser als Gebrüll!

Ihr äußerer Ausdruck ist *Offenheit*, ihr innerer Kern *Ruhelosigkeit*.

Dies läßt sich nun in die für die Löwe-Geborenen am besten geeigneten Parfüms umsetzen. Ich habe sie in zwei Kategorien eingeteilt:

1. *Basiswaffen* – die überaus wichtigen Basisparfüms, die Ihnen am besten stehen sollten. Sie bilden den Kern Ihres Parfümarsenals.
2. *Geheimwaffen* – sie unterstreichen die Basisdüfte, sind gewagter und ausgefallener, sollten aber immer noch zu Ihnen passen.

Es gibt auch eine Auswahl von Parfüms für diejenigen, die zwischen den Tierkreiszeichen Löwe und Jungfrau geboren sind, sowie eine Reihe von Herrendüften, die man dem Löwe-Mann schenken kann. (Wenn Sie zwischen

Krebs und Löwe geboren sind, finden Sie weitere Parfüms auf den Seiten 159 ff., 167, 197). Ich habe jedes Parfüm einer bestimmten Kategorie zugeordnet. Am Ende des Kapitels sind alle Parfüms in einer Tabelle zusammengefaßt, die Ihnen verrät, ob sie besser für junge oder ältere Frauen, an warmen oder kalten Tagen, tags oder abends, für dunkle oder helle Typen geeignet sind.

**Basisparfüms:
der unentbehrliche Grundstock**

Wie ich bereits mehr oder weniger deutlich gesagt habe, benötigen Sie Hilfe bei der Auswahl der Parfüms, die nicht nur Ihre Persönlichkeit erweitern, sondern auch Ihre offensichtlichen Qualitäten unterstreichen sollen – nämlich Ihren scharfen Verstand, Ihre Liebe zum Luxus und Ihr Bedürfnis, sich von anderen zu unterscheiden (oder sie zu überragen). Es fällt Ihnen schwer, der Meinung anderer beizustimmen, und deshalb treffen Sie leicht falsche Entscheidungen. Trotzdem geben Sie einen Fehler niemals zu. Sie allein müssen entscheiden – entweder Sie suchen still für sich nach Führung oder fragen eine *erfahrene* Verkäuferin, auch wenn das ein bißchen unter Ihrer Würde ist – mit ein bißchen Glück ist sie sogar ebenfalls Löwe! Oder Sie halten sich an das sehr kostspielige *trial and error*-Verfahren. Ich kann Ihnen die Sache ein wenig erleichtern und Ihnen zumindest sagen, daß schwere, sinnliche Parfüme genausowenig für Sie gedacht sind wie süße, romantische Düfte. Frische, sportliche Parfüms passen ebenfalls nicht zu Ihrer eleganten Art. Also halten Sie sich am besten an die großen Klassiker oder an blumige

Düfte mit einem würzigen Touch – und das sind nicht unbedingt die Orientalen. Lassen Sie sich nicht vom Aussehen oder dem Namen eines Parfüms beeinflussen – einige der weniger bekannten sind genau die richtigen für Sie. Und bilden Sie sich bloß nie ein, ein Parfüm könnte etwas aus Ihnen machen, was Sie nicht sind! Die Leute lieben Sie so, wie Sie sind, und nicht so, wie Sie gern sein würden. Sie blicken zu Ihnen auf, aber wie alle Könige werden Sie nicht nur bewundert, sondern auch kritisiert. Welches Parfüm Sie auch auswählen, es muß eindrucksvoll sein, darf aber Ihrem Image nicht zuwiderlaufen. Meine Empfehlung wäre:

- **Coco** von Chanel
  Typ: blumig/orientalisch
- **Knowing** von Estée Lauder
  Typ: blumig/grün
- **Donna Karan New York** von Donna Karan
  Typ: blumig/holzig
- **Dolce Vita** von Christian Dior
  Typ: blumig/fruchtig
- **Panthère** von Cartier
  Typ: blumig/würzig

COCO
geheimnisvolle »Streunerin«

Nur Mademoiselle Chanels engste Freunde nannten sie Coco, und es ist daher nur recht und billig, daß das nach ihr benannte Parfüm eine sehr enge und persönliche Beziehung mit der Person eingeht, die es zu tragen versteht. Sie muß leidenschaftlich und intensiv, dabei aber elegant sein – schnurren, nicht fauchen. Wenn Sie eine solche Frau sind, dann wird **Coco** diese Eigenschaften noch verstärken. Es ist ein Parfüm mit einer langen Reihe von Ahnen und erwartet, auch entsprechend behandelt zu werden. Es kommt also schon fast einem Verbrechen gleich, wenn Sie es benutzen, ohne Ihre besten Sachen zu tragen. Es haftet zwar vielleicht an Ihnen, wird aber niemals zu einem Teil (geheimnisvoll und beunruhigend) von Ihnen werden.

Coco verströmt einen warmen, schokoladenartigen Duft, und es wird sogar bisweilen vermutet, daß eine Art Schokolade in seiner sehr komplexen Komposition verwendet wurde. Andererseits könnte dieser Geruch auch durch Benzoin hervorgerufen werden, ein kräftig nach Vanille und Schokolade duftendes Harz aus Vietnam. Eine weitere, dynamische Note in seiner im übrigen blumigen und ambraarmen Mischung ist der trockene Geruch polierten Leders. Diese beiden faszinierenden Duftnoten pulsieren und pochen unter einem strahlendschönen Bouquet aus Orangenblüten von den Komoren, karibischer Cascarilla (einer Süßholzrinde), bulgarischer Rose, indischem Jasmin, Frangipani aus Java und Mimose aus der Provence. Das würzige Gegengewicht aus Koriander, Gewürznelken und Engelwurz verliert sich schließlich unter Sandelholz und dem samtigen Geruch eines reifen Pfirsichs – eine hypnotisierende Harmonie, ein wenig süß, etwas holzig, ein bißchen würzig – und zutiefst geheimnisvoll.

Coco ist dramatisch und sinnlich, ohne bewußt verführen zu wollen. Wenn es das dennoch tut, so gelingt ihm das durch den eleganten Chic, mit dem Sie es tragen. Es ist geschmeidig und hinterlistig – sehr katzenhaft und feminin, aber niemals wild. Es streift umher, steckt sein Territorium ab und wartet auf die, die mutig genug sind, sich ihm zu nähern. Dank seiner hochmütigen Würde wird **Coco** sich überall durchsetzen, ohne mit der Wimper zu zucken. Und wenn es etwas sieht, was ihm gefällt, wird es schnurren.

KNOWING
das Superschlaue

Einzigartige Zutat in der Mischung dieses brillanten Parfüms ist nichts anderes als der süße, hypnotische Sommernachtsduft von Pittosporum, das hier so stark verdünnt ist, daß Sie nicht gleich bewußtlos umfallen! Zum Glück ist es von weniger »gefährlichen« Blumen umgeben, wie Jasmin, Tuberose, Ylang Ylang, Mimose und Rose, und außerdem von Lorbeerblatt, Patchouli, Ambra und Sandelholz. Üppige, fruchtige Töne von Melone und Pflaume vertiefen sein Aroma, bis das Parfüm zu einer Verführerin wird, die genau weiß, was sie will. **Knowing** ist eine äußerst weltgewandte Verführerin.

Es wirkt sehr spröde – typisch New York –, aber wenn Sie die passende Trägerin sind, wird es sein Herz, das gar nicht so hart ist, enthüllen. Es benötigt die maßgeschneiderte Kleidung aus einem Konferenzraum oder die elegante Lunch-Version, um unter der richtigen Mischung aus Weltgewandtheit und Feuer zu erblühen. Es ist kompromißlos, heftig, auffällig und enorm selbstbewußt. Am Abend wird es leicht mit Glanz und Glamour fertig, aber es ist eine kräftige Mischung: Übertreiben Sie es also nicht. Es hat die Angewohnheit, wie eine Klette an Ihnen zu kleben.

Knowing eignet sich gut für Löwe-Damen, solange der Anlaß geistreich ist und im Haus stattfindet. Mit Lässigkeit und dem Abenteuer im Freien wird es nicht so gut fertig. Es will töten oder zumindest einen Wettbewerb gewinnen. **Knowing** gehört zu den Parfüms, die Sie auf Anhieb mögen oder verabscheuen. Und auf die Menschen in Ihrem Umkreis wird es genauso wirken.

DONNA KARAN NEW YORK
anmutig und erfolgreich

Drei ihrer Lieblingsdinge, so sagt sie, sind der Duft von Lilien aus Casablanca, die Wärme von Kaschmir und der Geruch von Wildleder. Der New Yorker Designerin ist es nicht nur gelungen, alle drei in ihrem ersten Parfüm einzufangen, sondern hat es außerdem auf einzigartige und betörende Weise so prachtvoll komponiert, daß Sie (angenehm) überrascht sein werden.

Es ist ein erfolgreiches Parfüm, dessen schön geschwungene schwarz-goldene Flasche von ihrem Ehemann, einem Bildhauer, entworfen wurde, und es strahlt die lässige Eleganz Manhattans aus. Aber ich glaube, das Bemerkenswerteste an **Donna Karan New York** ist der Eindruck von Wildleder und Kaschmir, den sie mit Hilfe von holzigen, ledrigen Ingredienzien erzielt – mit der wunderbaren Kopfnote der exotischen Casablanca-Lilie und der goldenen Wärme von Aprikosen. Darunter liegt ein Bouquet aus Kassiablüten, Ylang Ylang, Jasmin, Rose und Heliotrop – der letztere überzieht mit seinem süßlichen Kirschholzduft die geheimen Zutaten, die für den Wildleder-Kaschmir-Akkord sorgen. Ambra, Sandelholz, Zimt und ein Hauch von

Patchouli fügen eine orientalische Note hinzu, das Ergebnis ist eine glatte, sinnliche und aromatische Harmonie.

So sanft und lieblich dieses Parfüm auch ist, so eindringlich und beharrlich ist **Donna Karan New York** auch. Es macht sich bemerkbar, ohne jedoch seine Umgebung in dem Bemühen, Eindruck zu schinden, zu überfluten. Ich denke, daß sich Löwe-Geborene zu dem Flair von Luxus hingezogen fühlen, in den sich ein Hauch Lebhaftigkeit mischt. Hat es sich erst einmal richtig auf Ihrer Haut niedergelassen, werden Sie vielleicht feststellen, daß die Menschen in Ihrer Umgebung nach dem Ursprung dieses angenehmen und ungewöhnlichen Duftes suchen. Wenn Sie seinen Namen geheim halten wollen, erklären Sie einfach, daß Sie Wildleder-Dessous tragen!

DOLCE VITA
Liebe zum süßen Nichtstun

Löwe-Geborene arbeiten hart (oder erwecken zumindest den Anschein). Wenn sie erklären, welch schrecklichen Tag sie hinter sich haben, wird niemand ihnen glauben, denn man merkt es ihnen nicht an. Es ist Teil ihrer Natur, immer fehlerlos und frisch zu wirken – so wie eine Katze, die sich ständig putzt. Aber wenn die Zeit des Vergnügens naht, stecken sie voller Unternehmungsgeist, Schwung und Energie – und stehen natürlich im Mittelpunkt. Und kein anderes Parfüm kann ihren Stern dann heller leuchten lassen als dieser Duft von Dior.

Dolce Vita ist zwar nicht italienisch, könnte es aber

ohne weiteres sein. Es schimmert, funkelt und strahlt voll Humor und Lebenslust! Seine Fülle aus Magnolienblüten, weißen Lilien und Rosen, die in Zimt, Kardamom und Gewürznelken gehüllt sind, dazu der trockene Duft von Zedern- und Sandelholz, alles mit großzügigen Spritzern von Vanille, Patchouli und Vetiver abgerundet, ehe es schließlich vom Geruch saftiger Pfirsiche und Aprikosen gekrönt wird, lassen es hedonistisch, sinnlich und überschäumend wirken. Es ist wie eine freudige Hymne an die Sonne und ungefähr genauso hemmungslos.

Dolce Vita ist weniger ein Tribut an Fellinis brillanten Film als vielmehr an die Stadt, die dazu inspiriert hat – Rom in all seinem sonnengetränkten, fröhlichen Enthusiasmus und seiner Großzügigkeit. Ein einziger Blick auf die leuchtendgelbe Verpackung und die fabelhaft in der Hand liegende kugelförmige Flasche verraten Ihnen das. Deshalb fühlt man sich auch so von ihm angezogen – vor allem, wenn Ihre Batterien aufgeladen und Sie bereit für etwas Wunderbares sind. Wie ein Flaschengeist wartet das Parfüm darauf, von Ihnen freigelassen zu werden, damit es ein römisches Fest veranstalten kann, dessen leuchtender Mittelpunkt ganz allein Sie sind.

PANTHÈRE
diskret und gewandt

Als stolze Löwin erwarten Sie bestimmt, daß wenigstens ein Parfüm Ihre List und Ihren Mut hervorhebt. Es scheint, als wäre **Panthère** genau das richtige – zumal es von einem der größten Juweliere der Welt kreiert wurde, der für seinen üppigen Luxus bekannt ist. Außerdem war Cartier Hoflieferant der bedeutendsten königlichen Familien Europas in der Vergangenheit und ist es auch in der Gegenwart. Das allein sollte ausreichen, daß Sie Ihre Krallen wetzen, um **Panthère** zu besitzen.

Aber halt: Wenn Sie jetzt glauben, **Panthère** würde aus dem Nichts hervorspringen und sein unseliges Opfer mit der Tödlichkeit einer *femme fatale* anspringen, dann täuschen Sie sich. Das Gegenteil ist der Fall. **Panthère** ist weder ein Jungtier noch ein tödliches Raubtier. Es ist vielmehr geschmeidig und weltgewandt, hochzivilisiert und viel zu gut erzogen, um zu fauchen. Es schnurrt, aber es schnurrt verführerisch.

Die Basis dieses Parfüms ist Tuberose, gewürzt mit Ingwer und Pfeffer – eine wirklich rasante Mixtur. Eine exotische Mischung aus Jasmin, Narzisse, Gardenie, Nelke, Rose und Heliotrop, zusammen mit der unvermeidlichen Dschungelnote von Ylang Ylang, unterlegt es dann mit atemberaubender, floraler Schönheit. Die üblichen Untertöne verschiedener Hölzer und Moose fehlen natürlich gleichfalls nicht, ebensowenig wie die Wildheit von Schwarzer Johannisbeere, Koriander und köstlichen Pfirsichen und Pflaumen. Über dem ganzen aber schwebt, wenngleich ein wenig verfeinert und der üblichen Üppigkeit beraubt, die Tuberose. **Panthère** ist der Triumph gezügelter wilder Extravaganz. Es ist eine Rasse-, keine Wildkatze. **Panthère** bedient sich der List, nicht der Rohheit, um gefangen zu nehmen. Und während Ihre Bewunderer die Lippen spitzen, lecken Sie sich Ihre hübschen Pfoten.

Geheimwaffen:
die Überraschungen

Vielleicht erscheinen Ihnen einige meiner Vorschläge ein wenig zu zurückhaltend für den auffälligen und extrovertierten Löwe-Geborenen, aber sie berücksichtigen einen wahrscheinlich nur unterschwelligen Zug, von dem andere nichts wissen sollen, ja, den Sie sich vielleicht nicht einmal selbst eingestehen. Es ist nicht schlimm, rastlos, ungeduldig oder gelangweilt zu sein, aber es kann ganz schön anstrengend werden, wenn diese für einen Löwe-Geborenen so untypischen Zustände an Ihnen zehren. Statt nun mürrisch zu werden und sich aufregen zu lassen, sollten Sie das Beste daraus machen und sich beruhigen. Dabei kann Parfüm eine enorme Hilfe sein. Denken Sie nur einmal an die Vorzüge der Aromatherapie. Nun, und Parfüms, die ja viel komplexer und anhaltender sind, wirken sogar noch besser, wenn es darum geht, zerzauste Mähnen zu beruhigen und zu glätten. Sie sind auch viel persönlicher und intimer und können eine willkommene Abwechslung (vielleicht sogar eine willkommene Erleichterung) von Ihrem üblichen Arsenal brillanter »Feuerwerkskörper« sein. Nicht einer dieser Ersatzdüfte ist auch nur im entferntesten sentimental oder oberflächlich. Es sind einfach Parfüms, die Ihnen vielleicht gar nicht aufgefallen sind, weil Sie sich von Natur aus immer zu den großen Namen in den auffallenden Flaschen hingezogen fühlen. Sie reichen vom schlicht romantischen bis zum höchst individuellen Duft – einige sind ruhig und schön, andere höchst originell und aufregend. Aber ich glaube, daß Sie Ihnen helfen werden, mit der Seite Ihres Wesens fertig zu werden, die Sie selbst manchmal nicht so ganz begreifen – der königlichen Rastlosigkeit. Es sind:

- **V'E Versace** von Gianni Versace
  Typ: blumig
- **Angel** von Thierry Mugler
  Typ: fruchtig/orientalisch
- **Safari** von Ralph Lauren
  Typ: fruchtig/blumig
- **Infini** von Caron
  Typ: blumig
- **Cristalle** von Chanel
  Typ: blumig/fruchtig

V'E VERSACE
unvergleichlich fröhlich

Versace soll einmal gesagt haben: »... wir sollten den Mut haben, die *Libertà del Profumo* auszurufen. Dieser Ausdruck ermöglicht es uns, die Regeln und Bestimmungen außer acht zu lassen, die wir selbst aufgestellt haben.« Als Mann von Wort kreierte er augenblicklich dieses betörende Parfüm aus ausschließlich weißen Blüten unter seinem Namenskürzel: **V'E**. Es ist ein unvergleichlich fröhliches Parfüm.

Ich habe es in Ihr geheimes Arsenal aufgenommen, weil es genau zu der Art von üppigen, aber extrovertierten und floralen Parfüms gehört, vor denen Sie gewöhnlich zurückschrecken – zu leicht, zu süß, zu überschäumend, höre ich Sie schon sagen. Und das ist genau die Rolle, die Sie hin und wieder spielen sollten. Nun ja, **V'E** ist nicht dramatisch, sorgt nicht für einen großen Auftritt und ist ganz bestimmt nicht darauf aus, zu verführen. Aber seien wir mal ehrlich: Sie wären doch auch ein bißchen langweilig, wenn Sie *immer nur* auf der Bühne stehen würden, und deshalb ist es eine gute Idee, die Krone hin und wieder abzunehmen und sich unter die Menge zu mischen – Sie fallen schon auf, keine Sorge. Und **V'E** wird Ihnen mit seiner Lebhaftigkeit und dem betörenden Duft dabei helfen.

Es ist ein köstlicher Cocktail aus Maiglöckchen, weißer Rose, Jasmin, Lilie, Narzisse, Orangenblüte und Hyazinthe, über einer Basis aus aromatischer Bergamotte, Florentiner Iris, Weihrauch, Moschus und Sandelholz. **V'E,** das überraschenderweise in einem eckigen Kristallgefäß verkauft wird, (die Inspiration hierzu war Versaces Tintenfaß), funkelt und strahlt so frisch wie das Mittelmeer an einem sonnigen Nachmittag. Es ist ein Parfüm, das genossen werden will – und nicht wie eine tödliche Waffe benutzt. Machen Sie also ruhig einmal eine Ausnahme und – seien Sie leichtsinnig!

ANGEL
köstlich wie Ambrosia

Wie sein Pariser Kollege Jean-Paul Gaultier wandte sich auch Mugler seiner Kindheit zu, als er nach einer Inspiration für sein erstes Parfüm suchte. Es kam 1993 in einer sagenhaften, sternförmigen Flasche von nahezu himmlischer Leuchtkraft auf den Markt und zog die von ihm auch gewünschte Kontroverse nach sich. Der Schock darüber, was sich in dem unschuldigen kleinen Stern verbarg, führte zur sofortigen Spaltung zwischen der Parfümindustrie und jenen, denen es angeboten wurde – einer nichtsahnenden (wenn auch aufgeklärten) Öffentlichkeit. Niemals zuvor hatte irgendwer etwas Derartiges gerochen, aber die Kritik und das Lob lockten bei seinem Schöpfer nur ein Lächeln hervor.

Angel setzt sich fast ausschließlich aus den Aromen eßbarer Dinge zusammen. Es gibt sowohl frische Früchte als auch Trockenobst, Honig, Brombeere, ein im Wasser wachsendes Kraut namens Helonium, Vanille und (Sie dürfen staunen!) Karamel und Schokolade. Außerdem finden sich Kumarin (ein vanilleähnlicher Duft, der aus der tropischen Tonkabohne und Lavendel gewonnen wird) und das gute, alte, erotische Patchouli. Keine einzige Blume weit und breit!

Mugler wollte **Angel** zum Vorboten eines völlig neuen olfaktiven Universums machen, das alle Blumen oder Bäume ausschließt und sich statt dessen auf die Geschmacksnerven konzentriert, die der Nase die gewünschte Botschaft übermitteln sollen. Manche Frauen schwärmen dafür, während andere angesichts des überraschend süßen, aber sanften Angriffs entsetzt zurückweichen. Dennoch übt es eine seltsam beruhigende Wirkung aus – als wenn man sich gemütlich zurücklehnt und in seliger, heimlicher Verzückung eine ganze Schachtel köstlicher Pralinen in sich hineinstopft. Allein aus diesem Grund finden Sie es vielleicht schon unwiderstehlich. Mugler sagt, er hätte es **Angel** genannt, weil es geheimnisvolle Träume und süße Phantasiebilder heraufbeschwört. Die Träume sind ganz bestimmt süß, aber übertreiben Sie es nicht mit den honigsüßen Phantastereien – sie könnten nichts weiter sein als verrückte Ideen.

SAFARI
ein Szenenwechsel

Nicht nur die Idee, die hinter diesem sonnendurchtränkten Parfüm eines weltmännischen Designers steckt, ist originell, sondern auch der Duft selbst. **Safari**, das bedeutet in diesem Fall Abenteuer ohne Einschränkungen und Mißlichkeiten. Es ist die natürliche Umgebung für Löwen, aber sie müssen nicht erst reisen, um sich dort aufhalten zu können. Wenn Sie **Safari** kaufen, erstehen Sie damit ein Ticket in die große weite Welt, und da es Sie mit allem versorgt, müssen Sie kein weiteres Gepäck mitnehmen.

Bei diesem äußerst zivilisierten Abenteuer sind eine Vielzahl internationaler Zutaten zusammengestellt worden, hauptsächlich Früchte und Blumen, die perfekt zu einem gleichzeitig sanften wie aufregenden Duft verschmelzen. Pflaumen-, Pfirsich-, schwarze Johannisbeer- und Himbeernoten treten zusammen mit dem berauschenden Duft von Orangenblüten die Reise an, ehe sich intensiv duftende Blüten hinzugesellen – Gardenie, Tuberose, Magnolie, Jasmin, Nelke, Heliotrop und Maiglöckchen. Schließlich kommen noch die animalischen Gerüche »an Bord«, die **Safari** seine Trockenheit und seinen Glanz verleihen – Eichmoos, Ambra, Sandelholz, Zeder und Tonkabohne. So haben Sie einen gutgepackten, vollen Rucksack.

Lauren sieht in **Safari** eine Welt ohne Grenzen, und die ideale **Safari**-Frau (das sind Sie!) sehnt sich seiner Ansicht nach nach Abenteuer, Romantik und Intrigen. In diesem Zustand erweckt **Safari**, so Lauren, in ihr den Eindruck, von dem Luxus umgeben zu sein, den sie benötigt – und den Erfahrungen, die sie stimulieren.

Das ist zwar Publicity-Gerede, aber es trifft den Nagel auf den Kopf. **Safari** ist gutmütig, extrovertiert und auf ruhige Art selbstbewußt. Es wird Sie nicht furchtlos in eine Welt voller Gefahren und Unbequemlichkeiten hinaustreiben, aber es wird Sie aus Ihrem Zustand der Unruhe hinauslocken und Sie auf den Weg bringen. Als Zugeständnis an Ihre Vorliebe für schönen Zierat ist **Safari** in einen eleganten bauchigen Flakon gefüllt, so daß Sie für Ihren Ausflug durch die »Große Safari« des Lebens perfekt gerüstet sind.

INFINI
voller unendlicher Möglichkeiten

Dieses Parfüm werden Sie ausschließlich in Parfümerien finden, wenn Sie nicht gerade in Frankreich sind. Dort bringt man den Caron-Parfüms noch immer Liebe und Respekt entgegen, so, wie es sein sollte. Alle sind sie prachtvolle Kreationen von erstaunlicher Einzigartigkeit und Schönheit, und **Infini** gehört zu den schönsten – ja hinreißendsten – Beispielen. Ich erinnere mich, wie es auf den Markt kam (noch dazu in großen Warenhäusern!). In seinem asymmetrischen Flakon mit dem diamantförmigen Ausschnitt in der Mitte vermittelte es augenblicklich einen beinahe surrealen Blick in die Zukunft – von einem durch und durch klassischen Standpunkt aus. Und das faßt schon zusammen, worum es bei **Infini** geht. (Schade, daß man es jetzt fast nur noch in sehr schlichten, funktionellen Flaschen findet – aber immerhin gibt es es noch.)

Infini steht für eine hypnotisierende Reise durch einen Garten voller Rosen, Maiglöckchen, Jasmin, Nelken, Iris und Ylang Ylang zu einem Obstgarten mit Orangenblüten und Pfirsichen. Abgerundet wird diese Mischung von Koriander, Sandelholz, Vetiver und Moschus. Über allem liegt zudem der Orangen-Zitronen-Duft von Bergamotte und ein Hauch exotischer Tonkabohnen. Das klingt wie eine klassische, französische Schöpfung, aber die Basismelodie wird dann dank geheimnisvoller Aldehyde zu einer Fuge umgearbeitet. Das Ergebnis ist ein selbstbewußtes und dabei hinreißend liebliches Parfüm (Ich kenne eine Frau, die in ihrer Begeisterung erklärt hat, sie würde am liebsten splitterfasernackt darin schwimmen!). Es ist einfach betörend und bezaubernd.

Ich denke, daß Sie in **Infini** eine geheime Quelle der Freude finden. Es hat das Flair, in all seiner ruhigen, fast ätherischen Schönheit für Sie ganz allein geschaffen worden zu sein. Machen Sie es also ruhig zu Ihrem Geheimnis.

CRISTALLE
frisch und funkelnd

Diese kaum beachtete Schönheit ist ein kleiner Charmeur, der in seiner ganz eigenen Welt vergnügt funkelt. Er ist nicht annähernd so mächtig wie seine Chanel-Schwestern, gibt aber auch gar nicht vor, etwas anderes zu sein als eine schöne, sprühende Duftkomposition. **Cristalle** ist nur in der konzentrierten Form des *eau de toilette* und *eau de parfum* erhältlich, mit anderen Worten, Sie können es fast so verwenden wie einen Extrakt oder das konzentrierte Parfüm, aber es ist nicht ganz so stark und hält nicht so lange an. Trotzdem verfügt **Cristalle** über eine Menge Ausdauer, ohne jedoch aufdringlich zu sein. Es ist eine lebhafte Mischung aus Frühlingsblumen und sonnengereiften Früchten – Rose, Jasmin, Maiglöckchen, Geißblatt und Hyazinthe, überzogen mit einem Hauch von Zitrusölen, Pfirsich und Mandarine, daneben Rosenholz, Vetiver und ein Spritzer Lavendel, der dem Parfüm eine provenzalische Note verleiht. **Cristalle** ist strahlend und luftig mit einem verschmitzten Augenzwinkern. Den Ernst einer Lage liebt es aber gar nicht. Wie alle Löwen liebt es helle, freundliche, sonnige und unkomplizierte Dinge.

Sein Reiz liegt in seiner frischen Vielseitigkeit – es glänzt zu jeder Tages- und Nachtzeit. **Cristalle** kann ebenso fröhlich sein wie Sie, und genau wie Sie ist es äußerst zuverlässig.

Der Vorteil, zwischen zwei Tierkreiszeichen geboren zu sein: die freie Auswahl

Es bedeutet nicht nur Verwirrung, daß Sie sich weder dem einen noch dem anderen Sternzeichen zugehörig fühlen oder glauben, von beiden etwas zu haben – wenn Sie ganz am Ende vom Löwen* geboren sind. Natürlich können Sie Ihre Parfüms einfach aus den Vorschlägen für Löwe und Jungfrau wählen, aber passen Sie auf! Je nach Ihren ganz persönlichen Eigenheiten passen vielleicht nicht alle zu Ihnen. Deshalb habe ich ein paar ausgesucht, die jedes Parfümproblem oder

---

* Wenn Sie ganz am Anfang des Löwe-Zeichens geboren wurden, sollten Sie sich auch noch einmal die Auswahl für die Menschen ansehen, die zwischen Krebs und Löwe zur Welt gekommen sind. (S. 159 ff., 167, 197)

jede Unschlüssigkeit lösen könnten. Die Wahl bleibt auf jeden Fall Ihnen überlassen, also: Viel Spaß beim Aussuchen! Hier sind sie:

- **Sculpture** von Nikos Parfüms
  Typ: blumig
- **Sunflowers** von Elizabeth Arden
  Typ: fruchtig/blumig
- **Parfum Sacré** von Caron
  Typ: blumig/orientalisch

SCULPTURE
unverfälscht klassisch

Hierbei handelt es sich um ein Parfüm, das der Phantasie eines griechischen Modedesigners, Nikos Aspostolopulos, entsprungen ist, der in Paris wunderschöne Kleider entworfen hat, während er vom blendenden Blau der Ägäis träumte. Deshalb ist **Sculpture** so herzzerreißend lieblich und instinktiv klassisch.

Sculpture ist von einem Gefühl von Reinheit umgeben, das Jungfrau-Geborene anspricht und Löwe-Geborene amüsiert, und einer Romantik, die Löwen anzieht und Jungfrauen rührt. Das liegt an seinem Thema aus Rosen und Jasmin, mit einem Spritzer sinnlich-erotischer Vanille, die die Untertöne emporwogen läßt. Doch das Leuchten der sonnigen Oberfläche ist süßer Verbene, herber Bergamotte und etwas veilchenähnlicher Orris zu verdanken. **Sculpture** strahlt frische Spontaneität aus. Es ist ein sanftes und graziöses Parfüm, das von dem Zauber der von Göttinnen heimgesuchten Ägäis kündet. Sie fühlen vielleicht sogar, wie Aphrodite selbst auf Sie herablächelt, wenn Sie dieses funkelnde und spritzige Parfüm auftragen, das sein heimwehkranker Schöpfer mit dem Elixier der Liebe selbst gleichstellt. Es ist einen Versuch wert!

SUNFLOWERS
ein Glücksgefühl

Löwe-Damen brauchen die Gedächtnisstütze: »Nun sag doch mal was!«, die dieses Parfüm Ihnen förmlich entgegenschleudert, wohl kaum. Was aber die zurückhaltenderen und diskreteren Jungfrau-Geborenen angeht, so sieht die Sache schon anders aus. Mit seinen klaren, reifen Aromen von Honigmelone und Pfirsich, die sich mit Jasmin, Teerose, Osmanthus und dem flüchtigen, aber süß-würzigen Duft von Zyklamen vereinen, fordert **Sunflowers** Sie erst einmal auf, aufzuwachen und den Tag anzupacken. Ein wenig samtweiches Moos, Sandelholz und Moschus helfen das spritzige Glücksgefühl zu intensivieren, das dieser unschuldige kleine Charmeur versprüht. **Sunflowers** ist kein Klassiker, wird aber dafür sorgen, daß Sie sich ins Zeug legen, um die Annehmlichkeiten eines einfachen, aber mit Genuß gelebten Lebens zu genießen. Jungfrau-Geborene könnten zu Unrecht mißtrauisch werden, aber Löwe-Geborene werden sich auf diesen Duft stürzen – nicht, weil sie dumm sind, sondern weil sie das gute Leben lieben. Und das ist so: Mit **Sunflowers** werden sie alle ihren Spaß haben.

PARFUM SACRÉ
intensive Seltenheit

Dieses Parfüm ist nicht nur schwer zu finden – wenn man es kennt, muß man sein volles Aroma aus dunklen, samtigen Rosen, Weihrauch und kostbaren Gewürzen einfach lieben. **Parfum Sacré** kommt in seiner intensiven Heiterkeit schon fast einer religiösen Erfahrung gleich. Es ist ein Parfüm, das in der Manier von Caron geschaffen wurde, ein modischer Hybrid aus zweien ihrer vergangenen Erfolge (**Poivre** und **Fête des Roses**), die auf dem heutigen nüchternen, schnellebigen Markt als zu kompromißlos erachtet werden.

Parfum Sacré hat einen pulsierenden Kern aus Rosen – den großen, samtigen – umgeben von Myrrhe und Olibanum. Es finden sich aber auch starke Anklänge von Pfeffer und Zimt sowie Orangenblüten und Mimosen, die dem geheimnisvollen Parfüm Wärme geben. Sie werden es in guten Parfümerien und einigen Duty-free-Geschäften finden – Beharrlichkeit zahlt sich hier aus. Löwe-Geborene werden es wegen seiner unkonventionellen Art und Jungfrau-Geborene aufgrund seiner mystischen Schönheit lieben. Eine Rarität wie **Parfum Sacré** hat Liebe und Verehrung verdient.

**Der Löwe-Mann:
Geschenke, die ein königliches Nicken bewirken**

Wenn es um Parfüm geht, besteht der Unterschied zwischen Löwe-Männern und -Frauen darin, daß die Damen liebend gern und zu jeder Zeit Parfüm benutzen (hauptsächlich, um ihren Begleiter und ihre Untertanen im allgemeinen zu erfreuen), während den Männern dieses ganze Getue peinlich ist und man sie nur selten überreden kann, Parfüm zu verwenden – es sei denn, sie werden regelrecht erpreßt! Sie können sich noch solche Mühe geben, das richtige Parfüm auszusuchen, mit dem er sich schmücken und dann »auf die Pirsch« gehen kann: Wenn er erst einmal die geziemend kunstvolle und luxuriöse Verpackung – die absolut unerläßlich ist! – gebührend bewundert hat, brummt er seinen Dank und hofft, daß Sie vergessen werden, daß Sie es ihm geschenkt haben. *Er* wird es auf jeden Fall!

Ich habe keine Ahnung, warum Löwe-Männer so reagieren – vielleicht aus einer angeborenen Scheu heraus, oder aber sie möchten für alle Zeit in dem Zustand bleiben, in dem sie geboren wurden. Die Lage ist jedoch nicht hoffnungslos. Löwen lassen sich immer überreden, etwas zu tun, was sie in den Augen anderer wichtig erscheinen läßt. Sie halten sich für überlegen, auch wenn sie es eigentlich gar nicht sind. Dieses königliche Spiel müssen wir mitspielen, oder nicht? Wenn Sie also glauben, auf verlorenem Posten zu stehen, dann können Sie den Weg des geringsten Widerstands gehen und die größte und eindrucksvollste Verpackung aussuchen, ohne sich Gedanken darüber zu machen, was sie enthält. (Das wäre nur eine nutzlose Verschwendung Ihres Geldes.) Oder aber Sie packen den Stier bei den Hörnern und schenken Ihrem Löwen einen passenden, subtilen Herrenduft, von dem Sie zumindest hoffen können, daß er ihn benutzt. Er wird sich ohnehin nie damit einnebeln! Weigern Sie sich einfach, irgendwo mit ihm hinzugehen, wenn er nicht wie der König, Kaiser, Zar, oder was immer er zu sein glaubt, riecht. Probieren Sie mal die folgenden Düfte aus – Sie könnten ein zustimmendes, königliches Gebrüll ernten!

- **Eau Sauvage Extrême** von Christian Dior
  Typ: fruchtig

- **Boss** von Hugo Boss
  Typ: würzig/blumig
- **Égoiste** von Chanel
  Typ: holzig/orientalisch
- **Van Cleef & Arpels Pour Homme**
  Typ: orientalisch

Eau Sauvage Extrême

Damit können Sie schnell bei ihm Anklang finden. Er hat vielleicht sogar schon von der Existenz dieses außerordentlich beliebten Duftes (Verzeihung, Herren-Colognes) gehört, den es schon so lange gibt, daß einfach was dran sein muß. Wahrscheinlich hat er ihn immer mal wieder an anderen, schönheitsbewußteren Männern gerochen, möglicherweise sogar an Ihnen! Schließlich hat es einen ernsthaften Versuch gegeben, **Eau Sauvage** für Frauen zu stehlen. Deshalb sollten Sie sich nicht mit der Originalversion von **Eau Sauvage** an ihn heranschleichen, sondern mit der neuen, stärkeren Version von **Eau Sauvage Extrême**. Die Mischung aus Lavendel, Rosmarin, Petitgrain (sehr intensiv nach Zitrone riechend) und Eichmoos ist fast gleich, nur geht die Extrême-Version einen Schritt weiter und fügt dem Ganzen noch *Ginster* (einen kräftigen, harzähnlichen Extrakt des *Abgeschnittenen Partheniums*) und Zistrose hinzu, die kräftig nach Leder riecht. Sollte er seine sensible Nase rümpfen – benutzen Sie es einfach selbst! Es ist sensationell!

Boss

Dieses Parfüm habe ich nicht wegen seines Namens ausgesucht, weil es so gut zu ihm paßt – aber es hilft!

Wenn er sich erst die Vorstellung aus dem Kopf geschlagen hat, man würde ihn wegen seiner Führungsqualitäten schätzen, könnte ihm tatsächlich gefallen, was er riecht. **Boss** zieht das »Anführer«-Thema voll durch, mit dem bestärkenden Duft der Ringelblume in Verbindung mit spritziger Mandarine und Jasmin und garniert mit kräftigen Gewürzen und Sandelholz, die ihn in die verführerischen Arme des Orients entführen werden. Und wenn sein Ego ein paar Streicheleinheiten benötigt, können Sie ihn bei besonderen Gelegenheiten ruhig in dem Glauben lassen, er sei der Boss.

Égoiste

Hört sich an, als wollten Sie sein Ego schon wieder stärken, aber viele Herrendüfte haben Namen, die nach furchtlosem Anführer oder Herrscher der Burg klingen. Konzentrieren wir uns also lieber darauf, was **Égoiste** ihm wirklich zu bieten hat. Wenn er den cremig-würzigen Geruch von Sandelholz mag, haben Sie ihn schon fast für **Égoiste** gewonnen, denn dieser Duft spielt – zusammen mit Koriander und Kardamom – eine wichtige Rolle. Dazu kommen das volle Aroma von Rosenholz und warmer Mandarine, zusammen mit einem Hauch von Damaszener-Rose und einem erotischen Spritzer Vanille. **Égoiste** ist sehr sinnlich und verstohlen. Es soll ihn natürlich bestätigen, aber Sie werden sich wundern, wie sehr diese Einstellung zur Gewohnheit werden kann – vor allem, wenn Sie dann noch zu schnurren anfangen wie ein Kätzchen.

Van Cleef & Arpels Pour Homme

Hier haben wir es mit königlichem Glanz und Glamour zu tun, während der Löwe-Mann den Palast durchstreift, aber mit Heimlichkeit und Verstohlenheit, wenn er seinen großen Auftritt im Boudoir hat. Und auch im »Betondschungel« ist dieses Parfüm wie ein wildes Tier – auf den ersten Blick ganz kühle Eleganz und Charme dank seiner sonnigen Mischung aus Bergamotte und Ylang Ylang, unter der Patchouli, Moos, Tabak, Wald- und Lederdüfte schwelen, und es dauert nicht lange, bis sich seine Glut entzündet. Diesmal geht der Löwe wirklich zur Sache, und ich habe schon so manche hübsche, großäugige Gazelle traurig gesehen, wenn der gewöhnlich so lethargische König des Dschungels zu dieser tödlichen Waffe gegriffen hat. Sollte er jedoch zuviel davon erwischen, dann könnte es sein, daß er sich ganz ruhig schlafen legt!

Wem steht was und wann:
So holen Sie das Beste aus Ihren Parfüms heraus

Parfüms sind nicht nur Erweiterungen Ihrer Persönlichkeit, sondern unterstreichen auch Ihr Aussehen und die Stimmung, in der Sie sich gerade befinden. Um die besten Eigenschaften zum Vorschein zu bringen, sollte man sie mit Respekt ihrem jeweiligen eigenen Charakter gegenüber behandeln. Auch Parfüms haben ihre Grenzen, genau wie Sie. Manche eignen sich besser für einen verführerischen Abend, andere für den Tag. Hieraus folgt, daß leichtere Parfüms sich bei wärmerem Wetter wohler fühlen, die schwereren dagegen im Herbst und Winter. Auch das Alter spielt eine wichtige Rolle: Jüngere Frauen meiden wahrscheinlich ganz automatisch die ultra-eleganten Düfte (oder sollten es zumindest tun), während reifere Frauen erkennen sollten, daß ihre Zeit für die frechen, heiteren Parfüms vorbei ist. Ihr Typ ist nicht so wichtig, wenngleich ich glaube, daß dunklere Frauen – als Faustregel – automatisch zu den üppigen, orientalischen Düften neigen, während Blondinen (echt oder gefärbt) romantischere und frischere Parfüms bevorzugen. Das ist auch die Grundlage für die leicht nachzuvollziehende Tabelle. Sie ist aber nur als hilfreiche Empfehlung gedacht, nicht als starre Regel.

Basisparfüme

	Zeit		Alter		Typ		Wetter	
Parfüm	Tag	Nacht	Jung	Älter	Hell	Dunkel	Warm	Kalt
Coco		*		*		*	*	
Knowing	*	*		*	*	*	*	*
Donna Karan New York	*	*	*	*	*	*	*	*
Dolce Vita	*	*	*	*	*	*	*	*
Panthère		*		*	*	*	*	*

Geheimwaffen

	Zeit		Alter		Typ		Wetter	
Parfüm	Tag	Nacht	Jung	Älter	Hell	Dunkel	Warm	Kalt
V'E Versace	*	*	*		*		*	
Angel		*	*		*	*		*
Safari	*			*	*	*	*	
Infini		*	*	*	*	*	*	*
Cristalle	*	*	*		*	*	*	*

Löwe/Jungfrau

	Zeit		Alter		Typ		Wetter	
Parfüm	Tag	Nacht	Jung	Älter	Hell	Dunkel	Warm	Kalt
Sculpture	*		*		*	*	*	
Sunflowers	*		*	*	*	*	*	
Parfum Sacré		*		*		*	*	

Krebs/Löwe

	Zeit		Alter		Typ		Wetter	
Parfüm	Tag	Nacht	Jung	Älter	Hell	Dunkel	Warm	Kalt
Chloé	*	*	*	*	*	*		*
Armani		*	*	*		*		*
Tendre Poison	*		*		*	*	*	

Herrendüfte

	Zeit		Alter		Typ		Wetter	
Parfüm	Tag	Nacht	Jung	Älter	Hell	Dunkel	Warm	Kalt
Eau Sauvage Extrême	*		*	*	*	*	*	
Boss	*	*	*	*	*	*	*	*
Égoiste		*	*	*	*	*	*	*
Van Cleef & Arpels Pour Homme	*	*	*	*		x		*

Jungfrau
23. August – 22. September

Sie und das Schwarze Brett

Je nach Alter könnte das auch heißen: »Sie und das weiße Brett«, aber die Farbe ist unwichtig. Was ich damit sagen will, ist einfach, daß die Jungfrau die geborene Lehrerin ist, selbst wenn das nicht ihr Beruf sein sollte. Jungfrauen sehen die Welt als ihr Klassenzimmer an, und ihre Aufgabe darin ist es nicht nur zu unterrichten, sondern auch zu raten und zu helfen. Sie sind die Gebenden im Tierkreis. Sie scheuen kein persönliches Opfer, zögern niemals, ihre auch noch so kostbaren Besitztümer zu teilen. Eine Ausnahme bilden ihre geheimen Gedanken, die sie nicht öffentlich kundtun. Das macht sie zum diskretesten Menschen im Tierkreis. Sie hassen es, wenn jemand ihr Territorium betritt, vor allem unaufgefordert (schaut jemand mal eben vorbei, erntet er einen strengen, mißbilligenden Blick), weil sie einfach nicht überrascht werden wollen, wenn sie nicht geschniegelt und gebügelt sind – sind sie es aber, kann ihnen kaum jemand das Wasser reichen.

Das zeigt aber auch, daß Unsicherheit ihre größte Angst ist – und um jeden Preis geheimgehalten werden soll. Jungfrauen werden schwer damit fertig, und sie wollen andere nicht mit ihren Mängeln belasten. Mängel bedeuten für sie, daß sie ein Versagen oder einen Fehler eingestehen müssen. Denn sie sind glühende Vertreter von Perfektion, Klugheit und Wahrheit. Sie werden sich selbst mit gnadenloser Selbstkritik analysieren, um bis auf den Grund ihrer Unzulänglichkeiten vorzustoßen, und erst, wenn sie mit einer Lösung aufwarten können, treten sie der Welt wieder gegenüber. Das mag für sie selbst ja schön und gut sein, kann andere aber verdammt wütend machen. Sie leiden vielleicht still vor sich hin, aber ungewollt lassen sie auch andere leiden! Dann fangen sie auch noch an, die anderen zu kritisieren, und zwar gnadenlos! Sie tun das nicht auf verletzende oder boshafte Art, denn sie sind überzeugt davon, daß es nur zum Besten der Betroffenen ist. Sie wollen ihnen ja nur bei der Lösung ihrer Probleme helfen, auf die netteste und konstruktivste Art. Und sie haben sogar meistens recht!

Arme, mißverstandene Jungfrauen – da ist es nur gut, daß sie so nett sind, daß niemand sie beleidigen und auffordern möchte, sich um ihre eigenen Angelegenheiten zu kümmern. Sie bringen sich selbst in die Zwickmühle – wenn die anderen nicht ihrer Meinung sind, verlieren sie den Glauben an ihre Intelligenz, sind sie es aber, wollen sie ihnen einen Gefallen tun und alles höchstpersönlich für sie in Ordnung bringen. Sie lassen den anderen einfach nicht genug Raum, und die sind wiederum zu höflich, sie zu bitten, sich zurückzuziehen!

Doch noch ist nicht alles verloren. Der Sieg (oder zumindest Erfolg) ist ihrer, wegen ihrer Ehrlichkeit, Offenheit und der freundlichen, mitfühlenden Art, in der sie tatsächlich etwas für andere Menschen *tun*. Sie sind keine Schaumschläger. Sie sind praktisch und realistisch (vielleicht sogar ein wenig zu praktisch?). Es fällt ihnen schwer, Dank anzunehmen, ohne verlegen zu werden, aber insgeheim sind sie sehr stolz auf ihren Erfolg. Und Erfolg ist alles – er ist die Belohnung für ihre harte Arbeit, ihren Eifer und ihre Selbstlosigkeit.

In ihrem Freundeskreis bewundert man sie, und sie die anderen. Einen Freund zu verlieren ist für sie, als würden sie ein Stück von sich selbst verlieren. Wenn etwas Schlimmes passiert, wenn es Streit oder ein Mißverständnis gibt, regen sie sich auf, sorgen sich, geben aber niemals die Hoffnung auf, die Situation zu klären (auch wenn dabei ein paar bissige Bemerkungen über ihre sonst so diskreten Lippen kommen – die bedauern sie später ohnehin). Das ist wieder das Lehrhafte in ihnen – entschlossen, auch noch aus dem störrischsten Schüler das Beste herauszuholen!

Sie geben wundervolle Mütter und noch bessere Großmütter ab, und manchmal sind sie die reinsten Heiligen! Natürlich müssen alle Heiligen leiden, aber sie wissen, daß dies ohnehin ihr Schicksal ist – außerdem sind sie der Meinung, daß ein Heiligenschein gut zu ihnen paßt. Und tatsächlich umgibt sie eine heilige Aura! Das hängt vielleicht mit ihrer fanatischen Aufmerksamkeit für Details zusammen – besonders im Hinblick auf ihre persönliche Erscheinung, die immer makellos ist –, oder sie entspringt der Hingabe, mit der sie sich jeder Sache widmen. Die anderen, die ihren Standard nicht ganz erreichen, bewundern und beneiden sie deswegen. Ich bezweifle, daß es irgendein anderes Tierkreiszeichen gibt, zu dem mehr aufgeschaut wird.

Doch sie sollten nicht vergessen: eine Tafel – oder ein Whiteboard – kann ein sehr instruktives Werkzeug sein, aber eine ständig nörgelnde und schimpfende Lehrerin davor ist eine Strafe! Und niemand mag den Stock; ein bißchen mehr Nachsicht ist also angebracht. Nicht jeder kann den Idealen und dem Ehrgeiz der

Jungfrau gerecht werden, und nicht alle sind so ehrgeizig wie sie. Die Gefahr besteht, daß ihr Heiligenschein ins Rutschen kommt.

Jungfrau-Stil

Die Jungfrauen sind wahrscheinlich die Menschen mit dem besten Geschmack im Tierkreis. Sie sehen darin eine natürliche Erweiterung und den Ausdruck ihrer Anerkennung und ihres Respekts für die schönen Dinge im Leben. Sie lieben understatement, aber konventionell sind sie nie! Aufmerksame Menschen werden sie in mancher Hinsicht verschroben finden. Ihrer Vorliebe für klassische, einheitliche Gegenstände fügen sie kleine Überraschungen hinzu – phantasievolle und amüsante Kontraste, die verraten, wie gerne sie kleinen Dingen dieselbe Bedeutung verleihen wie großen – es ist ihr ausgefallener, leicht verrückter Sinn für Humor.

Sie können so verdammt kreativ sein, daß es andere ganz krank macht. Man schaut sich ihre häusliche Umgebung an und krümmt sich plötzlich angesichts der eigenen Unzulänglichkeit. Wenn Sie beispielsweise zu einer ihrer legendären Dinnerpartys einladen, werden die Gäste zuerst von der Vision einer durchgestylten, nicht im geringsten nervösen Gastgeberin begrüßt, die toll aussieht (und duftet), begeben sie sich dann ins Wohnzimmer sind sie verblüfft angesichts dessen, was sich ihren Augen bietet (wunderschöne Blumen wundervoll arrangiert), und wenn sie dann zum Tisch geführt werden, überschlagen sie sich fast und sprudeln Komplimente über die tolle Dekoration hervor, ehe es ihnen angesichts der Prozession überraschender Speisen fast die Sprache verschlägt. Sie hat es wieder einmal geschafft, die liebe Jungfrau. Es ist ihr gelungen, so zu tun, als wäre das alles nichts, obwohl sich ihr sensibler Magen vor Aufregung zusammenzieht und sie bangt, sie hätte eine winzige Kleinigkeit vergessen, die jetzt – und davon ist sie überzeugt! – die ganze Wirkung zunichte machen wird. Natürlich wäre sie ohnehin die einzige, die das bemerken würde, wenn es so wäre.

Aber wenn die Freunde mal etwas genauer hinschauen würden, könnten sie hinter all dem eine andere Seite der Jungfrau ausmachen. (Keine Angst, das kommt wirklich nur selten vor!) Dahinter verbirgt sich nämlich jemand, der schreit, um herausgelassen zu werden. Ein erster Hinweis ist vielleicht schon die Kleidung. Sie ist zwar tadellos, aber die Farben! Man kann sie fast als grell bezeichnen. Als Erdzeichen neigen Jungfrau-Geborene zu vollen, warmen Farben wie Rot, Kupfer, Orange, Gold, vor allem aber zu Blau. Die Verwendung von Blau ist für sie schon fast ein Gesetz – je lebhafter und intensiver, desto besser, weshalb sie gewöhnlich auch Purpur leidenschaftlich lieben. Die Jungfrau ist keine Frau für Pastelltöne. Aber es ist die Art, wie sie ihre Lieblingsfarben einsetzt – in scharfen, nahezu wilden Kontrasten –, die Leuten mit Scharfblick verrät, welche Zurückhaltung sie sich auferlegt. Tatsache ist, daß sich unter dem kühlen, ruhigen, disziplinierten Äußeren ein so leidenschaftliches und unorthodoxes Wesen verbirgt, daß es sie fast selbst erschreckt. Deshalb schockiert es alle Anwesenden, wenn ausgerechnet sie sich einmal richtig gehenläßt. All die Hemmungen, die Selbstdisziplin und das praktisches Wesen sind plötzlich vergessen. Das ist die Jungfrau, die alle Regeln und Bestimmungen von der Tafel wischen und statt dessen schwungvoll etwas Freches und Verrücktes hinkritzeln will! Endlich ein Durchbruch! Natürlich hält das nicht lange an, und schon bald ist sie wieder ganz die liebenswerte, engelsgleiche Person. Tagelang werden die Zungen und Telefone iIhrer Freunde nicht stillstehen, und man wird sie fortan mit anderen Augen sehen. Sie hat gezeigt, da sie durchaus fähig ist, auf unerwartete, unkonventionelle, ja, wilde Art zu agieren.

Dasselbe gilt auch für Parfüms. Sie sucht das schönste und schmeichelhafteste aus, wägt eines gegen das andere ab (manchmal dreht sie fast durch bei dem Versuch, einen Entschluß zu fassen!), und treibt mit ihrer Unschlüssigkeit den Verkäufer zur Verzweiflung, und dabei würde sie eigentlich am liebsten die unwahrscheinlichsten Düfte kaufen – die Rebellen, die großen Verführerinnen. Und das sollte sie auch. Anpassung ist ja schön und gut, genauso, als wenn man wegen seines guten Geschmacks bewundert wird, aber sie kann auch dazu führen, daß die Leute einen in eine Schublade mit der Aufschrift »nett« stecken – wo die Jungfrau doch viel lieber überhaupt in keiner Schublade wäre, sondern frei herumfliegen würde wie ein Paradiesvogel in einem verzauberten und gefährlichen Dschungel. Ihre Flügel sind nicht gestutzt. Also, soll sie sie ausbreiten und losfliegen. Sie kehrt vielleicht niemals wieder zur Erde zurück!

Ihr äußerer Ausdruck ist *Altruismus*, ihr innerer Kern *Wildheit*.

Dies läßt sich nun in die für die Jungfrau-Geborenen am besten geeigneten Parfüms umsetzen. Ich habe sie in zwei Kategorien eingeteilt:

1. *Basiswaffen* – die überaus wichtigen Basisparfüms, die Ihnen am besten stehen sollten. Sie bilden den Kern Ihres Parfümarsenals.
2. *Geheimwaffen* – sie unterstreichen die Basisdüfte, sind gewagter und ausgefallener, sollten aber immer noch zu Ihnen passen.

Es gibt auch eine Auswahl von Parfüms für diejenigen, die zwischen den Tierkreiszeichen Jungfrau und Waage geboren sind, sowie eine Reihe von Herrendüften, die man dem Jungfrau-Mann schenken kann. (Wenn Sie zwischen Löwe und Jungfrau geboren sind, finden Sie weitere Parfüms auf den Seiten 189 ff., 197, 229.) Ich habe jedes Parfüm einer bestimmten Kategorie zugeordnet. Am Ende des Kapitels sind alle Parfüms in einer Tabelle zusammengefaßt, die Ihnen verrät, ob sie besser für junge oder ältere Frauen, an warmen oder kalten Tagen, tags oder abends, für dunkle oder helle Typen geeignet sind.

**Basisparfüms:
der unentbehrliche Grundstock**

Auch wenn Sie endlich erkannt haben, daß Sie gar nicht so konservativ oder berechenbar sind, sind Sie vielleicht doch noch nicht bereit, so richtig über die Stränge zu schlagen und sich mit wirklich radikalen Parfüms zu schmücken. Zumindest nicht jeden Tag – das wäre ja auch langweilig. Sie haben das Gefühl, Sie müßten den kultivierten Charme, das glatte und elegante *savoir faire* aufrechterhalten, das die Leute unweigerlich mit Ihnen assoziieren. Die Parfüms, die Ihre ordentliche Persönlichkeit unterstreichen, sind sehr individuell, dabei aber nicht im geringsten ruhig und streng. Tatsächlich sind die Düfte, die ich für Ihr Arsenal ausgewählt habe, auffallend und einzigartig – es sind einige der dynamischsten Parfüms, die derzeit auf dem Markt sind! Jedes einzelne haut Sie um, so schmeichelhaft ist es, und doch paßt es zu Ihrem Charakter und hebt Sie zu eleganten Höhen empor. Ihnen allen gemeinsam ist ihre klassische Art, über der jedoch hin und wieder unerwarteter Wagemut aufblitzt, der sie auf unkonventionelle Art mitunter feiner macht. Sie sind wie Sie – schön, aber rätselhaft. Hier ist meine Liste:

- **Mitsouko** von Guerlain
  Typ: grün/orientalisch
- **Arpège** von Lanvin
  Typ: blumig/fruchtig
- **Amazone** von Hermès
  Typ: blumig/fruchtig
- **Parfüm d'Hermès** von Hermès
  Typ: blumig/orientalisch
- **Nahema** von Guerlain
  Typ: orientalisch

MITSOUKO
unergründliche Verzauberung

Glückliche Jungfrau! Andere Zeichen würden einiges dafür geben, um diese kühle Schönheit für sich zu beanspruchen, aber dieses Parfüm gehört eindeutig zu der sanften, zurückhaltenden Jungfrau, die bei aller Scheu mit ihrer Schönheitsliebe ein Zeichen setzen will. **Mitsouko** ist auf seine ruhige und überzeugende

Art ein großer Klassiker. Jacques Guerlain hat es bereits 1919 kreiert, um damit die schreckliche Tragödie des Ersten Weltkriegs ein wenig vergessen zu machen und gleichzeitig orientalischer Heiterkeit und Frieden Ausdruck zu verleihen. Die Farben, Kleider und Kunstgegenstände des Fernen Ostens, und hier vor allem Japans, waren damals hochmodern (sie bildeten einen absoluten Gegenpol zur europäischen Dekadenz.), und **Mitsouko** – mit seiner unergründlichen Verzauberung und seiner Fremdartigkeit – wurde ein Riesenerfolg.

Mitsouko, was auf japanisch soviel heißt wie »Geheimnis«, läßt einen nicht mehr los, läßt sich aber kaum beschreiben. Es war eines der ersten grünen Parfüms, doch sein Hauptaroma besteht aus Pfirsich, vermischt mit Flieder. Darüber erhebt sich eine sanfte, grüne Brise aus Chypre-Noten – Bergamotte, Eichmoos, Vetiver, Farn –, gefolgt von Jasmin, Ylang Ylang, Ambra und Patchouli. Der letzte Akkord besteht dann wieder aus Pfirsichduft. Verfeinert wurde **Mitsouko** schließlich noch mit »Guerlainade«, der geheimen Formel des Hauses, die inzwischen zum Markenzeichen Guerlains geworden ist und jedem Parfüm zugrunde liegt, wodurch es seine unerklärliche, unverkennbare Individualität erhält.

Mitsoukos ursprüngliche Popularität wurde noch durch einen französischen Roman mit dem Titel *La Bataille* gesteigert, der traurig-romantischen Liebesgeschichte zwischen einem englischen Marineoffizier und der bezaubernd schönen Ehefrau eines japanischen Schiffskommandanten. Ihr Name war natürlich **Mitsouko**, und so wurde das Parfüm zum Tribut an ihre Liebe. Wie die Liebesgeschichte der Madame Butterfly lebt auch diese schicksalhafte orientalisch-okzidentalische Liaison in **Mitsouko** fort. Jungfrauen sind eigentlich keine sentimentalen Romantiker, lassen sich aber von heimlicher, idealisierter Liebe leicht hinreißen. Ich glaube, daß Sie die unterschwellige Sehnsucht in **Mitsouko**s Aussage zu schätzen wissen werden. Vielleicht stellen Sie sogar fest, daß Sie selbst anfällig sind für die sanften, sinnlichen Regungen dieses hypnotischen Parfüms – sollten Sie ihm nicht bereits verfallen sein!

ARPÈGE
eine Rhapsodie

Wenn es je einen Beweis dafür gegeben hat, daß es nicht nur respektlos, sondern sogar verheerend ist, an einem Klassiker herumzupfuschen, dann ist das **Arpège**. Als es 1927 kreiert wurde, hatte es augenblicklich Erfolg bei Frauen mit Geschmack und Finesse. Alles an ihm wurde bewundert – von seinem beschwörerisch wohlklingenden Namen, den Jeanne Lanvins Tochter Marie-Blanche vorgeschlagen hatte, bis zu seiner ausgesprochen feminin runden Flasche aus undurchsichtigem, schwarzen Glas mit goldener Verzierung und seiner Mischung aus ausgefallenen Blüten, die sich mit Früchten vereinen und deren Duft von Patchouli vertieft wird. Leider jedoch beschlossen die neuen Besitzer, die **Arpège** nach dem Tod Madame Lanvins erworben hatten, 1993 eine »Modernisierung«, um jüngere, hauptsächlich amerikanische Kunden zu gewinnen. Nicht nur die schwarze Kugelflasche verschwand und wurde durch ein wahrhaft häßliches, asymmetrisches Ding ersetzt, auch die Zusammensetzung des Duftes wurde verändert. Aus dem klassischen Romantiker wurde etwas so Verrücktes, daß es eher nach Fliegenspray als nach Parfüm roch! Treue **Arpège**-Anhänger beschwerten sich bitterlich. Sie wollten mit diesem künstlichen Emporkömmling nichts mehr zu tun haben und wurden massenweise abtrünnig. Diese sinnlose Übung war schließlich auch zum wohlverdienten Scheitern verurteilt, und schon bald tauchte **Arpège** in seiner Originalmischung und dem ursprünglichen Flakon wieder auf, und **Arpège** gewann nicht nur seinen früheren Markt zurück, sondern wurde von einer vollkommen neuen Generation junger weltgewandter Frauen entdeckt. Es wird nie ein Parfüm für die ganz Jungen sein, aber die etwas reiferen Frauen, und hier besonders die kompromißlose Jungfrau mit ihrer Vorliebe für die klassische Herausforderung, sollten sich von seinen vielen entzückenden Überraschungen angezogen fühlen.

Arpège beginnt mit dem altehrwürdigen Akkord aus Rosen und Jasmin, weicht aber mit dem spritzigen Duft von Orangenblüte und Bergamotte, Pfirsich, Patchouli und Maiglöckchen von dem traditionellen Pfad ab. Diese Mischung ist fest in einer Basis aus Sandelholz, Moschus und Vetiver verankert und durchwirkt mit faszinierenden, aber schwachen Aldehyden. Gemeinsam bilden sie ein so eng miteinander verknüpftes Bouquet, daß es unmöglich ist, ein einzelnes Aroma auszumachen. Wie die erregende, schnelle Folge von Tönen, nach der es benannt ist, trillert **Arpège** los, schwingt sich empor zu einer ganz eigenen, ekstatischen Rhapsodie.

Dieses Parfüm ist mächtig genug, um Sie mit einer Aura sinnlicher Eleganz zu umgeben, und dafür sollten Sie es schätzen. Es wühlt Sie auf, verrät aber nur sehr wenig über Ihre Absichten, abgesehen davon, daß Sie darauf warten, angesprochen zu werden. Ihre Antwort mag vorsichtig oder bewußt rätselhaft ausfallen, am Ende aber werden Wärme und Ausstrahlung dieses wunderbaren Parfüms doch dafür sorgen, daß Sie Ihren Schutz aufgeben. Dann sind Sie auf sich allein gestellt!

AMAZONE
Eintrittskarte ins Paradies

Manchmal müssen Jungfrau-Geborene in eine andere, weniger vertraute Richtung gedrängt werden. Sie kennen das Gefühl bestimmt – es kommt Ihnen so vor, als würde Ihre Liebe zum Unterrichten oder Beraten anderer Menschen Ihnen keinen Raum mehr lassen, um selbst etwas zu erforschen. Sie haben vielleicht ein schlechtes Gewissen, weil Sie eine Sache aufgeben, um sich selbst eine Freude zu machen, sich zu verwöhnen, aber irgendwann haben Sie den Eindruck, in der Falle zu sitzen, sind Sie so frustriert, daß Sie eine völlig andere Richtung einschlagen müssen. Und dieses faszinierende Parfüm ist Ihr Befreier. **Amazone** ist Ihre Eintrittskarte in ein Paradies auf Erden.

Glücklicherweise hat es nichts mit den kriegerischen Frauen aus alter Zeit zu tun. Vielmehr meint es den großen, gemächlichen Strom. Es ist ein Parfüm, das Sie zuerst gefangen nimmt und Sie dann auf seinen ganz eigenen, spektakulären und verschlungenen Wegen zu einem Delta voll ungeahnter Möglichkeiten und ferner Horizonte trägt. Es ist weniger ein Abenteuer als vielmehr eine Katharsis!

Ihre exotische Reise beginnt mit einer Fracht aus Obst – am deutlichsten ist hier die Knospe der schwarzen Johannisbeere wahrzunehmen, dazu gesellen sich

Orange, Zitrone, Bergamotte, Mandarine, Grapefruit, Pfirsich, Himbeere und Erdbeere, umkränzt von grünem Galbanum –, ehe sich eine Fülle von Blumen an Bord begibt, nämlich Hyazinthe, Maiglöckchen, Narzisse und Jasmin. Um dieser glorreichen Collage noch mehr Gewicht zu verleihen, gibt es auch noch Ylang Ylang, Eichmoos, Vetiver und Orangenblüte, gedämpft von Zedern- und Sandelholz. Sie können sich glücklich schätzen, den Amazonas in all dieser Üppigkeit zu bereisen.

Für die meisten Jungfrauen wird **Amazone** einen Aufbruch bedeuten. Normalerweise können Sie es in Parfümerien, Duty-free-Geschäften und exklusiven Hermès-Boutiquen kaufen. Und da es ein so exklusives und erstklassiges Ticket zu Ihrer wohlverdienten Freiheit ist, wären Sie verrückt, würden Sie sich nicht unverzüglich auf die wilde, unberechenbare Reise begeben.

PARFUM D'HERMÈS
gezüchtete Schönheit

Mehr als jedes andere Parfüm schärft **Parfum d'Hermès** Ihren Sinn und Ihre Wertschätzung für Abstammung und Erbe. Es ist mehr oder weniger das Sprachrohr für das Haus Hermès und seinen Ruf für die besten Luxusgüter aus Leder und Seide, die meistens mit einem Reitermotiv geschmückt sind. Selbst die Flasche erinnert an einen Steigbügel, und der silberne Verschluß sieht aus wie der dazugehörige Riemen. Und dieses sorgfältig entworfene Image erstreckt sich bis zu den komplexen und luxuriösen Harmonien dieses höchst ungewöhnlichen Parfüms.

Parfum d'Hermès ist im Grunde ein verschwenderischer, süßer Duft, der nicht nur oberflächlich vom geheimnisvollen und verführerischen Orient beeinflußt wurde. Die Basis aus Jasmin, Hyazinthe, Iris und Rose ist durchwirkt mit dem Duft seltenen Ylang Ylangs, Nossibe, Weihrauchs, mit Gewürzen, Myrrhe und Vanille vor einem Hintergrund aus frischer Bergamotte und warmglühendem Vetiver und Ambra. Funkelnde Aldehyde sorgen für ein sprühendes Feuerwerk im Hintergrund und lassen **Parfum d'Hermès** zu einem Schauspiel lebhaften, aber gepflegt-vornehmen Zelebrierens werden.

Es ist kein aufdringlich-starkes Parfüm, und es läßt sich auch niemals zu schierer Protzigkeit herab. Doch es verfügt über verborgene Tiefen, die plötzlich detonieren und Pracht und Aufregung freisetzen. **Parfum d'Hermès** ist unwiderstehlich für Sie und zieht andere, die in Ihre Nähe kommen, magisch an. Aber es wahrt immer ein wenig Distanz zu dem was seinem hohen Standard nicht gerecht werden kann. **Parfum d'Hermès** ist ein Parfüm für reife Jungfrauen, ungeeignet für Anfängerinnen. Es kennt die Spielregeln und hält sich daran. Und es spielt nicht nur, um zu gewinnen. **Parfum d'Hermès** ist der Preis, nicht der verzweifelt nach Gewinn strebende Konkurrent. Der platte Wettbewerb ist unter seiner Würde!

NAHEMA
provozierend

Jungfrau-Damen sind zwar in mancher Hinsicht faszinierend, aber provozierend sind sie gewöhnlich nicht gerade. Über-die-Stränge-Schlagen, Provokation und

Angeberei gehören nicht zu Ihrem üblichen Verhalten – auch wenn Sie es manchmal wünschten. Andererseits können Sie solche Individualisten sein, daß Sie das Sicherheitsnetz vielleicht schon gekappt haben und auch ohne dies eine hervorragende Show liefern. Wenn dem so ist, ist **Nahema** Ihr Trapez, bereit, Sie hoch in die Luft zu tragen, ohne daß Sie auch nur das kleinste Stückchen Flitter dabei verlieren!

Vor zwei Dingen muß ich Sie jedoch warnen: Erstens ist **Nahema** unheimlich schwer zu finden. Sie müssen es vielleicht direkt bei Guerlain bestellen lassen. Zweitens ist **Nahema** ein Parfüm, das man entweder liebt oder haßt – es polarisiert die Frauen, aber ich kann mich nicht erinnern, jemals einen Mann davor zurückschrecken gesehen zu haben – weder unter seinem Ansturm noch in seinem Kielwasser! **Nahema** könnte ebensogut ein Herzensbrecher wie ein Regelbrecher sein.

Auf jeden Fall war **Nahema** etwas ganz Neues, als Guerlain es 1979 auf den Markt brachte, zusammen mit der exotischen Geschichte, zu der ihn Scheherazades »Tausendundeine Nacht«-Erzählung über das Schicksal zweier entführter Prinzessinnen angeregt hatte. Die Feurige der beiden hieß Nahema (was soviel bedeutet wie »Tochter des Feuers«). Leidenschaft beherrschte sie. Was anderes könnte das Parfüm **Nahema** also im Überfluß aufweisen, wenn nicht Passionfruit (passion = Leidenschaft; passionfruit = Maracuja, Anm. d. Ü.)! Dazu kommt die gesamte orientalische »Karawane«: Rose, Ylang Ylang, Jasmin, Lilie, Benzoin, Sandelholz, Vanille und Vetiver, und schließlich noch eine gehörige Portion Peru-Balsam (ein warmes, süßes Harz). **Nahema** ist ein Original – und exotisch dazu. Es ist ein

Duft, der mit seiner eindringlichen, wilden Leidenschaft Wunder bewirken kann. Vielleicht fragen Sie sich schon bald – brauche ich dieses langweilige, alte Sicherheitsnetz eigentlich wirklich?

Geheimwaffen:
die Überraschungen

Die folgenden fünf Parfüms haben alle eines gemeinsam, und zwar etwas, was so manche Jungfrau-Dame plagt, nämlich den quälenden Gedanken, sie könnte zu praktisch, zu pedantisch, zu diskret sein. Diese Befürchtung erstickt nach und nach all die anderen intensiven Gefühle, die sie schon viel zu lange unterdrückt hat. Als ich meine Auswahl traf, hatte ich folglich ein Ziel im Kopf – Ausbruch!

Es ist ja schön und gut, alles nach Vorschrift zu machen, aber das heißt doch noch lange nicht, daß man zum Paragraphenreiter werden muß! Und geben Sie's zu: Hatten Sie nicht ein zufriedenes, schelmisches Lächeln im Gesicht, wann immer Sie – was nur selten der Fall war – allem freien Lauf ließen? Und genau das brauchen Sie, wenn Sie Ihre verborgenen Qualitäten entwickeln wollen, was Sie mit Leichtigkeit schaffen können. Ziehen Sie los, kaufen Sie sich gewagtere, ausgefallenere Kleider, halten Sie sich aber an die klassischen Regeln (mit anderen Worten, nichts Aufgetakeltes, sonst werden Sie nur ausgelacht!), und dann erkunden Sie die unendlichen Möglichkeiten von Parfüms, die einfach nur sensationell sein wollen! Sie werden überrascht sein, was dabei herauskommt! Nicht nur, daß Sie eine neue Ausdrucksfreiheit erlangen, Sie werden außerdem erkennen, daß dies eine tolle Möglichkeit ist, entspannter und weniger streng und gehemmt mit sich umzugehen, als Sie es bis jetzt taten. Zum Teufel mit der Schultafel oder dem Whiteboard, und zur Hölle mit den Schülern! Lernen Sie endlich, Spaß zu haben! Hier sind sie, die Geheimwaffen:

- **Dioressence** von Christian Dior
  Typ: orientalisch
- **Van Cleef** von Van Cleef & Arpels
  Typ: blumig/fruchtig
- **Parfum d'été** von Kenzo
  Typ: grün/blumig
- **V de Valentino** von Valentino
  Typ: fruchtig
- **Sublime** von Jean Patou
  Typ: blumig/fruchtig

DIORESSENCE
feurig und intensiv

Trotz des Rufes seines Herstellers ist dieses Parfüm nicht feminin, sondern durch und durch Vamp. Wenn es **Dioressence** zu Mata Haris Zeiten schon gegeben hätte, hätte sie wohl darin gebadet! Für Mauerblümchen ist es nicht gedacht!

Dioressence sieht in seiner schwarz-blauen Packung und mit der dunkelbernsteinfarbenen Flüssigkeit ganz anders aus als seine damenhaften Schwestern. Ja, es unterscheidet sich sogar deutlich von anderen orientalischen Düften – es hat viel mehr Schwung als die meisten von ihnen. Wenn Sie es benutzen, wissen Sie sofort, daß Sie keinen Spaziergang vor sich haben, und das gilt auch für alle anderen in Ihrem Umkreis. Achten Sie nur darauf, daß Sie seine verführerischen Absichten unterstützen und etwas Gewagtes anziehen.

Dioressence stellt seine Falle mit Hilfe des Duftes frischer grüner Geranien, Gewürznelken und Zimt, umrahmt von geheimnisvollen Aldehyden, ehe Schwaden aus Jasmin und Patchouli es mit ihrem orientalischen Einfluß versehen, unterstützt von dem Aroma von Vanille und Tuberose. Doch dies alles wird übertönt von Nelkenduft – würzig, voll und frisch. Wie Sie sehen, hat dieses mächtige Parfüm nichts Süßes oder Leichtes.

Es ist feurig und intensiv – und hält sicher nicht damit zurück, seine Gegenwart und seine Absichten kundzutun. Dabei ist es keineswegs vulgär oder aufdringlich. Mit der unnachahmlichen Eleganz von Dior, der es versteht, etwas sinnlich brodeln, aber nicht überkochen zu lassen, gelingt es **Dioressence**, gleichzeitig intensiv und zurückhaltend zu duften. Der offenen und unkomplizierten Jungfrau mag es nicht auf Anhieb gefallen, aber wenn Sie abenteuerlustig und bereit sind, sich aus einem Mauerblümchen zu einem Vamp zu entwickeln (und sei es auch nur vorübergehend), dann ist **Dioressence** Ihr Passierschein. Diors Name garantiert Ihnen, daß sein Parfüm nicht billig oder aufdringlich riecht – nur ein bißchen keß und frech vielleicht. Jegliche andere Leidenschaft bleibt ausschließlich Ihnen vorbehalten.

VAN CLEEF
grenzenlos selbstsicher

Anfangs glauben Sie vielleicht, dieses auffallende, strahlende Parfüm wäre nicht für Ihren Geschmack. Aber das ist es ganz und gar nicht! Es verleiht Ihnen Präsenz und Pfiff und erwartet dafür, daß Sie dem Ihre eigene Glut nachfolgen lassen.

Van Cleef ist genauso groß und berühmt wie der Juwelier, von dem es stammt. Konkurrenz kennt es nicht, und es ist überzeugt, der breiten Masse weit überlegen zu sein.

Die Allüren dieses Parfüms sind grenzenlos. **Van Cleef** gibt sich nicht mit einer Nebenrolle zufrieden. Vielmehr verleiht es Ihrer Persönlichkeit soviel Selbstsicherheit, daß Sie keine mehr aufbringen müssen! Es eilt Ihnen mit seiner Fanfare voraus, und Ihnen bleibt nichts anderes übrig, als tapfer hinterherzulaufen.

Es stürzt mit dem herausfordernden Aroma von Himbeeren und grünem Galbanum auf die Bühne, wird dabei unterstützt von Orangenblüten und Bergamotte. Dann öffnet sich der Vorhang weiter und entfaltet den betörenden Duft von Tuberose, bulgarischer Rose, Jasmin sowie die exotischen Carameldüfte von Tonkabohne und Vanille. All das spielt sich im hellen Rampenlicht ab, ohne Einschränkungen. Sie sitzen in der Achterbahn, und es gibt kein Zurück!

Doch bei alledem verfügt **Van Cleef** auch über vornehme Raffinesse. Im Luxus geboren und aufgewachsen, möchte es nur von seiner besten Seite gesehen werden. Es ist elitär, üppig und fast schon anmaßend, und es schämt sich dessen nicht. Außerdem ist es einfach unwiderstehlich. Es hat genau das, was so vielen Jungfrau-Geborenen fehlt – Wagemut! (Als wenn Sie das nicht schon längst wüßten!)

PARFUM D'ÉTÉ
heiter und beschaulich

Jetzt zu einem völlig anderen Parfüm. Selbstverständlich können nicht einmal Jungfrau-Geborene, die gerade ihre Freiheit gewonnen haben, herumlaufen und ständig alle Leute mit ihrem neugefundenen *Expressionismus* schockieren (oder zumindest überraschen). Selbst Ihre treuesten Freunde würden dessen bald überdrüssig – genau wie Sie selbst! Es wird also Zeit, sich hinzusetzen, sich gemütlich zurückzulehnen, zu entspannen und einmal über Ihr Leben nachzudenken. **Parfum d'été** sorgt dabei für die richtige Atmosphäre. Dank seiner harmonischen Verbindung aus frischen und lebhaften grünen Düften und den sanftesten und sentimentalsten Blumen ist es eines der heitersten und anziehendsten Parfüms (vom orientalischen Standpunkt aus gesehen). Es ist zart, leise, beschaulich. **Parfum d'été** (Sommerparfüm) beginnt seine poetische Ode mit dem Wohlgeruch grünen Saftes und Grases, das inmitten einer Wasserkaskade zu wachsen scheint. Am Ufer des Baches blühen Hyazinthen, Freesien, weiße Narzissen und eine geheimnisvolle Blume. Der sanfte Duft von Rosen und Jasmin weht heran, um allmählich von samtigem Eichmoos, Sandelholz und dem veilchenähnlichen Aroma der Iris umhüllt zu werden. Kenzo wollte mit seiner Kreation einen milden Sommertag einfangen, vom Morgentau durch den Mittagsdunst und den lauen Nachmittag bis zur nostalgisch-stillen Dämmerung. Dank seines japanisch-geschulten Blicks für Harmonie und Pariser Romantik ist ihm dies auf charmante und unvergeßliche Art und Weise gelungen.

Parfum d'été ist die idyllische Entfaltung erwachender Sinne, das zarte Zwischenspiel von Rhythmus und Wehmut, in der die meisten Jungfrauen den Frieden und die Ruhe erkennen, die sie benötigen – keine Fragen, keine Argumente, nicht einmal Antworten. Nur losgelöste Verzückung. In seiner schönen Flasche aus mattem Glas, die einem Blatt ähnelt, ist **Parfum d'été** Ihr Mittel zur Flucht in eine andere Welt. Wenigstens zur Abwechslung sollten Sie einmal nachgeben und es benutzen. Vielleicht wecken Sie eine ganz neue Frau in sich!

V DE VALENTINO
voller Lebenslust

Dieses Parfüm ist wie Italien in einem Flakon! Vor allem ländliche Gegend, insbesondere die Toskana. Und was das Beste ist: Das Wetter in **V** ändert sich nie – strahlend Tag für Tag. **V** ist vollkommen entwaffnend und einfach köstlich!

V gefällt niemandem, der glaubt, ein feines Parfüm genügt um sich durch Düfte auszudrücken. Dazu ist es viel zu dogmatisch und weltlich. Es spricht Frauen an, die gern an der frischen Luft sind, aber nicht unbedingt ihr ganzes Leben dort verbringen wollen, Frauen, die die Fülle und Annehmlichkeiten der Natur ebenso schön finden wie den Intellektualismus der Kultivierten und Eleganten. Es ist schlicht und einfach üppig, verschwenderisch und lässig.

Da es von Valentino stammt, trägt es sein Markenzeichen, die Melone, auf mehr als nur eine Weise. Die Flasche sieht aus wie eine längliche, aufrechte Melone mit einem runden, gedrehten Verschluß. **V** ist ein ländliches Füllhorn mit Mandarine, Orange, Pfirsich, Bergamotte und – natürlich – reifen Melonen, von der Honeydew über die Cantaloupe bis zur Wassermelone. Im übrigen ist seine Harmonie vom ungestümen Duft von Jasmin, einem Hauch von Tuberose und Orangenblüte durchwirkt, überzogen von goldenen Ambratönen und dem samtigen Wispern von Eichmoos. Es würde mich nicht wundern, wenn hinter all dieser ländlichen Überredungskunst Patchouli stecken würde.

Wenn Sie sich selbst sehen können, wie Sie (natürlich in einem Kleid von Valentino), mit einem Glas Chianti in der Hand, über die weinumrankte Loggia schlendern und dabei einen Blick auf die von Bienen summende, mit Kornblumen und rotem Klatschmohn gesprenkelte Landschaft werfen und dabei entspannt und ruhig, aber zu allem bereit sind, dann ist **V** Ihr ganz persönliches Stück einer köstlichen, saftig-reifen Melone. Genießen Sie es!

SUBLIME
in höheren Regionen schwebend

Dies ist noch ein triumphales Parfüm aus dem Hause Patou. Es wurde 1993 als Tribut an einige der längst vergessenen Meisterwerke unter den Patou-Düften kreiert. **Sublime** macht seinem Namen alle Ehre und versucht gar nicht erst, so feminin wie **Joy** oder so extravagant und üppig wie **Patou 1000** zu sein. **Sublime** lebt in seiner eigenen Welt aus stiller Leidenschaft und zarten Köstlichkeiten. Golden und glühend beschwört es sonnige Wärme und subtile Schönheit herauf – für mich ist es das parfümierte Äquivalent zu Grand Marnier!

Nach einer von Geheimnissen erfüllten Ouvertüre trägt es Sie auf einer Woge von Obstaromen – Mandarine und Orange, abgesetzt mit einem Hauch von Ylang Ylang und Jasmin – immer näher zu seinem Kern. Der zarte Duft von Rosen und Maiglöckchen, ein Hauch von Orangenblüten und Sandelholz ziehen vorüber, bis schließlich ein Akkord aus warmem Ambra, von Sonnenstrahlen vergoldet, ein leise pulsierendes Leuchten erzeugt. All das entschwindet schließlich in einem Schleier aus pulverisiertem Gold.

Sublime manipuliert nicht, es hypnotisiert. Ob Sie sich von seinen Licht- und Schattenflecken anziehen lassen oder nicht, liegt allein bei Ihnen. Es bemüht sich nicht, Sie zu verführen, aber wenn eine Jungfrau mit all ihrem Verstand und ihrer Wärme, ihrer Sanftheit und der rätselhaften Haltung **Sublime** benutzt, fängt es förmlich an zu strahlen. Es strahlt ebenso sehr, wie Sie – bilden Sie sich nicht ein, man würde es vor lauter Zurückhaltung nicht bemerken! Mit leisem Flüstern und Murmeln, mit perlendem Lachen und Kaskaden fröhlicher Worte macht es Eindruck. Es glättet all die Runzeln und Falten, die sich nur zu gern vor Ihre Schönheit schieben, löscht sie einfach aus und ersetzt sie durch das strahlende Lächeln und der Freundlichkeit, für die Sie bekannt sind; nur sind Sie leider manchmal zu erschöpft dafür. **Sublime** ist pure Heiterkeit.

Der Vorteil, zwischen zwei Tierkreiszeichen geboren zu sein: die freie Auswahl

Es bedeutet nicht nur Verwirrung, daß Sie sich weder dem einen noch dem anderen Sternzeichen zugehörig fühlen oder glauben, von beiden etwas zu haben – wenn Sie in den letzten Tagen dieses Sternzeichens* geboren sind. Natürlich können Sie Ihre Parfüms einfach aus den Vorschlägen für Jungfrau und Waage wählen, aber passen Sie auf! Abhängig von Ihren ganz persönlichen Eigenheiten passen vielleicht nicht alle zu Ihnen. Deshalb habe ich ein paar ausgesucht, die jedes Parfümproblem oder jede Unschlüssigkeit lösen könnten. Die Wahl bleibt auf jeden Fall Ihnen überlassen, also: Viel Spaß beim Aussuchen! Hier sind sie:

- **Miss Dior** von Christian Dior
  Typ: blumig/grün
- **Bellodgia** von Caron
  Typ: blumig/würzig
- **Le Dix** von Balenciaga
  Typ: blumig

MISS DIOR
alterslose Schönheit

Es ist eigentlich nicht so wichtig, ob Sie jung sind und erwachsener riechen wollen oder ob Sie reifer sind und so riechen möchten wie vor einigen Jahren – dieses

---

* Wenn Sie ganz am Anfang des Jungfrau-Zeichens geboren wurden, sollten Sie sich auch noch einmal die Auswahl für die Menschen ansehen, die zwischen Löwe und Jungfrau zur Welt gekommen sind. (S. 188 ff., 196, 229)

bezaubernde Parfüm erreicht beides mit eleganter Leichtigkeit. Um genauer zu sein: Jungfrau-Geborene werden das Parfüm wegen seines Stils und seiner Finesse bewundern, während es Waage-Geborenen aufgrund seines schelmisch-frechen Charmes gefällt.

Miss Dior war Diors erstes Parfüm, das er gleich nach dem Zweiten Weltkrieg entwickelte, und es wurde zu einer weiblichen Huldigung an Freude und Freiheit und zu dem Parfüm, das Diors revolutionären New Look in der Mode, mit all seinem Flair und den extravaganten Materialien, verkörperte. Es war *la nouvelle belle époque*. Jede Frau verliebte sich in **Miss Dior**, und jeder Mann liebte es, wenn Frauen nach dieser verführerischen Mischung aus Rose, Jasmin, Maiglöckchen und Gardenie dufteten, deren würzige Kopfnoten aus Patchouli, Muskat, Vetiver und Weihrauch man mit ein paar frischen grünen Noten abgerundet hatte. Nach all den Jahren ist es jetzt wieder auf dem Markt, um seine Anhänger zu erinnern, wie wunderbar es ist, und um seine Faszination und Spontaneität an eine neue Generation zu verschwenden. Da kann ich nur noch sagen – *voilà!*

BELLODGIA
honigsüß und würzig

Dieses köstliche Parfüm ist nach einer kleinen Insel im Comer See benannt. Ich weiß nicht, ob es immer noch so ist, aber die Insel war für ihre Felder und Hügel berühmt, auf denen unzählige rosa Nelken wuchsen, die die Luft mit ihrem süßen und würzigen Duft erfüllten. Und dieser ist auch das vorherrschende Thema in

Bellodgia, zusammen mit dem romantischen Duo aus Rosen und Jasmin, dem süßen, intensiven Duft von Maiglöckchen und einigen wenigen Gewürzen, die dem vorherrschenden Nelkenduft Tiefe verleihen und Akzente setzen. Für hart arbeitende Jungfrau-Geborene ist es ein friedlicher Hafen, für kokette, gefallsüchtige Waage-Geborene ein feminines Druckmittel. Kein anderes florales Parfüm ist so rührend und süß nostalgisch.

LE DIX
schillernde Sinnlichkeit

Dieser große Klassiker hatte die uneingeschränkte Billigung von Balenciaga selbst, denn er war sein erstes Parfüm und ist nach dem geschätzten Salon in der Avenue Georges V., Nr. 10 benannt, der Adresse für die edelsten und elegantesten Kleider der Welt. **Le Dix** verkörpert in jeder Beziehung Balenciagas Stil, seine Philosophie und seine Überlegenheit auf dem Gebiet der *couture*. 1947 eingeführt, mußte es mit Diors New Look und seinem neuen **Miss Dior** wetteifern, was ihm jedoch dank seiner berauschenden harmonischen Komposition aus Jasmin, Rose, Maiglöckchen und Flieder unter einer Decke aus Bergamotte, Pfirsich, Zitrone und Koriander leicht gelang. Diese liebliche Mischung ist durchwirkt mit einem Hauch von Sandelholz, Vetiver, Tonkabohne und Amber und mit Hilfe von Aldehyden zusammengehalten, was **Le Dix** seine üppige, schillernde Sinnlichkeit schenkt. Aber dabei wird es nie aufdringlich, sondern bleibt höchst weltgewandt und auf unauffällige Art bezaubernd. Jungfrau-Geborene werden sich von seiner Arroganz angezogen fühlen, während Waage-Geborene in ihm eine Möglichkeit sehen, sich mit weltmännischem Chic zu umgeben.

Der Jungfrau-Mann:
Geschenke für die Unflexiblen

Er ist gewöhnlich so geschniegelt und gebügelt, daß Sie den Wunsch verspüren, ihm einen Batzen Dreck in sein selbstzufriedenes Gesicht zu schleudern. Nichts erschüttert ihn, nichts kann seine Aura der methodisch erarbeiteten Perfektion zerstören. Das Gesicht, welches der Jungfrau-Mann der Welt präsentiert, ist das Resultat strenger Selbstdisziplin und sorgfältig bedachter Wirkung, die darauf abzielt, zu beeindrucken – die Tatsache, daß es nicht unbedingt von gutem Geschmack zeugt, schlägt dabei in keinster Weise zu Buche – denn was auch immer er tragen wird, er ist zweifellos davon überzeugt, daß es absolut perfekt ist. So, jetzt wissen Sie, womit Sie es zu tun haben – das ist keine Eitelkeit, daß ist schon Besessenheit!

Glücklicherweise läßt er sich in bezug auf Parfüms leicht beeinflussen, und er benutzt sie hingebungsvoll und nicht immer sparsam. Er ist eines jener Sternzeichen, die sich gerne mit männlichen Düften schmücken. Sie können ihm also nicht einfach irgendein altes Parfüm schenken. Er wird die Nase rümpfen, wenn es unter seiner Würde und seinem Niveau ist. Natürlich hat er schon längst selbst ausgesucht, was ihn seiner Meinung nach vervollständigt. (Er sucht keine Akzente oder Überraschungen, sondern Definition.) Sie müssen ihm also einfach nur etwas von dem schenken, was er schon hat, oder müssen einen neuen Duft erschnuppern, der es wert ist, seiner langen Reihe von Parfüms hinzugefügt zu werden. Lassen Sie sich nicht einschüchtern – er mag Düfte, die seine Aura auf herbe, aber weltmännische Art verändern. Was er liebt, sind Schlagkraft und Klassizismus – mit anderen Worten, es *muß* einen *sehr* berühmten Designernamen tragen!

- **Heritage** von Guerlain
  Typ: orientalisch/krautig
- **Fahrenheit** von Christian Dior
  Typ: blumig/holzig
- **Tsar** von Van Cleef & Arpels
  Typ: würzig/blumig
- **Chanel pour Monsieur** von Chanel
  Typ: fruchtig/holzig

Heritage

Ein Duft, den man als klassischen Akt bezeichnen könnte. **Heritage** ist die jüngste Kreation unter den Herrenparfüms aus diesem berühmten Haus und ein Duft, der ernst genommen werden sollte. Es ist ausgesprochen kultiviert und eines der wenigen neuen Herrenparfüms, das nicht so lange haftet und so aufdringlich ist wie seine weniger guten Rivalen. Seine Wirkung setzt augenblicklich ein, und es entfaltet sich wie eine stolze Fahne in drei deutlichen Phasen bis zu seinem unmerklichen Verschwinden. Es setzt mit einem wundervollen Akkord aus Lavendel und Bergamotte ein, würzt diesen dann mit Koriander, Pfeffer und einem Spritzer Vetiver und fügt schließlich noch die exotische Tonkabohne und Patchouli hinzu. Zu guter Letzt kommen samtweiche, tiefdunkle Grüntöne hinzu, die ihm zu seiner maskulinen Eleganz und einzigartigen Individualität verhelfen. Viele Frauen werden sich zu **Heritage** und dem Mann hingezogen fühlen, der es benutzt. Ihnen bleibt es dann überlassen, seine scharfe Seite zu mildern.

Fahrenheit

Dieses Parfüm, für das laut die Werbetrommel gerührt wurde, als es auf den Markt kam, hat etwas Zurückhaltendes, ausgesprochen Vertrauliches an sich. Die Beliebtheit bei Männern, die sich persönlich und beruflich für etwas Besseres halten, beruht offenbar auf dieser Kombination. **Fahrenheit** ist ein klarer, beinahe herausfordernder Duft, der dank seiner einzigartigen Mischung aus Hagedorn und Geißblatt, die ihm seine luftig-frische Süße geben, recht ungewöhnlich ist. Starke Düfte von Zedern- und Sandelholz holen es bald auf die Erde zurück, fixiert wird diese Komposition von weihrauchähnlichen Harzen, die **Fahrenheit** nicht nur eine geheimnisvolle Aura verleihen, sondern es auch gut auf der Haut haften lassen. Wenn er ein Jungfrau-Mann mit klarer Vorstellung von sich ist, wird **Fahrenheit** ihn überzeugen, daß er die Herzen der Frauen höher schlagen lassen kann.

Tsar

Er wird glauben, zu den oberen Zehntausend zu gehören, wenn er diese funkelnde Mixtur aus Lavendel und Jasmin, Eichmoos und Sandelholz, feinen Gewürzen des Orients und dem frisch-fröhlichen Maiglöckchen benutzt. Klingt ein bißchen blumig das Ganze, aber unter den meisterhaften Händen bei Van Cleef & Arpels wird es zu einem strahlenden Parfüm, welches ihm Selbstsicherheit verleiht. Der Name weckt in ihm vielleicht grandiose, hochtrabende Vorstellungen, aber **Tsar** ist nicht Iwan der Schreckliche – es ist schon eher Iwan der Sanfte!

Chanel pour Monsieur

Unzählige Männer sind überzeugt davon, einen exzellenten Geschmack zu haben, und sie benutzen kein anderes Parfüm als dieses, um ihr unanfechtbares Selbstbewußtsein zu bestätigen. Sie sehen also, es ist mehr als nur eine Option für die Jungfrau-Männer an der Spitze oder auf dem Weg nach oben. Diskret, warm, weltgewandt und raffiniert ist **Chanel pour Monsieur** – mit seiner Mischung aus Zitrusölen, Orangenblüte, Zedernholz, sanftem Eichmoos und zitronig-würzigem Kardamom, das Ganze von subtilem Nelkenduft gekrönt, der ihm seinen letzten Schliff und Glanz verleiht – ganz sicher nichts für derbe oder vulgäre Männer. Und sollte ihn das alles nicht beeindrucken: Chanel in seinem Badezimmer wird es auf jeden Fall.

Wem steht was und wann:
So holen Sie das Beste aus Ihren Parfüms heraus

Parfüms sind nicht nur Erweiterungen Ihrer Persönlichkeit, sondern sie unterstreichen auch Ihr Aussehen und die Stimmung, in der Sie sich gerade befinden.

Um die besten Eigenschaften zum Vorschein zu bringen, sollte man sie mit Respekt ihrem jeweiligen eigenen Charakter gegenüber behandeln. Auch Parfüms haben ihre Grenzen, genau wie Sie. Manche eignen sich besser für einen verführerischen Abend, andere für den Tag. Hieraus folgt, daß leichtere Parfüms sich bei wärmerem Wetter wohler fühlen, die schwereren dagegen im Herbst und Winter. Auch das Alter spielt eine wichtige Rolle: Jüngere Frauen meiden wahrscheinlich ganz automatisch die ultra-eleganten Düfte (oder sollten es zumindest tun), während reifere Frauen erkennen sollten, daß ihre Zeit für die frechen, heiteren Parfüms vorbei ist. Ihr Typ ist nicht so wichtig, wenngleich ich glaube, daß dunklere Frauen – als Faustregel – automatisch zu den üppigen, orientalischen Düften neigen, während Blondinen (echt oder gefärbt) romantischere und frischere Parfüms bevorzugen. Das ist auch die Grundlage für die leicht nachzuvollziehende Tabelle. Sie ist aber nur als hilfreiche Empfehlung gedacht, nicht als starre Regel.

Basiswaffen

	Zeit		Alter		Typ		Wetter	
Parfüm	Tag	Nacht	Jung	Älter	Hell	Dunkel	Warm	Kalt
Mitsouko	*	*		*	*	*	*	
Arpège	*	*		*	*	*	*	*
Amazone	*	*	*	*	*	*	*	
Parfum d'Hermès	*	*		*	*	*	*	*
Nahema		*		*		*		*

Geheimwaffen

	Zeit		Alter		Typ		Wetter	
Parfüm	Tag	Nacht	Jung	Älter	Hell	Dunkel	Warm	Kalt
Dioressence		*		*		*		*
Van Cleef	*	*		*	*	*	*	*
Parfum d'été	*		*		*		*	
V de Valentino	*	*	*	*	*	*	*	*
Sublime	*	*	*	*	*	*	*	*

Jungfrau/Waage

	Zeit		Alter		Typ		Wetter	
Parfüm	Tag	Nacht	Jung	Älter	Hell	Dunkel	Warm	Kalt
Miss Dior	*	*	*	*	*	*	*	*
Bellodgia	*	*	*	*	*	*	*	*
Le Dix	*	*		*	*	*	*	*

Löwe/Jungfrau

	Zeit		Alter		Typ		Wetter	
Parfüm	Tag	Nacht	Jung	Älter	Hell	Dunkel	Warm	Kalt
Sculpture	*		*		*	*	*	
Sunflowers	*		*	*	*	*	*	
Parfum Sacré		*		*		*	*	

Herrendüfte

	Zeit		Alter		Typ		Wetter	
Parfüm	Tag	Nacht	Jung	Älter	Hell	Dunkel	Warm	Kalt
Heritage	*	*		*	*	*	*	*
Fahrenheit	*	*	*	*	*	*		*
Tsar		*		*	*	*	*	*
Chanel pour Monsieur	*	*		*	*	*	*	*

Waage
23. September – 23. Oktober

Waage-Geborene und der Spiegel

Waage-Geborene können schrecklich lethargisch sein – das kann bis zur Trägheit gehen. Und selbst wenn Sie totale Unabhängigkeit vorgeben, verlassen sie sich im Grunde doch immer darauf, daß andere etwas für sie tun, vor allem soll man für ihr leibliches Wohl und ihre Sicherheit sorgen. So bleibt ihnen selbst ausreichend Zeit für das, was sie am besten können – sich in romantischen Ideen darüber ergehen, wie sie vollendeten Luxus erzielen können. Zwar sind sie im Sternzeichen von Harmonie und Diplomatie geboren, aber beides wird (vor allem bei den Waage-Damen) immer von ihrer Trumpfkarte begleitet – dem Charme. Und das ist beileibe kein gewöhnlicher Charme. Sie haben so viel davon, daß sie eine Charme-Schule eröffnen und ein Vermögen verdienen könnten! Er ist nicht manipulativ, paart sich aber mit koketter Weiblichkeit und verführerischen Reizen. Mit seiner Hilfe gelangen sie überall hin und bekommen alles, was sie wollen. Natürlich müssen sie zudem so gut wie möglich aussehen, doch darauf achten Waage-Geborene *immer!* Offen gesagt, haben sie eine starke Neigung zu heimlicher Eitelkeit, auch wenn sie das als »ihren Blick für Schönheit« bezeichnen. Was auch nicht ganz falsch ist, denn ihr Blick ist nie weit von einem Spiegel entfernt.

Trotzdem muß ich sagen, daß Waage-Geborene in der Tat schöne Menschen sind – attraktiv, fein und witzig, mit einem wunderbaren, etwas schrulligen Sinn für Humor, einem schelmischen Blick und soviel gutem Geschmack, daß andere neidisch werden. Diese coole, ruhige Art führt unweigerlich zum Erfolg – wenn sie sich erst einmal über ihr Ziel im klaren sind und es in Angriff nehmen. Und wenn sie dazu ihren berühmten Charme hervorgeholt haben, gibt es kein Halten mehr. Sie lieben den materiellen Lohn des Erfolgs!

Waage-Geborene können sehr gut mit Geld umgehen und sind ausgesprochen vorsichtig damit. Sie sind keine Verschwender (Wenn es allerdings um sie selbst geht, spielen Kosten keine Rolle!), und wenn Sie auch großzügig sind, so schenken sie doch nie spontan. Mit dem Geld verschönern sie lieber ihre Umgebung – und natürlich auch sich selbst! Selbstsüchtig? Nein, aber sie verwöhnen sich nun mal mit Vergnügen. Hier kommt wieder ihre Eitelkeit ins Spiel.

Waage-Geborene umgeben sich gern mit Kunst und Schönheit und möchten selbst der Mittelpunkt davon sein. Von allen Sternzeichen sind sie das bestgekleidete und gepflegteste. Wie gesagt, sie würden nicht einmal im Traum daran denken, auch nur einen Fuß vor die Haustür zu setzen, ehe Sie nicht perfekt aussehen! Sie lieben das Leben und sprühen vor Temperament, während sie auf stille Art das erreichen, was sie wollen. Sie sind hervorragende Strategen und gelten deshalb als vernünftig, gerecht, rational (was Sie nun überhaupt nicht sind!), und kooperativ. Man hält sie für gute Vermittler bei Streitigkeiten, aber ich fürchte, unter der Oberfläche lauert eine Rechtschaffenheit, sie nur verzeihen läßt, wenn sie den »Täter« vorher durch die Hölle gejagt haben. So gerne Waage-Menschen andere disziplinieren, so wenig Disziplin zeigen sie selbst. Ihr

Mitgefühl zeigt sich auf ganz andere Art – sie bieten eine verständnisvolle Schulter zum Ausweinen und haufenweise Ratschläge und erwarten, daß diese angenommen werden. Sie sind überzeugt, daß ihr Standpunkt nicht nur klug, sondern sogar der einzig richtige ist.

Aber so streng sie auch sein können, sobald Tränen fließen, lenken sie ein. Sie können den Anblick eines weinenden oder unglücklichen Menschen nicht ertragen, und ihr Herz schmilzt – aber ihre Mascara noch lange nicht!

Deshalb geben Waage-Frauen auch so wunderbare Ehefrauen und Mütter ab. Still und leise führen sie den Haushalt, reparieren angeschlagene Egos und fehlgeschlagene Träume so erfolgreich, daß es schon an Tüchtigkeit grenzt. Ihre Familie betet sie an, ihr Wort ist Gesetz. Sie sind vielleicht nicht die ordentlichsten Menschen der Welt (außer, wenn es um ihr Aussehen geht), und auch nicht die besten Köchinnen, aber sie geben ihrer Familie, was sie braucht, ohne sich dabei für Märtyrerinnen zu halten. Martyrium ist nicht ihr Stil – sie wollen Bewunderung und Schmeichelei!

Aber nehmen die Leute, abgesehen von ihrer Familie, sie auch so ernst, wie sie es sich wünschen? Wissen sie ihren wahren Wert zu schätzen? Oder glaubt man ihnen unbesehen? Sie sind sich nicht sicher, und so heißt es: zurück vor den Spiegel. Sie wissen, sie können einfach alles erreichen, wenn sie nur gut aussehen. Aber es ist zu einfach – zu leicht. Ihre Sehnsucht, durch Weisheit und Intellektualität zu überzeugen, bleibt. Das ist ihr Dilemma, und es gibt nur zwei Wege, es zu lösen. Sie müssen diesen Wunsch einfach vergessen und sich voll auf ihren Geist, ihren Charme und ihre Gesellschaft verlassen. Mit anderen Worten: Romantik ist besser als Versagen. Wenn sie also mehr Schönheit als Verstand besitzen, dann sollten sie den Sternen danken und davon profitieren. Die andere Möglichkeit wäre, Vaseline auf dem Spiegel zu verteilen und den anderen auf diese Weise ein weniger perfektes, dafür aber menschlicheres Bild von sich zu vermitteln. Wenn sie allerdings wirklich sehr intelligent sind und das beweisen wollen, dann sollten sie versuchen, weniger über ihr Image nachzudenken und mehr über die anderen. Waage-Menschen werden überrascht sein, wie erfüllend das sein kann. Vielleicht bezieht man sie dann sogar in Diskussionen und Beziehungen ein. Mag der Spiegel also ruhig ein paar Sprünge bekommen – sie werden immer noch charmant sein, und Charme braucht keinen Spiegel.

Waage-Stil

Wie bereits gesagt, lieben Waage-Geborene die Kunst der Schönheit. Mehr noch, sie wissen, wie sie das in die Praxis umsetzen müssen. Sie haben einen unfehlbaren Blick für Details wie für das Gesamtbild. So stehen sie beispielsweise vor einem großen Gemälde und nehmen all die wunderbaren, kleinen Elemente wahr, die das Ganze ausmachen. Danach treten sie zurück und beurteilen das Gesamtbild, gewöhnlich positiv – besonders, wenn es romantisch ist. Sie sehen nicht nur die oberflächliche Schönheit, sondern schauen direkt ins Herz. Ihre Vorstellung von Schönheit ist, eine idealisierte Welt des künstlerischen Ausdrucks zu schaffen, wobei sie jedoch der Schlichtheit große Bedeutung zumessen.

Sie umgeben sich mit Bequemlichkeit und Luxus, die auch den Hintergrund für ihr sorgfältig zusammengestelltes Image ausmachen. In ihrer eigenen Umgebung wollen sie eben heiter und gelassen wirken – wie ein schön arrangiertes Gesteck aus den Blumen, mit denen sie sich so viel Mühe gegeben haben. Blumen, Bücher und romantische Musik sind keine bloßen Requisiten – sie sind Teil ihres Wunsches nach einem ausgewogenen Leben. Außerdem schützen sie den Waage-Menschen vor der Angst, allein zu sein – sie müssen die Dinge um sich haben, die sie lieben, damit sie andere anziehen und so die Einsamkeit vermeiden. Sie sind nicht gerade sehr gesellig, aber doch aufmerksame und vielgelobte Gastgeber. Sie planen sorgfältig, damit alles harmonisch wird – schließlich würde sonst ein schlechtes Licht auf ihren Geschmack fallen. Waage-Geborene sind keine guten Verlierer.

Was ihre Garderobe betrifft, so sind sie penibel und werden niemals irgend etwas zusammenwürfeln, in der Hoffnung, daß es schon gehen wird. Sie probieren so lange, bis es perfekt ist.

Sie kleiden sich stilvoll und elegant, aber auch immer bequem. Ihre Suche nach Harmonie spiegelt sich in den Farben wider, die sie lieben – sie tragen selten nur eine einzige Farbe, finden Kontraste und ungewöhnliche Kombinationen bei weitem interessanter. Es ist ihr innigster Wunsch, sich von der Menge abzuheben. Und sie heben sich ab, vor allem in Blau-, Grau-, Rosa- und Naturtönen – sanften Farben, die ihnen schmeicheln. In lebhaften, leuchtenden Farben fühlen sie sich unwohl – sie hassen es, auch nur andeutungsweise für vulgär gehalten zu werden.

Mir fallen immer Rosen ein, wenn ich an Waage-

Menschen denke – und zwar die schönen, altmodischen Bauernblumen mit den großen, samtigen Blütenblättern und dem süßen, schweren Duft. Kalte, duftlose Gewächshauspflanzen entsprechen nicht ihrer Vorstellung von Romantik. Und das zeigt sich auch in den Parfüms, die ihre Liebe zur Schönheit ausdrücken. Eine Waage-Geborene, die irgend etwas anderes benutzt als ein romantisches oder zumindest sinnliches Parfüm, riecht falsch und so, als würde sie sich verzweifelt bemühen aufzufallen. Weiblichkeit, gemischt mit ein wenig Frechheit, bringt sie an jedes Ziel, warum also sollten sie riechen wie jemand, der sie nicht sind? Sie können sich ganz auf ihre Macht der süßen, entwaffnenden Verführung verlassen – damit gelingt ihnen alles!

Ihr äußerer Ausdruck ist *Romantik*, ihr innerer Kern *Ernsthaftigkeit*.

Dies läßt sich nun in die für die Waage-Geborenen am besten geeigneten Parfüms umsetzen. Ich habe sie in zwei Kategorien eingeteilt:
1. *Basiswaffen* – die überaus wichtigen Basisparfüms, die Ihnen am besten stehen sollten. Sie bilden den Kern Ihres Parfümarsenals.
2. *Geheimwaffen* – sie unterstreichen die Basisdüfte, sind gewagter und ausgefallener, sollten aber immer noch zu Ihnen passen.

Es gibt auch eine Auswahl von Parfüms für diejenigen, die zwischen den Tierkreiszeichen Waage und Skorpion geboren sind, sowie eine Reihe von Herrendüften, die man dem Waage-Mann schenken kann. (Wenn Sie zwischen Jungfrau und Waage geboren sind, finden Sie weitere Parfüms auf den Seiten 221 ff., 229, 259). Ich habe jedes Parfüm einer bestimmten Kategorie zugeordnet. Am Ende des Kapitels sind alle Parfüms in einer Tabelle zusammengefaßt, die Ihnen verrät, ob sie besser für junge oder ältere Frauen, an warmen oder kalten Tagen, tags oder abends, für dunkle oder helle Typen geeignet sind.

**Basisparfüms:
der unentbehrliche Grundstock**

Wenn ich auch erklärt habe, daß Waage-Geborene mich an Rosen erinnern, so habe ich damit auf keinen Fall sagen wollen, Sie sollten sich in Rosendüfte hüllen. Aber da Rosen schon beinahe ein Synonym für romantische Anziehung und ewige Liebe geworden sind, sind Parfüms mit einem lieblich-süßen, anhaltenden Duft – mit oder ohne Hilfe von Rosen – bestimmt diejenigen, die am besten zu Ihnen passen. Ich glaube nicht, daß dramatische oder auffällige Parfüms Ihnen stehen werden – sie widersetzen sich Ihrer Fähigkeit und Entschlossenheit, jederzeit feminin zu sein. Selbst wenn Sie Ihre weibliche Eleganz nicht betonen wollen, heißt das nicht, daß Sie plötzlich ganz anders oder sogar exotisch duften müssen – das entspricht nicht der feinen Art, in der Sie die Dinge angehen. Subtilität und Gewandtheit sind Ihnen angeboren, und wenn Sie Parfüms benutzen, die dieselben bewundernswerten Eigenschaften besitzen, kann das Wunder wirken – sie lassen ihre Schönheitsliebe geradezu aufleuchten. Sie müssen weder süß noch verspielt sein, aber Koketterie ist ihnen nicht fremd. Diese Parfüms sind verführerisch, wenn auch nicht auf die primitive Art. Wie auch die Waage-Geborenen selbst ergehen sich diese Düfte in Andeutungen – lassen eine Romanze erahnen, die sehr wohl zu etwas Ernsterem führen könnte. Sogar sexuell provozieren könnten sie – und Sie, meine liebe, damenhafte Waage-Geborene, sind dem doch auch nicht abgeneigt, oder? Nun, hier sind sie also, zu Ihrem Vergnügen:

- **Dolce & Gabbana** von Dolce & Gabbana
  Typ: blumig/orientalisch
- **Paris** von Yves Saint Laurent
  Typ: blumig
- **Organza** von Givenchy
  Typ: blumig/orientalisch
- **24, Faubourg** von Hermès
  Typ: blumig
- **Deci Dela** von Nina Ricci
  Typ: blumig/fruchtig

DOLCE & GABBANA
heiter und intelligent

Es hat Schlagkraft, wie man es von diesem italienischen Design-Team auch erwartet, dessen Markenzeichen Dynamik und Elan sind. Angeblich ließen sie sich von Leinwandstars wie Sophia Loren, Silvana Mangano und Gina Lollobrigida beeinflussen, zu einer Zeit, als diese die Kinos noch mit ihrer Sinnlichkeit erfüllten, ehe sie ins Charakterfach wechselten. Wurde es also für die neue Riege der schlanken und langbeinigen Glamour-Girls geschaffen? Nicht direkt. Es ist viel exquisiter und feiner, wenn auch auf heitere, sorglose Art und Weise.

Für hohlköpfige Puppen ist es sicher nicht gedacht. Ehrlich gesagt, ich kenne Frauen – in ziemlich fortgeschrittenen Jahren – , die es ganz selbstbewußt tragen – und es handelt sich eindeutig um intelligente Frauen mit Geschmack.

Dolce & Gabbana braucht eine Frau, die weiß, was sie will – cool, selbstbewußt und romantisch, nicht sorglos und übermütig.

Das Parfüm durchläuft unerwartete Nuancen, von den üppigen Kopfnoten aus Mandarine, Freesie, Koriander, Efeu und Basilikum über eine Blumeninvasion aus Rose, Nelke, Maiglöckchen, Jasmin, Orangenblüte und Ringelblume bis hin zu orientalischen Mischungen aus Moschus, Tonkabohne und Vanille. Sandelholz besänftigt es zwar noch, aber etwas ist inzwischen schon klar: **Dolce & Gabbana** hat sich als schelmische kleine Range zu erkennen gegeben! Es zwinkert und funkelt, ist einschmeichelnd und herausfordernd, und kennt seine Wirkung doch ganz genau – eine leichtherzige und kapriziöse Verführerin. Dieses Parfüm ist ein eleganter Verbündeter für Frauen, die geistreich und intelligent genug sind, um es als Ergänzung zu sehen – nicht als Waffe. Männer scheinen ganz vernarrt darin zu sein und haben es ihren Geliebten gleich fläschchenweise geschenkt. Ist das nicht genau das, was Sie brauchen?

PARIS
eine Entführung

Vor vielen Jahren hat François Coty ein sehr beliebtes Parfüm kreiert, **Paris**, und wenn es auch leicht und kokett war, so kam es dem berauschenden Duft von

Saint Laurent, dessen Einführung 1984 ebenso groß gefeiert wurde wie der Tag des Sturms auf die Bastille, doch nicht im entferntesten nah.

Saint Laurent wollte damit nicht nur Paris selbst verkörpern, sondern auch die Blume, die das Synonym für seine geliebte Stadt darstellt: die Rose. Nicht die neuen, überaus eleganten Züchtungen – er wollte das Bild der großen, vollen Bauernrosen der *belle époque* heraufbeschwören. Duftlose Mutationen? Nicht bei ihm! So wurde **Paris** geschaffen, um nostalgische, wunderschöne Rosen zu feiern und die freudige Romantik zu zelebrieren, die diese symbolisieren.

Paris ist unverkennbar. Es ist nicht nur überladen mit dem wilden, süßen Duft dieser altmodischen Rosen, es bindet auch andere, schillernde Blumen in sein üppiges Bouquet ein – vor allem das stark und anhaltend duftende Veilchen, das den Duft der Rosen noch ekstatischer und eindrucksvoller macht! Hagedorn (ein Favorit von YSL), Mimosen, Orangenblüten, Hyazinthen und sogar Kapuzinerkresse verleihen dieser Kreation noch mehr Nachdruck, aber es sind die Rosen und Veilchen, die der unwiderstehlichen Pariser Schönheit ihre prickelnde Frische, ihre nahezu berauschende Pracht verleihen.

Paris ist ein ausgesprochen kräftiges Parfüm. Gehen Sie also diskret damit um, damit es in seinem Bemühen, sorglose Fröhlichkeit auszustrahlen, nicht aufdringlich wirkt. Tatsächlich fängt es den Frühling in Paris ein.

ORGANZA
ein Klassiker der grandiosen Art

Wer hätte gedacht, daß das erste Parfüm aus dem Hause Givenchy, das nach der Ablösung des Meisters durch den rebellischen Alexander McQueen auf den Markt kam, so klassisch sein würde wie **Organza**? Dieses Parfüm hat nichts, aber auch gar nichts Revolutionäres oder Andersartiges. Tatsächlich geht es auf die große Tradition ausgesprochen femininer Parfüms zurück. Doch zurückhaltend ist **Organza** nicht. Es ist direkt und offen, dabei aber äußerst elegant. Ich glaube, selbst Monsieur Givenchy wird seinen entschiedenen Ausdruck schätzen.

Auf den ersten Blick scheint **Organza** ein bißchen sonderbar und überwältigend süß, aber sobald es sich ein wenig gesetzt hat, strahlt es eine rätselhafte Sinnlichkeit aus.

Wenn die Kopfnoten aus intensiven, grünen, mit herbem Saft gefüllten Blättern Sie also förmlich anspringen, warten Sie ab, bis sie sich in einen duftenden Garten voller Gardenien, Tuberose und Ylang Ylang verwandeln, dessen süße Üppigkeit von ein paar exotischen Gewürzen, der Wärme von Ambra, der Sanftheit von Zedernholz und dem Sexappeal von Vanille gedämpft wird, ehe Sie ein Urteil fällen. Nur Parfüms, die eleganten Luxus und Feinheit verkörpern, dürften den Namen Givenchy führen, und **Organza** bildet da keine Ausnahme. Seine dynamische Verpackung in Gold und Scharlachrot, die säulenartige Flasche aus Mattglas, die wie eine asymmetrische, schlanke, weibliche Gestalt mit einer arabeskenartigen Schriftrolle aussieht, ist *très formidable!* **Organza** ähnelt einer modernen Göttin – statuenhaft und elegant – und als Parfüm lange haftend. Eine Göttin, der man sich unterwerfen muß, aber dabei nett und freundlich, mit dem für Waage-Geborene typischen Takt und ihrer Überzeugungskraft.

24, FAUBOURG
eine vornehme Adresse

Dieses Parfüm strahlt guten Geschmack aus und suggeriert ganz leicht eine Romanze, die jedoch nicht wahr werden muß. Es ist eines jener heiteren, einladenden Parfüms, deren Kopfnoten faszinieren, ehe sie sich mit einem verlockenden Winken verabschieden.

Es ist nach der Pariser Adresse des Hauses Hermès benannt. So wissen Sie von vornherein, daß es ausgezeichnete Zeugnisse vorweisen kann. Die zu erwartende Eleganz ist mit einer warmen und ausdrucksvollen Freundlichkeit gekoppelt, so daß es nicht einschüchternd wirkt. Das Parfüm ist das Ergebnis eines Akkords aus weißen Blumen – Orangenblüte, Sambac-Jasmin und der zauberhaften Tiare, einer kleinen, gardenienähnlichen Blume aus Tahiti. Und was könnte es anderes geben als die Sinnlichkeit von Ylang Ylang und die Glut von Patchouli, um dem Duft einen exotischen Akzent hinzuzufügen? Ein Hauch von Ambra und Sandelholz, etwas Vanille und der geheimnisvolle Veilchenduft der Florentiner Iris vervollständigen die perfekte Harmonie. **24, Faubourg** würde sich niemals einer Übertreibung schuldig machen. Es ist lieber lebhaft und schön statt üppig.

Klingt ein wenig langweilig? Nun, das ist es nicht. **24, Faubourg** setzt seine eigenen Maßstäbe und hält an ihnen fest, wodurch es zu einem Parfüm wird, das ohne großmäulige Angabe auskommt, was bei modernen Düften sehr selten ist. Statt dessen strahlt es Lieblichkeit und ansteckende Leichtigkeit aus. Unvergeßlich macht es jedoch der unbekannte, zauberhafte Duft, den Sie erschnuppern, wenn es sich richtig mit Ihrer Haut verbunden hat: die charmante Tiare-Blüte. Nicht viele Parfüms haben deren anhaltende, aber schwer faßbare Potenz entdeckt. Doch nach ihrer langen Reise von Tahiti hierher hat sie es sich unter dieser eleganten, neuen Adresse richtig bequem gemacht. Und ich vermute, Sie werden es ihr gleichtun.

DECI DELA
die geborene Liebelei

Der charmante Name bedeutet »hier, dort und überall«, trifft also genau auf Sie zu, wenn Sie losziehen, um Spaß zu haben und zu flirten – zwei Dinge, die Sie unheimlich genießen. Waage-Damen wollen frei und uneingeschränkt sein (oder potentiell verfügbar, wenn Ihnen das besser gefällt). Tragen Sie **Deci Dela**, wenn Sie in der Stadt unterwegs sind, und wer weiß, was geschieht! **Deci Dela** ist nicht so romantisch wie seine liebliche Schwester **L'Air du Temps** oder so verrückt wie **Les Belles de Ricci**. Es ist der »Vagabund« der Ricci-Familie – nicht rebellisch, aber ein bißchen leichtsinnig. Ein schillernder Cocktail aus Früchten und Blumen, die eine enge Bindung miteinander eingehen. Zuerst riechen Sie Himbeere, Pfirsich, Rote Johannisbeere und Wassermelone, unverzüglich gefolgt von ganzen Feldern aus frischen Freesien, Wicken und diesem kleinen, französischen Kraftwerk mit dem durchdringenden Duft, der *rose de mai* Doch das wichtigste ist die australische Boronia, wild und honigsüß. Schließlich mischen sich noch ein paar orientalische Essenzen darunter – hauptsächlich *Sumatra-Balsam* und *Kambodschaner Agarholz*, Patchouli und Zedernholz sowie das sanfte Grün von Eichmoos. Und um alles abzurunden, kommt noch reife Papaya hinzu! Fehlen eigentlich nur noch eine Maraschino-Kirsche und ein Cocktail-Schirmchen!

Das ist also das verwirrende, verwegene Rezept für grenzenlose *joie de vivre*. **Deci Dela** ist köstlich französisch, läßt sich aber – wie guter Wein – auch überall sonst genießen. Es ist das perfekte Parfüm für den Urlaub – gesellig und frech. Sie können es ohne weiteres Fremden vorstellen. Seinem Designer bei Ricci, Jean Guichard, hatte man seinerzeit nahegelegt, Konkurs anzumelden, weil er ein völlig anderes und kühnes Parfüm geschaffen hatte. Heute lachen sich die Besitzer von **Deci Dela** ins Fäustchen!

Geheimwaffen:
die Überraschungen

Waage-Geborene lassen sich gerne bitten, als Schiedsrichter zu fungieren. Da bricht sich ein inneres Vergnügen Bahn, und sie strahlen Zufriedenheit darüber aus, daß man ihre Intelligenz angerufen hat, um eine wichtige Entscheidung zu treffen. Endlich hat man ihre ernste Seite erkannt, und sie können jegliche Koketterie und feminines Blendwerk ablegen und sich mit Weisheit schmücken! Plötzlich sehen sie sich als die

Portia aus dem »Kaufmann von Venedig« – klug, listig, gebildet und schön. Sie können gleichzeitig auf der Seite des Angeklagten oder des Staatsanwalts, des Richters oder der Geschworenen stehen. Ihre Finger zucken nach dem Hämmerchen, sie sehnen sich nach dem Augenblick der Wahrheit! Doch jetzt müssen sie eine vollkommen andere Seite ihres Wesens zeigen – nicht die romantische, narzißtische, sondern die analytische und abwägende. Zu Recht bezweifeln sie, dies in einem auffällig blumigen oder betörenden Parfüm erreichen zu können. Die Situation verlangt nach einer radikalen Änderung ihres Aussehens und nach Düften, die die nüchterne neue Erscheinung der Waage-Geborenen unterstreichen. Aber die Parfüms, die ich für diesem Fall ausgesucht habe, sind alles andere als streng – sie sind sogar sehr schön, nur eben ein bißchen zurückhaltender und komplexer als die üblichen Waage-Waffen. Und da Waage-Geborene ausgezeichnete und tüchtige Geschäftsfrauen abgeben, können sie sie sehr gut auf ihrem Weg nach oben benutzen. Da wären:

- **Eternity** von Calvin Klein
  Typ: blumig
- **Blonde** von Gianni Versace
  Typ: blumig
- **Je Reviens** von Worth
  Typ: blumig/würzig
- **Nocturnes** von Caron
  Typ: blumig
- **Magie Noire** von Lancôme
  Typ: holzig/orientalisch

ETERNITY
ein Romantiker

Offenbar erkannte Calvin Klein Ende der 80er Jahre, daß sich die Einstellung der Frauen romantischer Verpflichtungen gegenüber gewandelt hatte. Die Stimmung schien einfach nüchterner geworden zu sein, Vernunft und Selbsterfahrung waren an die Stelle ekstatischer Hingabe an die Liebe getreten. Als **Eternity** kreiert wurde, hatte Calvin Klein die neuerwachte Frau vor Augen – noch immer äußerst feminin, aber nicht unsicher oder glamourös. Eine Frau, die seine schlichten Kleider und das dazu passende Parfüm tragen würde.

Eternity wurde von einem Publicity-Wirbel begleitet. Ein Mann und eine Frau spielten die berühmt-berüchtigte Szene aus dem Film *Verdammt in alle Ewigkeit* nach, doch als es Beschwerden hagelte, wurden sie schnell durch ein normal liebendes Paar ersetzt. Diese sahen zwar ultratrendy, dabei aber ach-so-natürlich aus und wirkten glücklich darüber, für alle Zeit aneinander gefesselt zu sein. Den Frauen schien diese Vorstellung zu gefallen, denn **Eternity** ist in Amerika eines der beliebtesten Parfüms.

Es strotzt von frischen, weißen Blumen (dem Hochzeitsbouquet aus Freesien, Narzissen, Maiglöckchen, Lilien, Rosen und Jasmin), unter deren Duft sich dann Früchte mischen (das honigsüße Aroma von Mandarinen, dazu Bergamotte und Zitrone), Sandelholz, Salbei und Ambra runden die Mischung ab. Natürlich darf auch ein Hauch Erotik nicht fehlen. Diese Aufgabe übernehmen Patchouli, Moschus und wilde Wiesenblumen. Können Sie es sich vorstellen? **Eternity** hält, was es verspricht. Wenn Sie es lieben, wird es Ihre Liebe erwidern.

Es ist ein Wunder, daß nicht schon längst ein Parfüm diesen wundervollen, beschwörenden Namen bekommen hat. Die Idee kam, als Calvin seiner Braut Kelly (die auch seine wichtigste Designerin war) einen Ring schenkte, der einst der Herzogin von Windsor gehört hatte. Und siehe da – das Zauberwort war auf der Innenseite eingraviert! Davon abgesehen, ist es schön zu wissen, daß **Eternity** eines der wenigen erfolgreichen Parfüms ist, die von einer weiblichen »Nase« komponiert worden sind, nämlich von Sophia Grosjman. **Eternity** steht scheinbar mit beiden Beinen fest auf der Erde, aber ich glaube, ein bißchen altmodische Romantik blinzelt auch hier und da durch.

BLONDE
ein Außenseiter

Dieses Parfüm, das kurz vor Versaces Tod kreiert wurde, ist seiner geliebten (und sehr blonden!) Schwester Donatella gewidmet. Ihr liebster Blumenduft ist das berauschende und intensive Aroma der Tuberose. Wenn der verführerisch süße Duft der Tuberose für Ihren Geruchssinn zu stark ist, dann haben Sie Pech gehabt! Denn viel mehr hat **Blonde** nicht zu bieten. Ich würde jedoch nicht behaupten, **Blonde** sei ausschließlich etwas für Blondinen – auch Brünette, Rothaarige und sogar Braunhaarige können es ebenso erfolgreich tragen!

Warum empfehle ich aber gerade diesen Knaller für Ihre ernstere Seite? Weil er rebellisch, schalkhaft und anpassungsfähig ist. Neben seiner gehörigen Portion Tuberose enthält **Blonde** aber auch Gardenie, würzige

Nelke, einen Spritzer Himbeere – eine Prise Zimt und ein Quentchen Sandelholz verhindern, daß dieses Parfüm über sein Ziel hinausschießt. Und wenn Sie dann nicht mehr »unter Beschuß« stehen, können Sie die überraschend angenehmen, ja fast heiteren Nachwirkungen genießen.

Wenn Sie **Blonde** zurückhaltend benutzen und nicht jeden Zentimeter Ihres Körpers damit besprühen, ist es ein sehr benutzerfreundliches Parfüm. Es ist warm und lebhaft. Es kann nicht ganz ernst genommen werden, wird aber mit Sicherheit aufkommende Langeweile verhindern. Damit können Sie doch bestimmt etwas anfangen!

JE REVIENS
ein unvergeßlicher Klassiker

Dieser schon 1932 kreierte Klassiker ist ewig jung. Kein modischer Trend hat sein spritziges, helles Wesen, seine Unnachahmlichkeit dämpfen können. Kein anderes Parfüm riecht auch nur entfernt wie dieses, wahrscheinlich, weil seine unglaublich komplexe und teure Zusammensetzung unmöglich so fein nachempfunden werden kann.

Vom ersten Jahr an haben die Bewohner des winzigen, hügeligen Dörfchens Lozere in jedem Frühjahr die Blüten der wilden Narzissen gesammelt, die dort in Unmengen praktisch aus den Felsen wachsen. Die Wurzeln der Iris werden unterirdisch gelagert, bis sie das kostbare Orrisöl absondern, das aufgrund seiner Ähnlichkeit mit Veilchen verwendet wird. Es ist bekannt, daß sich Veilchenduft schwer einfangen läßt. Diese beiden unbezahlbaren Ingredienzien vereinen sich nun mit dem betörenden Aroma von Jasmin- und Orangenblüten, von Rosen, Flieder, Ylang Ylang und Hyazinthen, denen Gewürznelke, Moos, Vetiver und Weihrauch unglaublich prickelnde Würze verleihen, ehe ein Kranz aus Ambra und Sandelholz die ganze harmonische Mischung mit Lebenslust umschließt.

Je reviens ist von Anfang an als junges, unschuldiges Parfüm propagiert worden, so daß sich junge Herzen impulsiv öffnen und sehr verletzlich werden. Tatsächlich zieht **Je reviens** unerfahrene und abenteuerlustige Menschen an, aber auch auf weltgewandtere Waage-Geborene wirkt es sonderbar ermutigend und enthemmend, meist, da es sie an vergangene Romanzen oder an die längst vergangene Zeit übermütiger Späße erinnert.

Glauben Sie aber ja nicht, **Je reviens** wäre gefühlsduselig und süßlich. Im Gegenteil: Es ist eine ziemlich zähe Mixtur, für Optimismus, nicht für Bedauern geschaffen. Und sie ist einzigartig. Auch wenn Sie sie eine Zeitlang ignorieren, so werden Sie doch eines Tages aufwachen und sich nach ihrer frisch-fröhlichen Heiterkeit sehnen. Sie wirkt wie ein Lebenselixier! Plötzlich sieht die müde Welt wieder jung und heiter aus.

Für den Fall, daß Sie es nicht wissen: *Je reviens* bedeutet »Ich komme wieder« – und es ist Ihr unheilbar romantisches, so leicht verletzliches Herz, das da spricht!

NOCTURNES
eine kleine Nachtmusik

Ein weiteres von Carons wundervoll komponierten und eleganten Parfüms, die man heutzutage nur noch in erlesenen Parfümerien findet – wenn Sie sich nicht gerade in der Nähe der Boutique in der Avenue Montaigne Nr. 34 in Paris aufhalten! **Nocturnes** ist eine der jüngeren Kreationen (es kam 1981 auf den Markt – also sehr jung, wenn man bedenkt, daß Caron sich schon seit fast hundert Jahren behauptet!).

Nocturnes ist eine Komposition aus Rose und Jasmin, Ylang Ylang und Tuberose, Stephanotis und Maiglöckchen, Veilchen und Zyklamen, all dies gruppiert um grüne und Zitrusdüfte, während die Basis aus einem geheimnisvollen, leisen Akkord aus Vanille und Vetiver, Moschus und Ambra, Benzoin und Sandelholz besteht. Das Ergebnis ist ein Parfüm, das sich in einer romantischen Rhapsodie ergeht. Aber ein Caron-Parfüm verirrt sich niemals auf unbekanntes Gebiet – diese Nocturne ist des intensiven Romantizismus' eines Chopin oder der impressionistischen Vorstellungskraft eines Debussy allemal würdig.

Nocturnes verfügt über eine feine, zurückhaltende Eleganz. Es eignet sich gut, wenn Sie einen zwar unvergeßlichen, aber dennoch unauffälligen Eindruck machen wollen. Trotz seines Namens ist es ein schöner, blumiger Duft für den Tag, doch erst am Abend fängt er richtig an zu funkeln, versprüht er Geist und Charme und bezaubert. Vielleicht eine kleine Nachtmusik anstelle einer tosenden Symphonie? Für **Nocturnes** trifft das auf jeden Fall zu.

MAGIE NOIRE
aufregend und geheimnisvoll

Die nüchternen Waage-Geborenen und Hexerei? Bestimmt nicht. Aber hier haben wir es mit Lancômes lockender Sirene **Magie Noire** (was nichts anderes bedeutet als »Zauberei«) zu tun. Dieses dunkle Juwel ist nicht so gefährlich, wie es klingt, aber Zauberei spielt zweifellos eine Rolle – allerdings auf die subtilste, verführerischste Art. Schwarze Katzen werden nicht fauchend vor Ihnen davonlaufen, auch niemand sonst wird Sie meiden – schon gar nicht das andere Geschlecht, das sich wie von magischer Kraft angezogen fühlen wird.

Magie Noire ist stark vom geheimnisvollen Orient beeinflußt und ist zum Bersten voll mit üppigen Blumen – Hyazinthe, Jasmin, Ylang Ylang, Rose, Narzisse und Tuberose, alles durchzogen vom Duft von Himbeeren, Bergamotte und Schwarzer Johannisbeere, auf einer Basis aus orientalischen Aromen: Zedernholz, Moose, Moschus und Leder gipfeln in der erdigen Sinnlichkeit von Patchouli. Das Resultat ist ein aufregendes, rauchiges, gepfeffertes Parfüm von fast vulkanischer Gewalt!

Warum sollte sich nun eine wohl erzogene Waage aus gutem Haus auf dunkle, gefährliche Tiefen herablassen, wenn sie doch versucht, sich einen Ruf als nettes Mädchen aufzubauen? Weil **Magie Noire** aufgrund einer unergründlichen Pariser Osmose nicht als orientalische, sexuelle Bedrohung erscheint, sondern als weltgewandte, geistreiche, französische Verzückung, die nichts Gemeines an sich hat. Im Gegenteil: **Magie Noire** ist exquisit und sehr, sehr freundlich.

Dieses Parfüm ist sicher nichts für junge Waage-Geborene, aber wenn Sie über fünfundzwanzig und bereit sind, ein wenig Vorsicht dieser Neuerung zu opfern, dann wird **Magie Noire** Sie überzeugen, daß Zauberei mehr ist als nur Voodoo. Es ist weich wie Samt, dunkel wie die Nacht – es birgt wahre Magie, die einem furchtlosen, romantischen Herzen entspringt, das mehr auf Erleuchtung als auf Hokuspokus aus ist. Aber ich warne Sie: **Magie Noire** kann süchtig machen.

Der Vorteil, zwischen zwei Tierkreiszeichen geboren zu sein: die freie Auswahl

Es bedeutet nicht nur Verwirrung, daß wenn Sie sich weder dem einen noch dem anderen Sternzeichen zugehörig fühlen oder glauben, von beiden etwas zu haben – wenn Sie ganz am Ende der Waage* geboren sind. Natürlich können Sie Ihre Parfüms einfach aus den Vorschlägen für Waage und Skorpion wählen, aber geben Sie acht! Je nach Ihren ganz persönlichen Eigenheiten passen vielleicht nicht alle zu Ihnen. Deshalb habe ich ein paar ausgesucht, die jedes Parfümproblem oder jede Unschlüssigkeit lösen könnten. Viel Spaß beim Aussuchen! Hier sind sie:

- **Loulou** von Cacharel
  Typ: blumig/orientalisch
- **White Jeans** von Gianni Versace
  Typ: blumig
- **Gucci No. 3** von Gucci
  Typ: blumig

---

* Wenn Sie ganz am Anfang des Waage-Zeichens geboren wurden, sollten Sie sich auch noch einmal die Auswahl für die Menschen ansehen, die zwischen Jungfrau und Waage zur Welt gekommen sind. (S. 221 ff., 229, 259)

LOULOU
ein Vamp

Der Übergang von der Waage zum Skorpion ist aufregend, aber schwierig, vor allem für junge Menschen. Es ist der Übergang vom lockeren, romantischen Flirt der Waage-Geborenen ins tiefere Gewässer der Sexualität bei Skorpion-Geborenen. Loulou, dieser glimmende, kleine Quälgeist verfügt über alle nötigen Zutaten, um das Bild der Kindfrau-Legende Lulu und ihrer herzlosen Verführung und Zurückweisung von Liebhabern heraufzubeschwören. Verständlich, daß **Loulou** vollgestopft ist mit verführerischen Ingredienzien, von der Caramel/Marzipan-Süße der Tonkabohne über Weihrauch, Vanille und Ylang Ylang bis hin zum exotischen, gardeniengleichen Duft der Tiare-Blumen aus Tahiti. Sein hitziges Temperament und die verlockenden Vorschläge sind so etwas wie die Büchse der Pandora: Seien Sie also gewarnt! Unerfahrene Teilnehmer an diesem Spiel könnten von **Loulou**s totaler Verzückung geradezu übertölpelt werden.

WHITE JEANS
liebenswert und optimistisch

Die Versace »Jeans«-Parfüm Kollektion ist bemerkenswert, weil sie eine lässige und sorglose Haltung an den Tag legt – unkompliziert und anspruchslos strahlt sie gelassene Vielseitigkeit und Lebhaftigkeit aus, Eigenschaften, die sowohl Waage- wie auch Skorpion-Damen reichlich besitzen. **White Jeans** – das ist das neue Mädchen von nebenan, eines, das man zur Freundin haben möchte. Dieser Duft ist so leicht wie ein Lachen, so sanft wie das Zwielicht und so willkommenheißend wie ein Blumensträußchen. Wenn Sie eine Depression herannahen fühlen (typisch Waage) oder vor einem Wutanfall stehen (typisch Skorpion), wird **White Jeans** diese unguten Gefühle schnell mit seiner romantischen Fülle aus weißen Blüten vertreiben – mit Jasmin und Rose, Nelke und Lilie, die auf eine verblüffende Ankündigung aus Ylang Ylang, Gardenie, Orange und einem Spritzer grünen Galbanums folgen. All das wird von Zedern- und Sandelholz sowie einem Hauch Patchouli gemildert, was **White Jeans** eine orientalische Nuance verleiht. Es ist ein absolut liebenswertes, aufbauendes Parfüm mit der für Versace so typischen Raffinesse. Vor allem aber ist es herrlich bescheiden. Es wird Waage-Geborene zum Lachen bringen und den Blutdruck der Skorpion-Geborenen senken. Ein Tugendlamm? Keineswegs! Versace-Parfüms haben immer den Schalk im Nacken, und **White Jeans** bildet da keine Ausnahme!

GUCCI NO. 3
glorreich und üppig

Wenn es ein Parfüm gibt, das der Glorie der Frauen gewidmet ist, dann ist es dieses, gemixt aus üppigen Blumen und Moschus, unterstrichen von einem Hauch grüner Frische; es kam 1985 auf den Markt, als die Gucci-Manie ihren Höhepunkt erreicht hatte. Und wo andere Schwelgereien aus den 80er Jahren schon längst vergessen sind, hat dieses Parfüm glorreich überlebt. Der Grund ist: Gucci weiß, was die elegante Frau von Welt von einem Parfüm erwartet: Glanz, Glamour und

Ausdauer. In **Gucci No. 3** ist all das vereint in einem üppigen Bouquet aus Rosen, Jasmin, Tuberose, Narzisse, Lilie und Maiglöckchen, durchwirkt mit Laub und Moos, Koriander, Ambra und Vetiver unter einer Schicht von sinnlichem Moschus. Es ist romantisch, leidenschaftlich, verlockend und theatralisch – mit anderen Worten, echt italienisch! Wenn Sie einen Raum betreten, schickt es sein Strahlen schon ein bißchen früher aus, um Ihre Ankunft anzukündigen. Skorpion-Geborene erwarten wahrscheinlich nichts anderes, und Waage-Geborene werden mit den Wimpern klimpern und so das Beste daraus machen. **Gucci No. 3** versagt nie, niemals.

Der Waage-Mann: Geschenke für seinen Balance-Akt

Der höfliche Waage-Mann ist ausgesprochen anspruchsvoll und mäkelig, und dies bedeutet für ihn gleichermaßen Maßstab und Ruin. Im Gegensatz zu den Waage-Frauen, die ernst genommen werden wollen, ist ihm dies bereits gelungen. Aber insgeheim hegt er doch den Verdacht, daß er dadurch zwar selbstzufrieden aussehen mag, daß man ihn aber vielleicht für stinklangweilig hält! Er hat die totale Ausgewogenheit in seinem Leben erreicht, mit dem Ergebnis, daß sich jetzt nichts mehr rührt und er manchmal einer Marmorstatue ähnelt! Ein bißchen Unruhe und einen Vorstoß (aber keinen tollkühnen!) in den Bereich der Wünsche, die er als »ein bißchen anders« bezeichnet, täten ihm gut. Aber er braucht einen kräftigen Schubs! Am besten versetzt man ihm den mit Hilfe eines neuen

Parfüms, das ihn schlichtweg umhaut! Das darf natürlich nicht irgendein Duft sein – er muß einen bekannten guten Namen haben und nicht billig sein. Dann spricht er zumindest seine Eitelkeit an. Außerdem muß er ihn davon überzeugen, daß er besser ist als der »alte Getreue«, mit dem er schon fast verheiratet ist. Erzählen Sie ihm also einfach, daß er nie aufregender geduftet hat, und schon wird er anfangen, sich zu produzieren! Bei Waage-Menschen erreichen Sie mit Schmeicheleien alles! Dieses »ein bißchen anders«, nach dem er sich sehnt, muß sich immer innerhalb der Grenzen seines guten Geschmacks befinden – von dem er tatsächlich eine ganze Menge besitzt. Also kitzeln Sie ihn einfach ein bißchen mit einem herausfordernden neuen Duft!

- **L'Eau d'Issey pour Homme** von Issey Miyake
  Typ: krautig/fruchtig
- **Xeryus Rouge** von Givenchy
  Typ: grün
- **Black Jeans** von Gianni Versace
  Typ: orientalisch
- **Équipage** von Hermès
  Typ: holzig/würzig

L'Eau d'Issey pour Homme

Welch ein Start! Was er mit seinem Parfüm – so klar und rein wie Wasser – für Frauen getan hat, gelingt Issey Miyake auch für Männer – und dabei riecht es überhaupt nicht nach Orient. Sein Herrenduft ist überraschend weich, eine heitere, flüssige Skulptur aus Zitrusöl, aromatischen Algen, den als »geheim« klassifizierten Kräutern und der sanften, blauen Wasserlilie, gewürzt mit Muskat und Tabak und einem Hauch Moschus, der Ihre Sinne pulsieren läßt. Es ist leicht und locker, maskulin auf die New-Age-Art. Und es hat Präsenz – ebenso wie sein berühmtes, feminines Gegenstück. Wenn er sich also gern damit brüstet, ein Mann von Welt zu sein, beruflich wie privat, dann könnte **L'Eau d'Issey pour Homme** die aufgetragene Selbstgefälligkeit ein wenig mildern, die er so häufig an den Tag legt.

Xeryus Rouge

Es ist wahrscheinlich nach einem alten persischen König oder Krieger benannt, was dem Waage-Mann gefallen wird, der die Vorstellung liebt, der Welt etwas Bedeutsames zu geben (für gewöhnlich sein Super-Ego), und **Xeryus Rouge** wird seine heroische Individualität gewiß verkünden. Der Ansturm aus grünen Kakteen, das scharfwürzige Anisaroma von Estragon, von rotgepfeffertem Piment und Zedernblatt klingen vielleicht ein bißchen zu sehr nach frischer Luft für diesen charmanten Stubenhocker, aber es wird alles von einer Dosis ausgesprochen erotisch duftendem tibetanischen Moschus besänftigt. Das Dumme ist, daß Frauen häufig von seiner entwaffnenden Frische angezogen werden und sich dann plötzlich in der verführerischen, samtweichen Falle von **Xeryus Rouge** wiederfinden, die der Waage-Mann für sie ausgelegt hat.

Black Jeans

Dieser Blender wird den Waage-Mann ganz schön aus der Ruhe bringen und seine Aufschneiderei testen. **Black Jeans** nimmt kein Blatt vor den Mund, wenn es um Wagemut geht, und es kümmert sich keinen Deut um Subtilität. Es ist eine kräftige Mischung aus Petitgrain, Eisenkraut (ein würziger Duft, ähnlich der Verbena), Rosmarin und den wunderbar pikanten Wacholderbeeren. Das alles ist mit spanischen Geranien abgesetzt, mit Muskat und Ingwer gewürzt, eingebettet in Vetiver, orientalisches Agarholz, superstarken Moschus und schließlich in eine Macho-Flasche aus schwarzem Mattglas abgefüllt. **Black Jeans** ist eindeutig nichts für Schwächlinge. Es ist ein Hochseilakt, und in typischer Versace-Tradition wagt man den Sprung ans Trapez ohne Netz. Wenn Ihr Waage-Mann unter Höhenangst leidet oder ein angeknacktes Herz hat, fordern Sie das Schicksal besser nicht heraus!

Équipage

Vorsicht – schon der Name allein könnte ihm zu Kopf steigen! **Équipage** stammt aus einem Haus, das die von Reitern inspirierte Eleganz verkörpert. Es bringt die Vorstellung schneller Pferde mit sich, schneller Autos und Lorbeerkränze um den Hals! Treten Sie einfach einen Schritt zurück und beobachten Sie, wie Erstaunen über sein Gesicht zieht, wenn er diesen Duft riecht, dem der Adel seinen Stempel aufgedrückt hat. Er ist nicht ganz das, was er im Sinn gehabt hat, aber das wird er niemals zugeben. **Équipage** ist atemberaubend originell – eine komplexe Mischung aus Zimt, Nelken, Salbei, Weihrauch, Sandelholz und Patchouli. Es ist kompromißlos und unerschrocken in seiner klassischen Art, aber – warten Sie's nur ab – er wird es schon bald verstehen und anfangen, über gewisse Dinge nachzudenken, beispielsweise darüber, ein Pferd zu kaufen.

**Wem steht was und wann:
So holen Sie das Beste aus Ihren Parfüms heraus**

Parfüms sind nicht nur Erweiterungen Ihrer Persönlichkeit, sondern unterstreichen auch Ihr Aussehen und die Stimmung, in der Sie sich gerade befinden. Um die besten Eigenschaften zum Vorschein zu bringen, sollte man sie mit Respekt ihrem jeweiligen eigenen Charakter gegenüber behandeln. Auch Parfüms haben ihre Grenzen, genau wie Sie. Manche eignen sich besser für einen verführerischen Abend, andere für den Tag. Hieraus folgt, daß leichtere Parfüms sich bei wärmerem Wetter wohler fühlen, die schwereren dagegen im Herbst und Winter. Auch das Alter spielt eine wichtige Rolle: Jüngere Frauen meiden wahrscheinlich ganz automatisch die ultra-eleganten Düfte (oder sollten es zumindest tun), während reifere Frauen erkennen sollten, daß die Zeit für die frechen, heiteren Parfüms abgelaufen ist. Ihr Teint ist nicht so wichtig, wenngleich ich glaube, daß dunklere Frauen – als Faustregel – automatisch zu den üppigen, orientalischen Düften neigen, während Blondinen (echt oder gefärbt) romantischere und frischere Parfüms bevorzugen. Das ist auch die Grundlage für die leicht nachzuvollziehende Tabelle. Sie ist aber nur als hilfreiche Empfehlung gedacht, nicht als starre Regel.

Basisparfüms

	Zeit		Alter		Typ		Wetter	
Parfüm	Tag	Nacht	Jung	Älter	Hell	Dunkel	Warm	Kalt
Dolce & Gabbana	*	*	*	*	*	*	*	*
Paris	*	*	*		*	*	*	*
Organza		*		*	*	*	*	*
24, Faubourg	*	*		*		*	*	*
Deci Dela	*		*		*	*	*	

Geheimwaffen

	Zeit		Alter		Typ		Wetter	
Parfüm	Tag	Nacht	Jung	Älter	Hell	Dunkel	Warm	Kalt
Eternity	*		*		*	*	*	*
Blonde	*	*	*	*	*	*	*	*
Je Reviens	*		*	*	*	*	*	*
Nocturnes		*	*	*	*	*	*	*
Magie Noire		*		*		*		*

Waage/Skorpion

	Zeit		Alter		Typ		Wetter	
Parfüm	Tag	Nacht	Jung	Älter	Hell	Dunkel	Warm	Kalt
Loulou		*	*			*		*
White Jeans	*		*	*	*	*	*	*
Gucci No.3	*	*		*		*	*	*

Jungfrau/Waage

	Zeit		Alter		Typ		Wetter	
Parfüm	Tag	Nacht	Jung	Älter	Hell	Dunkel	Warm	Kalt
Miss Dior	*	*	*	*	*	*	*	*
Bellodgia	*	*	*	*	*	*	*	*
Le Dix	*	*		*	*	*	*	*

Herrendüfte

	Zeit		Alter		Typ		Wetter	
Parfüm	Tag	Nacht	Jung	Älter	Hell	Dunkel	Warm	Kalt
L'Eau d'Issey pour Homme	*		*		*		*	
Xeryus Rouge	*	*	*	*	*	*	*	*
Black Jeans	*	*	*	*	*	*	*	*
Équipage	*	*		*	*	*	*	*

Skorpion
23. Oktober – 21. November

Skorpion-Geborene und die Verlierer

Sie sind es leid, daß man sie mißtrauisch und besorgt beobachtet, wenn man herausfindet, daß sie unter diesem respektablen und wirklich charmanten Sternzeichen geboren sind. Skorpione (die Tiere mit dem Stachel im Schwanz) werden seit Jahrhunderten gefürchtet und verabscheut, ohne Grund. Sie fliehen lieber statt zu kämpfen und setzen ihren Giftstachel nur ein, wenn sie provoziert werden und wirklich keine andere Wahl haben! Dabei sind Skorpione so verbissene Kämpfer, daß sie den Stachel fast immer gegen sich selbst richten, wenn sie einen Kampf zu verlieren drohen. Und gilt das nicht auch für den Skorpion-Geborenen? Verlierer – das ist etwas für andere, nicht für sie!

Das Dumme ist, daß die armen Skorpion-Geborenen nie wirklich verstanden werden, denn sie lassen sich nicht in die Karten schauen und hassen es, wenn jemand in ihr Terrain eindringt – ihre privaten Geheimnisse gehören ihnen allein! Deshalb sieht man sie auch selten öffentlich leiden. Sie versuchen, allein damit fertig zu werden – Gesichtsverlust ist für sie das schlimmste. Niemand darf sie ungestraft als »Loser« bezeichnen! Die Vorstellung, man könnte sie hinter ihrem Rücken schlecht machen, ist für sie unerträglich.

Zugegeben, Skorpion-Geborene *können* skrupellos, herrisch, melodramatisch, listig und nachtragend sein, und schlechte Laune kann sie wie düstere Gewitterwolken umgeben, ohne daß es zu Donner und Blitz kommt. Das verschließen sie aber tief in sich, damit sie später darauf zurückgreifen können, wenn süße Rachegelüste sie überfallen. Sie können vielleicht vergeben, aber vergessen? *Niemals!* Sie vergessen nichts, und sie schlagen mit tödlicher Präzision zu. Reue kennen sie keine. In ihren Augen war es verdiente Vergeltung und somit *fair*.

Das sind jedoch die extremen Eigenschaften, und nicht jeder Skorpion-Geborene hat sie (oder setzt sie ein!). In erster Linie jedoch sind Skorpion-Menschen Softies, wenn auch scharfsinnige. Sie fühlen sich den anderen überlegen und können Dummheit oder Versagen einfach nicht tolerieren. Schmeicheleien bedeuten ihnen nichts, und zu viele Komplimente verärgern sie nicht nur, sondern sind ihnen peinlich. Sie erwarten Respekt, keine Unterwürfigkeit. Dies ist die Folge ihres unglaublichen, aber bewundernswerten Sinns für Loyalität und Mitgefühl. Wenn sie jemanden mögen oder lieben, sind sie die Geduld in Person und verteidigen ihn grimmig. Wer einen Skorpion-Geborenen zum Freund hat, kann sich glücklich schätzen.

Mit Problemen setzen sich Skorpion-Geborene so lange auseinander, bis sie gelöst sind. Dahinter verbirgt sich ihr Wunsch, die Dinge zu verstehen und sich (und anderen!) zu zeigen, wie intelligent sie sind.

Doch sie haben auch eine wundervolle leichte Seite. Sie können das Leben genießen. Sie stürzen sich hinein – ganz gleich, wie tief und gefährlich das Wasser ist – und amüsieren sich prächtig. Nichts entmutigt sie, nichts raubt ihnen ihre natürliche Selbstsicherheit. Konsequenzen interessieren sie nicht.

Aber nun zu dem Teil ihres Rufes, der in ihren

Mitmenschen die Vorurteile erzeugt. Jeder glaubt, Skorpion-Geborene seien sexbesessen, ihr ganzes Leben würde sich nur um ihren Unterkörper drehen (bloß, weil das der Bereich ist, der – im astrologischen Sinn – ihre Verhaltensweisen körperlich beherrschen soll), und sie seien so besessen von sexueller Befriedigung, daß andere Frauen ihre Männer nie auch nur in ihre Nähe kommen lassen sollten. Das ist Unsinn! Natürlich spielt Sex eine wichtige Rolle als Ausdruck ihrer leidenschaftlichen Gefühle (und es sind starke Leidenschaften, keine flüchtigen). Für Skorpion-Geborene bedeutet Sex gewöhnlich Liebe und umgekehrt. Das heißt nicht, daß die Skorpion-Frau eine Hure ist. Sie strahlt Sinnlichkeit aus, und das ist in ihren Augen auch nichts Schlechtes, auch wenn die Intensität manche Männer abschreckt.

Also, wer sagt, daß Skorpione auf Konfrontationskurs und mißmutig sind? Diejenigen, die eifersüchtig auf sie sind, weil diese unabhängig sind, dramatisches Flair ausstrahlen, weil sie die geborenen Verführerinnen sind und sich durchzusetzen wissen. Es ist nicht ihre Schuld, daß sie es nicht verstehen, einen großen Auftritt zu inszenieren, aber trotzdem ist es besser, sich vor ihnen in acht zu nehmen. Skorpione sollten aber nicht vergessen, daß nicht jeder so empfindsam, attraktiv und anziehend sein kann wie sie.

Skorpion-Stil

Sie haben eine Menge Stil und sorgen dafür, daß die Menschen in ihrer Umgebung das auch begreifen. Sie machen ein bißchen auf Show, aber nie auf vulgäre oder billige Art. Um ihr Stilgefühl auszudrücken, beharren sie auf Qualität statt Quantität – nur das Beste ist gut genug für sie (bescheiden sind sie nicht gerade!). Und da ihre Wohnung so wichtig für sie ist, wird sie immer ordentlich, sauber, fast streng, dabei aber absolut beeindruckend aussehen. Dasselbe gilt auch für ihr Äußeres. Sie legen Wert auf Eindruck. Intensives Dunkelrot, Schwarz, Indigo, tiefes Meergrün, Ultramarin – das sind ihre Farben. Pastelltöne sind für ihren dynamischen Magnetismus viel zu lasch.

Magnetismus ist eine angeborene Gabe, aus der sie das Beste machen sollten. Ihr Auftreten bewirkt das allerdings ganz allein, auch ohne die *femme fatale*-Tricks, ebenso wie die Wahl der richtigen Parfüms.

Es war nicht einfach, die besten Parfüms für sie auszuwählen. Natürlich passen die Orientalen besser zu ihnen als zu irgendwem sonst, aber das heißt nicht, daß sie Vamp spielen müssen. Sie passen zu ihnen wegen der unterschwelligen Leidenschaft, der Ausdauer und der geheimnisvollen Aura, die Skorpione haben. Blumendüfte, manchmal durchsetzt mit orientalischen Akzenten (hauptsächlich jedoch mit Grünnoten aufgefrischt) liefern ihnen dagegen den eleganten Kontrast, den sie brauchen. Und da ist natürlich noch ihre verborgene Seite (und kein anderes Sternzeichen hat so viele Geheimnisse wie sie) – doch davon später! Hier will ich nur sagen, daß ihr Stil dramatisch und beeindruckend ist, nie minimalistisch. Er ist genau definiert und nicht austauschbar.

Niemandem wird ihr Auftritt, ihre Gegenwart oder ihr Abgang entgehen. Ihre ungeheure Energie sorgt dafür, daß die Verlierer ihnen mit offenem Mund nachstarren. Sie müssen im Mittelpunkt der Aufmerksamkeit stehen, und das gelingt ihnen mühelos. Es ist ein Vergnügen, einen Skorpion in Haltung zu sehen – und damit meine ich *nicht* die Kampfhaltung!

Ihr äußerer Ausdruck ist Überlegenheit, ihr innerer Kern Anhänglichkeit.

Dies läßt sich nun in die für die Skorpion-Geborenen am besten geeigneten Parfüms umsetzen. Ich habe sie in zwei Kategorien eingeteilt:

1. *Basiswaffen* – die überaus wichtigen Basisparfüms, die Ihnen am besten stehen sollten. Sie bilden den Kern Ihres Parfümarsenals.
2. *Geheimwaffen* – sie unterstreichen die Basisdüfte, sind gewagter und ausgefallener, sollten aber immer noch zu Ihnen passen.

Es gibt auch eine Auswahl von Parfüms für diejenigen, die zwischen den Tierkreiszeichen Skorpion und Schütze geboren sind, sowie eine Reihe von Herrendüften, die man dem Skorpion-Mann schenken kann. (Wenn Sie zwischen Waage und Skorpion geboren sind, finden Sie weitere Parfüms auf den Seiten 251–254, 259, 289). Ich habe jedes Parfüm einer bestimmten Kategorie zugeordnet. Am Ende des Kapitels sind alle Parfüms in einer Tabelle zusammengefaßt, die Ihnen verrät, ob sie besser für junge oder ältere Frauen, an warmen oder kalten Tagen, tags oder abends, für dunkle oder helle Typen geeignet sind.

Basisparfüms:
der unentbehrliche Grundstock

Wie gesagt, scheinen die orientalischen Parfüms Ihre starke und leidenschaftliche Persönlichkeit am besten zur Geltung zu bringen. Sie sind nicht nur ausgesprochen komplex in ihrem Aufbau, sie verwenden auch die unterschiedlichsten exotischen Ingredienzien, die würzig oder herb, holzig, harzig oder extrem blumig sein können. Für zaghafte, spießige Frauen sind sie nur selten geeignet. Sie sind leidenschaftlich und dramatisch – romantisch nur in ihrer mystischen Phantasie. Skorpion-Geborene lieben ihren Hang zur Dramatik und Macht ebenso wie ihre heiße, unterschwellige Glut. So wie Sie sind auch diese Parfüms – offen sinnlich und sexy. Dasselbe gilt auch für blumig-orientalische und blumig-grüne Düfte, aber auf vollkommen andere Art und Weise. Sie gehen sanfter und heimtückischer vor – geheimnisvoller, aber ebenso suggestiv. Versuchen Sie gar nicht erst, sich einzureden, Sie seien das süße kleine Ding von nebenan oder eine nette, altmodische Oma mit laschem, nichtssagendem Parfüm. Das würde an Ihnen nur wenig überzeugend wirken. Seien Sie einfach Sie selbst, unwiderlegbar stark, und gehen Sie aufs Ganze (als wenn ich Ihnen das noch sagen müßte!). Und hier sind sie:

- **Shalimar** von Guerlain
  Typ: orientalisch
- **Poison** von Christian Dior
  Typ: blumig/orientalisch
- **Obsession** von Calvin Klein
  Typ: orientalisch/fruchtig

- **Must de Cartier** von Cartier
  Typ: fruchtig/orientalisch
- **Allure** von Chanel
  Typ: blumig/fruchtig

SHALIMAR
die Originalverführerin

Es ist eine Legende, eine lebende. Und es war auch eine Legende, die zu diesem Parfüm inspirierte, einem Duft, der zum Synonym orientalischer Pracht und Verführung geworden ist. Sein Name ist geflüsterte, sinnliche Sehnsucht. Kurz gesagt, **Shalimar** hat nichts seinesgleichen.

Es wurde fast zufällig kreiert, war ein schrulliger Schnörkel von Jacques Guerlain, als ein Hersteller von Parfümessenzen diesem 1925 eine neue, synthetische Vanilleart präsentierte, das Vanillin. Von dessen Möglichkeiten fasziniert, gab er ein paar Tropfen davon in eine Flasche **Jicky**, experimentierte ein bißchen herum, und heraus kam ein Duft, der ihn zu wahren Begeisterungsstürmen hinriß. Nachdem er noch weiter herumprobiert und ausbalanciert und dem Ganzen schließlich eine Dosis des geheimen »Guerlainade« hinzugefügt hatte, war eine namenlose Schönheit geboren, die nur darauf wartete, die Welt der Parfüms zu erobern. Wie sollte er sie nennen? Er erinnerte sich an eine 300 Jahre alte Liebesgeschichte, die ihm ein Maharadscha von Schah Jahan erzählt hatte, dem Mogul von Indien, der nur eine einzige Frau von ganzem Herzen liebte, Mumtaz Mahal. Als sie starb, ließ er das Taj Mahal erbauen, ein Monument zur ewigen Erinnerung, aber schon zuvor hatte er für sie ganz allein die geheimen Gärten von **Shalimar** (Stätte der Liebe) geschaffen, wo sie ihre innige Liebe teilten.

Anfangs wollte Guerlain sein Wunder aus Rosen, Jasmin, Vanillin, Iris, Patchouli, Bergamotte, Moschus und Sandelholz »Taj Mahal« nennen, aber der Name erschien ihm zu kalt, zu architektonisch. Schließlich entschied er sich für den romantischen Ort, an dem Schah Jahan und Mumtaz ihre Liebe geteilt hatten, und so wurde **Shalimar** geboren.

Nie hätte Guerlain gedacht, daß sein Parfüm zur Quintessenz orientalischer Düfte werden sollte, nachdem es in die wunderschöne, extravagante Baccarat-Kristallflasche abgefüllt worden war. Und so ist es bis heute geblieben. Nichts kommt seiner üppigen Pracht gleich.

Skorpion-Geborene lassen sich normalerweise von romantischen Erzählungen nicht beeinflussen, aber **Shalimar** bildet eine Ausnahme. Die Legende ist nicht nur faszinierend, sie wurde auch auf ein Meisterwerk an Ausgewogenheit und Schönheit, Dramatik und Verführung in der Parfümwelt übertragen. Es umhüllt seine Trägerin mit entschlossener Hartnäckigkeit – glühend, überzeugend, glamourös. Dem Himmel sei Dank für diesen zufälligen Spritzer Vanillin!

POISON
explosiv und fesselnd

Die Geschichten von Ungläubigkeit und Verachtung, die die Einführung dieses Knüllers 1986 auslöste, sind jetzt passé, aber **Poison** hat ganz gewiß Zeichen gesetzt und tut dies dank seiner kompromißlosen Würde und Macht immer noch. Rückblickend läßt sich feststellen, daß sein Wagemut in bezug auf die Zusammensetzung, die Präsentation und die Namensgebung den Weg für alle möglichen Arten künftiger Schandtaten bereitete, aber seine kühne, originelle Art hebt es vom einfachen Gesindel der Imitation und der Konkurrenz ab.

Allein die funkelnde, purpurfarbene Flasche sollte Ihnen schon zeigen, daß **Poison** kein gewöhnliches Parfüm mit einem umstrittenen Namen ist. Seine Zusammensetzung ist einzigartig und verblüffend, angefangen mit den trocken-scharfen Kräuternoten von russischem Koriander, Anis, Piment, Zimt und Pflaume. Und weiter geht es mit intensiv duftenden Wolken aus bulgarischer Rose, wilden Beeren, Orangenblüte, Nelke, Jasmin und einer gehörigen Portion Tuberose. Tatsächlich wurden ganze Hügel um Grasse herum mit Tuberose bepflanzt, nachdem ein Probelauf von **Poison** in Frankreich überaus erfolgreich war, denn man wollte für die bevorstehende Massenproduktion vorbereitet sein. Schließlich und endlich bemühen sich Basisnoten aus Heliotrop, Vanille, Ambra, Sandelholz, Opoponax und Moschus, diesen explosiven Donnerschlag zu bändigen.

Noch immer ruft **Poison** Meinungsverschiedenheiten hervor, aber man kann ihm weder Zurückhaltung vorwerfen noch behaupten, es würde nicht die ungeteilte Aufmerksamkeit auf sich ziehen. Benutzen Sie nur bitte nicht zuviel davon! Vergessen Sie nicht: Dieses Parfüm ist ein kleines Kraftwerk – laut, dominant und fesselnd. Am besten läßt es sich vielleicht als kühn umreißen. Und Skorpion-Damen sind bekanntlich sehr kühne Frauen!

OBSESSION
zielstrebig

Zielstrebigkeit ist eine der typischen Eigenschaften der Skorpion-Geborenen, der männlichen wie der weiblichen, aber sie kann manchmal in Besessenheit ausarten, und das liegt nicht immer in Ihrem Interesse. Gewöhnlich verliert sich das irgendwann von selbst, oder Sie reden sich ein, am Objekt Ihrer Begierde überhaupt nie wirklich interessiert gewesen zu sein! Ob nun besessen oder nicht, **Obsession** wird Sie nicht in den Ruin treiben. Im Gegenteil, es könnte Ihnen sogar genau das einbringen, was Sie haben wollen.

Auf jeden Fall trennt **Obsession** ganz schnell die Männer von den Knaben. Entweder vertreibt es sie augenblicklich, oder es zieht sie magisch an. Es ist ein Parfüm für die Frau, die weiß, was sie will. Seit es 1985 kreiert wurde, war es umstritten. Gemäß der amerikanischen Tradition macht es keine halben Sachen. Es ist geradeheraus, frech und direkt – und stolz darauf.

Seine Zielstrebigkeit ist das Ergebnis einer anhaltenden Vorherrschaft von Ambra, einem goldfarbenen, warm leuchtenden Harz, das sonst dazu dient, andere Düfte zu mildern. Im Falle von **Obsession** ist es wie ein Wirbel aus fruchtigen Noten wie Mandarine, Pfirsich, Bergamotte, Zitrone und Grüntönen über einem Bouquet aus Orangenblüte, Marigold, Jasmin und Rose, während sich Vanille, Moschus, Sandelholz, Zedernholz und Koriander zum Trommelwirbel anschicken, wenn Ambra zum letzten *coup de grâce* ausholt, ehe der ganze Cocktail »in Flammen« aufgeht! Und diese Flammen werden schließlich zur glühenden Verführung. **Obses-**

sion – das ist der unüberhörbare Ruf zu den Waffen – hoffentlich den Ihren, wenn es das ist, was Sie *wirklich* wollen!

MUST DE CARTIER
einschmeichelnd und geheimnisvoll

»Haben, haben« hieß es in den genußsüchtigen 80ern, als Cartier sein erstes Parfüm herausbrachte, einen duftenden Vertreter des teuren, extravaganten Schmucks. Doch als der Sättigungspunkt erreicht war, brach alles zusammen, und es hieß, schnell nüchtern zu werden. Exzessiver Luxus galt plötzlich als dekadent und verantwortungslos. Aber nun hat diese Nüchternheit ein wenig nachgelassen, und was hat den Test bestanden? Die Zeit überdauert? Parfüms wie **Must de Cartier**!

Es sollte eigentlich immer nur Cartiers Ruf untermauern, raffiniert-kreativen Schmuck herzustellen. Darüber hinaus aber ist es etwas von Cartier, das sich fast jede Frau leisten kann.

Must ist vielleicht nicht unbedingt ein Muß, aber das Leben einer Skorpion-Frau bekäme ohne dieses Parfüm nicht jene Eleganz.

Must vereint in sich alle Ingredienzien femininer Eleganz in Hülle und Fülle – von den hypnotischen Kopfnoten aus Pfirsich und Rosenholz, die mit Mandarine durchsetzt sind, bis zu seiner üppigen Herznote aus Orchideen, Jasmin, Rose, Nelke, Ylang Ylang, Iris, Jonquille, Orangenblüte und Moschus, dies alles eingebettet in ein sanftes Meer aus Ambra und Vetiver. Must ist einschmeichelnd und geheimnisvoll – wie ein großer, juwelengeschmückter Star im Glanz der Scheinwerfer.

Passenderweise wurde es 1981 zuerst einem bewundernden, reichen Publikum im großen Château de Versailles präsentiert, aber schnell entwickelte es sich zum Liebling des internationalen Jetset. Doch **Must** hat mehr zu bieten als Glanz und Glamour. Es bietet intensive Schönheit und coole Individualität, die es von weniger edlen Schmuckstücken abhebt, so, wie sich ein seltener Rubin von einem Granat unterscheidet. **Must** erlaubt es der Skorpion-Geborenen, die Show zu stehlen, ohne es eigentlich zu wollen.

ALLURE
undefinierbar und rätselhaft

Daß ich ein so rätselhaftes und intensiv schönes Parfüm wie **Allure** vorschlage, könnte Skorpion-Geborene überraschen, die an eindeutigere und demonstrativere Parfüms gewöhnt sind. Aber **Allure** rief allgemeines Staunen hervor, als Chanel es als den neuen Klassiker vorstellte. Wer hätte ein so sanftes, romantisches Parfüm aus diesem Haus erwartet? Schließlich sind **No. 5** und **No. 19** ausgesprochen individuell und unsentimental, **Cristalle** ist spritzig, aber direkt, und **Coco** steht für berechnende Verführung. **Allure**? Viel zu naiv und sanft!

Sein Ursprung läßt sich vielleicht auf das Jahr 1928 zurückführen, als Coco Chanel selbst ein Parfüm kreiert hat, nämlich **No. 22** – eine üppige Mischung aus weißen Blumen, die sie ihre »blumige Symphonie« nannte. Es war ein letzter Gruß an die Fröhlichkeit und Ausgelassenheit der Goldenen Zwanziger. **Allure** unterscheidet sich nicht allzu sehr von **No. 22**. Es ist spritzig, verändert sich ständig, ist geheimnisvoll, aber letztendlich unabhängig und frei. Es ist genau das Richtige für das Ende eines turbulenten Jahrhunderts, und vielleicht genau das, was eine Skorpion-Frau braucht, um Klugheit und Selbstrespekt rechtzeitig zurückzugewinnen. Gleichzeitig erinnert es sie auf subtile Art, ihre Sinnlichkeit nicht mit der Freiheit zu verwechseln, zu tun und zu lassen, was sie will.

Allure ist eine faszinierende Mischung aus italienischer Zitrone, Geißblatt, Magnolien und Wasserlilie vor einem Fond aus süß-würziger Mandarine, sinnlicher Vanille, frischem Vetiver und einem Hauch von Rose und Jasmin, was ihm eine romantische Note verleiht, die mehr ist als nur eine Andeutung. Alles in allem einfach unwiderstehlich. **Allure** schwebt in einen Raum, es betritt ihn nicht einfach. Es verdreht Köpfe, zieht Blicke auf sich, nimmt Herzen gefangen. Niemand könnte seine lockende, gemurmelte Einladung ausschlagen.

Geheimwaffen: die Überraschungen

Sie machen es jedermann schwer, Ihre Gedanken zu ergründen. Und wir wissen, wie sehr Sie Ihre Privatsphäre schätzen, und daß Sie Ihre geheimen Wünsche mit allen Mitteln zu verbergen suchen. Deshalb hält man Sie mitunter für unergründlich und reserviert. Was Sie aber nicht verbergen können, ist eine Ihrer liebenswertesten Eigenschaften – Ihre Aufopferung und Treue denjenigen gegenüber, die wirklich Hilfe benötigen. Das ist wirklich eine Ihrer geheimen Stärken, zusammen mit Ihrer Fürsorge. Es ist Ihre Sache, wenn Sie kein Aufhebens darum machen möchten. Aber wenn diejenigen, die Ihnen vielleicht nicht ganz so zugetan sind, auch nur einen kurzen Blick auf diese Ihre Seite werfen könnten, würden sie wohl doch einen besseren Eindruck von Ihnen gewinnen – sozusagen eine Offenbarung! Man sieht Sie dann vielleicht sogar als überraschend menschlich und zugänglich an! Sie könnten sich auch femininer kleiden und entsprechend andere Parfüms benutzen. Warum nehmen Sie nicht ein paar andere Düfte, die weniger sensationell, aber genauso wirkungsvoll sind? Sie müssen sich ja nicht gleich mit zuckersüßen, luftig-leichten Blumendüften oder romantischen Parfüms besprühen, sondern mit erfrischenden Abwechslungen. Dadurch können Sie zeigen, daß Sie zu ernsthafter Zuneigung fähig sind, ohne Ihren Ruf zu verlieren, allem überlegen zu sein. Und Sie geben auch Ihren kostbaren Stolz dabei nicht auf. Schließlich und endlich sind Skorpione unheimlich nette Menschen. Also, versuchen Sie mal diese:

- **Duende** von J. Del Pozo
  Typ: fruchtig/blumig
- **Wrappings** von Clinique
  Typ: grün/blumig
- **Vol de Nuit** von Guerlain
  Typ: würzig/orientalisch
- **Vivid** von Liz Claiborne
  Typ: blumig
- **Narcisse Noir** von Caron
  Typ: blumig/orientalisch

DUENDE
schön und sanft

Couturiers, auch spanische, sind bekannt dafür, Parfüms zu kreieren, die häufig überhaupt nicht dem Stil ihrer Haute Couture entsprechen. Denken Sie doch nur mal an Armanis **Armani**, Diors **Dune**, Kleins **Obsession** und viele mehr. Sie scheinen das vollkommene Gegenteil zum Stil der Kleider, die sie doch eigentlich ergänzen sollten. Das gilt auch für dieses ausgesprochen charmante Parfüm von Jesus Del Pozo, dessen Designs echt spanisch und dynamisch im großen Stil sind. **Duende** ist ganz anders.

Duende ist das spanische Wort für Charme, und dieses schöne und sanfte Parfüm hat davon eine ganze Menge. Es schlägt keine großen Wogen, da sind nur die kleinen Wellen, die leise auf dem Strand ausrollen, völlig undramatisch. **Duende** ist weder besonders elegant, noch täuscht es Üppigkeit oder Verführung vor. Es strahlt auch keine starke, andalusische Leidenschaft aus. Es ist einfach nur schön und zufrieden mit sich selbst. Sie fragen sich nun vielleicht, was das mit einer Skorpion-Frau zu tun hat. Es hat mit der Zeit zu tun, in der Sie vor lauter Arbeit völlig erschöpft sind, dies aber nicht zugeben wollen. **Duende** ist das Parfüm, das Ihr stahlhartes Äußeres durchdringt und zu Ihrem weichen Herzen vorstößt. Und ist das nicht wohltuend?

Duende ist eine köstliche Mischung aus Melone und Zitrusölen, Jasmin und Mimose, eingehüllt in den samtigen Duft von Sandel- und Zedernholz und mit einem kräftigen Spritzer frischen wilden Thymians aufgepeppt. Man könnte fast meinen, es handle sich hier um ein Rezept für Aromatherapie, aber es ist viel durchdringender und beruhigender als ein bloßes Körperöl. Es steigt Ihnen direkt zu Kopf, und sein sonniges Wesen stiehlt sich in Ihr Herz und nimmt es gefangen. Sagen Sie nicht, Sie wären immun gegen einen derartig charmanten und besänftigenden Einfluß!

WRAPPINGS
schlicht und gutmütig

Hier ist noch ein Parfüm, das eher einem Tonikum ähnelt als einem grandiosen Ausdruck Ihrer Individualität. Es ist schlicht, direkt unprätentiös und unwiderstehlich – genau wie Sie an einem guten Tag!

Wrappings ist ein absolut grünes Parfüm mit einem Schuß frisch duftender Blumen, die ihm aber nur etwas Farbe verleihen. Es beginnt mit einer frischen Brise aus würzig-grünen Aldehyden, gemischt mit dem anisartigen Aroma von Basilikum, dem trockenen Salbeigeruch, dem starken Geruch der Muskatblüte und einer Prise Lavendel, hinzugefügt werden dann Hyazinthe, Maiglöckchen, Jasmin, Zyklamen und Zitrusöle, bis ein Strauß entsteht, der nun mit Vetiver, Zypressenblättern, Eichmoos und Zedernholz geschmückt wird, ehe das Ganze in eine Wolke aus aldehyden Meerdüften gehüllt wird, die es umfassen, als wäre es ein wunderschönes Geschenk von Mutter Natur (mit ein wenig Unterstützung durch die moderne Wissenschaft). Es ist ein energiegeladener und verspielter Duft, der ausgesprochen freundliche Pulse aussendet.

Wrappings soll nichts weiter sein als ein parfümiertes Accessoire, das Ihnen niemals die Show stehlen wird. Aber es wird Ihnen mehr als nur ein bißchen frischen Duft schenken – es wird Sie mit einer Aura guter Laune und anregender Sorglosigkeit versehen, die Sie viel umgänglicher machen. Lassen Sie sich hin und wieder von **Wrappings** aufweichen – es kann aus dem, was in Ihrem Innern verborgen ist, eine angenehme Offenbarung machen.

VOL DE NUIT
luftig-leicht

Zuerst die schlechte Nachricht: **Vol de Nuit** ist nicht so leicht zu haben! Die gute Nachricht ist, daß seine Produktion noch nicht eingestellt worden ist, sondern daß man es in guten Parfümerien und einigen Duty-free-Shops bekommen kann. Sie können es aber auch bei einem Guerlain-Fachhändler oder bei Guerlain direkt bestellen. Glauben Sie mir, es ist die Mühe wert.

Vol de Nuit (Nachtflug) ist einer von Guerlains großen Klassikern und wurde zu einem großen Triumph, als es 1933 auf den Markt kam. Es ist nach Frankreichs tollkühnem Flieger, nach Antoine de Saint-Exupéry benannt, dem Autor der wunderbaren Geschichte *Der kleine Prinz*. Das Parfüm wurde als Hommage an seinen Abenteuergeist kreiert. (Sind die Franzosen nicht wundervoll – ein Damenparfüm zu Ehren eines Mannes?)

Doch vergessen wir die Inspiration. **Vol de Nuit** wird Sie auf einen schwindelerregenden, unvergeßlichen Flug mitnehmen. Es ist ein verblüffend elegantes, leichtes, orientalisches Parfüm mit einer Kopfnote aus Orange, Mandarine, Zitrone, Bergamotte und Orangenblüte, die auf einer luftigen Wolke aus Jonquille und Vanille, Eichmoos und Iris, Moschus und Sandelholz davongetragen wird. Hinzu kommen ätherische Gewürzöle sowie ein paar Aldehyde, die für seine luftige Leichtigkeit sorgen. Ihr Kopf wird nicht nur in den Wolken sein – er wird im siebten Himmel schweben!

Gehen Sie bis ans Ende der Welt, wenn es sein muß, um dieses wundervolle Parfüm zu erwerben. Die Eleganz und Ausstrahlung von **Vol de Nuit**, seine Unabhängigkeit und Freiheit werden Sie auf den Flug Ihres Lebens entführen!

VIVID
blumig und verführerisch

Skorpion-Geborene haben immer das Gefühl, nicht richtig angezogen zu sein, wenn sie nicht einen Spritzer dieses Parfüms aufgetragen haben, das meint, was es sagt. **Vivid** ist tatsächlich lebhaft und intensiv. Aber das heißt noch nicht, daß es sinnlich oder gar vulgär wäre. Im Gegenteil. **Vivid** ist exquisit. Wenn Sie es ausprobieren wollen – **Vivid** wartet Ihre Billigung nicht ab, es springt Ihnen förmlich aus der Flasche entgegen, umarmt Sie schwungvoll – nun ja, es ist eben sehr lebendig!

Liz Claiborne wollte, daß sich ihr neues Parfüm (das 1993 auf den Markt kam) stark von ihrem namengebenden Parfüm aus dem Jahr 1986 mit seiner leichten, legeren Art unterschied. Ihre bequem-lässigen Kleider für alle Tage waren ein wenig eleganter und gewagter geworden, und dieses Parfüm sollte zu ihrer Lebendigkeit und Freiheit passen. Daher ist es viel blumigerer und verführerischer als seine ältere Schwester, und auch viel komplexer.

Vivid basiert auf der lieblichen Tiare-Blume aus

Tahiti, mit ihrem durchdringenden, gardeniengleichen Duft, der bei aller Zartheit doch lang haftet. Dieser Charmeur schlängelt sich durch Veilchen, Freesien, Ringelblume, Jasmin, Flieder, Peonie, Lilie und bulgarische Rose, erhält ein wenig Schärfe durch Mandarine und Bergamotteöl, ehe Moschus, Vanille und Ambra diese Mischung zu einem erstaunlichen Bouquet zusammenfassen. **Vivid** will damenhaft sein, nicht auffällig. Für Skorpion-Geborene ist es ein gutes Gegenstück und eine elegante Alternative zu Ihrem üblichen Arsenal aus Verführern. Es ermöglicht Ihnen, sich von Ihrer Umgebung abzuheben (ziemlich deutlich sogar!), ohne den anderen die Show zu stehlen, was zur Abwechslung auch mal ganz schön ist.

NARCISSE NOIR
legendär und rar

Ernest Daltroff war mehr Unternehmer als Parfümeur, auch wenn er Anfang des 20. Jahrhunderts das berühmte Haus *Caron* gegründet hat und hinter den großen Parfüms stand, die seinen heiligen Hallen im Herzen von Paris entstammten. Seinen ersten und größten Erfolg hatte er mit **Narcisse Noir,** diesem intensiven Parfüm, das extra für den riesigen amerikanischen Markt kreiert worden war. Die Amerikanerinnen hatten, aus welchem Grund auch immer, eine Vorliebe für starke, blumige Düfte, hauptsächlich Rosen, aber Daltroff bot ihnen keine Rosen, sondern Arme voll exotischer Narzissen, die er dramatisch als schwarz bezeichnete. Sie fielen darauf herein, und er hatte sich einen Namen gemacht. Und **Narcisse Noir** zählt, auch wenn es heute ein wenig schwer aufzutreiben ist, immer noch zu den großen, klassischen Blumendüften.

Es ist eines der stärksten und anhaltendsten Parfüms, die ich kenne. Gehen Sie also sparsam damit um! Vorherrschend ist ein Duft, der als Persische Schwarze Narzisse bezeichnet wird, was offenbar der Phantasie entsprungen ist. Wie dem auch sei, **Narcisse Noir** enthält daneben auch Rose und Jasmin, Bergamotte und Orangenblüte, Moschus, Sandelholz und tierisches Zibet, womit verhindert wird, daß der Narzissenduft alles übertrumpft. Auch orientalische Gewürze lassen sich in der heißen Glut dieses Parfüms ausmachen, und nicht zu knapp.

All das fügt sich zu einem satten, warmen Duft zusammen. Es ist ein herausforderndes, sinnliches und sehr haftendes Parfüm. Die gute Nachricht für Skorpion-Geborene ist, daß weniger feminine Frauen sein Feuer und seine Kühnheit nicht mögen – ein Grund mehr, es zu einer mächtigen, persönlichen Waffe in Ihrem Arsenal zu machen. Nach all den Jahren überwältigt **Narcisse Noir** sie immer noch!

Der Vorteil, zwischen zwei Tierkreiszeichen geboren zu sein: die freie Auswahl

Es bedeutet nicht nur Verwirrung, daß Sie sich weder dem einen, noch dem anderen Sternzeichen zugehörig fühlen oder glauben, von beiden etwas zu haben – wenn Sie ganz am Ende vom Skorpion* geboren sind. Natür-

---

* Wenn Sie ganz am Anfang des Skorpion-Zeichens geboren wurden, sollten Sie sich auch noch einmal die Auswahl für die Menschen ansehen, die zwischen Waage und Skorpion zur Welt gekommen sind. (S. 251–254, 259, 289)

lich können Sie Ihre Parfüms einfach aus den Vorschlägen für Skorpion und Schütze wählen, aber passen Sie auf! Je nach Ihren ganz persönlichen Eigenheiten passen sie vielleicht nicht alle zu Ihnen. Deshalb habe ich ein paar ausgesucht, die jedes Parfümproblem oder jede Unschlüssigkeit lösen könnten. Die Wahl bleibt auf jeden Fall Ihnen überlassen, also: Viel Spaß beim Aussuchen! Hier sind vier, die Ihnen gefallen könnten:

- **Maja** von Myrurgia
  Typ: orientalisch
- **Escada** von Escada
  Typ: blumig
- **Yohij** von Yohij Yamamoto
  Typ: orientalisch

MAJA
einfach fesselnd

Hier haben wir Spanien in wilder, blitzender Flamenco-Stimmung – spritzig, verführerisch und ein bißchen gefährlich. **Maja** ist ein üppiges und leidenschaftliches Parfüm, das nicht sehr viel kostet, aber seinen Kopf genauso durchsetzt wie seine luxuriöseren orientalisch-spanischen Schwestern. Es enthält die Verlockungen des Orients mit seinem feurigen Bouquet aus rose d'orient, Kumarin (einer berauschenden und süßen Duftkomposition aus Caramel/Vanille und Lavendel), Jasmin, Eichmoos und sinnlichen, erdigen Patchouli. Der spanische Einfluß kommt in Gestalt von Tabak, katalonischem Lavendel und Geranie sowie einem Hauch von Orangenblüten aus Sevilla, die den Cocktail in einen Wirbel südlicher sonniger Sinnlichkeit versetzen. **Maja** ist wie eine verrückte Fiesta – exotisch genug für Skorpione, dabei aber so abenteuerlustig, daß es auch wilde Schützen anzieht.

ESCADA
betörend und berauschend

Die verstorbene Margarethe Ley hat diesen Duft für das deutsche Modeimperium Escada entworfen, und sein funkelndes, bezauberndes Wesen spiegelt ihre wunderbar originelle Art wider, überaus erfolgreich lebhafte, leuchtende Farben und Drucke mit klassischen Schnitten zu kombinieren. Das Parfüm **Escada** ist stark, betörend und berauschend. Es basiert auf Bergamotte, Pfirsich und Hyazinthe, die sich strahlend über elegante Rosen, Jasmin, Nelke, Orangenblüte und Iris erheben. Dazu kommen gewagte tropische Noten von Frangipani und frischer Kokosnuß. All dies verbindet sich zu einem ausgesprochen zauberhaften Parfüm, das sich Ihrer jeweiligen Stimmung anzupassen versteht. Skorpion-Geborene werden seine exquisite Weltgewandtheit lieben, während die sorglosen Schützen hoffen, daß ein bißchen davon auf sie abfärbt!

YOHIJ
ein schwüles Bravado

Yamamotos Parfüm bedeutet selbst für Menschen, die zwischen diesen beiden Sternzeichen geboren sind, eine Herausforderung. Es wird die dramatischen Ambitionen des Skorpion-Geborenen testen und den Optimismus des Schützen reizen. Und wenn Sie **Yohijs** intensiven Duft tragen können, dann sind Sie eine Frau, mit der man rechnen muß. Mit seinen Kleidern, die alle Konventionen weit hinter sich lassen, hat Yamamoto seine Anhänger immer wieder überrascht, aber auch bezaubert, und sein Parfüm macht es ebenso. Es beginnt kraftvoll! Selbst die grünen Kopfnoten werden schnell in Ambra gehüllt und tauchen gleich in die Tiefen von Vanille, dem synthetischen Cousin Vanillin, in Sandelholz und Moschus ein. Doch den bestimmenden Akzent setzt Kumarin, diese modrige, marzipansüße, nach Moschus duftende Synthese aus Tonkabohne und Lavendel, die erdig und exotisch glimmt und glüht. Die einzigartige Präsenz von Azaleen dämpft dann alles ein wenig. **Yohij** ist am Ende mehr als bloße orientalische Überzeugungskraft – es schleudert den Fehdehandschuh. Ich liebe sein schwüles, düsteres Bravado und seinen theatralischen Auftritt. Es wird dafür sorgen, daß man Sie nicht übersieht!

**Der Skorpion-Mann:
Geschenke, die ihm den Stachel ziehen**

Wenn sich endlich sein Mißtrauen legt, zeigt der Skorpion-Mann einen ausgeprägten Sinn für Humor. Es macht Spaß, mit ihm zusammen zu sein – er ist verspielt, lustig und nur dann ernst, wenn er glaubt, jemand hätte es auf ihn abgesehen. Dann ist sein Stachel plötzlich bereit, und ein Tanz beginnt, der entweder in leidenschaftlicher, fröhlicher Verführung oder aber in Wut und Enttäuschung darüber endet, daß er nicht gewonnen hat – für ihn ist der Sieg alles, und er wird mit Leib und Seele darum kämpfen.

Und weil er keine halben Sachen macht, wird er entweder schmollen und spötteln oder obenauf sein. So kommt es, daß die meisten Leute sich ihm fügen, was meiner Ansicht nach völlig falsch ist, verstärkt es doch bloß sein ohnehin schon ausgeprägtes Gefühl, so wichtig zu sein. Deshalb schlage ich vor, Sie schenken ihm zum Beispiel Parfüms, die ihn auf die Schippe nehmen, was er jedoch nicht wissen darf. Wenn Sie ihm etwas schenken, was ihn seiner Ansicht nach noch verführerischer macht, könnte er unerträglich werden, vor allem, wenn Sie mit ihm leben müssen! Suchen Sie also lieber etwas Ungewöhnliches und Individuelles, das weder sexuelle Anspielungen macht noch einen Namen trägt, der sein Ego unterstützt. Denken Sie immer daran, daß er im Grunde ein sehr netter und mitfühlender Mann ist. (Selbst Skorpion-Geborene bleiben unter ihrem oftmals ungezogenen Äußeren loyal und liebevoll.) Ein Parfüm für ihn darf sexy sein, aber nicht kitschig, klassisch, aber nicht prätentiös. Nun ja, Sie werden schon wissen, ob er es mag – er nebelt sich augenblicklich damit ein, und Sie müssen wahrscheinlich eiligst in Deckung gehen!

- **Opium pour Homme** von Yves Saint Laurent
  Typ: orientalisch
- **Heaven** von Chopard
  Typ: holzig/fruchtig
- **Havana** von Aramis
  Typ: würzig/fruchtig
- **Armani pour Homme** von Armani
  Typ: fruchtig/orientalisch

Opium pour Homme

Es ist nicht direkt der düstere Verführer, den Sie – oder er – sich vielleicht darunter vorstellen, sondern eine funkelnde, beinahe exzentrische Trickkiste, so originell, daß ein einziger Blick auf den Inhalt Sie davon überzeugen wird, daß dieser Duft ein Volltreffer sein könnte. **Opium pour Homme** quillt über von Schwarzer Johannisbeere und Sternanis, ist feurig und scharf, weil es Pfeffer und chinesischen Galanga-Ingwer enthält, geheimnisvoll wegen der kostbaren orientalischen Hölzer und sanft aufgrund des süßen Harzes vom Tolu Balsambaum aus Peru. Der Skorpion-Mann wird es augenblicklich lieben.

Heaven

Mit diesem ausgesprochen stillen und heiteren Duft fühlt er sich wahrscheinlich so, als wäre er bereits im Himmel oder zumindest auf dem Weg dorthin. Oberflächlich betrachtet, ist dieses Parfüm ganz sanfte Unschuld, mit der zitrushaltigen Kopfnote, einem Spritzer süßer Schwarzer Johannisbeere und dem Kontrast aus sanftem Sandelholz mit seiner entspannenden und beruhigenden Wirkung und würzigem Zedernholz. Aber darunter lauern die erotische Tonkabohne mit ihrer klebrigen, cremigen Süße von Caramel und Vanille und Bisamkörner, winzige, kleine Energiebündel, die Duftschwaden von etwas freisetzen, was wie eine Kreuzung aus Brandy und Moschus riecht. Das reicht, um jeden aktiv werden zu lassen, vor allem aber den gierigen Skorpion. Erinnern Sie ihn nur daran, daß es **Heaven** heißt und er sich wie ein Engel benehmen soll, nicht wie ein kleiner Teufel.

Havana

Dieses Parfüm würde sogar Fidel Castro die Schuhe ausziehen! Es ist ein wilder, spritziger Cocktail, der in die Zeit, wo Hemingway in Havanna gelebt hat, wohl gepaßt hätte. Ich denke, es ist ein nostalgischer Rückschritt in die gute alte Zeit, mit allem, was dazugehört, wie der Spielleidenschaft, dem Waffenschmuggel, der Sauferei und dem Herumkauen auf Zigarren, all den Dingen, die heute nur noch blasse Erinnerungen sind. Aber welch eine Hommage an diese Ära ist das! **Havana** droht zu bersten unter dem frischen Aroma von Mandarine zu bersten, dem würzigen Duft von Koriandersamen, dem scharfen Ansturm von Piment, der modrigerdigen, heißen Sinnlichkeit von Patchouli, einem berauschenden Hauch von nikotinfreien Tabakblättern und schließlich einem zarten Schleier aus Jasmin, der diese karibische Explosivität ein wenig abkühlt. Es ist so farbenfroh wie Calypso, so frenetisch wie Reggae und so verführerisch wie Voodoo!

Armani pour Homme

Wir können einem Skorpion seinen Touch von Klasse nicht streitig machen, und so versorgt der weltgewandte Armani ihn damit gleich haufenweise! Supercool, was den Stil angeht, aber sinnlich und lebenssprühend in der Realität ist **Armani pour Homme** so exquisit und zivilisiert, daß er eine neue Garderobe brauchen wird, die dazu paßt. Es strotzt vor elitärer Verbindlichkeit, von den warmen, goldenen Mandarin- und Bergamottedüften mit einem Schuß Patchouli und Sandelholz bis hin zu der Anzüglichkeit von Moschus und der »Samthandschuhbehandlung« von Eichmoos. Dies ist kein Sex – dies ist das Vorspiel! Natürlich ist es nichts für junge Skorpione, die nach etwas Ausschau halten – es ist etwas für weltkluge, hungrige Skorpione, die auf der Lauer liegen. Und wenn sein Ego und seine Libido in den festen Händen von **Armani pour Homme** liegen, dann ist niemand vor ihm sicher!

**Wem steht was und wann:
So holen Sie das Beste aus Ihren Parfüms heraus**

Parfüms sind nicht nur Erweiterungen Ihrer Persönlichkeit, sie unterstreichen auch Ihr Aussehen und die Stimmung, in der Sie sich gerade befinden. Um die besten Eigenschaften zum Vorschein zu bringen, sollte man sie mit Respekt ihrem jeweiligen eigenen Charakter gegenüber behandeln. Auch Parfüms haben ihre Grenzen, genau wie Sie. Manche eignen sich besser für einen verführerischen Abend, andere für den Tag. Hieraus folgt, daß leichtere Parfüms sich bei wärmerem Wetter wohler fühlen, die schwereren dagegen im Herbst und Winter. Auch das Alter spielt eine wichtige Rolle: Jüngere Frauen meiden wahrscheinlich ganz automatisch die ultra-eleganten Düfte (oder sollten es zumindest tun), während reifere Frauen erkennen sollten, daß ihre Zeit für die frechen, heiteren Parfüms vorbei ist. Ihr Teint ist nicht so wichtig, wenngleich ich glaube, daß dunklere Frauen – als Daumenregel – automatisch zu den üppigen, orientalischen Düften neigen, während Blondinen (echt oder gefärbt) romantischere und frischere Parfüms bevorzugen. Das ist auch die

Grundlage für die leicht nachzuvollziehende Tabelle. Sie ist aber nur als hilfreiche Empfehlung gedacht, nicht als starre Regel.

Basiswaffen

Parfüm	Zeit		Alter		Typ		Wetter	
	Tag	Nacht	Jung	Älter	Hell	Dunkel	Warm	Kalt
Shalimar		*		*		*	*	*
Poison		*		*	*	*		*
Obsession		*		*	*	*		*
Must de Cartier	*	*		*	*	*	*	*
Allure	*	*	*	*	*	*		*

Geheimwaffen

Parfüm	Zeit		Alter		Typ		Wetter	
	Tag	Nacht	Jung	Älter	Hell	Dunkel	Warm	Kalt
Duende	*		*	*	*	*	*	
Wrappings	*		*		*	*	*	
Vol de Nuit	*	*	*	*	*	*	*	
Vivid	*	*	*	*	*	*	*	
Narcisse Noir	*	*	*	*	*	*	*	*

Skorpion/Schütze

Parfüm	Zeit		Alter		Typ		Wetter	
	Tag	Nacht	Jung	Älter	Hell	Dunkel	Warm	Kalt
Maja	*	*	*	*		*		*
Escada	*	*		*	*	*	*	*
Yohij		*		*		*		*

Waage/Skorpion

Parfüm	Zeit		Alter		Typ		Wetter	
	Tag	Nacht	Jung	Älter	Hell	Dunkel	Warm	Kalt
Loulou		*	*			*		*
White Jeans	*		*	*	*	*	*	*
Gucci No. 3	*	*		*		*	*	*

Herrendüfte

Parfüm	Zeit		Alter		Typ		Wetter	
	Tag	Nacht	Jung	Älter	Hell	Dunkel	Warm	Kalt
Opium pour Homme		*	*	*		*		*
Heaven	*	*	*		*	*	*	*
Havana	*	*	*		*	*	*	*
Armani pour Homme	*	*		*	*	*	*	*

Schütze
22. November – 21. Dezember

Sie und der Torpfosten

Es muß nicht der Torpfosten ist, auf den die Schütze-Geborenen den Pfeil richten, wenn sie auf ihrem Weg zu etwas anderem vorübereilen. Nicht, daß irgendwas zu gewinnen gilt. Sie müssen einfach auf alles schießen, was ihnen gefällt. Wahrscheinlich schauen sie sich nicht einmal mehr um, um festzustellen, ob sie überhaupt getroffen haben – ist ja auch nicht wichtig! (Übrigens gilt das – vor allem im Fall der Schütze-Frauen – auch für Menschen, die von ihrem Pfeil getroffen wurden und glauben, er sei von Cupido abgefeuert worden; und jetzt können sie nicht begreifen, warum sich die Schützen ihren Preis nicht abholen!) Sie sind nicht herzlos, sondern einfach nur nachlässig und sorglos – ihr Köcher ist niemals leer! Und die Torpfosten markieren einfach nur den Raum, den sie fast beiläufig ansteuern, um Erfolg im großen Spiel des Lebens zu haben. Dabei geht es den Schütze-Geborenen eher darum, den Bewunderern ihrer Geschicklichkeit und Treffsicherheit zu imponieren, als darum, irgend etwas zu gewinnen.

Schütze-Geborene sind wirklich glückliche Menschen – immer enthusiastisch, entwaffnend offen, großzügig und anregend. Man verzeiht ihnen sogar ihre unbewußte Gedankenlosigkeit und ihre Gewohnheit zu verführen, ohne eine Absicht. Sie sind überrascht und verlegen, wenn ihnen bewußt wird, daß sie eine ganze

Reihe gebrochener Herzen hinter sich gelassen haben. Begreift denn niemand, daß sie keine Verpflichtung eingehen wollen, ehe sie nicht selbst grünes Licht gegeben haben? Schütze-Geborene staunen immer wieder darüber, daß selbst Menschen, die es eigentlich besser wissen sollten, immer wieder versuchen, sie festzunageln und ihnen Versprechen abzunehmen. Versprechen! Die sind ein Nagel zu ihrem Sarg. Beziehungen nehmen sie zwar ernst, aber doch nicht als Verpflichtung!

Wer erinnert sich nicht an die Szene der Pastorale aus Walt Disneys *Fantasia?* Eine idyllische Episode, angesiedelt in Arkadien, die man leicht »Ein Tag im Leben eines Schützen« hätte nennen können. Sie ist voller Lebensfreude, mit kleinen Pans und Cupidos, fliegenden Pferden, Einhörnern, mit Bacchus und einer Herde wirklich bezaubernder männlicher und weiblicher Zentauren (ihrem astrologischen Symbol, halb Mensch, halb Pferd), verspielt und romantisch. Das Weibervolk schwimmt und planscht, vergnügt sich am Wasser, läßt sich frisieren und schminken, trifft seine Partner und zieht dann los, um sich mit Bacchus zu amüsieren, ehe ein Sturm losbricht und alle Deckung suchen (typisch – Schützen mögen keine Stürme oder stürmische Szenen, die ihr Feuer löschen!), bis es schließlich heißt, Ende gut, alles gut, und Liebe und Küsse den Tag retten. Alle haben sich prächtig amüsiert.

So möchten die Schützen ihr Leben leben und tun es gewöhnlich auch. Ihrem unstillbaren Appetit auf Abenteuer stellt sich kaum etwas in den Weg. So sind sie auch nie allein – ein Schicksal, das für Schützen schlimmer wäre als die chinesische Wasserfolter! Und wenn es auch schade ist, so sollten sie doch nicht immer der Genußsucht frönen in dem Glauben, dies wäre das wahre Glück – eines Tages müssen sie sonst vielleicht feststellen, daß alles nur ein Traum war, und die rauhe Wahrheit können Schütze-Geborene schwer ertragen. Gott sei Dank sind sie wahre Glückskinder, aber es sollte ihnen klar sein, daß sie etwas Festes brauchen, auf das sie zurückgreifen können, wenn ihr Glück sie verläßt. Häufig haben sie das nicht, und dann sind sie enttäuscht und launisch, moralisieren und werden richtig fanatisch. Wenn sie jedoch die wahre, innovative Kreativität ihres Sternzeichens besitzen, wie der Schütze-Geborene Beethoven, durchlaufen sie vielleicht die Schrecken der Hölle, halten aber schließlich dank einer tieferen Erkenntnis des Lebens die Trumpfkarte in der Hand. Das hoffe ich zumindest, denn traurige Schützen stimmen andere Leute traurig, während ausgeglichene (oder wieder ausgeglichene) eine wahre Freude sind. Die Welt wäre ohne ihr freundliches Lächeln und ihren Optimismus ein wenig ärmer. Sie müssen nur aufpassen, wohin sie mit ihren unschuldigen Pfeilen zielen. Sie sollten sich doch hin und wieder umschauen – sie könnten schockiert sein angesichts der Verheerungen, die sie angerichtet haben. Es ist vielleicht höchste Zeit, anzuhalten und vorsichtig einen Pfeil aus einem wunden Herzen zu ziehen. Und dazu sind sie durchaus in der Lage.

Schütze-Stil

Weil sie Konformität im Grunde ihres Herzens verabscheuen und zu gerne Regeln verletzen, ist ihr Gefühl für den persönlichen Stil auch sonderbar – Schützen drücken sich gern auf ungewöhnliche, manchmal exzentrische Art und Weise aus. Sie sind bisweilen unordentlich und bilden sich ein, ihre Individualität zum Ausdruck bringen zu können, indem sie einfach irgendwelche Sachen miteinander kombinieren. Sie sind oft maßlos auffällig gekleidet, oder aber so klassisch, daß es schon fast streng wirkt. Viel hängt dabei vom Beruf ab, aber selbst innerhalb dieser Grenzen zeigen sich ihre Individualität und Vielseitigkeit ganz deutlich.

Dasselbe gilt auch für ihr Heim. Es ist entweder alles durcheinander, farbenprächtig und ein wenig vulgär (auch wenn es dem Schütze-Geborenen nicht so erscheint!) oder so extrem auf die wesentlichen Dinge beschränkt, daß es spartanisch wirkt wie eine Klosterzelle! Aber es spiegelt wider, wer und was sie sind. Zumindest sind Gäste immer willkommen, auch wenn sie sich lieber außerhalb ihres Heimes treffen. Allerdings müssen sich Gäste mit dem zufrieden geben, was da ist. Die Schütze-Frau ist nicht gerade häuslich und außerdem der Ansicht, sie hätte bessere Dinge zu tun, als zum Beispiel Lampenschirme aus getrockneten Bananenschalen und Raffia-Schleifen zu basteln. Doch wenn es plötzlich an der Tür klingelt, wirft sie ein Kissen aufs Sofa, fährt mit dem Staubwedel über die Blumen, wirft sich in einen Kaftan, besprüht sich mit dem Parfüm, das ihr gerade in die Hand fällt, setzt ihr breitestes Lächeln auf und hofft, daß es nicht bloß der Postbote ist!

Das Beste an den Schützen ist ihre Anpassungsfähigkeit. Da sie immer rastlos sind, ständig umherziehen möchten, fühlen sie sich überall zu Hause, haben aber immer ein wenig Angst, sich zu sehr daran zu gewöhnen. Sie haben nichts dagegen, gebunden zu sein, aber die Vorstellung, irgendwo Wurzeln zu schlagen, hat etwas Erstickendes für sie. Einen großen Teil ihres Lebens verbringen sie damit, Reisezeitschriften und Kataloge durchzublättern, und es reizt sie immer wieder, zu fernen und exotischen Zielen aufzubrechen. Die verlockende Aussicht auf Aufregung, Abenteuer, neue Orte und Gesichter ist wichtig für ihr Glück, auch wenn es ihrer Stabilität nicht gerade förderlich ist.

Stabilität klingt in ihren Ohren beinahe anrüchig, und ich vermute, daß sie deshalb als Zentaur dargestellt werden. Sie sind die wilden Jäger in der Mythologie – unterliegen ihren eigenen Gesetzen – und gelten als Sklaven ihrer animalischen Leidenschaften. Und sie nehmen auch nicht allzuviel Rücksicht auf andere und entwickeln einen recht gesunden sexuellen Appetit – kein Wunder also, daß Stabilität für sie nur eine untergeordnete Rolle spielt.

Wenn Sie sich der Öffentlichkeit präsentieren sollen (und die Vorbereitungen nehmen viel Zeit in Anspruch!), dann geht es ihnen darum, die lebhaften und individuellen Facetten ihres Wesens auszudrücken. Sie werden nie wirklich zur Masse gehören, warum also so aussehen? Statt dessen bemühen sie sich, chic, aber nicht aufgemotzt auszusehen, mit einem fast lässigen Flair von Frische, und deshalb glaube ich auch, daß die Leute die innovative und feurige Seite ihres Wesens einfach nicht erwarten. Es ist also höchste Zeit, sie ihnen zu zeigen – insgeheim wollten sie doch immer schon schockieren. Ihr Stil ist so unberechenbar, daß sie wahrscheinlich sogar damit Erfolg haben!

Ihr äußerer Ausdruck ist *Freiheit,* ihr innerer Kern *Furchtlosigkeit.*

Dies läßt sich nun in die für die Schütze-Geborenen am besten geeigneten Parfüms umsetzen. Ich habe sie in zwei Kategorien eingeteilt:

1. *Basiswaffen* – die überaus wichtigen Basisparfüms, die Ihnen am besten stehen sollten. Sie bilden den Kern Ihres Parfümarsenals.
2. *Geheimwaffen* – sie unterstreichen die Basisdüfte, sind gewagter und ausgefallener, sollten aber immer noch zu Ihnen passen.

Es gibt auch eine Auswahl von Parfüms für diejenigen, die zwischen den Sternzeichen Schütze und Steinbock geboren sind, sowie eine Reihe von Herrendüften, die man dem Schütze-Mann schenken kann. (Wenn Sie zwischen Skorpion und Schütze geboren sind, finden Sie weitere Parfüms auf den Seiten 281 ff., 288, 320). Ich habe jedes Parfüm einer bestimmten Kategorie zugeordnet. Am Ende des Kapitels sind alle Parfüms in einer Tabelle zusammengefaßt, die Ihnen verrät, ob sie besser für junge oder ältere Frauen, an warmen oder kalten Tagen, tags oder abends, für dunkle oder helle Typen geeignet sind.

Basisparfüms:
der unentbehrliche Grundstock

Sie hätten gern das Image eins weltgewandten Menschen, aber die meisten Menschen sehen Sie vollkommen anders, nämlich natürlich, energisch und lebendig. Natürlich respektiert man Ihren Individualismus, aber selbst wenn Sie raffiniert und vornehm sein sollten, so sind es die frischen, unkomplizierten und dynamischen Parfüms, die Sie letztendlich verraten. Verführerische, extrem blumige Parfüms sind nicht die besten Waffen für Schütze-Geborene. Sie passen einfach nicht zu ihnen, weil sie ihre gutmütige und extrovertierte Persönlichkeit bekämpfen oder dämpfen. Ich will damit nicht sagen, daß Sie so klar und eindeutig riechen müssen wie ein neugeborenes Baby, aber wenn Sie frische, leichte und klare Parfüms verwenden, wird das Ihre mitreißende und gesellige Persönlichkeit unterstreichen. Sie sind so gerne mit anderen Leuten zusammen, daß Sie bestimmt nicht riskieren wollen, anderer Leute Geruchssinn mit einem zu aufdringlich riechenden Parfüm zu beleidigen. Wenn das für temperamentvollere und risikofreudigere Schützen zu berechenbar klingt, so haben diese mit ihren Parfüms aus der zweiten Reihe immer noch eine Chance. Aber halten Sie sich an die Basisauswahl, und Sie können sicher sein, daß diese Parfüms Ihre Anziehungskraft noch verstärken werden.

- **Jicky** von Guerlain
  Typ: holzig/krautig
- **Cinnabar** von Estée Lauder
  Typ: orientalisch
- **Madame Rochas** von Rochas
  Typ: blumig
- **Pleasures** von Estée Lauder
  Typ: blumig
- **Coriandre** von Jean Couturier
  Typ: grün/orientalisch

JICKY
ein Trotzkopf

Frauen, die nichts für die freie Natur übrig haben, verabscheuen dieses Parfüm, und gerade deshalb ist es genau richtig für Schütze-Damen. Da sie keine Frauen sind, die daheim herumpusseln oder sich anhübschen, dürfte dieses höchst individuelle und überraschende Parfüm nicht nur ihr Verbündeter, sondern sogar ihr Liebling werden. **Jicky** war eine Sensation, als es 1889! (ungelogen) auf den Markt kam, und ist es auch heute noch, so kühn und originell ist seine Zusammensetzung. Noch nach über hundert Jahren ist es Guerlain's liebenswerter und immer-junger Rebell!

Jicky hat die Einstellung von Frauen – und Männern! – Parfüms gegenüber revolutioniert. Es durchbrach die Reihe der süßlich-blumigen Parfüms und verwendete erstmals synthetische Essenzen (tatsächlich hat sein Schöpfer, Aimé Guerlain, den wissenschaftlichen Prozeß der Parfümsynthese entwickelt), gemischt mit natürlichen Düften. Anfangs riecht man Bergamotte, Zitrone, Mandarine und Lavendel, ehe sich die herben Aromen von Rosmarin, Basilikum und Jasmin, ein kräftiger Hauch der marzipanähnlichen Tonkabohne und ein Spritzer von Gewürzen hinzugesellen, und schließlich treten noch Vanille, Rosenholz, Leder und – zum ersten Mal – das orientalische Benzoin dazu. Ich wette, sogar Aimé hat über seine Erfindung gestaunt. Und Ihnen wird es nicht anders gehen.

Anfangs rümpften die Damen angesichts des gewagten und nicht nach Blumen duftenden Parfüms die Nase, aber die jungen Männer waren so begeistert, daß es sich um die Jahrhundertwende bereits einen festen Platz erobert hatte. Auch die Frauen hatten sich inzwischen verändert – es war die Zeit der Suffragetten –, und **Jicky** galt nicht mehr als skandalös, sondern als der neuen Mode angemessen. Man könnte es sogar als erstes feministisches Parfüm bezeichnen! Danach gab es kein Zurück mehr.

Jicky ist ein sehr starkes Parfüm, dabei recht subtil. Und es hat die Kraft, klar und deutlich etwas über Sie auszusagen. Sie fühlen sich erfrischt und gleichzeitig fern von allem Konventionellen. Daneben weckt es aber auch ein mächtiges Gefühl von Nostalgie – Erinnerungen vielleicht an jene ersten Tage des Über-die-Stränge-Schlagens. Deshalb ist es ein ideales Parfüm, um junge Schütze-Damen auf ihren »parfümierten« Weg zur Frau zu bringen.

Warum nun heißt es **Jicky?** Offiziell ist es nach dem Spitznamen von Aimés jungem Lieblingsneffen benannt. Inoffiziell (und viel romantischer) war es der Name, den er seiner heimlichen, englischen Geliebten gab, die zu heiraten sein Vater ihm strengstens verbot. Statt dessen verlangte er von ihm, nach Frankreich zurückzukehren und dem Guerlain-Geschäft vorzustehen. So kam es, daß Millionen künftiger Frauen gewannen, wo seine »Englische Rose« verlor. Schließlich wäre dieses alters- und zeitlose Parfüm ohne jene kleine Tragödie niemals entstanden.

CINNABAR
verlockende Entführung

Weil Sie Aufregung und Reisen lieben, haben ferne Orte immer enorme Anziehungskraft. Die Vorstellung, Neues zu sehen und zu bestaunen ist so unwiderstehlich wie die exotische Verlockung von **Cinnabar**. Auch wenn es nicht über ein Abendessen daheim oder in einem Restaurant hinausgeht: **Cinnabar** macht aus diesem Ereignis Ihr ganz persönliches Abenteuer. Und umgeben von dieser blumigen, orientalischen Phantasie ist es ein Leichtes, Aufsehen zu erregen, besonders, wenn Sie dazu noch leuchtende Farben tragen wie Zinnoberrot.

Cinnabar ist ein relativ leichter Orientale, Sie laufen also nicht Gefahr, zu stark zu duften oder anderer Leute Nasen zu beleidigen. Seine Basis ist unverkennbar – Ringelblumen aus Afrika, Ylang Ylang aus Java, Nelken aus der Türkei, Rosen aus Marokko, Jasmin aus Tunesien, Orangenblüten aus Ägypten und ein ganzer fernöstlicher Basar aus Nelke, Benzoin, Zimt, Weihrauch und Ambra, über dem der berauschende, säuerliche Duft algerischer Mandarinen schwebt.

Es ist ein rastloses und schillerndes Parfüm, das es haßt, daheim herumzusitzen. Es will losgelassen werden, will das hedonistische Entzücken alles Neuen genießen. Mutige Schütze-Geborene werden die Botschaft von **Cinnabar**s exotischer Verlockung verstehen und ihr folgen, aber erwarten Sie nicht, von der örtlichen Imitation eines Wüstenscheichs »verschleppt« zu werden. Sie können jedoch ziemlich sicher damit rechnen, mutwillige oder gar laszive Blicke aus bewundernden Männeraugen aufzufangen, und neidische aus Frauenaugen. **Cinnabar** verfügt über diese Art von Magnetismus, ohne dabei Ihrem guten Ruf allzusehr zu schaden.

MADAME ROCHAS
reinste Eleganz

Diese schöne und ausgeglichene Komposition aus Blumen und Gewürzen ist ein tolles Parfüm. Genau wie Sie genießt es die Begegnung mit anderen Menschen, gefällt sich darin, mit einer eleganten, aber nie arroganten oder reservierten Haltung Eindruck zu machen. Obwohl **Madame Rochas** als Klassiker gilt, ist es faszinierend und einschmeichelnd. Mit anderen Worten: Es verdreht Köpfe, und zwar die richtigen!

Nur langjährige Anhänger bemerken vielleicht eine kleine Veränderung. Es hat sich sanfter »kosmetischer Chirurgie« unterzogen. Die schweren Blumen- und Moschusdüfte sind gewichen, und zum Vorschein gekommen ist ein neues, jugendliches Strahlen mit einer feineren Betonung der frischen Grünen und Gewürznoten. Es ist eine geringfügige Umbesetzung, trotzdem ist es noch immer unverkennbar das eine und einzige **Madame Rochas**. Erwarten Sie also nicht gleich die Französische Revolution.

Orangenblüte, Hyazinthe, grüne Blätter und würzige Aldehyde führen es mit üppiger Frische ein, ehe samtig-schöne, süße Rose, Jasmin, Maiglöckchen, Geißblatt und Iris ihm zarte feminine Überzeugungskraft verleihen, und schließlich schwebt auf einer Wolke aus Sandel- und Zedernholz, Eichmoos, Vetiver und einem Hauch Tonkabohne unterschwellig, aber dennoch sinnlich Moschus herein. Alles bezaubernd und verführerisch, aber in keiner Weise schwer. **Madame Rochas** ist immer eine Dame – und verlangt von Ihnen dasselbe. Also heraus aus den Jeans und hinein in das kleine Schwarze!

Ich weiß, daß viele Schütze-Frauen zögern, den eher lässig-sportlichen Look zugunsten von mehr Eleganz aufzugeben. Aber es gibt Augenblicke, in denen es gut (und nötig) ist, sich in Erinnerung zu rufen, daß es neben Volleyball noch andere Spiele gibt. Auch wenn Sie die Regeln gern ein wenig verändern, Ihr eigentliches Ziel im Leben besteht darin, ins Schwarze zu treffen. Es gibt keinen zivilisierteren Weg, als Ihre Pfeilspitze in **Madame Rochas** zu tränken.

PLEASURES
voller Vergnügen

Ich wundere mich ernstlich, daß ein Parfümeur, dessen Sinne für den Markt so geschärft sind, nicht schon früher ein so leichtes und liebliches, blumiges Parfüm erfunden hat. Die Frauen verlangten schließlich geradezu danach, als eine Lawine von »Obstsalatdüften« sie lebendig zu begraben drohte, in der Annahme, daß Blumen out seien und Parfüms jetzt den Geschmackssinn ebenso ansprechen sollten wie die Nase! Lauders **Beautiful** ist nun auf seine ganz eigene Art ebenfalls eine Lawine, extrem blumig und hartnäckig lieblich, doch manchen zu intensiv. **Pleasures** ist die Lösung! Die verwendeten Blüten sind viel heller und leuchtender, auch kein Hauch von Wassermelone oder Himbeere! Statt dessen haben wir es mit einem schlichten, aber reizenden Charmeur zu tun, der die Liebe des Schütze-Menschen zu Freiheit und Lebhaftigkeit anspricht.

Pleasures hat eine frische Kopfnote aus jungen, weißen Lilien und zarten Veilchenblättern, die sich fröhlich über eine Basis aus zart-würzigen, weißen Peonien, süßen, rosa Rosen und Schwaden von Jasmin und Flieder (Mrs. Lauders liebster Essenz) erhebt. Den scharfen Kontrapunkt setzt *baie rose*, und zu all dem kommen sanftes, cremiges Sandelholz und ein Spritzer erdiges Patchouli.

Pleasures ist heiter und duftet nach Erde und frischer Luft wie ein Garten nach einem Sommerregen. Es wird niemals erstickend süß oder aufdringlich, läßt aber zu, daß Sie auf seine exquisite Transparenz mit Ihrem eigenen Charme reagieren. Es ist kein Parfüm, das Sie mit allen Mitteln an sich fesselt. Es möchte, daß Sie sich wohl fühlen, wenn Sie es tragen, und ich bin sicher, das werden Sie.

Lassen Sie sich von seiner scheinbaren Leichtigkeit nicht täuschen, wenn Sie es zum ersten Mal ausprobieren – **Pleasures** kann zunächst eine ganze Weile »in der Luft hängen«. Und lassen Sie sich auch nicht zu der irrigen Ansicht verleiten, es wäre nur etwas für junge Leute – es paßt nicht nur zu den etwas reiferen Schützen, die noch immer ein Funkeln in ihren umherstreifenden Augen haben, es schmeichelt ihnen sogar! Ich halte Pleasures für eine ausgesprochen willkommene Ergänzung in Lauders Arsenal mit erstklassigen Düften.

CORIANDRE
ein Volltreffer

Dieses parfümierte Geschoß trifft zweifellos ins Schwarze. Es ist ein explosives kleines Etwas, das voller Überraschungen steckt. Erstens riecht es nicht wie ein frisch gepflücktes Bündel des würzigen Krautes, nach dem es benannt worden ist. **Coriandre** hat einen Kräutergarten nie auch nur von weitem gesehen, und noch viel weniger eine orientalische Küche! Und zwar ist es alles andere als alltäglich. Offen gesagt, verabscheut **Coriandre** das Tageslicht ebenso wie frische Luft, es ist eine ausgesprochene Nachteule. Es liebt Partys, Versprechungen und Vereinbarungen, die zu nichts verpflichten. Mit anderen Worten, es hat gern seinen Spaß. Viele bezeichnen es einfach als locker. Auf jeden Fall werden alle anderen neben Ihnen verblassen, wenn Sie mit diesem Duft auftreten.

Ich muß Sie an dieser Stelle warnen, es macht ein wenig Mühe, **Coriandre** aufzutreiben, aber gute Parfümerien und Duty-free-Läden haben es meist auf Lager. Bei Kennern ist **Coriandre** nämlich sehr beliebt! Sie werden es jedenfalls in seiner hohen, grünen Verpackung und der Flasche mit dem glänzenden, dunkelgrünen Verschluß gewiß nicht übersehen.

Coriandre ist eine wilde, tropische Mischung aus berauschender Orangenblüte, Geranienblättern, Rose, Lilie und Jasmin unter einer Decke aus Eichmoos, grünem Engelwurz, dunklen Baumharzen und fast schon einer Überdosis aus Patchouli und Moschus, und der Gipfel natürlich herbwürziger Koriander. Seinen berauschenden Duft kann man nun unmöglich für etwas anderes halten.

Einige elegante Frauen, die einst auf **Coriandre** geschworen haben, halten es inzwischen für ein wenig passé. Das macht es jedoch nur noch exklusiver. Wenn seine dynamische Nonkonformität Ihnen also zusagt, könnte es Ihr ganz eigener, exklusiver Duft werden!

Geheimwaffen:
die Überraschungen

Schütze-Geborene lieben Überraschungen und überraschende Menschen. Für sie ist es lebensnotwendig, auszugehen, Gesellschaft zu haben, charmant und geistreich plaudern zu können, fröhlich zu sein. Anmaßung – und übrigens auch Vertraulichkeit – mögen Schütze-Geborene nicht. Und genau dann flüstert eine innere Stimme, daß Sie dringend eine Veränderung brauchen! Was also tun Sie? Hoffentlich lassen Sie weder Ihrer Laune freien Lauf noch werden Sie taktlos und sarkastisch (wobei Sie tödliche Spitzen abschießen können!). O nein, Sie zeigen Ihre nicht so bekannte unberechenbare Seite.

Ganz plötzlich setzen Sie ein anderes Gesicht auf – ein wenig beherrschter und zurückhaltender, ein bißchen kühler und berechnender. Das ist Ihre Maske, die Sie so lange wie nötig zur Schau stellen können – niemand wird sie in Frage stellen. Sie werden beinahe zu einem anderen Menschen – würdevoll, distanziert, höflich. Sie nehmen Ihren ganzen Mut zusammen, um Ihre Präsenz deutlich zu machen. Das ist keine unnatürliche Veränderung, es ist vielmehr eine bloße Betonung, eine neue Art, sich zu zeigen, damit Sie ein wenig ernster genommen werden als sonst. Natürlich benötigen Sie Ihre gesamte Munition dazu – einschließlich der Parfüms, die Bände sprechen, wenn es um Ihre Individualität, Ihren Wagemut und Ihren Witz geht (der sehr scharf sein kann).

- **Giorgio Beverly Hills** von Giorgio Beverly Hills
  Typ: blumig/orientalisch
- **Havana pour Elle** von Aramis
  Typ: blumig/fruchtig

- **Alliage** von Estée Lauder
  Typ: grün
- **Red Door** von Elizabeth Arden
  Typ: blumig/orientalisch
- **Diva** von Ungaro
  Typ: blumig/orientalisch

GIORGIO BEVERLY HILLS
kühne Freimütigkeit

Noch Jahre, nachdem es 1982 auf eine nichtsahnende Welt losgelassen wurde, spaltet dieses Parfüm die Meinungen, wenngleich es auch nicht mehr die dubiose Fähigkeit zu haben scheint, ganze Restaurants leer zu fegen! Trotzdem hat es viele treue Anhänger und in seiner Beliebtheit kaum nachgelassen. Vor einiger Zeit wurde sogar eine etwas leichtere Version entwickelt, **Giorgio Aire**, die ganz anders ist.

Der Duft von **Giorgio Beverly Hills** schockiert noch immer ein wenig, was jedoch größtenteils daran liegt, daß zu viele Frauen nicht begriffen haben, daß es sparsam verwendet werden sollte. Es ist ein äußerst kräftiger Cocktail, bei dem an wirksamen Ingredienzien nicht gespart wurde.

Die Kopfnoten explodieren förmlich zu einem Wirbel aus Mandarine, Bergamotte, Orangenblüte und grünem Galbanum. Darauf folgen intensive Gardenien- und Tuberosedüfte. Sie glauben vielleicht, all das würde dann ein wenig abgemildert werden – im Gegenteil: Aldehyde sorgen dafür, daß die Kopfnoten sich ständig wiederholen, während eine Flut von Jasmin, Rose, Nelke, Ylang Ylang, Maiglöckchen und Hyazinthen wie ein blumiges Feuerwerk losbricht, fixiert (wenn man es denn so nennen kann) von Sandelholz, Zedernholz, Vetiver, Moschus, Ambra und Eichmoos. Auch noch Patchouli hinzufügen hat man sich dann doch gescheut.

Giorgio gefällt ganz offensichtlich Frauen, die seine klare und kühne Freimütigkeit mögen, sowie Männern, denen es nicht schwerfällt, sich davon zurückzuziehen. Den wenigen Schütze-Geborenen, denen es an Selbstbewußtsein mangelt, wird **Giorgio** dazu verhelfen, und die anderen, die mehr als genug davon haben, wird **Giorgio** darin bestärken. Eines ist sicher – Sie werden schon bald wissen, wer Ihre Freunde und Verbündeten sind. Aber bitte, benutzen Sie es nicht so, als gäbe es kein Morgen mehr – das wird es geben, und **Giorgio Beverly Hills** wird zweifellos auch noch unter uns weilen. In Amerika könnte man es sogar fast zum Nationalheiligtum erklären.

HAVANA POUR ELLE
heiße Glut

Wenn Sie Havanna schon immer in seiner wilden und wunderbaren Glanzzeit erleben wollten – näher werden Sie ihm mit einem Parfüm wohl nicht kommen. Es ist ein lebhaftes, exotisches Abenteuer, das keine Grenze, keine Zurückhaltung kennt.

In einer ungewöhnlichen Umkehrung der Reihenfolge wurde **Havana for Men** zuerst geschaffen, und häufig wurde es heimlich aus dem Badezimmerschränkchen entwendet, wenn *er* nicht hinsah. So kreierte man **Havana pour Elle** und hatte damit beide Geschlechter mit nahezu gleichen Düften versehen. Sie teilen sich nicht nur denselben bildlichen und beschwörenden Namen, sondern auch die Wucht!

Havana pour Elle ist natürlich viel femininer als sein männliches Gegenstück, aber es ist bestimmt kein süßes und romantisches Gemisch. Es erinnert vielmehr an die glamouröse Glanzzeit einer Rita Hayworth als *Gilda* oder einer Lauren Bacall in den Bogart-Filmen. Es beschwört Bilder von rauchigen Nachtclubs und funkelnden Diamanten, vom schwindelerregenden Drehen des Roulettes und Küssen unter Palmen im Mondlicht herauf. Es ist sinnlich, erotisch und verführerisch – und protzig!

Sein Cocktail aus Blumen, Früchten und Gewürzen spiegelt die karibische Sinnlichkeit wider. Da ist die üppige Verlockung der Orchidee *Queen of the Night* mit ihrem seltenen vanilleartigen Duft, eine bei Nacht blühende Kaktee, die karibische Regenbaumblüte, Magnolienblüten und Heliotrop, Mango, Melone und sogar Ananas mit einem Spritzer süßen Seidelbasts und Maiglöckchen, damit es nicht ganz so schwer ist. **Havana pour Elle** ist sensationell – verwechseln Sie nur nicht seines mit Ihrem. Seines ist wie ein glückseliger Calypso – Ihres pulsiert wie Voodoo-Trommeln in der Hitze der tropischen Nacht.

ALLIAGE
ein Kultparfüm

Ob Sie es glauben oder nicht, Estée Lauder, einst ein Tennisfan, war auf der Suche nach einem Parfüm, das sich auf dem Tennisplatz von den anderen unterschied. Es heißt, sie hätte sich von dem Duft der Palmwedel inspirieren lassen, die sich in der mittäglichen Brise bewegten – das Resultat war **Alliage**.* Nun, trotz Mrs. Lauders lebhafter Unterstützung hat es die Kunden nicht scharenweise angelockt – jedoch eine Nische für sich gefunden – als trockener, grüner Duft, den Frauen (sportlich oder nicht), die sich von anderen unterscheiden möchten, als passend empfinden. Er ist gewiß unkonventionell. Das geht soweit, daß es inzwischen ein hochgeschätztes Kultparfüm mit einer ergebenen Anhängerschaft ist.

Alliage basiert auf grünen Blättern und grünem Galbanum, dazu kommen Unmengen von Eichmoos und Vetiver, um seine außergewöhnliche Schärfe zu intensivieren. Ein Hauch von Gardenie (aber nicht annähernd genug, um es auch nur entfernt blumig erscheinen zu lassen), ein Spritzer gerade gereiften Pfirsichs, wilder Thymian und Zitrusöle machen es ein wenig weicher, während Pinienöl und Rosenholz die Mischung fest im Wald verankern. Es ähnelt dem ersten Schluck eines sehr trockenen Martinis mit einem Tropfen Limone (vergessen Sie die Olive). **Alliage** ist das trockenste Parfüm, das ich kenne, und kompromißlos dominierend.

Es ist kein Parfüm für alle Schützen, aber diejenigen unter Ihnen, die gerne über Sportplätze laufen oder Spaß an Seeabenteuern haben, werden in diesem Parfüm eine natürliche und anregende Ergänzung zu derart energiegeladenen Bemühungen finden. Für weniger ungestüme Schützen, die sich dennoch gerne von allem Konventionellen abgrenzen, ist **Alliage** eine hitzi-

---

* Wenn Sie es als »Aliage« sehen – keine Angst! Das ist bloß die australische Schreibweise.

ge, gewagte Erklärung Ihrer Individualität. Versuchen Sie aber nicht, dazu ein schimmerndes Ballkleid zu tragen – das wäre ein Reinfall.

RED DOOR
eine Einladung

Red Door, das nach den berühmten knallroten Türen benannt ist, die in die Welt der Schönheitsgeheimnisse von Elizabeth Arden Salons auf der ganzen Welt führen, ist eine offene Einladung an Sie, sich in Schale zu werfen.

Schützen vergessen schon manchmal, daß sie nicht die einzigen Teilnehmer eines Wettrennens sind, und dann schütteln sie ungläubig den Kopf, wenn ein Konkurrent an ihnen vorbeizieht und das Ziel vor ihnen erreicht. Das ist der Augenblick, in dem sie Bestandsaufnahme machen und ein paar Dinge ändern müssen, wenn sie wieder ins Rennen kommen wollen. **Red Door** ist nicht die schlechteste Art, damit anzufangen.

Es ist ein selbstsicheres Parfüm mit einer gewissen Forschheit, die Blumen mit ausgeprägter Kopfnote entspringt, wie beispielsweise roten Rosen, Maiglöckchen, Jasmin, Orangenblüten, wilden Veilchen, Freesien und Tuberosen, alles gemischt mit dem zarten Duft von Heliotrop, Pfirsich und Pflaume und der Schärfe von Vetiver, ehe es von Sandelholz, Honig, Ambra und Moschus mehr oder weniger gebändigt wird. Aber es hält eine reizende Überraschung parat, die **Red Door** deutlich von seinen Konkurrenten der mittleren Preisklasse unterscheidet. Es ist die Beigabe des Duftes einer seltenen chinesischen Orchidee namens *cymbidium karan*, die extra für Arden angebaut wird und nur im Winter blüht. Sie fügt dem Mix eine süße, nach Vanille und Moschus duftende Schönheit hinzu, die sich perfekt mit der Eleganz der roten Rose vereint, die sowohl in der Kopf- als auch in der Herznote von **Red Door** auftaucht. Ohne diese Blüte wäre das Parfüm zwar angenehm, aber nicht besonders bemerkenswert.

Red Door ist trotz seiner blumigen Komposition etwas für energische Frauen. Es ist bestätigend und erhebend – genau das, was Sie brauchen, wenn Sie sich ein wenig wie ein Mitläufer fühlen und das nicht wollen!

DIVA
der Ruf nach Applaus

Schützen, die glauben, nicht richtig cool und weltgewandt zu sein, resignieren häufig und geben sich mit dem zufrieden, was sie ihrer Meinung nach am besten können – der Welt ehrlich und offen begegnen. Und obwohl sie andere Schütze-Damen, die elegant und weltgewandt sind, oft beneiden, kommt es ihnen niemals in den Sinn, sie könnten genauso sein, würden sie sich nur ein bißchen Mühe geben. Ihre eigenen Qualitäten blühen vielleicht nur deshalb im verborgenen, weil sie es nicht schaffen, sich zu ändern.

Das heißt natürlich nicht, daß es ausreichen würde, einzig das Parfüm zu ändern. Aber es hilft, wenn Sie ohnehin dabei sind, Ihre Routine zu ändern. Dieses schamlos extrovertierte, aber elegante Parfüm von dem schamlos extrovertierten, aber eleganten Ungaro könnte eine Riesenhilfe sein.

Diva – das ist ein kräftiger Akkord von Jasmin aus

Ägypten, Rosen aus Marokko und der Türkei, Iris aus Florenz, Mandarine aus Sizilien, Ylang Ylang aus Sumatra, Sandelholz aus Mysore und Koriander und Kardamom aus Indien. Es hält Sie nicht hin. Es ist furchtlos, üppig und sinnlich, aber niemals zu ernst. **Diva** will Applaus, nicht den Nobelpreis. Es erhebt sich mit Leichtigkeit über jede Opposition, verdreht ein paar hübsche Köpfe und erwartet nicht nur wilde Rufe nach Zugaben, sondern auch eimerweise langstielige Rosen, die ihm zugeworfen werden.

Die große Maria Callas (ebenfalls ein Schütze) hatte ihre letzte Note bereits gesungen, als **Diva** 1988 kreiert wurde, aber ich wette, sie hätte es geliebt. Und Sie werden es auch. Sie müssen nicht einmal Ihre Stimme erheben, um alle von den Sitzen zu reißen. *Bravissima!*

Der Vorteil, zwischen zwei Tierkreiszeichen geboren zu sein: die freie Auswahl

Es bedeutet nicht nur Verwirrung, daß Sie sich weder dem einen noch dem anderen Sternzeichen zugehörig fühlen oder glauben, von beiden etwas zu haben – wenn Sie ganz am Ende vom Schützen* geboren sind. Natürlich können Sie Ihre Parfüms einfach aus den Vorschlägen für Schütze und Steinbock wählen, aber passen Sie auf! Je nach Ihren ganz persönlichen Eigenheiten passen sie vielleicht nicht alle zu Ihnen. Deshalb

---

* Wenn Sie ganz am Anfang des Schütze-Zeichens geboren wurden, sollten Sie sich auch noch einmal die Auswahl für die Menschen ansehen, die zwischen Skorpion und Schütze zur Welt gekommen sind. (S. 281 ff., 288, 320)

habe ich ein paar ausgesucht, die jedes Parfümproblem oder jede Unschlüssigkeit lösen könnten. Die Wahl bleibt auf jeden Fall Ihnen überlassen, also: Viel Spaß beim Aussuchen! Hier sind sie:

- **Versus Donna** von Gianni Versace
  Typ: blumig/fruchtig
- **Gardenia** von Crabtree & Evelyn
  Typ: blumig
- **Jolie Madame** von Pierre Balmain
  Typ: blumig

VERSUS DONNA
voller Überraschungen

Da Sie wahrscheinlich zu den armen Unglücklichen gehören, deren Geburtstag mit Weihnachten kollidiert, werden Sie häufig mit einem Geschenk für beide Gelegenheiten abgespeist, oder man vergißt Sie auch einfach in all dem Weihnachtstrubel. Ich schlage vor, Sie bestellen eine hübsche, *große* Flasche von diesem ausgesprochen fröhlichen Parfüm und machen sie sich selbst zum Geschenk, damit auch Sie in Stimmung kommen. **Versus Donna** ist vielseitig, und sowohl Schütze-Geborene, die gerne ihren Spaß haben, als auch Steinbock-Geborene, die so großen Wert auf Markennamen legen, werden seine Mischung aus Himbeere, Schwarzer Johannisbeere, Pflaume und Sandelholz lieben, die großzügig mit einem Schuß des berauschenden Duftes von Tuberose und süßem, australischem Boronia veredelt ist. Ein Hauch Iris, Ambra und Moschus verleihen dem Ganzen ein wenig (aber nicht viel) Eleganz. Es ist ein teuflisch kokettes Parfüm. Sie müssen also jung genug sein, um mit ihm Schritt halten zu können. Auf jeden Fall werden Sie sich noch lange an einen sehr schönen Geburtstag erinnern, an dem Sie dem Weihnachtsmann die Show gestohlen haben!

GARDENIA
hypnotisch und sanft

Der üppige, samtige Duft der Gardenie gehört zu den am schwierigsten und teuersten zu destillierenden, und bislang ist es noch keinem Parfümeur gelungen, die Fülle und Tiefe hundertprozentig einzufangen – nicht einmal Chanel mit ihrem erschreckend teuren **Gardenia**-Parfüm aus dem Jahre 1925. **Gardenia** ist kein Angriff auf die Nase, sondern verfügt über eine feine, sanfte Schönheit, die sich auf der Haut niederläßt und sich dort zu einem zarten Duft entfaltet, der nie nach Aufmerksamkeit schreit, sondern die Luft um Sie her infiltriert. Es duftet vielleicht nicht ganz so wie die Gardenien in Ihrem Garten, aber es kommt ihnen so nahe, wie ein Parfüm es nur kann, und Sie können ja auch immer noch eine Gardenienblüte tragen, um das Parfüm zu ergänzen. Das beste jedoch ist, daß **Gardenia** zusätzlich in einer ganzen Reihe von Bade- und Toilettenartikeln erhältlich ist, so daß Sie sich von Kopf bis Fuß in diesen köstlichen Duft hüllen können.

JOLIE MADAME
elitär

Der Name bedeutet »hübsche Dame«, und dieses exquisite, aber schwer zu bekommende Parfüm (versuchen Sie es wieder in teuren Fachgeschäften) ist ein Tribut an den guten Geschmack weltgewandter Schütze-Damen (und solcher, die es gerne wären) und supercooler Steinböcke. Es ist betörend, beunruhigend, doch diskret, ein magisches Gemisch aus Gardenie, Rose, Iris, Jasmin, Tuberose, Narzisse und Wermut (ein reizvoller Anisgeruch). Es hat auch mehr als nur einen lieblichen Fliederhauch, dazu ein wenig Patchouli und schließlich ein wunderbares Lederaroma, das ihm ein sinnliches Flair verleiht. **Jolie Madame** ist alles andere als Ihre übliche Rose-Jasmin-Mixtur, dafür ausgesprochen feminin auf raffinierte, aber provozierende Art. Der Ausdruck *très chic* könnte speziell auf seinen magnetischen Charme gemünzt sein. Glauben Sie mir, **Jolie Madame** ist es wert, daß Sie sich alle Mühe geben, es ausfindig zu machen. Es ist ein wahrhaft eleganter, bezaubernder Klassiker!

Der Schütze-Mann:
»feinmachen« auf der Flucht

Nicht unbedingt vor dem Gesetz (obwohl er ein so verrückter Spieler ist, daß man auch da nicht sicher sein kann!), sondern vielmehr auf der Flucht vor sich selbst ist der männliche Schütze. Schütze-Männer hassen es, festgenagelt zu werden, und wenn es auch nur entfernt danach aussieht, nehmen sie die Beine in die

Hand! Das gilt sogar dann noch, wenn der Schütze endlich ein wenig häuslicher geworden ist – wenn Sie wollen, daß er im täglichen Arbeitskampf da draußen gut duftet, werden Sie wohl an der Haustür stehen und ihn kräftig mit einem Herrenparfüm einsprühen müssen, ehe er davoneilt! Im Ernst – Schützen halten zwar viel von persönlicher Sauberkeit, vergessen aber nur allzu häufig den krönenden Abschluß. Wenn Sie ihm beibringen möchten, selbst daran zu denken, sollten Sie ihm ins Ohr flüstern: »Hast du nicht noch etwas Wichtiges vergessen, Liebling?« und ihm dann die teure Flasche, die Sie ihm geschenkt haben, vor die Füße knallen. Irgendwann wird er es schon begreifen!

Aber zuerst müssen Sie ihn mit den richtigen Düften versorgen. Vergessen Sie alles Weltgewandte, Höflich-Verbindliche oder gar Verführerische. Darüber rümpft er nur die Nase. Denken Sie immer daran, daß er sich für Peter Pan hält und so frisch riechen möchte wie in seiner Jugend – jeden Tag, selbst wenn er schon fast achtzig ist! Also: Greifen Sie zu den fröhlichen Herrendüften, die an frische Luft erinnern. Sie haben eine Menge zur Auswahl, und wenn es so riecht wie ein junger Tag, dann überwindet er sich vielleicht und benutzt es. Wenn er ein bißchen weltgewandter ist als der durchschnittliche Schütze, ein sportbegeisterter Fanatiker, können Sie ihm etwas weniger Konventionelles, ja, sogar ein bißchen was Verrücktes schenken (**Jean-Paul Gaultier** zum Beispiel). Das wird seinen verqueren Sinn für Humor ansprechen, selbst wenn er die Gesellschaft, in der er es verwendet, sehr bedacht aussuchen wird. Schützen haben Angst, man könnte herausfinden, daß sich hinter all ihrer Flottheit und dem jungenhaften Lächeln ein sentimentaler Romantiker verbirgt.

- **Tommy** von Tommy Hilfiger
  Typ: fruchtig/krautig
- **Kouros** von Yves Saint Laurent
  Typ: würzig/orientalisch
- **Jean-Paul Gaultier pour Homme**
  Typ: holzig/würzig
- **Allure for Men** von Chanel
  Typ: harzig/würzig

Tommy

Dieser dynamische junge amerikanische Designer wußte genau, was er wollte, als er erstmals versuchte, einen deutlich anderen Herrenduft zu entwickeln. Er wollte etwas Frisches, Neues, das den (selbstverständlich jungen!) amerikanischen Mann darauf vorbereitete, dem einundzwanzigsten Jahrhundert optimistisch entgegenzusehen. Und das hat er bekommen. **Tommy** springt einem aus der benutzerfreundlichen Stars-and-Stripes-Flasche förmlich entgegen, riecht nach Grapefruit aus Florida, nach frischen, wilden Kräutern und Zimt, nach Preiselbeeren vom Cape Cod, nach Saguaro, einer nachts blühenden süßen Kaktusblüte, nach gelber Rose aus Texas und ein wenig Ahorn und Sykamore aus New England. **Tommy** ist so amerikanisch wie *applepie*, und trotzdem paßt er auch in einen deutschen Garten.

Kouros

Trotz des griechischen Namens duftet **Kouros**, als läge sein Ursprung weiter östlich. Es steckt voller aromatischer und herber Gewürze, die an Sansibar erinnern, wilder Gräser, die aus Madagaskar stammen könnten, Patchouli und Weihrauch aus Indien, Moos aus Java und Jasmin aus Sri Lanka. Mit anderen Worten, es ist eine typische orientalische Komposition aus dem Haus Saint Laurent, die jedoch nie zu süß wird, weil man dem Schwül-Orientalischen das Herbfrische beigegeben hat. Das Ergebnis ist sonnige Wärme, die verführerischen Charakter ausstrahlt. Doch zurück zu seiner griechischen Inspiration: Ein **Kouros** ist die klassische Skulptur eines jungen griechischen Sportlers auf der Höhe seiner Schönheit. Wenn Sie dies Ihrem Schütze-Mann erklären, identifiziert er sich möglicherweise mit **Kouros** und benutzt es sogar!

Jean-Paul Gaultier pour Homme

Fast ebenso unverfroren andersartig wie sein weibliches Gegenstück (bis hin zu dem weiblichen Torso im Korsett, nur daß er diesmal blau ist und nicht rosa) ist **Jean-Paul Gaultier pour Homme**, es wird dem männlichen Schützen gefallen oder ihn zumindest kräftig amüsieren, denn er mag ein bißchen Verrücktheit und Perversität in seinem Leben. Dabei klingt die Mischung ganz harmlos – grüne Kräuter und nach Zitrone duftende Bergamotte bilden die Eröffnung, ehe man durch spanischen Lavendel und ein paar namenlose und aphrodisiakische Gewürze »watet«, bis man schließlich in die üppige, cremige Sinnlichkeit doppelter Vanille eintaucht – aber es ist alles andere als naiv! Haben Sie etwas anderes von Gaultier erwartet?

Allure for Men

Schütze-Männer glauben vielleicht, sie seien zu sportlich und männlich für etwas so Verdächtiges wie **Allure**, aber bei Chanel ist man offensichtlich anderer Meinung! Das neue Parfüm für wirklich schicke Damen, **Allure,** verschlug den Herren der Schöpfung den Atem, und es gibt keinen Grund, warum **Allure for Men** nicht seinerseits den Damen Herzklopfen bereiten sollte. Überhaupt ist es ein ausgesprochen kluger Schachzug des freiheitsliebenden und lockeren Schütze-Mannes, seinen Typ einmal außer acht zu lassen und sich für etwas Elegantes, Suggestives und vielleicht sogar Verführerisches zu entscheiden. **Allure for Men** setzt mit einem rasanten, frisch-fruchtigen Schwall von Mandarin- und Bergamottedüften ein, der jedoch schon bald von sinnlichen Zedern- und verführerischen Sandelholz gedämpft wird, ganz sanfte Sinnlichkeit, die ihre Botschaft verströmt, ohne sie hinauszubrüllen. Schließlich kommt die einzigartige Raffinesse von Chanel zum Zuge, ein dunkel pulsierender Unterton aus zerstoßenem, schwarzem Pfeffer. Sexy, aber subtil! Vielleicht ist verführerisch doch nicht das richtige Wort dafür – hypnotisch trifft es fast noch besser!

Wem steht was und wann:
So holen Sie das Beste aus Ihren Parfüms heraus

Parfüms sind nicht nur Erweiterungen Ihrer Persönlichkeit, sie unterstreichen auch Ihr Aussehen und die Stimmung, in der Sie sich gerade befinden. Um die besten Eigenschaften zum Vorschein zu bringen, muß man sie mit Respekt ihrem jeweiligen eigenen Charakter gegenüber behandeln. Auch Parfüms haben ihre Grenzen, genau wie Sie. Manche eignen sich besser für einen verführerischen Abend, andere für den Tag. Hieraus folgt, daß leichtere Parfüms sich bei wärmerem Wetter wohler fühlen, die schwereren dagegen im Herbst und Winter. Auch das Alter spielt eine wichtige Rolle: Jüngere Frauen meiden wahrscheinlich ganz automatisch die ultra-eleganten Düfte (oder sollten es zumindest tun), während reifere Frauen erkennen sollten, daß ihre Zeit für die frechen, heiteren Parfüms vorbei ist. Ihr Teint ist nicht so wichtig, wenngleich ich glaube, daß dunklere Frauen – als Faustregel – automatisch zu den üppigen, orientalischen Düften neigen, während Blondinen (echt oder gefärbt) romantischere und frischere Parfüms bevorzugen. Das ist auch die Grundlage für die leicht nachzuvollziehende Tabelle. Sie ist aber nur als hilfreiche Empfehlung gedacht, nicht als starre Regel.

Basiswaffen

	Zeit		Alter		Typ		Wetter	
Parfüm	Tag	Nacht	Jung	Älter	Hell	Dunkel	Warm	Kalt
Jicky	*		*	*	*		*	
Cinnabar	*	*		*	*	*		*
Madame Rochas	*	*		*		*	*	*
Pleasures	*		*		*	*	*	
Coriandre		*		*		*	*	*

Geheimwaffen

	Zeit		Alter		Typ		Wetter	
Parfüm	Tag	Nacht	Jung	Älter	Hell	Dunkel	Warm	Kalt
Giorgio Beverly Hills		*		*	*	*		*
Havana pour Elle		*	*	*	*	*	*	
Alliage	*		*	*	*		*	
Red Door	*		*	*	*	*	*	*
Diva		*		*	*	*	*	*

Schütze/Steinbock

	Zeit		Alter		Typ		Wetter	
Parfüm	Tag	Nacht	Jung	Älter	Hell	Dunkel	Warm	Kalt
Versus Donna	*	*	*		*	*	*	
Gardenia	*	*	*	*	*	*	*	*
Jolie Madame	*	*		*	*	*	*	*

Skorpion/Schütze

	Zeit		Alter		Typ		Wetter	
Parfüm	Tag	Nacht	Jung	Älter	Hell	Dunkel	Warm	Kalt
Maja	*	*	*	*		*		*
Escada	*	*		*	*	*	*	*
Yohji		*		*		*		*

Herrendüfte

	Zeit		Alter		Typ		Wetter	
Parfüm	Tag	Nacht	Jung	Älter	Hell	Dunkel	Warm	Kalt
Tommy	*		*		*	*	*	
Kouros	*	*	*	*	*	*	*	*
Jean-Paul Gaultier	*	*	*	*	*	*	*	*
Allure for Men	*	*	*		*	*	*	*

Steinbock
22. Dezember–19. Januar

Sie und der Mount Everest

Bergziegen sind klug, trittsicher und geschickt, aber instinktiv gehen sie niemals über ihre natürlichen Grenzen hinaus. Steinbock-Geborene jedoch tun das leider. Darum fallen sie auch häufig auf die Nase und wissen nicht, warum. Gewöhnlich passiert das, weil sie glauben, alles am besten zu wissen, und so marschieren sie drauflos, während ihre Freunde hilflos zusehen müssen und ihre Feinde händereibend darauf warten, daß das Unglück seinen Lauf nimmt. Aber sie lernen aus ihren Fehlern und starten einen neuen Versuch – und noch einen und noch einen, wenn nötig –, bis sie es geschafft haben. (Heimlich haben sie für den nächsten Versuch ihre Ziele vielleicht ein wenig kürzer gesteckt, aber das verraten sie nicht.)

Steinbock-Geborene sind bewundernswerte Menschen, vor allem die Frauen, die weit mehr Hindernisse überwinden müssen als Männer. Das stärkt sie jedoch nur noch in ihrem Entschluß, ihr Ziel zu erreichen, das sie bis ins kleinste Detail geplant haben, ehe sie auch nur einen einzigen Schritt tun. Fehlschläge stehen nicht auf ihrer Tagesordnung, auch wenn es vorübergehend dazu kommen kann. Es ist kein normaler Berg, den sie bezwingen wollen, sondern der Mount Everest, und sie verfügen dabei über genügend Selbstdisziplin und das notwendige Vertrauen in sich. Steinbock-Geborene haben eine ausgesprochen lebhafte Phantasie –

sie sehen sich schon, wie sie unter dem Jubel der Menschenmassen am Fuße des Berges ihre persönliche Flagge in den Gipfel rammen. Aber was kommt dann?

Und genau das ist ihr Dilemma! Nie können sie sich auf ihren Lorbeeren ausruhen! Unter ihrem unerschütterlichen Äußeren sind sie unsicher, was sie launisch werden läßt, was niemand versteht. Wenn die schlechte Laune sie packt, sollten sie nur eines tun: sich gründlich ausruhen und Kräfte sammeln. Es gibt nichts Besseres als eine neue Herausforderung, und das heißt nicht immer, daß sie durch die Glasdecke stoßen müssen. Das ist ohnehin nur ein von Männern geschaffener Mythos, um sie zurückzuhalten. Steinböcke sind sehr aktiv, also suchen sie etwas anderes, wo sie sich hervortun können. Zum Beispiel könnten sie sich um Freunde und Familie kümmern – könnten sie für neue Projekte interessieren. Sie sind geborene Organisatorinnen, und es macht Spaß zu sehen, wie jemand anderer Erfolg hat, besonders, wenn sie dabei die Hand im Spiel hatten. Außerdem ist es auch eine verdammt gute Möglichkeit, den – häufig zu Unrecht erworbenen – Ruf zu berichtigen, sie wären kalt und berechnend. Steinbock-Frauen sollten nicht vergessen, daß sie ein Erdzeichen sind und somit von Natur aus warmherzig, großzügig und beschützend – und auch nicht ihr angeborenes, strahlendes Lächeln. Mit dem können sie jeden für sich gewinnen!

Was das Familienleben angeht, so sind sie Gewinner. Steinbock-Geborene werden Himmel und Hölle in Bewegung setzen, um dafür zu sorgen, daß die geliebten Menschen alles haben, was sie brauchen. Und wenn es um den Erfolg ihrer Kinder geht, sind sie einfach nicht zu halten! Andere Mütter lernen schnell, einer Steinbock-Mutter nicht in die Quere zu kommen.

Ihr Verhalten in der Liebe hat schon manchen schockiert. Ihre beachtliche Leidenschaft zeigen sie niemals jemand anderem als dem Empfänger, und ein neuer Partner erschrickt zunächst über die Heftigkeit ihrer Begierde – fordernd, doch auch alles gebend, aber sobald ihre Leidenschaft verraucht ist, geht es zurück zu den praktischen Dingen des Lebens, ohne auch nur mit der Wimper zu zucken! Wenn man sich vorstellt, daß nicht einmal ihre beste Freundin etwas davon ahnt! Nun, jedenfalls hält das ihren Liebhaber auf Zack, und so sollte es ihrer Ansicht nach auch sein – alles zu seiner Zeit. Aber wenn mit der Liebe nicht alles so ist, wie sie es sich erträumen, ziehen sie abrupt einen Schlußstrich. Und sie bereuen es nie. Sie sind viel zu sehr damit beschäftigt, die leere Position auszufüllen. Ihr Bett wird selten kalt!

Im Geschäftsleben sind Steinbock-Geborene sehr tüchtig, manchmal jedoch auch übereifrig. Das macht es anstrengend, mit ihnen zu arbeiten, und noch schwieriger, wenn sie der Boss sind. Aber wenn eine Arbeit gut gemacht worden ist, spenden sie großzügig Lob und Bewunderung (so lange sie oben sind, heißt das!). Man bewundert sie, aber es sind diejenigen, die sich nicht von ihnen einschüchtern lassen, die immer zu ihnen halten werden. Und das freut sie tief im Innern ihres manchmal kalten Herzens, denn sie fürchten Einsamkeit und Unsicherheit so sehr, daß sie sich auf keinen Fall ihre Verbündeten zu Feinden machen wollen. Sie *brauchen* Menschen – mehr, als ihnen lieb ist. Gott sei Dank haben sie genug Herz und Verstand, um einzusehen, daß es eine Sache ist, den Mount Everest zu besteigen, aber eine ganz andere, beim Abstieg eine helfende Hand gereicht zu bekommen. Der Berg wird für alle Zeiten da sein, aber helfende Hände vielleicht nicht – also ergreifen sie sie und bedanken sich. Bescheidenheit kostet nichts, bedeutet aber alles.

Steinbock-Stil

Steinbock-Geborene gehören zu den geschicktesten Zeichen im gesamten Tierkreis. Wenn sie sich erst einmal etwas Bestimmtes in den Kopf gesetzt haben – sei es, ein Geschäft oder einen Haushalt zu führen, einen Garten anzulegen, etwas zu kochen, vor dem andere zurückschrecken – dann kann sie keine Aufgabe aus der Fassung bringen. Sie haben einen klaren und analytischen Verstand, verstehen die Regeln im Handumdrehen und befolgen sie. Sie mögen zwar geschickt sein, abenteuerlustig sind sie jedoch nicht! Haben sie erst einmal etwas gelernt, neigen sie dazu, es in ihrem Buch der erreichten Dinge abzuheften und es dort zu lassen, bis sie es wieder benötigen. Sie fürchten Abweichungen, und so versuchen sie abenteuerlustig zu wirken, indem sie sich auf kluge Varianten eines altbekannten Themas verlassen. Das kümmert niemanden oder fällt niemandem auf, macht sie aber konventioneller, als sie eigentlich sein müßten. Andererseits läßt es alles um sie her absolut perfekt aussehen. Ihr Haus und ihr Garten sehen aus wie aus dem Bilderbuch, ihre Kinder wie aus dem Ei gepellt, sogar ihre Haustiere scheinen gerade erst gebadet und gestriegelt. Ihr hektischer Zeitplan verhindert zwar manches, aber sie sind vernünftig genug zu delegieren, so daß alles immer seine Ordnung hat. Sie müssen sich wegen gelegentlicher Unordnung keine Sorgen machen – zumindest ihr Verstand funktioniert! Und was ihre persönliche Erscheinung angeht, ruhen sie nicht eher, bis sie einfach umwerfend aussehen!

Sie sind übertrieben wählerisch. Nicht einmal im Traum würde es ihnen einfallen, irgendwo hinzugehen, wenn sie nicht besser aussehen als alle anderen. Ihr Geschmack in Kleiderfragen ist schlicht, aber ausschließlich, sie beschränken sich bei Accessoires auf ein Minimum, damit ihre Qualität bemerkt wird, und sie machen sich solche Sorgen, ob sie wohl das richtige Parfüm gewählt haben, daß sie ganz nervös werden und schließlich auf ein bewährtes zurückgreifen. Das ist an und für sich nichts Negatives, unterstreicht aber noch ihre mangelnde Kühnheit. Nun, wir werden das schon bald in Ordnung bringen. Bis dahin mögen sie einfach ganz cool und charmant sie selbst sein (niemand kann die Schmetterlinge sehen, die ihren Bauch häufig in einen Whirlpool verwandeln!), makellos in die Bernstein-, Gold-, Grau- und Tiefblautöne sowie ihr geliebtes Schwarz gehüllt, die ihre erworbene, aber überzeugende Eleganz unterstreichen. Sie kleiden sich, um zu beeindrucken und zu erreichen, was immer erreicht werden muß, und sie tun es mit Stil. Für sie ist Stil gleichbedeutend mit Status. Und Status ist von größter Wichtigkeit.

Ihr äußerer Ausdruck ist *Erfolg*, ihr innerer Kern *Leidenschaft*.

Dies läßt sich nun in die für die Steinbock-Geborenen am besten geeigneten Parfüms umsetzen. Ich habe sie in zwei Kategorien eingeteilt:

1. *Basiswaffen* – die überaus wichtigen Basisparfüms, die Ihnen am besten stehen sollten. Sie bilden den Kern Ihres Parfümarsenals.

2. *Geheimwaffen* – sie unterstreichen die Basisdüfte, sind gewagter und ausgefallener, sollten aber immer noch zu Ihnen passen.

Es gibt auch eine Auswahl von Parfüms für diejenigen, die zwischen den Tierkreiszeichen Steinbock und Wassermann geboren sind, sowie eine Reihe von Herrendüften, die man dem Steinbock-Mann schenken kann. (Wenn Sie zwischen Schütze und Steinbock geboren sind, finden Sie weitere Parfüms auf den Seiten 312 ff., 320, 349). Ich habe jedes Parfüm einer bestimmten Kategorie zugeordnet. Am Ende des Kapitels sind alle Parfüms in einer Tabelle zusammengefaßt, die Ihnen verrät, ob sie besser für junge oder ältere Frauen, an warmen oder kalten Tagen, tags oder abends, für dunkle oder helle Typen geeignet sind.

**Basisparfüms:
der unentbehrliche Grundstock**

Wenn eine Steinbock-Dame ein neues Parfüm sucht, wird es immer schwierig sein, etwas zu finden, das ihr gefällt. Wahrscheinlich hat ihre Mutter fast einen Nervenzusammenbruch gehabt, als unser Steinbock zur Frau wurde und das allererste Parfüm suchte. Aber wie alle Steinböcke hat sie letztendlich genau das gefunden, was sie gesucht hat, und daran festgehalten. An einem einzigen Parfüm festzuhalten ist jedoch nicht immer klug. Zum einen passen nicht alle Parfüms zu allen Gelegenheiten oder zu der Kleidung, zu der sie passen und die sie auf zurückhaltende Art unterstreichen sollen. Das schlimmste aber ist, daß man Sie zu sehr damit identifiziert und unerfreuliche Gerüchte in die Welt setzen könnte, wie wenig kühn und abenteuerlustig Sie doch seien. Sie verlassen sich so sehr auf dieses Parfüm, daß alle anderen unbemerkt an Ihnen vorüberziehen. Dabei bleiben Steinbock-Frauen bleiben gar nicht gern zurück! Begeben Sie sich also auf Entdeckungsreise, seien Sie aufgeschlossen, lernen Sie neue Parfüms kennen (damit meine ich, neu für Sie). Ich denke, Sie werden überrascht feststellen, daß sich Ihnen eine ganz neue Welt von Düften auftut. Natürlich müssen diejenigen, die für Sie attraktiv sind, ausgesprochen individuell sein und entschieden Erfolg ausstrahlen wie Sie. Aber ich habe auch ein oder zwei Parfüms vorgeschlagen, die Ihnen helfen könnten, die sanftere, angenehmere Seite Ihres Wesens herauszustellen. Hier sind sie:

- **First** von Van Cleef & Arpels
  Typ: blumig/orientalisch
- **Bal à Versailles** von Jean Desprez
  Typ: blumig/holzig
- **Youth Dew** von Estée Lauder
  Typ: orientalisch
- **Private Collection** von Estée Lauder
  Typ: grün/blumig
- **Jil Sander No. 4**
  Typ: blumig/orientalisch

FIRST
absoluter Erfolg

Viele elegante Steinböcke, die ich kenne, wechselten zu dieser umwerfenden Schönheit über, als sie, mit den gewichtigen Referenzen der größten Juweliere der Welt versehen, die Bühne betrat. Warum? Weil **First** tatsächlich das Flair eines Anführers ausstrahlt – ein Parfüm unter Parfüms, eben etwas Besonderes. Es ist exquisit, sehr selbstsicher und riecht auch nicht im entferntesten wie irgendein anderes Parfüm. Kein Wunder, wenn man sich ansieht, woraus sich diese erstaunliche Komposition zusammensetzt.

First ist vielleicht nicht das erste Parfüm, das die Essenz Schwarzer Johannisbeerknospen verwendet, aber es war das erste, welches sie in den Vordergrund stellte und sie zu der dominanten und dynamischen Note erhob, die die gesamte Komposition in die erste Reihe katapultierte. Unterstützt von der süßen, durchdringenden Kraft der *rose de mai*, kommen dann fruchtige Elemente hinzu, wie Pfirsich, Himbeere und Mandarine und schließlich Jasmin, Hyazinthe, Maiglöckchen, Nelke und ein Hauch Tuberose, alles in allem eine Salve von enormer Intensität. Die Zugabe von Ambra, Eichmoos, Tonkabohne, Honig, Sandelholz, Moschus sowie einem Tropfen aus der Drüse der Zibetkatze verstärkt noch die Harmonie, ehe Aldehyde **First** seine lange Haftung und Brillanz bescheren.

Sicher hören Sie gerne, daß sich nicht jede Frau damit wohl fühlt. Sie müssen es mit seiner kompromißlosen und trotzigen Haltung aufnehmen, was für die statusbewußten Steinböcke auch ein leichtes sein dürfte. Und keine Angst. Unter seiner erhabenen Eleganz ist **First** ungewöhnlich schön und dabei voll und kräftig. Ein Szenario, das Sie ansprechen dürfte!

BAL À VERSAILLES
ein Aristokrat unter den Parfüms

Anfangs widerstehen Sie seiner fordernden Einladung vielleicht noch, aber wenn Sie sich nur ein wenig darauf einlassen, werden Sie die Großartigkeit und den Glanz dieses teuren und eleganten Klassikers erkennen und sich hoffentlich mit seiner Überlegenheit identifizieren.

Bal à Versailles will Sie nicht mit süßen, blumigen Düften für sich gewinnen. Aber mit seinem Flair von *noblesse oblige* und seinem Hochmut müssen Sie es praktisch in Ihr Arsenal aufnehmen, wenn Sie sich vom Pöbel unterscheiden wollen. Es ist beileibe kein Snob, aber es wird im exklusiven Ambiente der privilegierten Oberklasse testen, was in Ihnen steckt.

Bal à Versailles ist eine unglaublich komplexe und luxuriöse Komposition auf der Basis von Ambra, Sandelholz und Vanille. Es ist getränkt mit dem Duft von Rosen aus Bulgarien und Anatolien, mit Unmengen von Jasmin aus Grasse, Orangenblüten aus Marokko und einer würzig-blumigen Essenz namens *Kassia* (nicht zu verwechseln mit Cassis oder der Knospe der Schwarzen Johannisbeere). Die pulsierenden, kräftigen Basisnoten enthalten Vetiver, Moschus, Zibet und Olibanum. Doch der eigentliche Katalysator für diese einzigartige Harmonie ist das Trio aus Ambra, Vanille und Sandelholz.

Bal à Versailles kann man nicht so leicht nehmen wie einen Walzer durch den Ballsaal. Es hat eher die Grazie eines Menuetts und verführt auch auf dieselbe subtile Art – nicht umsonst ist es nach dem berühmten Schloß aus dem siebzehnten Jahrhundert benannt, das

Ludwig XIV. erbaut hat, und auch durchtränkt von dessen prunkvoller Atmosphäre. Es sollte nur verwendet werden, wenn die Gelegenheit eine gewisse Grandezza erfordert – Vernissagen in Kunstgalerien, Premieren im Opernhaus, ein spektakuläres Dinner – und natürlich auf eleganten Bällen (wenn es so etwas heutzutage überhaupt noch gibt!). In lässiger Umgebung oder lässiger Kleidung fühlt **Bal à Versailles** sich nicht wohl – es ist extrem elitär!

YOUTH DEW
ein echter Überlebenskünstler

Unbeabsichtigt hat **Youth Dew** seinem Namen alle Ehre gemacht. Hier stehen wir nun am Ende eines Jahrhunderts, und es wurde in dessen Mitte kreiert – genauer gesagt 1953! Es hat die ganze Zeit durchgehalten (auch wenn es für ein paar Jahre von der Bildfläche verschwunden war) und noch immer keine einzige Falte. Aber warum sollte das einen coolen Steinbock kümmern? Weil **Youth Dew** Ihnen das Gefühl geben kann, nicht nur erfolgreich und wichtig, sondern darüber hinaus begehrenswert zu sein! Natürlich müssen Sie nicht riechen, als wollten Sie zum Objekt sexueller Begierde werden, aber es ist tröstlich zu wissen, daß Sie Sexualität ausstrahlen können, ohne es wirklich bringen zu müssen!

Die Einstellung von **Youth Dew** – seine Potenz und sein Potential als Waffe – sollte Sie überzeugen, es hin und wieder zu strategischen Zwecken zu benutzen. Es ist kein Parfüm, in das gehüllt Sie im Supermarkt herumlaufen sollten, und schon die kleinste Überdosis wird jeden in seiner Reichweite abschrecken. Gehen Sie also vorsichtig damit um!

Mrs. Lauder ließ einmal durchblicken, ein Onkel hätte es für eine russische Prinzessin kreiert. Das verrät Ihnen schon, daß es üppig ist. Tatsächlich ist es ein ausgesprochen kräftiger Orientale, basierend auf Bergamotte, Nelke, Gewürznelke, Zimt, Ylang Ylang, Rose, Geranie und Jasmin. Unterstützt wird diese Mischung von einer Wolke aus Moschus, Patchouli, Ambra und Vetiver. Ein solcher Cocktail hat es in sich!

Lauder selbst hat es einmal als »Sex in der Flasche« bezeichnet. Sie wissen also, was Sie erwartet, obwohl ich persönlich **Youth Dew** gar nicht so unverhohlen finde. Es durchdringt alles auf unglaubliche Art und Weise, aber es verfügt zumindest über Präsenz und Kühnheit.

PRIVATE COLLECTION
privilegierter Duft

Hinter Lauder-Parfüms verbergen sich viele Geschichten, aber dies ist wahrscheinlich die beste. Estée Lauder war immer eingeweiht, wenn in ihren Laboratorien neue Parfüms entwickelt wurden, und häufig lieh sie sich eines aus, das noch nicht voll realisiert oder zum Verkauf freigegeben war, um es selbst auszuprobieren. Auch dieser Duft ließ so manche Nase in ihrer Umgebung schnuppern, und als man sie danach fragte, erklärte sie, es sei ein Parfüm aus ihrer »private collection«, also ihrer privaten Sammlung. Natürlich machte sie es sich danach zu eigen. Doch irgendwann wollte sie ein paar Freundinnen beeindrucken, die Herzogin von Windsor und Prinzessin Gracia von Monaco, und so machte sie es ihnen zum Geschenk. Aber im Geschäftsleben ist und bleibt eine Million eine Million, und Estée Lauder war klug genug, das enorme Potential dieses Parfüms zu erkennen. So gab sie es schließlich frei. Und sie hatte recht – **Private Collection** macht noch immer Millionen!

Wie man es erwarten würde, ist es ein sehr elegantes und opulentes Parfüm im amerikanischen Stil, voll stark duftender bulgarischer Rosen, Jasmin, Orangenblüte, Hyazinthe, Heliotrop und Chrysanthemen, die den Hintergrund für das intensive Aroma grüner Blätter, indischen Sandelholzes, holzig-grüner Lindenblüten und samtgrünen Eichmooses bilden. Daher die *chypre*-Frische und der Elan.

Private Collection ist die perfekte Erweiterung des coolen und klaren Stils der Steinböcke. Ein Parfüm, das sich gewiß bemerkbar macht, sich aber niemals lautstark über die Menge erhebt. Statt dessen besitzt es die seltene Fähigkeit, sicheren Fußes durch einen Raum zu streifen und dabei eine parfümierte Kielwelle zurückzulassen, die einladend wie ansteckend ist. Wenn noble Treffen Ihnen nicht liegen, wird es kaum etwas für Sie tun können, aber wenn Sie versuchen, Ihre Chancen zu verbessern oder einfach nur Eindruck in besseren Kreisen zu schinden, dann ist **Private Collection** ein absolutes Muß.

JIL SANDER No. 5
ein Streber

Sie können sich ihre geschmackvollen Kleider, dieses Understatement aus schlichtem Schnitt, kompromißlos und ohne Schnickschnack, aber dafür um so eindrucks-

und wirkungsvoller, nicht leisten? Macht nichts – erfreuen Sie sich an ihrem bekanntesten Parfüm, während Sie darauf warten, in leitender Position eingesetzt oder in den Aufsichtsrat gewählt zu werden oder aber den Logenplatz in der Oper zu bekommen. Aber ich warne Sie – wenn Sie glauben, dieses Parfüm wäre so schlicht wie Jil Sanders Mode, erleben Sie eine Überraschung! Ein Blick auf die phantastischen Ingredienzien erweckt in Ihnen vielleicht den Eindruck, es wäre zu luxuriös für Ihr geschäftiges Leben, und seine ausgeprägte Weiblichkeit könnte Ihrem Ehrgeiz in die Quere kommen, aber es ist – genau wie ihre Kleider – unverkennbar Jil Sander: originell, frech, entschieden, doch dabei charmant, beinahe schon manipulativ. No. 4 hält von vorneherein zum Narren, denn dank seines Duftes von Pflaume, Pfirsich, Galbanum und einem Spritzer frischer Geranienblätter erweckt es zuerst den Eindruck, grün und fruchtig zu sein. Doch schon stürzen Blütendüfte auf Sie ein – Jasmin und Rose, Veilchen Tuberose, Nelke, Ylang Ylang und ein kräftiger Schuß Heliotrop. Zuviel des Guten, meinen Sie? Zu üppig? Ganz und gar nicht! Denn diese Blumenparade zieht ganz plötzlich am Gewürzbasar vorüber, taucht ein in sinnliches Sandelholz, Patchouli, Eichenmoos, Vanille und Moschus. Und das Ganze schließlich ähnelt einem aufregenden, fröhlichen Abenteuer, das Sie immer dann angehen können, wenn Sie sich einfach einmal nehmen möchten, was Sie haben wollen (und wahrscheinlich auch verdienen!). Andererseits ist **No. 4** nur etwas für ernsthafte Spieler, nicht für Amateure. Es zählte zu Jackie Onassis' Lieblingsparfüms, und so charmant und elegant diese auch war: Sie hat sich gewiß von niemandem die Butter vom Brot nehmen lassen. Aber selbst, wenn Sie nicht so sind wie Jackie, wird Ihnen dieses Parfüm genügend Selbstbewußtsein und Charisma verleihen.

Geheimwaffen:
die Überraschungen

Viele Leute, die glauben, Sie gut zu kennen, sind der Ansicht, Steinböcke hätten keine Überraschungen in petto. Zu Unrecht gelten Sie als leicht durchschaubar. Da fast alles, was Sie anfassen, zum Erfolg wird, glaubt man, Ihr Leben würde nur aus Arbeit bestehen. Wenn die wüßten! Aber Sie verraten niemandem, wie heißblütig und abenteuerlustig Sie sein können – das geht die anderen überhaupt nichts an. Also lassen Sie es auf andere Art und Weise durchblicken – oder sollten das zumindest tun. Es ist ganz einfach, und Sie müssen weder Ihre Wachsamkeit ablegen noch etwas erschreckend Untypisches tun. Wenn Sie in der Stimmung sind – und nur dann, denn Sie sind normalerweise nicht gerade spontan –, zeigen Sie ihnen, daß Sie *sehr* menschlich sind – voller Witz, Sarkasmus, ein guter Kumpel, dabei fähig, einer anderen den Mann auszuspannen! Wenn Sie das nicht glauben, vergessen Sie nicht, daß Ava Gardner und Marlene Dietrich ebenfalls Steinböcke waren! Die Botschaft ist klar: Greifen Sie hin und wieder zu einem anderen Parfüm. Vergessen Sie einmal die kräftigen, antreibenden Düfte, und entscheiden Sie sich für diese ein wenig wilderen. Keines davon ist übertrieben unkonventionell, aber alle strahlen entweder eine deutliche Vorliebe für unverhohlene Sinnlichkeit aus oder sind in der Lage, Ihre ehrgeizige

Seite zu besänftigen und etwas hervorzuholen, das femininer, aber dennoch nicht zimperlich ist.

- **5th Avenue** von Elizabeth Arden
  Typ: blumig
- **Nina** von Nina Ricci
  Typ: blumig
- **KL** von Karl Lagerfeld
  Typ: orientalisch
- **Red Jeans** von Gianni Versace
  Typ: blumig
- **SpellBound** von Estée Lauder
  Typ: blumig/orientalisch

5th AVENUE
vornehm und extravagant

Es ist nicht protzig genug, um als feudal zu gelten, nicht glamourös genug, um todschick zu sein, aber dieser Charmeur in seiner gläsernen Wolkenkratzer-Flasche verströmt soviel selbstsichere Extravaganz, daß Sie nicht nur das Gefühl haben werden, gut angezogen zu sein, sondern darüber hinaus von einer Aura absoluter Weiblichkeit umgeben sind, ohne dabei auch nur im geringsten verletzlich zu sein.

5th Avenue ist eine Lawine aus Blumen, die aus großer Höhe auf Sie herabdonnert – eher ein blumiges Historienspiel in Manhattan als eine Konfettiparade. Bei diesem Parfüm wurden keine Kosten gescheut. Wundervolle Frühlingsdüfte nach Flieder, Lindenblüten, Magnolien und Maiglöckchen werden von einem üppigen Akkord aus bulgarischer Rose, Jasmin, Veilchen, Tuberose und Ylang Ylang gestärkt, auf den ein Schwall aus Gewürz- und Fruchtaromen folgt – Bergamotte, Mandarine, Pfirsich, Gewürznelke, Muskat, Vanille. Es ist wirklich ein Spektakel – prächtig und hinreißend, aber überraschenderweise alles andere als übertrieben. Wenn Sie also die typische Aversion des Steinbocks gegenüber blumigen Angriffen hegen, könnte **5th Avenue** Sie mit seiner Eleganz überraschen. Es wird Ihre sporadischen Anfälle von Romantik untermauern, ohne Ihnen jemals das Gefühl zu geben, ein veritabler Romantiker zu sein. Tatsächlich ist **5th Avenue** ein so anziehendes Parfüm, daß Sie darin Ihren parfümierten Paß zum siebten Himmel zu sehen glauben – ein Ziel, das selbst die hartnäckigsten Steinböcke nur selten erreichen!

NINA
berauschend feminin

Diese Schönheit sollten Sie in Duty-free-Geschäften und besseren Parfümerien suchen, denn sie wird allmählich zur Rarität. Es ist Riccis elegantestes Parfüm, 1988 von Robert Ricci als Hommage und Erinnerung an seine Mutter kreiert, die große Designerin Nina Ricci, die in den 30er Jahren bis Kriegsausbruch die Pariser Modewelt beherrschte. **Nina** spiegelt ihre wunderbar feminine, aber dennoch gewagte Art wider, wahren *Chic* auszudrücken.

Es ist eine honigsüße, einschmeichelnde und luxuriöse Mischung aus zahlreichen Blumen – hauptsächlich Rose, Jasmin, Veilchen, Orangenblüte und Mimose, versehen mit einem Hauch Ringelblume, Basilikum und Cassia-Knospen. Bergamotte und Pfirsich fügen dem Ganzen einen fruchtigen Akzent hinzu, während Patchouli, Ylang Ylang, Moschus und Moos unter der funkelnden Oberfläche pulsieren.

Nina Ricci hat einmal erklärt, jedes ihrer Parfüms müsse ein Kunstwerk sein, und **Nina** ist die Quintessenz dessen, mit seiner weiblichen Zartheit, dem schweren, berauschenden Duft, der Köpfe verdreht. Mit seiner ruhigen Selbstsicherheit und Haltung und der schmeichelnden Art hüllt es jede Frau in einen Duft, der die Luft vor Erwartung bersten läßt. Könnten Sie nicht auch ein bißchen Gefunkel vertragen?

KL
flüssiges Dynamit

Nicht nach Kuala Lumpur, sondern nach Karl Lagerfeld höchstpersönlich ist dieses Parfüm benannt!

Als es 1982 auf den Markt kam, wurde es sofort ein Hit. Aber aus irgendeinem Grund ließ seine Beliebtheit nach (wie bei so vielen kräftigen Orientalen) als die an die leichteren und fruchtigeren Düfte in Mode kamen. Doch **KL** hat die »Obstsalat«-Mode überlebt, und Duty-free-Geschäfte und Parfümerien haben es immer noch auf Lager. (Orientalen haben das Geschick trotz allem zu überleben – denken Sie nur an die ungebrochene Popularität von **Shalimar** und **Opium**.)

Aber zwischen diesen drei Parfüms liegen Welten. **KL** ist viel bestimmter, aber weniger blumig, konzentriert sich vielmehr auf eine Explosion verschiedenster Gewürze – Gewürznelke, Zimt, Piment, Kardamom, Vanille, Kreuzkümmel, Koriander, Myrrhe und Weihrauch

–, die viel zu extrem wäre, würde sie nicht durch den süßen Akkord von Rosen und Jasmin unter einer Schicht aus Ylang Ylang und Orchidee besänftigt werden. Mandarine und Bergamotte steuern angenehme Frische bei, während in dem großen Kessel verführerisch Patchouli, Ambra, Benzoin und Styrax vor sich hin köcheln. Hinzugegeben wird noch ein kräftiger Schuß Schwarzer Johannisbeere.

KL hält sich erstaunlich lange auf der Haut. Gehen Sie also sparsam damit um, was mit einem so prachtvollen Parfüm wie diesem nicht gerade einfach ist. Und tragen Sie es niemals da, wo Understatement angesagt ist; es ist eine kajaläugige Haremsdame, die entflohen ist, um nie wieder in die Gefangenschaft zurückzukehren. Wie Lagerfelds Haute Couture ist sie unberechenbar und aufmüpfig und läßt angesichts von Veränderungen jegliche Vorsicht außer acht. Dasselbe gilt vielleicht auch für Sie, wenn der Alltagstrott zu langweilig geworden ist. **KL** ist feurig, beharrlich und üppig, aber es hat nicht die Absicht, Gipfel zu erklimmen. Lieber faulenzt es am örtlichen Lotosteich.

RED JEANS
entspannend

Die drei großen Parfüms von Versace haben alle Format, unterscheiden sich aber in ihrem Grad an Weltgewandtheit und barocker Eleganz. **Red Jeans** wurde (ebenso wie seine neuen Begleiter **Yellow Jeans** und **White Jeans**) extra kreiert, damit sich die Versace-Dame in einem Parfüm entspannen kann, das weniger fordernd auftritt – wenn sie also in ihre Versace-Jeans und das passende Top steigt und »die Puppen tanzen läßt«. Mit anderen Worten, Sie sehen immer noch toll aus und riechen auch so, aber es kostet nicht soviel Mühe.

Red Jeans hat absolut nichts Kompliziertes. Es ist ein schon fast leichtfertig zu nennender Cocktail aus Freesien, zarten Wasserlilien, gerade geöffneten Jasminknospen, noch mit einem Hauch grüner Unreife, einem Spritzer Veilchen und Veilchenblatt, einer Schwade Sandelholz und Tonkabohne, die dafür sorgt, daß sich die schwebenden Töne setzen, und einer geheimen Zutat, die die sanfte Wärme von Kaschmir verströmt. Was immer das ist, es verleiht **Red Jeans** eine unterschwellige, erdige Note, die verhindert, daß es sich in seinem eigenen, sensationellen Schwindel auflöst.

Red Jeans ist ein leichtes, spritziges, lässiges Parfüm mit viel Chic. Es ist alles andere als ein Billigparfüm und verlangt den Respekt, den sein Label verdient. Auf keinen Fall ein Duft für eine große, elegante Veranstaltung, aber perfekt geeignet für eine Party. Das beste ist, daß dieses Parfüm Sie selbst dann zum Lächeln bringen kann, wenn Sie es eigentlich nicht wollen. Es nimmt Sie auch auf den Arm, wenn Sie sich selbst mal wieder zu ernst nehmen und niemand den Mumm hat, Ihnen das zu sagen.

SPELLBOUND
radikal und mutig

Viele Frauen haben eine Abneigung gegen diesen potenten und beharrlichen Verführer, wahrscheinlich, weil sie mit seiner hochdramatischen Art nicht umgehen können.

SpellBound kann ein wenig einschüchternd wirken, und das Geheimnis liegt auch hier wieder darin, nicht zu übertreiben – ein kleiner Spritzer oder Tupfer auf den Puls reicht für Stunden.

Es ist ein radikales Parfüm, mutig und nachdenklich, mit dem eindringlichen Aroma würziger Blumen wie Nelken und Heliotrop, unterstrichen noch von Tuberose, Orangenblüte, Narzisse, schwarzer Rose und Jasmin und dank Zedern- und Rosenholz mit einer kräftigen holzigen Note versehen, ehe die wahrhaft schweren Düfte von pfeffrigem Piment, Koriander, Gewürznelke, Opoponax, Schwarzer Johannisbeere und Moschus die schwelende Mischung mit ihrem orientalischen Geruch ersticken, der von atemberaubender Intensität ist. Halbe Sachen sind nichts für **SpellBound**!

Seine magische Wirkung hängt einzig und allein davon ab, wie diskret Sie es verwenden – eine faszinierende Aura wird absolut anziehend wirken; nehmen Sie jedoch zuviel, schleudert es seine Herausforderung förmlich hinaus, die man nun annehmen kann oder auch nicht. Aber der Fehdehandschuh, den **SpellBound** zu Boden wirft, ist aus Samt, nicht aus Stahl. Es ist vielleicht ein bißchen zu ängstlich bestrebt, ein Turnier auszutragen, aber auch nur, wenn Sie mitspielen. Ich muß allerdings sagen, es wäre ein ziemlich ungleicher Wettbewerb, und Sie werden wahrscheinlich wieder gewinnen – und das ist der eigentliche Grund, warum Lauder dieses Parfüm, das ein Nein als Antwort einfach nicht gelten läßt, kreiert hat.

Der Vorteil, zwischen zwei Tierkreiszeichen geboren zu sein: die freie Auswahl

Es bedeutet nicht nur Verwirrung, daß Sie sich weder dem einen noch dem anderen Sternzeichen zugehörig fühlen oder den Eindruck glauben, von beiden etwas zu haben – wenn Sie ganz am Ende vom Steinbock* geboren sind. Natürlich können Sie Ihre Parfüms einfach aus den Vorschlägen für Steinbock und Wassermann wählen, aber passen Sie auf! Je nach Ihren ganz persönlichen Eigenheiten passen sie vielleicht nicht alle zu Ihnen. Deshalb habe ich ein paar ausgesucht, die jedes Parfümproblem oder jede Unschlüssigkeit lösen könnten.

Die Wahl bleibt auf jeden Fall Ihnen überlassen, also: Viel Spaß beim Aussuchen! Hier sind sie:

- **Trésor** von Lancôme
  Typ: blumig/fruchtig
- **Donna Trussardi** von Trussardi
  Typ: blumig
- **Tommy Girl** von Tommy Hilfiger
  Typ: blumig/fruchtig

TRÉSOR
nostalgisch

Weder Steinbock noch Wassermann sind für Sentimentalität bekannt, aber sanfte Nostalgie ist eine Eigenschaft, die beiden Zeichen hin und wieder gut anstün-

---

* Wenn Sie ganz am Anfang des Steinbock-Zeichens geboren wurden, sollten Sie sich auch noch einmal die Auswahl für die Menschen ansehen, die zwischen Schütze und Steinbock zur Welt gekommen sind. (S. 312 ff., 320, 349)

de – dem Steinbock, um seine Anspannung zu verringern, und dem Wassermann, damit er weniger losgelöst wirkt. **Trésor** ist für beide der perfekte Balsam – ein lieblicher, rosenduftiger Charmeur, elegant, graziös und ausgeglichen. Sie finden es anfangs vielleicht ein wenig zu süß, aber seine berauschende Kopfnote aus weißen Rosen weicht allmählich der sanften Überzeugung von Aprikose, Pfirsich und Flieder, durchzogen von weichen Wellen von Veilchen, Jasmin, Maiglöckchen und vollem Heliotrop, und das Ganze unterstrichen von Moschus und Vanille. Es ist eine hypnotische und warme Zusammenstellung, sehr selbstbewußt, aber nicht im geringsten aggressiv. **Trésor** bedeutet Schatz, und das wird dieses Parfüm für diejenigen werden, die erkennen, daß es nicht von ihrer Einzigartigkeit ablenkt, sondern sie im Gegenteil noch verstärkt, selbst wenn sie gelegentlich Schwäche zeigen.

DONNA TRUSSARDI
jung und gewinnend

Das ist die Neue – und sie ist hübsch! Für junge Steinböcke reicht es, um Eindruck auf den Jungen von nebenan zu machen, und für Wassermänner ist es freundlich genug, um die ganze Straße für sich zu gewinnen! **Donna Trussardi** ist nicht sehr ernst, aber gewiß auch nicht naiv. Es ist ein Bouquet aus Jasmin, Hyazinthe und Maiglöckchen, mit einem frischen Spritzer Mandarine und einem Hauch Kardamom, Koriander und Ingwer. Ein kesses kleines Ding also zu Anfang, das seinem Wesen mit Rose, Ylang Ylang und Veilchen sowie einem Hauch Schwarzer Johannisbeere und Patchouli eine erwachsene Note verleiht. Dank seiner glücklichen Einstellung und gewinnenden Art ist es total entwaffnend. Wenn **Donna Trussardi** erscheint, öffnen sich ihr alle Türen!

TOMMY GIRL
lustig und frech

Tut mir leid, aber mit diesem Duft spreche ich nur junge Steinböcke und Wassermänner an. **Tommy Girl** wurde für die köstliche Zeitspanne im Leben eines Mädchens geschaffen, die halb aus Kichern und halb aus Ernst besteht, die Zeit also, in der es versucht, seine Unabhängigkeit zu erklären und jeden, der sich ihr in den Weg stellt, als »alten Querkopf« bezeichnet. Nie wieder sind sie so energiegeladen, übersprudelnd, charmant oder offen wie in dieser Zeit, in der sie das Erwachsensein förmlich mit Füßen treten. **Tommy Girl** ist genauso frech und unverschämt, wie es sich anhört. Erinnern Sie sich nur an Doris Days Sturm- und Drangzeit, dann haben sie sein Territorium. Es ist spritzig dank Grapefruit, Mandarine und grüner, mit Spearmint gewürzter Blätter, ehe ein paar mehr oder weniger reife Blumen »herantänzeln« – Apfelblüten, Kamelienknospen, schwarze Johannisbeerknospen und hübsche, amerikanische Wildblumen, die sich nach dem Regen gerade geöffnet haben. Es ist so gemütlich wie Apple pie, so unschuldig wie Bambi und ungefähr so verführerisch wie das Tragen von Zahnspangen. Aber **Tommy Girl** definiert den Markt, für den es bestimmt ist ganz genau, und das können Sie nicht kritisieren – selbst wenn Sie zu alt dafür sind!

Der Steinbock-Mann:
der süße Duft des Erfolgs

Sie halten sich für die stillen Erfolgsmenschen – beharrlich, taktierend und erbarmungslos.

Sie erhalten eine Eins für Ihre Mühe, und ein Geschenk, das sicheren Aufstieg zum Erfolg symbolisiert und Pflichtgefühl widerspiegelt, sorgt dafür, daß Sie beim typischen Steinbock gut angeschrieben sind. Und es ist immer besser, bei ihnen beliebt zu sein, denn sie können wirklich unversöhnlich sein, wenn sie sich nicht richtig behandelt fühlen. Natürlich läuft alles auf das massive Ego des männlichen Steinbocks hinaus. (Denken Sie nur an Muhammed Alis bescheidenen Ausspruch: Ich bin der Größte!) Er versichert immer wieder, wie bescheiden er ist, aber glauben Sie ihm bloß nicht – er sehnt sich nach Anerkennung. Und vergessen Sie auch nicht, daß er der geborene Statussucher ist und sich alle erdenkliche Mühe geben wird, um seine Vorgesetzten zu beeindrucken.

Aber gehen Sie nicht zu hart mit ihm ins Gericht. Wenigstens ist er ehrlich, treu, ein harter Arbeiter und guter Familienvater. Und er meint es gut. Passen Sie also auf ihn auf – er ist ein kostbares, wenn auch manchmal konventionelles und langweiliges Stück –, und wenn er es auch nie zugeben würde, so liebt er es doch, Geschenke zu erhalten. Er sieht darin mehr Bewunderung als Schmeichelei. Schenken Sie ihm nichts Auffallendes oder Extravagantes. Das würde sein verantwortungsbewußtes Image schlecht vertragen. Etwas, das nach Prestige und Erfolg duftet, wird ihn insgeheim erschauern lassen. Steinbock-Männer sind wie kleine Jungen – sie haben immer gewußt, daß sie zum

Schulsprecher und schließlich zum Big Boss geboren sind.

- **Habit Rouge** von Guerlain
  Typ: grün/holzig
- **Pasha** von Cartier
  Typ: orientalisch/würzig
- **Eternity for Men** von Calvin Klein
  Typ: holzig/grün
- **Joop! Homme**
  Typ: holzig/würzig

Habit Rouge

Im Englischen meint es »rote Jagdjacke«, hat aber nichts mit der Fuchsjagd zu tun. Es ist vielmehr ein sehr vornehmer, anregender Duft, der Selbstsicherheit und *Bonhomie* verströmt. Zuerst riecht man frische Zitronenschale und Bitterorange, ehe dies dem maskulinen, erdigen Geruch von Patchouli und Ambra weicht, dem Gewürzspritzer abschließend noch eine gewisse Tollkühnheit verleihen. Da es sich seit 1965 sehr gut an anspruchsvolle und weltgewandte Herren verkauft, hat sich **Habit Rouge** seinen Platz als Klassiker in der Guerlain-Hierarchie erobert. Und zu Recht! Denn es ist weder laut noch penetrant, macht sich aber durch eine klare, forsche Lebhaftigkeit bemerkbar, die es zu einem Favoriten von Prinzen und Playboys gleichermaßen hat werden lassen. Ihr Steinbock gibt es vielleicht nicht zu, aber er würde alles darum geben, dieser Art Eliteclub anzugehören!

Pasha

Dank seines Cartier-Stammbaums und der prachtvollen Verpackung, die gerade genug Understatement betreibt, um ihre Überlegenheit zu demonstrieren, und des edlen, aber sinnlichen Duftes sollte dieses Parfüm ihn stark beeindrucken. Es strahlt unausgesprochene Autorität aus. **Pasha** ist nach den mächtigen türkischen Kommandanten benannt, die ihre Feinde lehrten, Allah zu fürchten. Es ist eine Mischung aus kostbarsten Gewürzen und Kräutern, aufgehellt mit Ambra und Sandelholz und großzügig mit Zitrusölen versetzt. Doch wenn sich **Pasha** erst einmal auf der Haut niedergelassen hat, steigen verschmitzte orientalische Düfte von Pfeffer und Minze auf, deren Spritzigkeit ihm ein wenig die stolze Würde nimmt und es irgendwie zugänglicher macht – ohne jedoch den Respekt vor seiner erhabenen Art zu verlieren. Das sollte die ehrgeizige Seite des Steinbocks ansprechen.

Eternity for Men

Um ihn nach all seinen Bergbesteigungen wieder auf die Erde zurückzubringen, sollten Sie es mit emotionaler Erpressung versuchen und zu **Eternity for Men** greifen – einem Geschenk mit einem solchen Namen kann sein Ego unmöglich widerstehen, und er wird es selbst dann benutzen, wenn es ihm nicht gefällt, einfach wegen der Assoziation von Engagement und Verpflichtung. Es ist ein sehr klarer Duft aus Lavendel und Mandarine, grün dank Basilikum und Vetiver, versehen mit einem Hauch von romantischem Jasmin und der sanften Sinnlichkeit von Sandelholz. Vielleicht ist es nicht unbedingt das, was Sie als einen parfümierten Hinweis aus den lustvollen

Seiten des Kamasutra bezeichnen würden, aber sinnlich genug, um ihm eine Ahnung von ewiger Glückseligkeit zu vermitteln, die möglicherweise sogar Sie einschließen kann! Ich würde mich nicht unbedingt darauf verlassen, aber einen Versuch ist es wert!

Joop! Homme

Genau wie der Steinbock-Mann ist dieser Duft ein Leistungstyp, ist es immer gewesen, seit er vor einigen Jahren auf den Markt kam. Er paßt perfekt zu dem Ruf des Steinbocks, ehrgeizig und zuverlässig zu sein – Sie kennen den Typ: anständig, ehrlich, hart arbeitend. Er führt ein ordentliches Leben und strebt immer nach Erfolg. Nun, oberflächlich betrachtet, ist **Joop! Homme** genauso mit seiner delikaten Mischung aus zitronigem Bergamotte und männlich-holzigem Sandelholz und Vetiver. Aber so, wie den guten, alten Steinböcken manchmal eine dunklere, verborgenere und sinnliche Seite innewohnt, die sie in die Ferne zieht, so ist es auch mit **Joop! Homme** und seiner sinnlichen Würze aus Zimt, Tonkabohne und Honig. Sie verleiht ihm eine Seite, die viele Frauen faszinierend finden. Aber genau wie die alten Böcke zieht es nicht zu weit davon – es ist ein treuer Kerl, der den Berggipfel zwar als Herausforderung betrachtet, dabei aber nie vergißt, wie gemütlich und warm das heimische Bett ist.

Wem steht was und wann:
So holen Sie das Beste aus Ihren Parfüms heraus

Parfüms sind nicht nur Erweiterungen Ihrer Persönlichkeit, sie unterstreichen auch Ihr Aussehen und die

Stimmung, in der Sie sich gerade befinden. Um die besten Eigenschaften zum Vorschein zu bringen, sollte man sie mit Respekt ihrem jeweiligen eigenen Charakter gegenüber behandeln. Auch Parfüms haben ihre Grenzen, genau wie Sie. Manche eignen sich besser für einen verführerischen Abend, andere für den Tag. Hieraus folgt, daß leichtere Parfüms sich bei wärmerem Wetter wohler fühlen, die schwereren dagegen im Herbst und Winter. Auch das Alter spielt eine wichtige Rolle: Jüngere Frauen meiden wahrscheinlich ganz automatisch die ultra-eleganten Düfte (oder sollten es zumindest tun), während reifere Frauen erkennen sollten, daß ihre Zeit für die frechen, heiteren Parfüms abgelaufen ist. Ihr Teint ist nicht so wichtig, wenngleich ich glaube, daß dunklere Frauen – als Faustregel – automatisch zu den üppigen, orientalischen Düften neigen, während Blondinen (echt oder gefärbt) romantischere und frischere Parfüms bevorzugen. Das ist auch die Grundlage für die leicht nachzuvollziehende Tabelle. Sie ist aber nur als hilfreiche Empfehlung gedacht, nicht als starre Regel.

Basiswaffen

	Zeit		Alter		Typ		Wetter	
Parfüm	Tag	Nacht	Jung	Älter	Hell	Dunkel	Warm	Kalt
First		*		*	*	*	*	*
Bal à Versailles		*		*	*	*	*	*
Youth Dew		*		*		*		*
Private Collection	*	*	*	*	*	*	*	
Jil Sander No. 4	*	*		*	*	*		*

Geheimwaffen

	Zeit		Alter		Typ		Wetter	
Parfüm	Tag	Nacht	Jung	Älter	Hell	Dunkel	Warm	Kalt
5th Avenue	*	*	*	*	*	*		*
Nina	*	*	*	*	*	*	*	*
KL		*	*	*		*		*
Red Jeans	*		*	*	*	*	*	
SpellBound		*		*		*		*

Steinbock/Wassermann

	Zeit		Alter		Typ		Wetter	
Parfüm	Tag	Nacht	Jung	Älter	Hell	Dunkel	Warm	Kalt
Trésor	*	*	*	*	*	*	*	*
Donna Trussardi	*	*	*		*	*	*	
Tommy Girl	*	*	*		*	*	*	

Schütze/Steinbock

	Zeit		Alter		Typ		Wetter	
Parfüm	Tag	Nacht	Jung	Älter	Hell	Dunkel	Warm	Kalt
Versus Donna	*	*	*		*	*	*	
Gardenia	*	*	*	*	*	*	*	*
Jolie Madame	*	*		*	*	*	*	*

Herrendüfte

	Zeit		Alter		Typ		Wetter	
Parfüm	Tag	Nacht	Jung	Älter	Hell	Dunkel	Warm	Kalt
Habit Rouge	*		*		*	*	*	
Pasha		*		*		*	*	*
Eternity for Men	*	*		*	*	*	*	*
Joop! Homme	*		*	*	*	*		*

Wassermann
20. Januar – 18. Februar

Sie und das Paradies

Wassermann-Geborene werden häufig als Wasserzeichen im Tierkreis eingeordnet, was natürlich nicht stimmt. Sie sind ein Luftzeichen, und ganz typisch dafür ist ihre elementare, aber unsichtbare Präsenz. Sie werden durch eine Person (normalerweise eine Frau) dargestellt, die einen Krug mit Wasser trägt, und das faßt ihre wichtigsten Eigenschaften mehr oder weniger zusammen. Sie sammeln die lebenserhaltenden Dinge und bringen sie anderen, um zu helfen und zu heilen. Das hört sich an, als wären sie helfende Engel, und häufig ist das auch der Fall. Aber manchmal schießen sie auch über ihr Ziel hinaus, und anstatt ein paar lebensrettende Tropfen Wasser zu bieten, ertränken sie den anderen förmlich in ihrer Großzügigkeit und guten Absicht.

Dazu möchte ich gleich anmerken, daß diese Großzügigkeit *nicht* materieller Natur ist. Bis zu einem gewissen Punkt ist sie praktisch, aber die dahinter stehenden Gedanken sind eher abstrakt-gütig als konkret-greifbar. Deshalb sieht man sie als einen Menschen, die man immer um Rat und Tat bitten kann. Sie sind immer da, immer zuverlässig, aber sobald sie ihre Aufgabe erledigt haben, scheinen sie sich in Luft aufzulösen. (Wahrscheinlich hat schon ein anderer um Hilfe gerufen, und sie sind bereits unterwegs.) Diese bewundernswerte Eigenschaft verhindert allerdings, daß sie dauernde

Verpflichtungen eingehen. Und das ist auch gut so, denn wenn ein Wassermann-Geborener sich auf eine einzelne Person einläßt, bedeutet das für ihn, daß er ins Schwimmen kommt – eine Situation, die ihm leicht über den Kopf wachsen kann. Diese Menschen schweben in höheren Regionen, und ihre kurzen Ausflüge zur Erde und in die Realität verlangen ihrem ätherischen und frei schwebenden Geist – der ewig auf der Suche nach Verbesserung, Offenbarung und Frieden ist – einfach zuviel ab. Sie sind ihr eigener Shangri-La, ihr Paradies, ihr entlegener und schöner, aber imaginärer, perfekter Palast. Hier lebt ihr Herz, schwingt sich ihr Geist empor, und genau deshalb lassen sie so selten jemanden zu nah an sich heran. (Schön, es mag den einen oder anderen geben, aber bestimmt nicht viele!).

Jedermann beneidet die Wassermänner, die scheinbar immer einen kühlen Kopf bewahren, scharfsinnig und erfinderisch in erstaunlich vielen Bereichen sind und selbst in der heikelsten Situation nicht den Kopf verlieren. Sie haben keine Ahnung von ihrem angeborenen Mangel an Selbstvertrauen. Und genausowenig sind sie sich ihrer Unfähigkeit bewußt, viele ihrer Träume in die Realität umzusetzen.

Der Grund dafür ist einfach. Niemand soll zuviel von ihnen und ihren innigsten Wünschen wissen. Aus irgendeinem Grund finden sie das erniedrigend und aufdringlich. Ihre Intimsphäre und ihre Unabhängigkeit sind ihr kostbarster und bestgeschützter Besitz, und wenn es innere Kämpfe zu bestehen gilt, dann kämpfen sie allein. Sie sind eine Einmann-Armee, was ihre Egozentrik, ihre Zurückhaltung und ihre ausgeprägten Vorstellungen von allem erklären. Aber sie sind alles andere als vage oder zurückhaltend, wenn sie ihre Meinung äußern sollen. Und sie erwarten, daß man diese als absolute Tatsache akzeptiert. Zum Glück glaubt man ihnen, weil sie so nett und vernünftig sind, und so gibt es in ihrem Leben nur wenig Streit. Sie wollen keine Diskussion – sie wollen akzeptiert werden!

Die Kommunikation ist ihr stärkster Verbündeter – sie interessieren sich wirklich für Menschen, für Reformen, die das Leben für die Menschheit besser machen, sie möchtest das Gute über das Schlechte triumphieren und die Unterdrückten befreit sehen. Deshalb geben sie auch die besten Verfechter einer Sache ab, vor allem, wenn es um die Rechte der Frauen geht. Ein Mann, der ihre Meinung zu diesem Thema in Frage stellt, fordert Kritik geradezu heraus. Sie werden nicht ausfallend, sind aber fest entschlossen, ihn zu ihrer (und anderer Frauen) Sichtweise zu bekehren. Das kann dazu führen, daß man ihnen Vorurteile gegenüber Männern vorwirft. Das stimmt zwar nicht, zeigt aber wieder einmal, daß ihnen Prinzipien wichtiger sind als Kompromisse, an die sie kaum jemals auch nur einen Gedanken verschwenden.

Wassermann-Geborene sind keine wechselhaften Persönlichkeiten. Sie können zwar aufbrausen, wenn man sie überrascht, auch exzentrisch sein, wenn sie sich zu weit von der Realität entfernen, aber ihre Zuverlässigkeit und ihr Mitgefühl, ihre immerwährende Freundlichkeit und Hilfsbereitschaft sowie ihre beispielhafte Höflichkeit sind Eigenschaften, die bewundert und respektiert werden sollten. Wenn sie doch nur ein bißchen weniger streng und unsentimental wären, wenn sie sich doch nur eine dickere Haut zulegen und ein bißchen flexibler sein könnten – sie wären die reizendsten Seelen im Tierkreis. Aber auch sie sind ja nicht perfekt. Vielleicht wird ihr Shangri-La langsam einem Kloster zu ähnlich. Vielleicht sollten sie dann alle Vorsicht außer acht lassen und ein paar Leute in ihr Paradies einladen – sie können sie ja mit dem kostbaren, lebenserhaltenden Wasser salben, wenn sie die geheiligte Schwelle übertreten! Doch zum Geben gehört mehr als die gute Absicht. Manchmal werden sie ihre Großzügigkeit vielleicht auf rein materielle und emotionelle Art zeigen müssen. Wassermänner stehen in dem Ruf, nett, aber ein bißchen geizig zu sein. Vielleicht sollten sie ihre Besucher mit gutem Wein willkommen heißen statt mit kostenlosem Wasser?

Wassermann-Stil

Wassermann-Geborene sind von Natur aus peinlich genau, wenn es um ihre persönliche Erscheinung geht – von helfenden Engeln erwartet man schließlich auch nicht, daß sie verwahrlost aussehen. Gewöhnlich findet man sie in anspruchsvollen Berufen – vom Flugbegleiter bis in die Werbung und Verwaltung, Bibliothekare und Lehrer – , in denen sie entweder Uniform tragen (was ihnen gefällt), oder in der Kunst oder anderen kreativen Berufen, in denen sie ihre höchst individuelle Art des Sich-Kleidens ausleben und damit ihre Lebenseinstellung zum Ausdruck bringen können. Das läßt sich auch auf ihr Heim übertragen, wo man ihren Stil am besten als schlicht und ordentlich bezeichnet oder ihn, im Gegenteil, willkürlich und exzentrisch (oder einfach unordentlich!) nennen muß. Aber eigentlich lieben sie es, wenn alles in Ordnung ist – vor allem ihr Image nach außen!

Sie neigen zum Ungewöhnlichen – Möbel, die irgendwie anders sind, gediegene, aber originelle Ausstattung, Farben, die ihre gelassen-heitere Selbstbeherrschung widerspiegeln. Sie mögen keine grellen Farben, sondern ziehen klare Blautöne, ruhige neutrale, cremige Farben und zarte, helle Nuancen vor. In Schwarz oder Rot fühlen sie sich selten wohl – vielleicht hat es etwas mit den feurigen Tiefen zu tun, die ihrem luftigen Wesen widerstreben. Hingegen lieben sie Lebhaftes, Vibrierendes. Es darf nur nicht vulgär sein.

Sie beschränken sich auf das Wesentliche. Manch einer würde ihren Stil streng und spartanisch nennen, aber tatsächlich wählen sie die Gegenstände sorgfältig aus – eine Harmonie aus Raffinesse und Ausgewogenheit, ohne Überflüssiges oder Widersprüchliches. Hin und wieder machen sie aber gern »klar Schiff«, hauptsächlich, um die anderen daran zu erinnern, daß auch sie ziemlich unberechenbar und sogar nonkonformistisch sein können. Sie lieben es, ihre Mitmenschen zu überraschen, damit sich diese keine zu feste Meinung über sie bilden (oder der Wirklichkeit zu nah kommen). Das heißt, sie sorgen schon dafür, daß niemand sie als langweilig bezeichnen kann, und erinnern die anderen daran, daß sich ein ruhiges Lüftchen schnell in eine Brise, einen Wind oder sogar einen Wirbelsturm verwandeln kann – selbst in *ihrem* gewöhnlich so ruhigen Leben in ihren Luftschlössern!

Ihr äußerer Ausdruck ist *Altruismus,* ihr innerer Kern *Vorstellungskraft*.

Dies läßt sich nun in die für die Wassermann-Geborenen am besten geeigneten Parfüms umsetzen. Ich habe sie in zwei Kategorien eingeteilt:

1. *Basiswaffen* – die überaus wichtigen Basisparfüms, die Ihnen am besten stehen sollten. Sie bilden den Kern Ihres Parfümarsenals.
2. *Geheimwaffen* – sie unterstreichen die Basisdüfte, sind gewagter und ausgefallener, sollten aber immer noch zu Ihnen passen.

Es gibt auch eine Auswahl von Parfüms für diejenigen, die zwischen den Tierkreiszeichen Wassermann und Fische geboren sind, sowie eine Reihe von Herrendüften, die man dem Wassermann-Mann schenken kann. (Wenn Sie zwischen Steinbock und Wassermann geboren sind, finden Sie weitere Parfüms auf den Seiten 341 ff., 349, 381). Ich habe jedes Parfüm einer bestimmten Kategorie zugeordnet. Am Ende des Kapitels sind alle Parfüms in einer Tabelle zusammengefaßt, die Ihnen verrät, ob sie besser für junge oder ältere Frauen, an warmen oder kalten Tagen, tags oder abends, für dunkle oder helle Typen geeignet sind.

**Basisparfüms:
der unentbehrliche Grundstock**

Eine Wassermann-Dame hat nicht gern übertriebene Geschäftigkeit um sich her. Folglich kommen verspielte Parfüms für Sie nicht in Frage. Sie werden wahrscheinlich nie zu einer begeisterten Parfümsammlerin werden, sondern suchen sich lieber drei oder vier Düfte aus, die Ihrer nüchternen Einstellung dem Leben gegenüber und ihrer gesicherten Position darin entsprechen. Es werden (hoffe ich) keine schweren, sinnlichen, bedeutsamen Orientalen sein, auch (so hoffe ich wieder) keine hübschen, verspielten und romantischen Düfte. Romantik klingt in Ihren Ohren nach Sentimentalität. Der für Sie richtige Duft sollte rein, klar, funkelnd und – vor allem – originell sein. Wenn Sie sich an derartige Parfüms halten, werden Sie den ruhigen Eindruck machen, der Ihrem Wesen eher entspricht als ein großer Auftritt in einem schweren, auffallenden Parfüm, in dem Sie sich ohnehin nicht wohl fühlen. Sie sehen im Parfüm kein Mittel, um etwas zu bekommen. Verführung ist für Ihr rationales Denken zu weit weg. (Sie halten das sogar für ausgesprochen komisch!) Sie erwarten von Ihrem Parfüm einfach, daß es unterstreicht, wer Sie sind und wofür Sie stehen, nämlich für Vornehmheit, Schlichtheit und Unabhängigkeit. Darum fühlen Sie sich zu sanften, aber aussagekräftigen Parfüms hingezogen, luftig und unkompliziert – mit einem Hauch von Schrulligkeit, der die Düfte und auch Sie vom Üblichen abhebt.

Verschönerungen nehmen Sie nicht so ernst, und es würde Ihnen genügen, sich einfach mit ein wenig Kölnisch Wasser zu bespritzen, wäre da nicht auch Ihr Bedürfnis, mit der Zeit zu gehen und originell zu sein. Die folgenden Parfüms sollten dem erfolgreich Rechnung tragen:

- **Eau d'Eden** von Cacharel
  Typ: blumig/fruchtig
- **Anaïs Anaïs** von Cacharel
  Typ: blumig

- **L'Eau D'Issey** von Issey Miyake
  Typ: fruchtig/blumig
- **Jaipur** von Boucheron
  Typ: fruchtig/orientalisch
- **Feminité du Bois** von Shisheido
  Typ: holzig

EAU D'EDEN
glücklich-heiter

Dies ist die neuere, jüngere und leichtere Version von **Eden**, die ihren älteren Namensgenossen zweifellos mit ihrer sensationellen, rassigen und kapriziösen Art den Rang ablaufen wird. Auch wenn **Eden** seine Glanzzeit überschritten haben mag, so setzt dieser elfengleiche Emporkömmling doch zumindest die Tradition eines raffiniert komponierten, üppig-frischen Duftes fort.

Eau d'Eden dreht sich eher um den Garten Eden als um seine ungezogenen Bewohner. Sie müssen es also nicht mit einer verführerischen Schlange aufnehmen. Es gleicht vielmehr einer seelsorgerischen Annäherung an die elysischen Gefilde von Frieden und Harmonie, durch die Wassermänner gerne streifen, mit einem engelsgleichen Lächeln im Gesicht. Sie müssen allerdings ein junger Wassermann sein – **Eau d'Eden** ist nicht für Frauen jenseits der Fünfundzwanzig gedacht, und selbst das ist schon hoch gegriffen. Aber es duftet köstlich und einladend dank der verspielten Zusammensetzung aus pfeffriger Kapuzinerkresse, gelber Iris, Pfirsich, Geißblatt, Jasmin, Sandelholz und weißem Moschus – und dem reizenden Paar aus Bartnelke und wilder Rose, das sich den unschuldigen

Festivitäten gutmütig anschließt. Es ist ein glücklich-heiteres Herumtollen – spritzig und frisch, mit Strahlen himmlischen Lichts durchsetzt. Weit und breit ist auch keine häßliche, alte Schlange in Sicht, die die Unachtsamen verführen will.

Die größte Herausforderung besteht darin, Ihre Aufmerksamkeit inmitten zahlreicher ähnlicher »lokker-flockiger« Düfte zu erregen, die so besessen davon sind, die Jugend anzuziehen, daß sie darüber fast vergessen, richtige Parfüms zu sein. Aber unter den erfahrenen Händen von Cacharel, die uns bereits mit **Anaïs Anaïs** bezaubert und mit **Loulou** verführt haben, ist hier ein gut komponiertes Parfüm entstanden, vom fesselnden, betörenden Duft bis hin zu der brillanten Flasche aus meerblauem Glas, der matten, silbrigblauen Kappe, die an einen Flußkiesel erinnert, und der kräftigen, himbeerrosa ausgeschlagenen Schachtel. Sie wissen, daß Sie sich mit **Eau d'Eden** sicher fühlen können – es gibt weit und breit keinen Apfel!

ANAÏS ANAÏS
engelsgleich

Dieses Parfüm wurde für Wassermann-Geborene geschaffen, die sich gerade in der Luft befinden, sowie für ihre Aura ewiger Unschuld – auch wenn sie sie schon längst verloren haben! Es ist eine symphonische Rhapsodie, nach einer persischen Liebesgöttin benannt, aber lassen Sie sich davon nicht zum Narren halten. **Anaïs Anaïs** ist alles andere als erotisch. Es verheißt Verführung auf eine viel zauberhaftere Art – nämlich mit seiner Unschuld, die sich mit der nostalgischen

Sehnsucht nach reiner Liebe mischt. Wer könnte einer solchen Aufforderung widerstehen?

Wie kann **Anaïs Anaïs** so wirken, ohne dabei übermäßig süß und romantisch zu sein? In erster Linie dank der Weißen Lilien. Jede Blüte dieser himmlisch duftenden, weißen Schönheiten liefert nur wenige Tropfen der kostbaren Lilienölessenz. Ihre Lieblichkeit wird dann mit Hyazinthe, Jasmin, Rose, Ylang Ylang und Maiglöckchen vergoldet, alles in einen »Heiligenschein« aus Orangenblüten, Vetiver und Eichmoos gehüllt, ehe kalifornisches Zedernholz das Ganze sanft überpudert. Seine hypnotische Beharrlichkeit schenkt den freimütigen Wassermännern gerade genug himmlische Munition, um attraktive, irdische Körper dazu zu verlocken, mit ihnen emporzusteigen, höher und höher, bis ins Paradies!

L'EAU D'ISSEY
ein Idealist

Issey Miyake ist so etwas wie ein mystisches Wunder, das auf den zivilisierten Dschungel der Pariser Haute Couture losgelassen worden ist. Mit seinen fabelhaften Phantasiegebilden im fließenden Design erstaunt und verblüfft er weiterhin. So war es keine Überraschung, als er ein für ihn typisches Parfüm suchte, daß er einigen ausgewählten Parfümeuren den Auftrag gab, einen unschuldigen Duft zu entwickeln, der klar wie Wasser sein sollte! Nun ist Wasser nicht gerade für seinen Duft bekannt, aber Miyake bestand darauf, das Unmögliche möglich zu machen, und es gelang tatsächlich! – mit seinem spektakulären und inzwischen legendären **L'Eau D'Issey**.

Die außergewöhnliche Flasche in der Form eines durchsichtigen Kegels mit einem schlichten, kugelförmigen Verschluß erinnert an einen Wassertropfen und reicht allein aus, um Wassermänner mit ihrem Sinn für Ausgewogenheit und Symmetrie zu überwältigen. Aber der Inhalt ist genauso erstaunlich. Man hat das Gefühl, die Transparenz und die Reinheit von Wasser sind in ein Meisterwerk aus Freesien, Aprikose, Gurke, Lilie, Rosenwasser, Peonie und Zyklame umgesetzt worden, in eine zart strukturierte und dennoch überraschend lang haftende Harmonie, die jeglicher Beschreibung trotzt. Es ist einfach phantastisch, unwirklich!

L'Eau D'Issey hebt sich von anderen Parfüms ab wie ein Wachtposten, sowohl physisch, dank des ausgefallenen Designs, als auch aufgrund des kompromißlosen Zusammenwirkens stark duftender Ingredienzien, die bis zur Anonymität verfeinert worden sind – der Quintessenz der Klarheit selbst, aber einer Klarheit, die Sie in eine andere Welt der Sinnlichkeit entführt, einer Sinnlichkeit, die an unfaßbaren statt wiedererkennbaren Gefühlen gemessen wird. Issey Miyakes unergründliche Welt von Annehmlichkeiten scheint hier in der Luft zu hängen, geheimnisvoll und außerhalb irdischer Reichweite. Wassermännern gar nicht so unähnlich, ehrlich!

JAIPUR
majestätisch

Wassermann-Damen, so gewissenhaft und streng sie sich auch geben, erkennen wahre Schönheit. **Jaipur** ist so stolz, zivilisiert und heiter-gelassen, daß selbst sie versucht sein könnten, in die Welt königlichen Luxus' vorzudringen. (Weniger ausgeprägte Wassermänner werden wahrscheinlich nicht zögern, es auszuprobieren.) **Jaipur**s Luxus ist nicht verschwenderisch oder prachtvoll – er ist geheimnisvoll, quälend, zaudernd. Es hat nichts von der theatralischen Dramatik einer Primadonna, wie sein Schwesterparfüm **Boucheron**, sondern trägt statt dessen einen Schleier, der faszinieren soll, statt Offensichtliches zu betonen.

Die ausgefallene Flasche erinnert an ein exotisches Amulett, und das ist auch nicht verwunderlich, schließlich war ein juwelenbesetztes indisches Armband, wie es einst die reichen Bräute von Jaipur trugen, wenn sie ihre Prinzen oder reiche Angehörige einer hohen Kaste ehelichten, die Inspiration. Das darin enthaltene Parfüm ist ein sanftes, orientalisches Flüstern – so sanft wie ein Kuß, den Ihnen erwartungsvolle Lippen zuhauchen. Zarte Schwaden von Pfirsich, Pflaume und Aprikose gleiten geschmeidig in einen Kranz aus Akazie, Freesie, schwarzer Rose, purpurnem Heliotrop und Veilchen, ehe sich die würzige Süße von Peonien hinzugesellt. Unter diesem hypnotisierenden Duft atmen Moschus, Sandelholz und Ambra. Nichts ist grell, heiß, nichts glimmt. **Jaipur** ist keine Sirene im Sari, sondern eine verführerische, aber exquisite, unschuldige Prinzessin. **Jaipur** ist cool und sinnlich und so vieldeutig wie ein tiefer Seufzer. Es ist für die Augenblicke bestimmt, in denen Ihre innigsten Sehnsüchte ein klein wenig Verstärkung brauchen, um Sie auf dem Weg zum Wassermann-Nirvana einen parfümierten Schritt weiterzubringen.

FÉMINITÉ DU BOIS
mystisch

Wenn Sie für einen Tag genug gearbeitet haben und das Bedürfnis verspüren, nachzudenken oder zu meditieren, dann wird dieses erstaunliche und überraschend andersartige Parfüm sie auf seinen duftenden Schwingen zu innerer Ruhe entführen.

Féminité du Bois ist eine Erfindung des phantasiereichen Designers Serge Lutens, der alles entwirft, was mit weiblicher Schönheit zu tun hat. Er ist es, der das verjüngte **Shiseido** zusammen mit seinen kühnen Designs und noch kühneren, drastischeren Schönheitsideen und Kreationen bei den eleganten Frauen von Welt aufs neue eingeführt hat. Und dieses rätselhafte Parfüm, so erklärte er, sollte die gewagte Neueinführung von **Shiseido** verkörpern.

Es ist kein Parfüm, das Frauen gefällt, die etwas Hübsches erwarten und statt dessen etwas Geheimnisvolles und Unkonventionelles vorfinden. Für manche riecht es wie Medizin, andere erinnert **Féminité du Bois** eher an ein furchtloses Tonikum. Auf jeden Fall ist es faszinierend dank seiner einzigartigen Zusammensetzung, die den hypnotischen Duft von Zedernholz aus dem Atlasgebirge in Marokko hervorhebt, das sich hinter Lutens Haus in Marrakesch entlangzieht. **Féminité du Bois** beginnt und endet mit dem Duft von Zedernholz, über einem Aroma von Orangenblüten, Honig, Gewürznelke, Kardamom, Zimt und Bienenwachs und der Zärtlichkeit von Moschus, die seine marokkanische Klangfülle fixieren soll, die einen nicht mehr losläßt. Welten trennen es von dem romantischen Duft von Rosen und Jasmin. In seiner sinnlich geschwungenen, purpurnen Flasche ist **Féminité du Bois** anders als jedes andere Parfüm. Es ist streng und doch sinnlich, eindringlich und dabei besänftigend, abenteuerlustig und gleichzeitig entspannend. Es ist ein Allheilmittel für Wassermänner, die vielleicht zu hoch geflogen sind, oder aber noch höher aufsteigen möchten, in andere Sphären.

Geheimwaffen:
die Überraschungen

Wenn ich behaupte, Ihr innerer Kern sei Vorstellungskraft, dann schließt das auch Ihre Neigung zur Phantasie ein – der Wunsch, mehr zu sein, als Sie sind. Dieser Teil von Ihnen wird häufig ignoriert oder blüht im verborgenen, aber er ist immer vorhanden, wie ein geheimes Refugium. Es ist Ihre Art, sowohl mit den weniger schönen Gegebenheiten des Lebens als auch mit dem umzugehen, was Sie an sich selbst als höchst unzulänglich empfinden. Dieses Refugium könnte man als den Garten Ihres Shangri-Las ansehen – einen Ort, an dem Sie inmitten Ihrer Phantasiewelt umherwandeln können, ohne jede Verpflichtung und mit der Möglichkeit, sich so zu sehen, wie Sie gerne sein würden – auch wenn es nur für kurze Dauer ist. Und gerade, weil Sie wissen, was wahre Schönheit ist, werden Sie immer mit allem fertig. Mit Hilfe dieses phantasievollen Bereiches in Ihnen können Sie Ihr eigenes Leben und das der anderen aufhellen. Sie müssen keine radikalen, persönlichen Veränderungen vornehmen, Sie müssen nicht einmal so tun, als wären Sie ein schönerer oder besserer Mensch. Sie brauchen einfach nur

Sie selbst zu sein, vielleicht ein bißchen weicher. (Geben Sie es zu: Manchmal finden Sie sich selbst zu streng!) Zeigen Sie diese sanftere Seite – sie muß ja nicht gleich weich sein, bloß bezaubernd weiblich und entspannt. Die Parfüms, die Sie meiner Meinung nach ausprobieren sollten, werden eine enorme Hilfe sein, weil sie alle schön und verträumt sind – ein paar sogar launig und lebhaft. Es sind exquisite, aber ungewöhnliche Blumendüfte oder Blumen- und Fruchtmischungen. Sie könnten auch aus den phantastischen Pflanzen komponiert sein, die in Ihrem Garten Eden wachsen. Es sind dies:

- **Jardins de Bagatelle** von Guerlain
  Typ: blumig
- **Giorgio Aire** von Giorgio Beverly Hills
  Typ: blumig/grün
- **Fleur de Rocaille** von Caron
  Typ: blumig/würzig
- **Laura** von Laura Biagiotti
  Typ: blumig/fruchtig
- **White Linen** von Estée Lauder
  Typ: blumig/grün

JARDINS DE BAGATELLE
bezaubernd schön

Die atemberaubend schönen Bagatelle-Gärten in Paris wurden 1777 für Marie Antoinette angelegt, und bis heute verblüffen sie im Frühjahr und Sommer Besucher mit Tausenden und Abertausenden von Rosen und blühenden Knollengewächsen, die ihren berauschenden Duft in herrlichen Durcheinander verströmen. Diese hypnotische Phantasie inspirierte Jean-Paul Guerlain 1983 zu seinem **Jardins de Bagatelle**. Eine wahrhaft himmlische Inspiration!

Sein prachtvolles Bouquet ist so kunstvoll komponiert, daß nicht einmal die dominante Note von Tuberose den süßen, sehnsüchtigen Duft von weißer Rose, Jasmin, Magnolie, Maiglöckchen und Narzisse übertönt. Zusammen mit dem Aroma von Orangenblüten, Veilchenblättern, Bergamotte und Vetiver entsteht so ein freudiges und unbeschwertes Jubeln, dem selbst der unromantischste und pragmatischste Wassermann nur schwer widerstehen kann.

Jardins de Bagatelle ist eine typisch Pariser Verzückung. Es ist jedoch kein träger Faulenzer, der bewundert und angebetet werden will. Dafür ist es zu überschwenglich. Es ist vielmehr ein energiegeladenes Parfüm – lebenssprühend und sich seines eleganten und klassischen Erbes wohl bewußt. Es ist eines der Parfüms, die nicht darauf warten, daß etwas passiert – es stürzt sich ins Geschehen und bestimmt mit. Wenn Sie sich also schon in der ungewöhnlichen Rolle der kapriziösen Koketten oder der gelassenen Dame gesehen haben, die darauf wartet, daß etwas Wunderbares geschieht – vergessen Sie es! Diese blumige Fanfare wird es locker mit Ihrer Lebhaftigkeit aufnehmen und von Ihrem Ruf als nüchterner, ernster Mensch ablenken.

GIORGIO AIRE
eine frische Brise

Viele Wassermänner lieben frische Luft, Sonne und sogar Sport! Andere behaupten, sie hätten zuviel zu tun, um sich in derart »luftigen Dingen« zu ergehen. Wie dem auch sei, ein Schuß **Giorgio Aire** wird Ihre Lebensgeister mobilisieren, Ihnen neue Energie zuführen und auch für gute Laune sorgen, wenn es nötig ist. Außerdem kann dieser Duft Sie mit Leichtigkeit in geheime Regionen des schönsten Wunschdenkens entführen – etwas, was man bei den meisten Wassermännern nicht so leicht bemerkt.

Ehe wir uns jedoch näher mit diesem Parfüm beschäftigen, muß ich Ihnen sagen, daß Sie sich wegen dieses entfernten Verwandten keine Gedanken machen müssen, sollten Sie eine Aversion gegen **Giorgio Beverly Hills** hegen. Wenn Sie andererseits die Kraft von **Giorgio** mögen, ist dies die perfekte Ergänzung, falls Sie ein leichteres Parfüm bevorzugen. Sie ähneln sich nicht sonderlich, abgesehen von ihrem überschäumenden Wesen und ihrer Verpackung. (**Giorgio Aire** hat blaue Streifen anstelle der gelben.)

Giorgio Aire stammt aus Kalifornien, und seine komplexe Komposition besteht größtenteils aus den vielen duftenden Wildblumen, die dort wachsen. So überrascht es nicht, daß seine wichtigsten Düfte ziemlich exotisch sind und sich in anderen Parfüms nicht finden. Da gibt es die wilde, rosa Kamelie mit ihrem betäubenden, aber strahlenden Duft, Roten Kalifornischen Mohn (das Symbol des Staates), von dem es heißt, er hätte einen kräftigen, berauschenden Duft, gelbe Lindenblüten mit ihrem therapeutischen, an Limonen erinnernden Aroma, die purpurfarbene, amerikanische Windblume, die den sinnlichen Geruch wilder Passionsfrüchte verströmt, weiße Tuberanthie, die der Tuberose ähnelt, sowie grüne Bambusblätter mit ihrem vollen, saftigen und frischen grünen Duft. Diese Mischung von Blumen wird dann von einer kräftigen Dosis aus natürlichem Sandelholz, Ringelblume, Ambra und einem Spritzer Vanille fixiert.

Giorgio Aire ist frisch wie die Prärie und nicht annähernd so hartnäckig wie sein Verwandter, hebt sich aber dennoch von der Menge ab – auf dezente Art, wie ich zu meiner Freude feststellen konnte.

Wassermänner werden die ehrliche und direkte Art mögen und sich auf seine Lässigkeit verlassen, auf seine sonnige Unschuld und die sprühende Phantasie, die einem erschöpften Geist, der ein wenig Aufmunterung nötig hat, einen leichten Schubs versetzen können.

FLEUR DE ROCAILLE
leicht und lieblich

Das angesehene Haus Caron hat dieses himmlische kleine Meisterwerk bereits 1933 kreiert. Als **Fleurs de Rocaille** (Felsenblumen/Steinblumen) wurde es überraschend erfolgreich bei modebewußten jungen Damen, die sich von den üppigen, orientalischen Parfüms ihrer Mütter lossagen wollten. Nie zuvor war etwas derart Leichtes und Liebliches komponiert worden, und die Generation, die gerade die Backfischzeit hinter sich gelassen hatte, machte es zu ihrer eigenen Aussage. Das klingt jetzt vielleicht ein bißchen übertrieben, nachdem seine bahnbrechende Rezeptur von Hunderten ähnlicher Möchtegernparfüms imitiert und verhunzt worden ist, so daß man es vielleicht gar nicht mehr so originell findet.

Aber Caron hat es in leicht veränderter Zusammensetzung wieder auf den Markt gebracht (wenngleich man es auch jetzt nur in Parfümerien und einigen Duty-free-Geschäften findet). Es wurde auf subtile Art modernisiert, ist jedoch spritzig wie eh und je. Rosen, Jasmin und Veilchen verleihen **Fleur de Rocaille** noch immer seine Zartheit, aber der unterschwellige Duft von Nelken, Flieder und Maiglöckchen, sanft unterstrichen von Sandelholz und Moschus, wird jetzt stärker hervorgehoben. Unter seiner unschuldigen Süße ist **Fleur de Rocaille** jetzt ein wenig anspruchsvoller und eindeutig weltlicher.

Insbesondere für junge Wassermann-Damen ist **Fleur de Rocaille** das ideale Erstparfüm, ganz Charme und Koketterie, aber mit einem leisen Lächeln in die richtige Richtung. Es erinnert mich immer an Alpenblumen im Frühling – frisch und scheinbar zart, aber doch ganz und gar nicht scheu. Die Rolle der schwer zu Erobernden ist nur gespielt. Wassermänner jeden Alters können sich damit identifizieren!

LAURA
ein Träumer

Einen krasseren Gegensatz zu Biagiottis knalligen Parfüms **Roma** und **Venezia** kann es kaum geben! Aber offenbar hatte die Königin der italienischen Konfektionsmode beschlossen, das stürmische italienische Temperament ein wenig zu zügeln, und zwar mit einem Parfüm, das die lockere und lässige Straßeneleganz widerspiegelte, und so wurde **Laura** geboren. Es ist ein ausgesprochen zurückhaltendes, geschmeidiges Parfüm, zu dem augenscheinlich die friedlichen, klaren Gewässer der norditalienischen Seen angeregt haben, was sich sowohl in der ruhigen Heiterkeit des Duftes als auch in seiner großen, durchsichtigen Flasche mit dem himmelblauen Verschluß zeigt. Sehen Sie Gedränge, Hetze und Extravaganz vor sich, wenn Sie an Italien denken, dann ist **Laura** das direkte und zarte Gegenteil dazu. Es steht eindeutig für Norditalien.

Üppige, reife Früchte bilden die Basis, angeführt von hellen Pfirsichen, Lychees und Wassermelone. Ein Strauß aus Freesien, Wasserlilien, Rosenblättern und Veilchen (sowohl Blüten als auch Blättern) gesellt sich hinzu. Abgerundet wird das Ganze von grünem Farn, Vetiver, Sandelholz, einer Prise Vanille und ein paar Wacholderbeeren. Ein Parfüm, als schwebe der Kopf über den Wolken, kristallklar ist alles, so weit das Auge reicht. **Laura** ist gesellig, spritzig, ohne übermütig und frivol zu werden, so daß der Wassermann mit seiner Vorliebe für Diskretion keinem Affront ausgesetzt wird. Im Gegenteil, ich glaube, Sie werden **Laura** auf ruhige Art zielstrebig finden, dabei aber eindringlich genug, um die verborgenen Wünsche freizusetzen, die unter dem kultivierten Äußeren des Wassermanns lauern, mit dem Sie uns alle zum Narren zu halten glauben.

WHITE LINEN
entwaffnend fröhlich

Männer lächeln immer, wenn sie es an Frauen schnuppern. Und sogar Kindern gefällt es. Es paßt zu dem Image des Wassermanns und seiner genialen Art. Das hört sich jetzt vielleicht an, als wären sie schrecklich langweilig, aber es kommt ganz auf Sie an. Wenn Sie **White Linen** zur rechten Zeit am rechten Ort und mit den passenden Kleidern tragen und wenn Sie dann noch die lächelnde Haltung an den Tag legen, die es verlangt, kann es riechen, als wäre es extra für Sie kreiert worden.

White Linen ist zu einem festen Begriff in der Parfümwelt geworden. Seinen Erfolg hat es auf seiner lockeren, sommerlichen Lässigkeit aufgebaut. Es ist klar und rein, fröhlich und entwaffnend. Unwiderstehlich wäre wohl ein bißchen zu stark, aber seine Fröhlichkeit macht es schwer, es unbeachtet zu lassen. Sie müssen nur lernen, es großzügig aufzutragen – in Schichten, wenn Sie wollen, angefangen mit der Dusche. Es soll Sie wie eine Aura umgeben, nicht nur als vage Andeutung. Tragen Sie es meinetwegen den ganzen Tag über, aber abends lassen Sie es besser weg – es ist kein Partyhit und riecht bei großen Anlässen eindeutig ländlich-sittlich. Erwarten Sie auch nicht, daß es Wunder der Verführung vollbringt – es ist kein Vamp. Schmeicheln Sie ihm mit frechen Kleidern, aufregend, aber schlicht. Sie müssen nicht in weitem Leinenrock, durchgeknöpfter Bluse und Strohhut mit Gänseblümchen daran auftauchen! *So* wörtlich brauchen Sie den Namen nun auch wieder nicht zu nehmen.

Woraus ist **White Linen** komponiert? Es ist komplexer, als Sie vielleicht vermuten. Grundlage sind bulgarische Rose, Vetivergras von der Insel Réunion, Unmengen von Jasmin, Flieder, Geißblatt, Maiglöckchen und Hyazinthen, dazu grüne Blätter, Moos, Zitrusöle und schließlich noch würziger Piment aus der Karibik. All dies harmoniert auf die schönste Art und Weise und verleiht ihm einen Hauch von frischer Luft, kühl und rein. Sehen Sie also **White Linen** nicht als altmodisch an, sehen Sie darin vielmehr einen zuverlässigen, aber individualistischen Freund – das, was die anderen auch in Ihnen sehen.

Der Vorteil, zwischen zwei Tierkreiszeichen geboren zu sein: die freie Auswahl

Es bedeutet nicht nur Verwirrung, daß Sie sich weder dem einen noch dem anderen Sternzeichen zugehörig fühlen oder glauben, von beiden etwas zu haben – wenn Sie ganz am Ende vom Wassermann* geboren sind. Natürlich können Sie Ihre Parfüms einfach aus den Vorschlägen für Wassermann und Fische wählen, aber passen Sie auf! Je nach Ihren ganz persönlichen Eigenheiten passen sie vielleicht nicht alle zu Ihnen. Deshalb habe ich ein paar ausgesucht, die jedes Parfümproblem oder jede Unschlüssigkeit lösen könnten. Die Wahl bleibt auf jeden Fall Ihnen überlassen, also: Viel Spaß beim Aussuchen! Hier sind sie:

- **Les Belles de Ricci** von Nina Ricci
  Typ: fruchtig/blumig
- **XS Pour Elle** von Paco Rabanne
  Typ: blumig
- **Cabotine** von Grès
  Typ: blumig/grün

* Wenn Sie ganz am Anfang des Wassermann-Zeichens geboren wurden, sollten Sie sich auch noch einmal die Auswahl für die Menschen ansehen, die zwischen Steinbock und Wassermann zur Welt gekommen sind. (S.341 ff., 349, 381)

LES BELLES DE RICCI
eine zarte Ausschweifung

Erfrischend und frisch aus Paris kommt Riccis völlig unerwarteter kleiner Rebell, **Les Belles de Ricci**. Ich wage die Voraussage, daß es wie eine Bombe einschlagen wird, vor allem unter Teens und Twens, die ausgehungert sind nach einem Parfüm, das extra für sie und ihr Lebensgefühl geschaffen worden ist. Außerdem bin ich überzeugt, daß reifere Frauen sich entweder den Mut wünschen, es zu tragen, oder aber alle Vorsicht außer acht lassen und es einfach benutzen! Und warum sollten sie auch nicht? Es ist sensationell!

Dieses Parfüm ist kein Gebinde aus Herzen und Blumen. Von Anfang an schlägt es fröhlich über die Stränge, mit einer Rezeptur, die auf Tomaten beruht. Sie haben richtig gelesen: *Tomate*!

Nicht nur die Blüten, sondern auch die Blätter und die saftige Frucht. (Vergessen Sie nicht: Die Tomate ist *kein* Gemüse!) Die Kopfnoten, die in diesem Fall wirklich euphorisch sind, bestehen aus grünen Blättern (die einen tollen, spritzig-herben Duft verströmen, wenn man sie wässert), aus bitteren Orangen, Minze und Basilikum. Und als wäre das noch nicht gewagt genug, rauschen plötzlich die Herznoten mit leuchtenden Tomatenblüten, Freesien, Magnolie, Wisteria und der wunderbaren, süß-scharfen Kapuzinerkresse heran. Unter all dem ruht die Basisnote aus der üppig-sinnlichen Frucht der Tomate, reif, saftig, sommerlich, daneben süße Himbeeren, deren Duft einem das Wasser im Mund zusammenlaufen läßt, und schließlich noch das herb-würzig duftende Holz des Feigenbaums. Lebhaft und verschmitzt wie Elfen, die im hellen Sonnenlicht splitterfasernackt durch den Garten tollen, ist dieses Parfüm.

Les Belles de Ricci ist so süß und schelmisch, so verblüffend originell und unverfroren, daß Sie es auf jeden Fall ausprobieren sollten. Und wer könnte dieser herrlichen, giftgrünen und metallisch-rosa Verpackung und der chicen, spiralförmigen Flasche aus Mattglas schon widerstehen? Bestimmt nicht die hemmungslosen Fische oder junge Wassermänner, die zur Exzentrizität neigen. **Les Belles de Ricci** bedeutet auf jeden Fall Spaß, also toben Sie einfach mit!

XS POUR ELLE
Zelebration des Lebens

Wenn Sie sich den silbernen Verschluß einmal genau ansehen, erkennen Sie zwei Symbole – zum einen den Wassermann, zum anderen die Fische. **XS Pour Elle** wurde kreiert, um uns von einem astrologischen Zeitalter ins nächste zu begleiten, aber kaum ein Parfüm könnte geeigneter sein, die faszinierenden Menschen zwischen diesen beiden Sternzeichen zu umarmen. **XS Pour Elle** besitzt die Grazie, den Witz und die Verträumtheit dieser beiden Zeichen, dank frischem Zitrus, grünem Veilchen und Freesien, verstärkt durch üppige Flieder- und Ylang Ylang-Wolken und schließlich mit eleganter Peonie besänftigt. Es ist von einem wunderbaren Flair von Freiheit und Feiern umgeben, und – ein Kompliment! – seine Zutaten sind so ausgewählt, daß sie perfekt zu der männlichen Version von **XS** passen! Wenn Sie also einen Wassermann- oder Fischepartner haben oder ein Auge auf einen geworfen haben, wird **XS Pour Elle** außerordentlich erfolgreich sein, wenn er sein **XS Pour Homme** trägt. Sie werden ein sensationelles, strahlendes Paar abgeben.

CABOTINE
atemberaubend

Tut mir leid, aber wenn Sie das Vierteljahrhundert schon voll haben, dann sollten Sie einen Bogen um dieses Parfüm machen. Es ist ausschließlich für Menschen unter fünfundzwanzig! Das muß man akzeptieren, denn es gibt nicht viele Parfüms, die speziell für diese Altersgruppe geschaffen wurden. Klassische Parfüms schüchtern sie ein, und die neuen leichten Düfte sind zu kitschig für ihre elegant-sorglose Lebensart. So ist **Cabotine** in seiner limonengrünen Flasche mit der passenden grünen Schleife genau das Richtige. Und es duftet einfach himmlisch! Zunächst betört Sie der atemberaubende, exotische Duft der würzigen Ingwerblüte. Anschließend versinken Sie in einem Wirbel aus süßer, wilder Hyazinthe, sinnlichem Ylang Ylang, spritziger Mandarine, berauschender Orangenblüte und einem Hauch von Rose, Tuberose, Jasmin und Koriander, alles gewürzt mit Spritzern des Kassiabaums, mit Vanille, Galbanum und Ingwer. Seine Schöpfer beschreiben **Cabotine** als *un parfum presque innocent* – ein beinahe unschuldiges Parfüm – und das sagt doch schon alles! Es flirtet für sein Leben gern und liebt den Unfug, und genau das bedeutet auch das Wort »Cabotine«, nämlich schlicht und einfach »Unfug«.

Der Wassermann-Mann:
leicht zu lieben, aber schwer zu kriegen

Und das ist noch vorsichtig ausgedrückt. Wie viele Frauen haben sich einem Wassermann-Mann schon zu Füßen geworfen, nur um sehen zu müssen, wie seine geheiligten Füße einfach über sie hinwegsteigen und er sich in die Lüfte erhebt, wo ihm kein Sterblicher zu folgen vermag – häufig nicht einmal eine Wassermann-Frau! Es ist ein Jammer, denn häufig sind sie genau das, wonach sich ein Mädchen sehnt: ein intelligenter (aber nicht *zu* intelligenter) Mann, ein sanftes, mitfühlendes Wesen (wenn alles so läuft, wie *er* sich das denkt) und dieser seelenvolle Blick, als trüge er stumm an den heimlichen Narben, die ihm eine böse Frau in der Vergangenheit zugefügt hat (und die er bis zu seinem Tod ausnutzen wird, um Mitleid zu heischen). Wassermann-Männer sind schlaue Kerlchen! Sie lassen sich nicht festnageln – schon gar nicht von einer bewundernden Frau! Sie wollen die Wahl treffen und den ersten Schritt tun, was noch lange nicht heißt, daß es mehr wird als nur eine flüchtige Begegnung der engeren Art. Während Sie die Hochzeit planen, haben die sich längst aus dem Staub gemacht, sollten Sie auch nur eine Spur von Ihrer Absicht zu erkennen gegeben haben. Leider hält das die Frauen niemals zurück, die entschlossen sind, sie auf die Erde herabzuholen, und zweifellos stürzen sie los, um ihnen alle möglichen kostspieligen Geschenke kaufen, als Zeichen ihrer unsterblichen Zuneigung. Vergessen Sie's! Wassermänner verabscheuen Extravaganz und hassen es, wenn man vor ihren Freunden, von denen sie Tausende zu haben scheinen – die Sicherheit liegt in der Menge, meine

Liebe! – eine Show abzieht. Wenn es also um ein Parfüm geht (und sie lieben Parfüms und benutzen sie auch), vergewissern Sie sich, daß es natürlich, diskret, aber ein wenig ausgefallen riecht und daß es ein Designer-Label trägt, mit dem sie sich identifizieren können. Damit kriegen Sie ihn wahrscheinlich immer noch nicht an die Angel, aber vielleicht gibt er Ihnen im Vorübergehen einen flüchtigen Kuß auf die Wange, ehe er sich in Luft auflöst. Wassermann-Männer können entsetzlich undankbar sein!

- **Eau Sauvage** von Christian Dior
  Typ: zitronig
- **XS Pour Homme** von Paco Rabanne
  Typ: grün
- **Versace L'Homme** von Gianni Versace
  Typ: holzig/orientalisch
- **Cerruti 1881**
  Typ: zitronig/orientalisch

Eau Sauvage

Mit diesem Duft können Sie einfach nichts falsch machen. Wenn er sagt, er mag es nicht, dann meint er damit eigentlich, daß er *Sie* nicht mag. Es ist schon seit Ewigkeiten auf dem Markt, riecht aber immer noch so frisch wie neu. Es ist leicht, aber nicht matt, scharf, aber nicht gefährlich, cool, aber nicht reserviert. Tatsächlich ist **Eau Sauvage** eines der schmeichlerischsten und eindeutigsten Herrenparfüms, die je kreiert wurden, und es kann seinen übertriebenen Konkurrenten noch immer das eine oder andere über schlichten Stil beibringen. Sein herber Duft ist auf Petitgrain (das riecht wie Orangen und Zitronen) zurückzuführen, gemildert durch einen Hauch Lavendel und Rosmarin und grün dank Vetiver und Eichmoos. Einfach perfekt – und wenn es ihm nicht gefällt, dann gefällt es Ihnen. Also, stibitzen Sie es!

XS Pour Homme

Dieses sanft überzeugende Gemisch aus Mandarinenblättern, wilder Minze, Wildrose, Wassermelone, Moschus und Sandelholz, das so kreiert wurde, daß es sich auf wunderbare Art mit seinem weiblichen Gegenstück (**XS Pour Elle**) vereint, ist individuell und sehr selbstbewußt. Mit anderen Worten, wenn Sie eine XS-Frau sind und er sich dem Charme seines XS unterwirft, dann geben Sie ein tolles Paar ab. Aber wenn er einen Alleingang starten will, wird **XS Pour Homme** sein Wassermann-Gefühl für Individualität nur noch verstärken – und Sie wissen ja, daß er sich für etwas Besonderes hält und glaubt, jede Frau könnte von Glück sagen, wenn sie ihn kriegt! Wenn sein Ego also ein bißchen schwer hinzunehmen ist, riecht er wenigstens mehr als nur erträglich, dank der kühlen Eleganz von **XS Pour Homme**.

Versace L'Homme

Wassermann-Männer tendieren dazu, Snobs zu sein, tun aber so, als wäre es nur Schüchternheit und Zurückhaltung. Doch sicher waren Sie schon einmal Zeuge, wie ein Wassermann einen Raum »in Angriff genommen« und jeden bezaubert hat. Das ist schon eine Kunst für sich! Und **Versace L'Homme** ist genau das Richtige, um Very Important People (VIPs) zu beeindrucken. (Sie werden schon sehen, wie Ihr Wassermann-Freund seine Kumpel mit einer Geschicklichkeit aus dem Weg räumt, die Ihnen die Sprache verschlägt!) **Versace L'Homme** war Versaces Originalaussage für Männer, und es haut einen immer noch um – eines der charmantesten Parfüms auf dem Markt. Zuerst riecht es stark nach Zitrus, ehe es dank großer Dosen Lavendel, Jasmin, Ylang Ylang und Muskat eleganter wird und schließlich mit Vetiver, Eichmoos, Patchouli, Moschus und dem nach Tee duftenden Guaic-Holz aus Paraguay seinen Höhepunkt erreicht. Es ist wie ein Pfau in all seiner strahlenden Pracht – und typisch Versace. Holen Sie die soziale Leiter hervor und schauen Sie zu, wie er sie erklimmt!

Cerruti 1881

Cerrutis Herrenmode hat einen ganz eigenen Schnitt, Stil und eine Modernität, die sie von dem einfach nur teuren Konventionellen abhebt. Genauso ist es mit seinem eleganten **Cerruti 1881** für Herren. Es ist weder schwer noch ein Leichtgewicht, aber ein richtiger Salonlöwe, voller Schwung und Elan. Seine sonnigen Kopfnoten aus aromatischen Kräutern sind großzügig mit Zitrus und einem Spritzer Limone versetzt, ehe die exotische Sinnlichkeit von Patchouli, Moschus und Ylang Ylang vom Orient herüberweht, um das Ganze ein wenig aufzuwühlen – verführerisch, aber auf spöttisch-neckische Art. So sind Wassermann-Männer gewöhnlich, sie stiften Unruhe, indem sie etwas versprechen, und schweben dann davon, während Sie unglücklich zurückbleiben. Diese Männer können ja so grausam sein!

**Wem steht was und wann:
So holen Sie das Beste aus Ihren Parfüms heraus**

Parfüms sind nicht nur Erweiterungen Ihrer Persönlichkeit, sie unterstreichen auch Ihr Aussehen und die Stimmung, in der Sie sich gerade befinden. Um die besten Eigenschaften zum Vorschein zu bringen, sollte man sie mit Respekt ihrem jeweiligen eigenen Charakter gegenüber behandeln. Auch Parfüms haben ihre Grenzen, genau wie Sie. Manche eignen sich besser für einen verführerischen Abend, andere für den Tag. Hieraus folgt, daß leichtere Parfüms sich bei wärmerem Wetter wohler fühlen, die schwereren dagegen im Herbst und Winter. Auch das Alter spielt eine wichtige Rolle: Jüngere Frauen meiden wahrscheinlich ganz automatisch die ultra-eleganten Düfte (oder sollten es zumindest tun), während reifere Frauen erkennen sollten, daß ihre Zeit für die frechen, heiteren Parfüms vorbei ist. Ihr Teint ist nicht so wichtig, wenngleich ich glaube, daß dunklere Frauen – als Faustregel – automatisch zu den üppigen, orientalischen Düften neigen, während Blondinen (echt oder gefärbt) romantischere und frischere Parfüms bevorzugen. Das ist auch die Grundlage für die leicht nachzuvollziehende Tabelle. Sie ist aber nur als hilfreiche Empfehlung gedacht, nicht als starre Regel.

Basiswaffen

	Zeit		Alter		Typ		Wetter	
Parfüm	Tag	Nacht	Jung	Älter	Hell	Dunkel	Warm	Kalt
Eau d'Eden	*		*		*		*	
Anaïs Anaïs	*	*	*		*		*	
L'Eau d'Issey	*	*	*		*	*	*	
Jaipur		*	*	*	*	*	*	*
Feminité du Bois	*	*	*	*	*	*	*	*

Geheimwaffen

	Zeit		Alter		Typ		Wetter	
Parfüm	Tag	Nacht	Jung	Älter	Hell	Dunkel	Warm	Kalt
Jardins de Bagatelle	*	*	*	*	*	*	*	
Giorgio Aire	*		*		*	*	*	
Fleur de Rocaille	*	*	*		*	*	*	
Laura	*	*	*	*	*	*	*	
White Linen	*		*	*	*	*	*	

Wassermann/Fische

	Zeit		Alter		Typ		Wetter	
Parfüm	Tag	Nacht	Jung	Älter	Hell	Dunkel	Warm	Kalt
Les Belles de Ricci	*	*	*		*	*	*	
XS Pour Elle	*		*		*	*	*	
Cabotine	*	*	*		*	*	*	*

Steinbock/Wassermann

	Zeit		Alter		Typ		Wetter	
Parfüm	Tag	Nacht	Jung	Älter	Hell	Dunkel	Warm	Kalt
Trésor	*	*	*	*	*	*	*	*
Donna Trussardi	*	*	*		*	*	*	
Tommy Girl	*	*	*		*	*	*	

Herrendüfte

	Zeit		Alter		Typ		Wetter	
Parfüm	Tag	Nacht	Jung	Älter	Hell	Dunkel	Warm	Kalt
Eau Sauvage	*		*	*	*		*	
XS Pour Homme	*	*	*		*	*	*	
Versace L'Homme		*	*	*	*	*	*	*
Cerruti 1881	*	*	*	*	*	*		*

Fische

19. Februar – 20. März

Fische-Geborene und der Regenbogen

Wenn glückselige kleine *Bluebirds* über den Regenbogen fliegen, fliegen Fische-Geborene zwar sofort mit, aber wollen im gleichen Atemzug wissen, was als nächstes geschieht! Sie sind zu allem bereit, wenn nur Phantasie oder Übersinnliches dazugehören. Sie selbst sind weniger übersinnlich als vielmehr intuitiv und sonderbar mystisch.

Doch wenige werden jemals das Glück haben (oder das Unglück, je nachdem), mit ihnen zu fliegen, so, wie sie sie auch selten zu fassen bekommen, außer der »Köder« ist absolut unwiderstehlich. Das ist auch der Schlüssel zu ihrer Persönlichkeit.

Für einen echten Fische-Geborenen ist nahezu alles Exotische und Teure unwiderstehlich. Sie wissen, daß ein Smaragd wertvoller ist als ein Industriediamant, aber wenn der Smaragd eben nicht zu haben ist, nehmen sie auch mit einem Diamanten vorlieb. Allerdings wollen sie alles sofort. Zu sparen, wie es gewöhnliche Sterbliche tun, ist für sie unvorstellbar, und wenn sie es sich nicht leisten können, erwarten sie, daß es ihnen jemand schenkt, und sie schaffen es immer wieder, daß andere nicht nein sagen können!

Materieller Besitz ist für sie wichtig, aber da sie selten Geld haben, bekommen sie das, was sie wollen, auf andere, manchmal hinterlistige Weise, ohne Gewissensbisse. Sind sie berechnend? Keineswegs! Dafür sind sie viel zu schlau. Was Schlauheit und Erfindungsreichtum angeht (einschließlich faustdicken Schwindeleien und Lügen!), kommt ihnen im Tierkreis keiner gleich. Sie bekommen einfach alles, was sie haben wollen.

Sie verfügen über wirklich bewundernswerte Eigenschaften, die die Leute so neidisch machen können, daß diese sie ohne guten Grund einfach nicht mögen – aber das beunruhigt sie nicht sonderlich. Die Meinungen anderer Leute sind interessant, aber kaum ernst zu nehmen. Sie hören sich die Ratschläge an, nicken viel und tun dann genau das, was sie die ganze Zeit über vorhatten. Liegt das daran, daß ihre Intuition und ihre weise Voraussicht den anderen überlegen sind? Wahrscheinlich!

Doch zurück zu den bewundernswerten Eigenschaften. Sie sind die Freundlichkeit in Person und werden sich alle Mühe geben oder sogar über alle anderen hinwegsetzen, um jemandem zu helfen, der leidet. Sie sind unwahrscheinlich mitfühlend und viel zu großzügig (mutwillig verschwenderisch). Sie sind klug, sogar überaus intelligent, und haben einen angeborenen Sinn für Theatralik – allein durch ihr Auftreten kann ein Raum gleich viel heller wirken. Sie haben einen ausgeprägten, brillanten, aber häufig auch schadenfrohen Humor, dabei wollen sie eigentlich gar nicht so bissig und sarkastisch sein (jedenfalls nicht immer!). Schließlich ist es ja nicht ihre Schuld, daß sie die Menschen so genau durchschauen, was so manchem Sensibelchen natürlich in die Nase sticht. Aber sie sind niemals langweilig, was sie anderen gern vorwerfen. Ihre Offenheit ist manchmal wirklich schockierend!

Sie sind die bei weitem kreativsten Menschen, aber wenn sie ein Opfer ihrer Genußsucht werden (und das ist leider viel zu oft der Fall), ist ihr künstlerischer Ausdruck sporadisch und obskur. So lassen sie brillante Anfänge verkümmern, anstatt sie überlegt durchzuführen und zu einem ausgereiftem Ende zu bringen. Für gewöhnlich ist ein exzessives Leben dafür verantwortlich oder ein schwerer Schlag für ihr superempfindliches Ego, der sie in eine rührselige und von Selbstmitleid erfüllte Depression stürzt – kein hübscher Anblick bei den normalerweise so optimistischen Fischen. Dann müssen sie selbst (oder jemand der ihnen nahesteht) sich wieder auf die Beine bringen und sich einen Tritt geben; ein gründliches Gespräch mit jemandem führen oder sich einen kräftigen Schrecken vom Arzt oder Psychiater einjagen lassen.

Aber sie verfügen über die außergewöhnliche Fähigkeit, sich ihrer selbst bewußt zu werden und sich nicht unterkriegen zu lassen, ihre Fehler wiedergutzumachen und sich selbst neu zu definieren! Ihre Unverwüstlichkeit ist wunderbar, und nach einer solchen Ernüchterung schauen sie nie wieder zurück. Hin und wieder muß man auf andere hören, damit man sich so sieht, wie man ist, und nicht nur das schmeichelhafte Selbstporträt. Und jetzt können auch die Fisch-Geborenen ihre unglaubliche Vielseitigkeit demonstrieren. Sie können sich an alles und jede Situation anpassen und den Eindruck erwecken, als hätten sie ihr Leben lang nichts anderes getan! Natürlich lassen sie sich immer wieder »verführen« – da sind ja auch noch der Regenbogen und die hübschen Bluebirds, die ihnen ins Ohr zwitschern. Erstaunlich ist, daß nicht alles nur verrückte Ideen sind – kluge Fische können tatsächlich mühelos zwischen Phantasie und Realität wechseln. Andere mögen sie als hoffnungslose Träumer sehen, aber das ist pure Eifersucht. Also, hineingeschlüpft in die blitzenden Rubinschuhe, her mit den funkelnden Smaragdohrringen, und auf geht's zum Flug über den lebensspendenden Regenbogen.

Niemand vermag die Fische-Geborenen festhalten, täten so manche es doch zu gerne, obwohl sie wissen, wie schlüpfrig Fische sind.

Fische-Stil

Fische (Männer wie Frauen) nähren den heimlichen Verdacht, sie hätten den Stil erfunden, denn sie sind der Überzeugung, die einzigen zu sein, die ihn entweder besitzen oder aber wirklich zu schätzen wissen. Für sie bedeutet Stil nicht nur Mode oder Geschmack, sondern die Art, sein Leben zu leben. Wenn nicht jeder einzelne Gegenstand um sie herum von Bedeutung ist für das, was sie denken und wie sie leben, dann wird er unverzüglich entfernt. Das heißt aber keineswegs, daß sie Räume kunstvoll einrichten oder tolle Innenarchitekten sind – dafür ist ihr Stil zu willkürlich. Sie haben jedoch ein Auge für Schönheit, die andere vielleicht gar nicht bemerken oder sehen. So umgeben sie sich gewöhnlich mit diesem und jenem, ohne eine Farbe, eine bestimmte Stilepoche oder einen Designstil durchzuziehen. Trotzdem scheint alles miteinander verbunden zu sein, zu leben und zu harmonieren. Alles spiegelt ihren bunten, aber ausgewählten Geschmack wider: in Farben, die sich ruhig beißen können, Möbeln, in denen sich keiner unbequem fühlt, Gemälden, Blumenarrangements, die entweder erstaunlich üppig oder verblüffend schlicht sein können (ohne Blumen oder Pflanzen in ihrer Umgebung werden sie depressiv), und immer Musik – meistens Soundtracks oder esoterische Klassiker. Das alles gehört dazu, und zwar dann, wenn sie es wollen!

Sie sind keine richtigen Sammler einer bestimmten Sache und staunen über jemanden, der eine Briefmarkensammlung oder ein Zimmer voller Sammlerstücke haben kann. Fische-Geborene sammeln nur Dinge um sich, deren ungewöhnliche Schönheit sie erkannt haben. Wenn sie Gäste haben, sind sie extravagant, aber aufmerksam. Die meisten Fische (männlich wie weiblich) sind sehr phantasievolle Köche und verstehen es, einen Tisch königlich zu decken. Das kleinste Detail hat seinen Platz, ohne die geringste Förmlichkeit – Fische verabscheuen sie. Ein Abend mit einem Fisch-Geborenen, sei es beim Essen oder sonstwo, wird auf alle Fälle unvergeßlich sein, denn sie entfalten sich erst bei Nacht. Der Tag ist nicht ihre liebste Zeit, außer zum Blumenpflücken, neue Düfte auszuprobieren, Kleider zu kaufen und zum Mittagsschläfchen. Diese Art Leben ist ziemlich stilvoll – wenn auch etwas lethargisch. Aber Fische sind nun mal der Annahme, daß sie den wahren Stil nicht nur erfunden haben, sondern darüber hinaus auch das einzige Sternzeichen sind, ihn zu genießen! Und indem sie sich mit Büchern, Musik, Blumen und Parfüms, schlichten, aber wirkungsvollen Kleidern umgeben, haben sie stets einen Schutzengel. Himmel und Erde haben sie in Bewegung gesetzt, um das zu erreichen. Dies ist ein Schlüssel zu ihrer Entschiedenheit! Jeder, der sie als lasch, richtungslos und leichtgläubig bezeichnet, muß schon bald erkennen, daß Fische so schillernd sein können wie eine Regenbogenforelle, aber – wenn nötig – auch so tödlich wie ein Piranha!

Ihr äußerer Ausdruck ist *Kreativität,* ihr innerer Kern *Instinkt.*

Dies läßt sich nun in die für die Fische-Geborenen am besten geeigneten Parfüms umsetzen. Ich habe sie in zwei Kategorien eingeteilt:

1. Basiswaffen – die überaus wichtigen Basisparfüms, die Ihnen am besten stehen sollten. Sie sind das Herz Ihres Parfüm-Arsenals.
2. Geheimwaffen – sie unterstreichen die Basisdüfte, sind gewagter und ausgefallener, sollten aber immer noch zu Ihnen passen.

Es gibt auch eine Auswahl von Parfüms für diejenigen, die zwischen den Tierkreiszeichen Fische und Widder geboren sind, sowie eine Reihe von Herrendüften, die man einem Fische-Mann schenken kann. (Wenn Sie zwischen Wassermann und Fische geboren sind, finden Sie weitere Parfüms auf den Seiten 371–374, 380, 412) Ich habe jedes Parfüm einer bestimmten Kategorie zugeordnet. Am Ende des Kapitels sind alle Parfüms in einer Tabelle zusammengefaßt, die Ihnen verrät, ob sie besser für junge oder ältere Frauen, an warmen oder kalten Tagen, tags oder abends, für helle oder dunkle Typen geeignet sind.

Basisparfüms:
der unentbehrliche Grundstock

Ein Leben, ja, auch nur ein Tag ohne Parfüm ist für Sie praktisch unvorstellbar. Die Sinnlichkeit eines Duftes, hypnotisiert und erregt Sie ebenso wie Musik. Sie scheinen einen kultivierteren und wählerischeren Geruchssinn zu haben als die meisten anderen Sternzeichen und würden niemals nur aus Höflichkeit oder im Vorübergehen an einer Blume schnuppern. Sie bleiben wirklich stehen und atmen ihre Geheimnisse und ihren Duft ein. Es gibt nur wenige Parfüms, die Sie nicht mögen, Sie werden alles einmal ausprobieren. Das liegt daran, daß Sie alles von einem anderen Standpunkt aus betrachten können: Warum ein bestimmtes Parfüm so ausgefallen ist bis zu dem Punkt, wo Sie sich in einen Duft verlieben, weil niemand sonst ihn zu schätzen weiß! Es ist Ihre Fähigkeit zu sehen, was sich im Innern verbirgt.

Die Düfte aber, die zu Ihren Favoriten werden, bleiben dies ein Leben lang, und Sie werden sie niemals zugunsten neuer und faszinierender Parfüms aufgeben. Sie fügen das neue einfach Ihrer Sammlung hinzu. Da Sie einen ausgeprägten Instinkt haben, der Ihnen sagt, welches Parfüm zu welcher Stimmung, Gelegenheit oder Kleidung paßt, benötigen Sie eine ganze Reihe von Düften zur Auswahl. Das macht Sie zu einem geschätzten Kunden in der Parfümerie, während der Bankangestellte schon bei Ihrem Anblick verzweifelt. Sie sind impulsiv und werden sich niemals etwas Neues und äußerst Kostspieliges verkneifen. (Sie rechtfertigen dies als persönliche Investition!) Aber das ist nun mal Ihr Naturell, und das wird sich nie ändern, außer Sie verlieren Ihren Geruchssinn. Ihr Geschmack ist sehr anspruchsvoll und ausgesprochen gezielt. Ihr Instinkt ist gepaart mit Erfahrung und der erstaunlichen Fähigkeit, stets etwas zu wagen. Deshalb duften Sie immer anders oder sehen auch niemals gleich aus. Sie verlassen sich auf die Überraschungstaktik, um bemerkt zu werden. Sie funktioniert, also warum sollten Sie sie ändern? Noch niemandem ist es gelungen, Sie für längere Zeit zu verändern, schon gar nicht Ihnen selbst. Folglich reichen Ihre Parfüms von sehr dramatisch bis sehr romantisch. Aber ganz gleich, wie die Düfte sind, sie werden immer die Quintessenz in ihrer Kategorie sein – dafür werden Sie schon sorgen! Da wären:

- **Samsara** von Guerlain
  Typ: blumig/orientalisch
- **Vent Vert** von Pierre Balmain
  Typ: grün
- **L'Heure Bleue** von Guerlain
  Typ: blumig/orientalisch
- **Paloma Picasso** von Paloma Picasso
  Typ: grün/blumig
- **Dune** von Christian Dior
  Typ: blumig/ozeanisch

SAMSARA
voller Charisma

Das Wort Samsara stammt aus dem Sanskrit und bedeutet »ewige Rückkehr«. **Samsara** gehört zu den seltenen Parfüms, zu dem seine zahlreichen Anhänger immer wieder wie Brieftauben zurückkehren, nachdem sie weniger schöne Düfte ausprobiert haben. Es strahlt Ruhe und eine beruhigende Selbstsicherheit aus und gibt inneren Frieden, deshalb läßt sich eine Frau, die einmal in seinen Machtbereich geraten ist, gerne einfangen und darin festhalten. **Samsara** ist eines der überzeugendsten Parfüms, das Sie finden können, und es gibt an ihm ständig etwas zu entdecken, während es seinen endlosen Zauber entfaltet.

Die Idee zu **Samsara** wurde geboren, als der große Parfümeur Jean-Paul Guerlain eine enge Freundin fragte, was sie in einem neuen Parfüm für die New-Age-Frau am liebsten riechen würde –, und sie antwortete: Jasmin und Sandelholz zu gleichen Teilen. Um sich inspirieren zu lassen reiste er nach Indien, und elf Jahre später, im Jahre 1989, wurde **Samsara** der Welt vorgestellt. Als es sofort begeistert aufgenommen wurde, erklärte er, er sei nur »der Maurer« gewesen, seine liebe Freundin aber die »Architektin«. Ziemlich bescheiden, dennoch romantisch!

Worin besteht nun **Samsaras** magnetische Anziehungskraft? Es ist alles andere als ein orientalisches Parfüm und mehr als ein bloßes Blumenbouquet, verbindet aber beides mit einer genialen Kunstfertigkeit. Vielleicht sind es die intensiven 22 Prozent des feinsten Sandelholzes der Welt, die mit dem seltensten Jasmin kombiniert werden, der in Indien wächst. Vielleicht liegt es aber auch an der subtilen Mischung aus Ylang Ylang mit Pfirsich, Pflaume und Bergamotte, oder dem unterschwelligen Geruch von Rosen, Tuberosen, Veilchen und Narzissen, der Wirkung von Geranie, Zimt, Vetiver, Vanille und Tonkabohne. Ganz eindeutig spielt jedoch die Tatsache, daß fast alle für **Samsara** verwendeten Zutaten vollkommen natürlich sind, eine wesentliche Rolle. Diese haben ein Strahlen, eine Unmittelbarkeit, die synthetische Stoffe nicht besitzen. Was auch immer **Samsaras** Geheimnis ist, es ist mühelos zu einem Klassiker geworden!

Auf der Haut breitet es seine seidige Weichheit aus, hüllt die Trägerin in einen Schleier vager Verlockung, wenn es seine hypnotische Botschaft aussendet. Diese

Botschaft ist provozierend und verführerisch zugleich, verheißt Vergnügen in der Ewigkeit, aber Erfüllung in der Gegenwart. Und wie Sie sehr wohl wissen, ist das die wichtigste Botschaft, der heimliche Wunsch einer jeden Fische-Frau.

VENT VERT
ausgesprochen verblüffend

Grüner als dieses phänomenale Parfüm geht es kaum – es ist der Ursprung und die Quintessenz aller grünen Parfüms. **Vent Vert** (wurde ganz zufällig von einer weiblichen »Nase« kreiert) veränderte die ganze Richtung der Parfüms, indem es die romantische Tradition auf den Kopf stellte, als es 1947 in eine ahnungslose Welt hineinplatzte. Das war nicht nur die Wiedereinführung der lang vergessenen grünen Kategorie, die in den 20er Jahren ihren Höhepunkt erreicht hatte und dann angesichts der orientalischen Düfte nicht mehr so gefragt war, nein, sie wurde von einem völlig neuen, einzigartigen und mutigen Standpunkt aus wiederbelebt. **Vent Vert** war intensiver, jünger, offener und lebendiger als alle anderen Parfüms, die damals auf dem Markt waren, und es nahm jeden für sich ein (mit Ausnahme der alten Muffel natürlich). Und wenn es in den 70er und 80er Jahren auch so aussah, als würde die Nachfrage zurückgehen, so kam **Vent Vert** doch Anfang der 90er zurück und begeisterte eine neue Generation.

Hier muß ich jedoch darauf hinweisen, daß seine ursprüngliche Rezeptur ein wenig verändert wurde, und es jetzt nicht mehr ganz so herb-frisch oder individuell ist. Aber für diejenigen, für die es eine neue

Erfahrung ist, spielt das keine Rolle. Es ist immer noch ausschließlich in Parfümerien und Duty-free-Shops zu haben. Leider ist es tatsächlich nicht leicht zu finden!

Das neue **Vent Vert** ist ein Wunder in der Zusammenstellung: grüner Galbanum mit Basilikum, Zitrone und Limone, die die Spritzigkeit unterstreichen. Orangenblüte, Maiglöckchen, Hyazinthe und grüne Rose werden hinzugefügt, um den smaragdgrünen »Schock« zu mildern, werden aber listigerweise auch mit Muskat, Salbei, Farn, Eichmoos und Vetiver sowie ein wenig Moschus und einem Hauch Sandelholz abgesetzt. Die Kreation duftet genau wie frisch gemähter Rasen – durchdringend, beruhigend und nostalgisch.

Ich kann Ihnen gar nicht sagen, wie sehr ich das Original-**Vent-Vert** mag und mich danach sehne. Aber ich denke, jede Fische-Frau, die die Natur liebt, wird die neue Version bewundern, so wie sie ist. *So* anders ist sie nun auch wieder nicht! Sie beschwört auf dieselbe, magische Art und Weise den Sommer herauf, verfügt über denselben Zauber, der Sie für alle Zeit in seiner saftig-grünen Phantasie gefangen hält.

L'HEURE BLEUE
atemberaubend schön

Die meisten Fische-Frauen, die ich kenne, lieben die romantische Stille und die atemberaubende Nostalgie von Dämmerung und Zwielicht. Genau diese magische Zeit, wenn die zartrosa Sonnenuntergänge ganz allmählich in eine samtige, sternenklare Nacht hinübergleiten, ist es, die zu diesem *außergewöhnlich lieblichen* Parfüm inspiriert hat.

Jacques Guerlain war so angetan von der sogenannten Blauen Stunde in seinem geliebten Paris des Jahres 1912, daß er sie in einem ebenso geheimnisvollen und zauberhaften Parfüm einfing. **L'Heure Bleue,** das am Ende einer Ära erhabener Gelassenheit und ausgeprägten Intellektualismus auf den Markt kam, sollte die zu Parfüm gewordene Quintessenz dieser Zeit werden, ehe die Schrecken des Krieges über die Welt hereinbrachen. **L'Heure Bleue** ist es trotz vieler Umwälzungen gelungen, seine Botschaft heiterer Ruhe und Schönheit auch weiterhin auszusenden.

L'Heure Bleue ist mit großer Kunstfertigkeit und Komplexität zusammengestellt und beschwört Erinnerungen an bulgarische Rose, Jasmin, Iris und Heliotrop herauf, die sich zart über den köstlichen Duft von Bergamotte, Pfirsich, Zitrone, Orangenblüte und die exotischen Düfte von Ylang Ylang und Koriander erheben, dazu ein Hauch von Moschus, Vetiver, Sandelholz und Vanille – Guerlains Markenzeichen.

Es wird Sie freuen zu hören, daß nicht alle Frauen so mir nichts dir nichts dem Zauber von **L'Heure Bleue** verfallen, sondern es zu zurückhaltend oder subtil finden. Folglich geeignet für Fische, die ja gerne in allem schwelgen, was andere Menschen auf gewisse Weise ablehnen. Für Fische-Geborene wird **L'Heure Bleue** der sehnsüchtige Ausdruck der heimlichen Wehmut und der völligen Hingabe zu einer leidenschaftlichen Romanze sein. Welch ein Glück für Sie!

PALOMA PICASSO
voller Leidenschaft

Als diese fabelhafte Kreation Mitte der 80er Jahre in die Parfümerien kam, stießen diejenige einen Jubelschrei aus, die noch immer den großartigen grünen Parfüms nachtrauerten. Es schien, als habe Picassos Tochter den grünen Trend wiederbelebt und wie! (**Vent Vert** war auf geheimnisvolle Weise verschwunden, und die neue Rezeptur ließ noch auf sich warten.)

Bei ihrem ersten Exkurs in die Welt des Parfüms erklärte Paloma Picasso, sie wollte etwas kreieren, was sie selbst gern und stolz benutzen würde: extravagant, warm und erdig, anspruchsvoll, etwas, das die Sinne schlagartig erwecken sollte! Das hervorragende Ergebnis ist **Paloma Picasso** – ein mutiges, leidenschaftliches, pulsierendes Parfüm von ausgesprochener Ehrlichkeit und Schönheit. Es ist ein äußerst stolzer Duft, hochmütig gebieterisch und doch ziemlich leicht zu tragen. Der Duft fordert keine Aufmerksamkeiten, er bekommt sie einfach! Das Parfüm will Ihnen auch keine Konkurrenz machen, es verleiht Ihnen eine andere, offenere Dimension voller Schwung. Das macht den Duft so aufregend und schmeichelnd.

Paloma Picasso ist eine üppige Komposition aus Chypre (eine grüne Harmonie aus Moos, Blättern und Hölzern), durchzogen vom vollen Duft der bulgarischen Rose, Jasmin, Hyazinthe, Mimose und Ylang Ylang, die über einer Basis aus Patchouli, Moschus, Engelwurz und Zitrusölen ihre pulsierende Sinnlichkeit verströmen. Es ist lebhaft und üppig und, wie seine Schöpferin »warnt«, für *richtige* Frauen gedacht, nicht für Anfängerinnen. Kurzum, es ist eine Wucht – und wir wissen ja alle, wie sehr Fische-Frauen, die ihre Unschuld mit Freude verloren haben, es lieben, selbst eine Wucht zu sein. Mit **Paloma Picasso** ist das ganz einfach!

DUNE
atemberaubend

Dieses Parfüm gehört zu den mutigsten und verwegensten, die seit Jahren kreiert worden sind. Es ähnelt keinem, und kein anderer Duft hat seither versucht, es zu imitieren. Sie können höchstens der kühnen Art seines Aufbruchs in eine neue Welt von Parfümzutaten huldigen, die es in ungeahnte Höhen purer Originalität erheben.

Dune ist eine weitere Schöpfung von Maurice Roger (**Poison** und **Fahrenheit**) und wurde speziell für die Frau der 90er Jahre entwickelt – eine umweltbewußte Person mit klaren Vorstellungen und einer nüchternen Lebensanschauung. Er verwarf all die überholten Vorstellungen von romantischen Blumen und glutvollem Orientalismus und stellte statt dessen nostalgische Kindheitsdüfte zusammen: Erinnerungen an verlassene Strände unter wolkenlosem Himmel, der sich im klaren Meerwasser spiegelt. Das waren Inspirationen für **Dune**, verbunden mit der Bewunderung der Fische-Geborenen für das Meer in all seiner Schönheit und dessen geheimnisvoller Erhabenheit.

Dune ist atemberaubend und einzigartig. Der wilde Duft von Ginster, Goldlack, Lilien und Peonien vereint sich mit Moos und warmem Amber zu einer Süße, die in leichte Meeresdüfte eingeht, die dem Ganzen wiederum die Frische von Meeresalgen und eine Herbheit verleihen, die für **Dunes** bemerkenswert trockenen und warmen Duft verantwortlich sind. Man glaubt sich inmitten weißer Sanddünen, auf denen sich Gräser in der salzigen Meeresluft wiegen, die den Duft exotischer Blumen von fernen Küsten herüberweht. Aber ich muß Sie warnen: **Dune** ist auch ziemlich eindringlich und hält lange vor. Übertreiben Sie es also nicht, denn dann ähnelt es mehr einer Flutwelle als dem sanften Meeresrauschen, das in den Ohren der Fische-Geborenen wie Liebesmusik klingt.

Geheimwaffen: die Überraschungen

Fische sind für ihre Überraschungen bekannt, sie sind begeistert, wenn sie andere mit einem theatralischen Auftritt betreffs Kleidung und Farben schockieren können. Fische selbst sind keineswegs zu schockieren. Ein ausgeprägter Instinkt und Intuition sind jedoch dafür unerläßlich –, und die haben Fische-Geborene auf alle Fälle, oder?

Wenn es also um die »zweite Reihe« von Parfüms geht, besteht die einzige Überraschung darin, daß Sie diese in keiner Weise als Herausforderung empfinden, sondern einfach Ihrem Arsenal hinzufügen und benutzen, wenn Zeit, Ort und Stimmung dafür geeignet sind. Das könnte in Ihrem Fall jederzeit und überall sein! Zu Ihrem Glück habe ich eine sehr gegensätzliche Auswahl getroffen, so daß man wohl davon ausgehen kann, mindestens ein, zwei Parfüms zu finden, von denen Sie noch nicht gehört oder die Sie zumindest noch nicht ausprobiert haben. Ein paar davon sind ein bißchen schwer aufzuspüren, aber

Ihre Intuition funktioniert ja in diesen Dingen wie ein Geigerzähler, und so werden Sie wahrscheinlich überhaupt keine Probleme haben, sie zu entdecken. Sie bekommen eben alles, was Sie sich in den Kopf gesetzt haben! So natürlich auch ein esoterisches Parfüm!

- **Asja** von Fendi
  Typ: orientalisch
- **Acqua di Gio** von Giorgio Armani
  Typ: blumig/grün
- **Ô de Lancôme** von Lancôme
  Typ: zitrus/grün
- **Gianfranco Ferre** von Gianfranco Ferre
  Typ: blumig
- **Jean-Louis Scherrer** von Jean-Louis Scherrer
  Typ: grün/blumig

ASJA
mysteriös

Ich weiß ja, daß Sie hin und wieder der Versuchung nicht widerstehen können, temperamentvoll und mysteriös zu duften. Dann greifen Sie doch einfach zu diesem heißblütigen Orientalen! **Asja** aber ist weit eleganter und weltgewandter als eine ganze Reihe seiner glutvollen Komplizen, und dafür spricht zumindest seine römische Abstammung von Fendi.

Ein Blick auf **Asja** in der gold-schwarz gestreiften Flasche, die von einer japanischen Porzellanschüssel aus dem siebzehnten Jahrhundert inspiriert wurde, genügt, um Fische-Geborene davon zu überzeugen, daß sie dieses Parfüm besitzen *müssen*. Bereits nach einer einzigen berauschenden »Kostprobe« ist der Handel perfekt! **Asja** greift auf das türkische Erbe der Fendi-Familie zurück, was in den Düften von bulgarischer Rose, ägyptischem Jasmin, persischer Mimose und türkischer Nelke offensichtlich wird. Aus dem Fernen Osten stammen die Gewürznoten: Zimt, Nelke, Muskat, Kardamom, viel Ylang Ylang, Moschus, Sandelholz und Vanille und dazu noch Schwarze Johannisbeere und Orange. Man hat das Gefühl, als schlendere man mittags über einen Basar, der Duft ist genauso stark.

Zurückhaltende und vornehme Damen mögen **Asja** überhaupt nicht, was es natürlich für die rebellischen Fische-Damen um so interessanter macht. Sie nehmen gerne das, was andere verworfen haben, und setzen sich damit – meist mit Riesenerfolg – in Szene eben vor den Leuten, die darüber die Nase gerümpft haben! Auf jeden Fall ist **Asja** eine wunderbar üppige, glutvolle Verführerin, und wenn Sie es nicht zu verschwenderisch benutzen, wird es dafür sorgen, daß Sie geschmückt mit goldenen Armreifen und sieben Schleiern herumwirbeln, Schleiern, die bei Ihrer hemmungslosen Vorführung unversehrt bleiben können oder auch nicht...

ACQUA DI GIO
meeresfrisch

Fische lieben das Meer, selbst, wenn sie nicht mal mit dem kleinen Zeh hineingehen. Gehen sie aber hinein, dann sind sie wie Meerjungfrauen, planschen herum und genießen es. Fast dieselbe, aufregende Wirkung können Sie mit ein paar Tropfen von Armanis leichterer Version seines großen »Schwester«parfüms, dem wundervollen **Gio,** erzielen. Und diese Version heißt zu Recht **Acqua di Gio.** Zwischen den beiden Düften besteht eine nur sehr entfernte Ähnlichkeit. Ist **Gio** anhaltend fein, so bietet **Acqua di Gio** auch einen Hauch seiner Tuberose- und Zitruskraft, aber nicht so konzentriert. Tatsächlich ist **Acqua di Gio** ein völlig anderes Parfüm, denn es besteht aus viel leichteren Zutaten. So hat es zuerst einmal überraschend frische »Meeres«düfte (synthetische Essenzen, die stark nach Ozean und seiner Umgebung duften), dazu weiße Frühlingsblumen (hauptsächlich Freesien und Hyazinthen, mit einem Hauch Rosen), ein Spritzer weißer Trauben, der Ihnen das Wasser im Mund zusammenlaufen läßt, und schließlich die zarte Würze von Wicken. Dahinter verbergen sich noch Andeutungen von Moschus und Holz.

Ich glaube, daß Ihnen seine prickelnde Frische gefallen wird, seine lockere Strandmentalität und sein überschäumendes Gefühl von Freiheit. Es ähnelt eigentlich einem Wasserballett, vielleicht mit Ihnen als Wassernymphe, die unter einem kristallklaren Wasserfall herumtollt. **Acqua di Gio** ist allerdings nicht für »Loreleien« gedacht. Also sparen Sie sich die Mühe, am Pool herumzulungern, nur weil Sie Armani tragen – so funktioniert es nicht, und irgend jemand könnte Sie sogar hineinschubsen!

Ô DE LANCÔME
vollendete Frische

Dem Himmel sei Dank, daß die Werbung dieses Parfüm vor dem Verschwinden bewahrt hat. **Ô** ist einige Zeit auf dem Markt gewesen, wurde aber aus unerfindlichen

Gründen wie ein Geheimnis behandelt. Diejenigen, die es kannten, schworen, sie könnten keinen langen, heißen Sommer ohne diesen Duft überstehen. (Männer haben es übrigens fast genau so viel benutzt wie Frauen!) Als es schien, es würde ganz von der Bildfläche verschwinden, gab es einen Aufschrei, und nach einem eher bescheidenen Werbespot tauchte **Ô** in neuer Verpackung wieder auf – und gewann sofort eine neue Anhängerschaft hinzu! Wenn Sie diesen einzigartigen Duft also noch nicht »erschnüffelt« haben, ist jetzt endlich Zeit dafür!

Ô ist kein einfaches, nach Zitrone duftendes Eau de Toilette. Es hat zwar die üblichen Zutaten, aber kräftiger und funkelnder. Es erinnert stets an den unwahrscheinlich frischen und herben Geruch von zwischen den Fingern zerriebenen Zitronenblättern – herb, intensiv, fein! Seine Rezeptur hält ein paar Überraschungen bereit – abgesehen von dem herben und frischen Geruch der Zitrone und Limone sind da auch ein Hauch von Jasmin, ein paar Spritzer Eichmoos und Vetiver. Es ist so berauschend wie ein Glas frischer Limonensaft! **Ô de Lancôme** können Sie verschwenderisch benutzen.

GIANFRANCO FERRE
hypnotisch und unwiderstehlich

Vielleicht ist das Zeitalter der Unschuld nur eine wehmütige Erinnerung (wenn es überhaupt jemals existiert hat), und das Zeitalter der Eleganz taumelt angesichts von Vulgarität und Grobheit auf den Abgrund zu. Um so wunderbarer ist es zu wissen, daß es noch immer ein

Parfüm wie **Gianfranco Ferre** (das in der weißen Schachtel, nicht in der grellen, goldfarbenen) gibt – wenn auch nur in geringen Mengen. Aber suchen Sie es, denn es ist wahrscheinlich *das* Parfüm, nachdem Sie sich als Fische-Geborene schon immer gesehnt haben. Es ist nicht nur hypnotisch, es ist unwiderstehlich! **Gianfranco Ferre** ist ganz anders als seine explosive »Schwester« **Ferre by Ferre**. Es ist zart, feurig und unheimlich feminin, einfach himmlisch. Es besteht aus einer überwältigenden Ansammlung weißer Blumen: Orangenblüten, Tuberose, Geißblatt, Rose, Gardenie, Narzisse und Maiglöckchen, bekrönt durch die akzentgebenden Verbindung von Hyazinthe und Jasmin – sehr viel Jasmin. Ein sanftes Flüstern von schimmernden, grünen Blättern, Kräutern und Gewürzen, Moos und Moschus ist ebenfalls auszumachen, aber das Blumenbouquet ist so hypnotisch, daß es einfach nicht zu übertreffen ist!

Gianfranco Ferre erinnert an viele Dinge. Jedes Mal, wenn Sie es riechen, werden andere Bilder in Ihnen aufsteigen: Erinnerungen an eine vergangene Zeit, an samtige Sommernächte, an Gärten in der Dämmerung, an eine geliebte Person. Es erinnert nicht nur an die süße, verlorene Unschuld, sondern auch an den Zauber der ersten Liebe. Fische-Geborene haben zwar eine romantische Hypnose kaum nötig, aber **Gianfranco Ferre** könnte den phantastischen Effekt auslösen, daß nicht nur Sie selbst verzaubert werden, sondern auch noch jemand anderes.

JEAN-LOUIS SCHERRER
smaragdgleich

Fallen Sie auf die Knie und flehen Sie in Ihrer Parfümerie, daß man dieses Parfüm für Sie auftreibt (man kann, und man wird!) Seine Seltenheit macht es nicht nur begehrenswerter, sondern auch zu etwas Exklusivem für diejenige, die es besitzt.

Es ist eines der großen Parfüms dieses Jahrhunderts. Wie seine wärmere, *bernsteinfarbene* »Schwester«, **Scherrer II**, ist auch dieses Parfüm vollkommen pariserisch. Von dem tief-smaragdgrünen **Jean-Louis Scherrer** in seiner hohen, sechseckigen Flasche geht ein Leuchten aus, das Sie wie mit einem grünen Glorienschein umfängt. Der volle Duft der bulgarischen Rose verbündet sich mit Jasmin aus Grasse, mit dem süßen Duft holländischer Hyazinthen, mit grünen Blättern und Farnen und mit dem rauchigen Veilchenduft der Florentiner Iris, ehe es in einen wilden Dschungel aus Moos, Vetiver, herben Kräutern und scharfen Gewürzen eintaucht, um diese flüchtige Vielfältigkeit schließlich mit Hilfe des warmen Ambers, des sanft verführerischen Moschus' und des berauschenden Sandelholzes zu lindern.

Dieses Parfüm setzt seine verführerische Kraft mit einem Funkeln frei, das weder hell noch dunkel ist. Es ist ein geschliffener Edelstein, funkelnd und elegant. Für den ersten Moment mag es ein wenig einschüchternd wirken, aber **Jean-Louis Scherrer** wartet nicht erst ab, was Sie dazu sagen – es umgarnt Sie und wird Sie im Sturm erobern. **Jean-Louis Scherrer** will Sie nicht nur verführen, es will Sie besitzen! Wie die verletzlichen Fische seine Macht kontrollieren – oder sich selbst – ist wieder eine der kleinen Herausforderungen im Leben. Ich an Ihrer Stelle würde nachgeben und ihm folgen, wohin auch immer es Sie führen mag.

Der Vorteil, zwischen zwei Tierkreiszeichen geboren zu sein: die freie Auswahl

Es bedeutet nicht nur Verwirrung, daß Sie sich weder dem einen noch dem anderen Sternzeichen zugehörig fühlen oder glauben, von beiden etwas zu haben – wenn Sie ganz am Ende vom Wassermann* geboren sind. Natürlich können Sie Ihre Parfüms einfach aus den Vorschlägen für Wassermann und Fische wählen, aber passen Sie auf! Je nach Ihren ganz persönlichen Eigenheiten passen sie vielleicht nicht alle zu Ihnen. Deshalb habe ich ein paar ausgesucht, die jedes Parfümproblem oder jede Unschlüssigkeit lösen könnten. Die Wahl bleibt auf jeden Fall Ihnen überlassen, also: Viel Spaß beim Aussuchen! Hier sind sie:

- **Montana Parfum de Peau** von Montana
  Typ: holzig/orientalisch
- **Blue Grass** von Elizabeth Arden
  Typ: blumig
- **White Linen Breeze** von Estée Lauder
  Typ: blumig/fruchtig

---

* Wenn Sie ganz am Anfang des Fische-Zeichens geboren wurden, sollten Sie sich auch noch einmal die Auswahl für die Menschen ansehen, die zwischen Wassermann und Fische zur Welt gekommen sind. (S. 371–374, 380, 412)

MONTANA PARFUM DE PEAU
geheimnisvoll und verführerisch

Dieses Parfüm ist zwar nicht besonders leicht zu finden, aber dafür wird eine Flasche auch sehr lange reichen. Das gilt auch für ein oder zwei Sprays. **Montana** (wie es auf der leuchtend kobaltblauen Schachtel steht, ist eines der stärksten Parfüms, die Sie je in Händen halten werden und an dem Sie den diskreten Umgang üben dürfen. Sein Duft ist so fabelhaft, daß Sie kaum genug davon bekommen können und am liebsten darin baden würden. Tun Sie's nicht!

Diskretion ist definitiv der bessere Weg mit diesem Powerduft! Es ist eine höchst komplexe und schon fast explosive Mischung aus Frucht (Pfirsich, Pflaume, Schwarze Johannisbeere), Gewürzen (Pfeffer, Ingwer, Kardamom, Nelke), Blumen (Tuberose, Nelke, Narzisse, Jasmin, Ylang Ylang) und Gräsern (Patchouli, Vetiver), aus Sandelholz, Moschus und Weihrauch, dazu noch Rosen- und Zedernholz. Dunkel, geheimnisvoll, verführerisch und langanhaltend – es gibt nichts Vergleichbares, was **Montana** für einen dramatischen Auftritt (Fische) oder brillante Siege (Widder) gleichkäme.

BLUE GRASS
süß-romantisch

Ein gefühlvoller Favorit, der schon seit den 30er Jahren eine ergebene Anhängerschaft für sich gewonnen hat. Es gibt **Blue Grass** noch in guten Warenhäusern, vor allem zur Weihnachtszeit, wenn Großmütter und Großtanten erwarten, den süß-romantischen und unwahrscheinlich nostalgischen Zauberduft zu riechen, der aus Lavendel, Neroli, Jasmin, Rose, Nelke, Sandelholz, Tonkabohne und Moschus hergestellt wird. **Blue Grass** war Miss Ardens liebliche Interpretation des Geruchs von Feldern, die sie von ihrem Haus in Virginia aus sehen konnte und wo mehr als nur eine meisterhafte Kreation geboren wurde. Und wenn Sie jetzt glauben, es wäre nur etwas für ältere Damen, dann liegen Sie falsch, denn jene waren schließlich ja auch mal jung und romantisch. Ich wette, **Blue Grass** wird so manche Widder-Dame in jugendlichem Galopp halten, bevor sie in einen feminineren Trab verfällt. Und was die Fische-Damen angeht – nun, sie sind ohnehin Anhänger der Nostalgie und werden wahrscheinlich alles daran setzen, **Blue Grass** endgültig in den Siegerkreis zurückzuholen. Das hoffe ich zumindest! Das Leben ist zu kurz ohne dieses Parfüm.

WHITE LINEN BREEZE
Ferienreise für die Seele

Dieser Duft läßt all ihre Launen, Ihre Probleme so verschwinden, als würden Sie alles loswerden, was Ihnen Kummer bereitet und es durch eine frische, klare Einstellung zum Leben ersetzen. Seinem Vorgänger, dem bezaubernden **White Linen**, ist es keineswegs ähnlich, es steht vielmehr auf eigenen, jugendlichen Füßen und stellt sich offen dem Leben. **White Linen Breeze** ist voll mit Geißblatt und Wasserlilie, mit einem Hauch Edellorbeer und dem üppigen Pfirsich-Aprikosen-Duft der Amazonas-Orchidee. Dazu gesellen sich Rose und Jasmin für die Romantik sowie die grüne Frische von

Eichmoos und Vetiver, gemildert durch Sandelholz. **White Linen Breeze** ist wie eine Ferienreise für Ihre Seele. Ein, zwei Spritzer reichen aus, um übersättigte Fische und völlig geschaffte Widder neu zu beleben, und so aussehen zu lassen, als wüßten sie überhaupt nicht, was Sichgehenlassen bedeutet!

Der Fische-Mann:
Geschenke, um des Guten zuviel zu tun

Einem Fische-Mann ein Parfüm zu schenken ist so, als würden Sie Eulen nach Athen tragen oder versuchen, noch eine weitere schillernde Feder an dem prachtvollen Pfauenschweif zu befestigen. Es ist ein bißchen überflüssig, aber er wird das natürlich nicht so sehen. Für ihn hat das Sprichwort »Allzuviel ist ungesund« keine Bedeutung. Er wird das neue Parfüm glücklich zu seiner bereits unglaublichen Sammlung stellen. Alle Fische lieben die Abwechslung. Sie verbringen ihr Leben damit, neue Sachen aufzustöbern und auszuprobieren – vor allem damit, ein Duftarsenal aufzubauen, das die meisten anderen Sternzeichen erstaunen würde. Nicht, daß sie sich nicht entscheiden können – sie *wollen* es einfach nicht! Sie leben für die Abwechslung und sehen überhaupt keinen Grund, an alten Gewohnheiten festzuhalten. Statt dessen verlassen sie sich ganz auf ihre unterschiedlichen Launen, wenn sie sich phantastisch fühlen, aussehen oder duften wollen. Eine solche Metamorphose könnte mindestens dreimal täglich stattfinden, ohne sie im geringsten aus der Fassung zu bringen. Für einen Fische-Mann ist Langeweile das Schlimmste, woraus man schließen kann, daß Sie kaum etwas falsch machen können, wenn Sie ihm einen exquisiten, männlichen Duft schenken. Ganz so einfach ist das aber nicht, denn nichts ist bei einem Fisch einfach! Es muß schon der richtige Duft sein, sonst zieht er einen Flunsch, und seine Augen werden glasig, während er ein »Toll, herzlichen Dank auch« murmelt, was ungefähr soviel bedeutet wie: »Und dafür soll ich mich auch noch bedanken!« Jetzt wissen Sie, Sie lagen total daneben! Der Trick ist nämlich, ihn vorher, so unauffällig wie möglich, zu fragen, was ihm gefällt oder was er gerne hätte. Möglicherweise ist das aber auch gar nicht nötig, denn da Geschenke eine wichtige Rolle für den Fische-Mann spielen, wird er von ganz allein seine nicht zu subtilen Hinweise geben, was genau er sich wünscht und was er zu bekommen *erwartet*. Wenn Sie sich konkret daran halten, ist Ihr Problem gelöst. Da Fische einen erlesenen Geschmack haben, wird es keine billige Erfahrung werden. Nur das Beste ist gerade gut genug für ihn. (Fische haben entsetzliche Angst vor dem Alter, sehen meistens aber nur halb so alt aus, wie sie tatsächlich sind!) Also, geben Sie nach und lassen Sie ein Vermögen springen!

- **Dune pour Homme** von Christian Dior
  Typ: grün/ozeanisch
- **Chrome** von Azurro
  Typ: fruchtig/würzig
- **Versace The Dreamer** von Gianni Versace
  Typ: blumig/krautig
- **Bvlgari pour Homme** von Bulgari
  Typ: zitrus/würzig

Dune pour Homme

Endlich! Ein Herrenduft, der einmal nicht riecht wie ein Obstgarten, ein Nadelwald oder eine Seifenfabrik! **Dune** ebnet den Weg (genau wie sein weibliches Pendant) für eine ganz neue Tendenz. Es verstößt nicht gegen die Regeln, es ignoriert sie einfach. **Dune** ist so originell, daß alle anderen männlichen Optionen daneben einfach langweilig wirken. Dune ist atemberaubend frisch und lebendig! Die Basis sind Blätter, Meeresdüfte und Hölzer, dazu Basilikum, Blätter der Schwarzen Johannisbeere (die voller Chlorophyll sind), grüne Mandarine, Hedion (ein Jasminextrakt), wilder Salbei, Feigenholz, Zeder, Sandelholz und Tonkabohne. Bilder von Sonne, Sand und Meer werden heraufbeschworen, die Ihren Fische-Mann in ein nostalgisches Nirwana versetzen!

Chrome

Diese elegante und coole Kreation wurde geschaffen, um den New-Age-Mann ins nächste Jahrtausend zu befördern, und zwar per Kopfsprung. Der Fische-Mann ist für gewöhnlich nicht allzu sportlich, aber auch nicht ängstlich, nehmen Sie ihn dennoch bei der Hand und erklären Sie ihm, **Chrome** würde ihm den Weg ebnen und den Sprung kinderleicht machen, mit seinen wunderbaren Orangennoten aus Bergamotte, Neroli und Bigarade, alles gewürzt mit Ingwer, unterstützt von Kardamom, Muskatblüte, Rosen – und Sandelholz. Obendrein werden Efeu und Flechten seine heiße Stirn kühlen. Die eckige Flasche liegt so gut in seiner sensiblen

Hand, daß er das müde, alte zwanzigste Jahrhundert gern hinter sich lassen und sich für die Wunder des neuen Stärken wird.

Versace The Dreamer

Wenn Sie möchten, können Sie darin eine Prophezeiung sehen – im letzten Parfüm, das Versace vor seinem Tod kreiert hat. Nicht deshalb jedoch habe ich es ausgewählt, obwohl sein Name ins Klischee der Fische-Geborenen paßt – der Tagträumer. Ich habe es ausgewählt, weil es so ganz anders ist als das Übliche für Männer. Da sind die reizvollen und berauschenden Kräuter und vor allem das brillante, originelle Zusammenspiel aus dem, was man *linen flowers* (Wäscheblumen) nennt. Doch zuerst zu den Kräutern. Da haben wir Wacholder (der für guten Gin verwendet wird) und Wermut (der früher dem inzwischen verbotenen Absinth zugesetzt wurde, den man als die »Liebe des Knaben« und den »Ruin des Mädchens« bezeichnete) und schließlich das stark nach Anis riechende Estragon, dazu die »Wäsche«-Blumen – Feuerlilie, Iriswurzeln (die wie Veilchen duften) und »linen essence« (Wäsche-Essenz). Ich weiß nicht genau, wie diese Essenz gewonnen wird, aber sie duftet ganz eindeutig wie frische weiße Wäsche. Schließlich gesellt sich noch ein Hauch Tabakblüte und Amber hinzu, was dem Duft seine Spritzigkeit gibt. Ungewöhnlich? Sicherlich, aber es hat auch die für Versace typische Virtuosität. Fische-Männer mit ihrem Hang zur Theatralik lassen sich so leicht beeinflussen, daß sie **Versace The Dreamer** bestimmt in ihr überaus gefühlvolles Herz schließen. Ich sehe und höre sie, wie sie weinend vor dem Rasierspiegel stehen und sich mit diesem Duft bespritzen – in Gedanken an ihren lieben, verschiedenen Gianni!

Bvlgari pour Homme

Diesem fabelhaften Duft wird jeder romantisch veranlagte Fische-Mann erliegen. Oberflächlich betrachtet, scheint **Bvlgari** in seiner strengen, aber klassischen Flasche erfüllt zu sein von der Zitrusfrische, von Bergamotte und Orangenblüten mit einem Spritzer Schwarzer Johannisbeere. In seinem Kern jedoch finden sich aromatischer türkischer Kardamom, Pfeffer, Iris und Rosenholz und daneben das exotische Guaiac-Holz *(Palo Santo* aus Paraguay, aus dem eine nach Tee duftende Essenz gewonnen wird). Amber und Moschus fixieren dies alles, aber nicht ohne die für Bvlgari typischen ein, zwei Tropfen Tee – hier ist es Darjeeling mit seinem orangeartigen Aroma. Mit diesem Parfüm hat man sich große Mühe gegeben! **Bvlgari** wird nie aufdringlich – es soll mit der Haut verschmelzen und nicht so sehr sein eigenes brillantes Loblied singen. Aber Sie können jede Wette eingehen, daß der Fische-Mann, der **Bvlgari** trägt, in diesen Lobgesang einstimmen wird!

Wem steht was und wann:
So holen Sie das Beste aus Ihren Parfüms heraus

Parfüms sind nicht nur Erweiterungen Ihrer Persönlichkeit, sie unterstreichen auch Ihr Aussehen und die Stimmung, in der Sie sich gerade befinden. Um die besten Eigenschaften zum Vorschein zu bringen, sollte man sie mit Respekt ihrem jeweiligen eigenen Charakter gegenüber behandeln. Auch Parfüms haben ihre Grenzen, genau wie Sie. Manche eignen sich besser für einen verführerischen Abend, andere für den Tag. Hieraus folgt, daß leichtere Parfüms sich bei wärmerem Wetter wohler fühlen, die schwereren dagegen im Herbst und Winter. Auch das Alter spielt eine wichtige Rolle: Jüngere Frauen meiden wahrscheinlich ganz automatisch die ultra-eleganten Düfte (oder sollten es zumindest tun), während reifere Frauen erkennen sollten, daß ihre Zeit für die frechen, heiteren Parfüms vorbei ist. Ihr Teint ist nicht so wichtig, wenngleich ich glaube, daß dunklere Frauen – als Faustregel – automatisch zu den üppigen, orientalischen Düften neigen, während Blondinen (echt oder gefärbt) romantischere und frischere Parfüms bevorzugen. Das ist auch die Grundlage für die leicht nachzuvollziehende Tabelle. Sie ist aber nur als hilfreiche Empfehlung gedacht, nicht als starre Regel.

Basiswaffen

	Zeit		Alter		Typ		Wetter	
Parfüm	Tag	Nacht	Jung	Älter	Hell	Dunkel	Warm	Kalt
Samsara	*	*	*	*	*	*	*	*
Vent Vert	*	*	*	*	*	*	*	*
L'Heure Bleue	*	*	*	*	*	*	*	*
Paloma Picasso	*	*	*	*	*	*	*	*
Dune	*	*	*	*	*	*	*	*

Geheimwaffen

Parfüm	Zeit		Alter		Typ		Wetter	
	Tag	Nacht	Jung	Älter	Hell	Dunkel	Warm	Kalt
Asja	*	*	*	*	*	*	*	*
Acqua di Giò	*	*	*	*	*	*	*	*
Ô de Lancôme	*	*	*	*	*	*	*	*
Gianfranco Ferre	*	*	*	*	*	*	*	*
Jean-Louis Scherrer	*	*	*	*	*	*	*	*

Fische/Widder

Parfüm	Zeit		Alter		Typ		Wetter	
	Tag	Nacht	Jung	Älter	Hell	Dunkel	Warm	Kalt
Montana Parfum de Peau	*	*	*	*	*	*	*	*
Blue Grass	*	*	*	*	*	*	*	*
White Linen Breeze	*	*	*	*	*	*	*	*

Wassermann/Fische

Parfüm	Zeit		Alter		Typ		Wetter	
	Tag	Nacht	Jung	Älter	Hell	Dunkel	Warm	Kalt
Les Belles de Ricci	*	*	*	*	*	*	*	*
XS Pour Elle	*	*	*	*	*	*	*	*
Cabotine	*	*	*	*	*	*	*	*

Herrendüfte

	Zeit		Alter		Typ		Wetter	
Parfüm	Tag	Nacht	Jung	Älter	Hell	Dunkel	Warm	Kalt
Dune pour Homme	*	*	*	*	*	*	*	*
Chrome	*	*	*	*	*	*	*	*
Versace The Dreamer	*	*	*	*	*	*	*	*
Bvlgari pour Homme	*	*	*	*	*	*	*	*

Parfümverzeichnis

24, Faubourg 237, 241
5th Avenue 335 f.
Acqua di Gio 397 ff.
Alliage 305, 307 f.
Allure 267, 272 f., 318
Allure for Men 316, 318
Amarige 144, 146 f.
Amazone 205, 209 f.
Anaïs Anaïs 22, 356, 358 f.
Angel 182 ff.
Antaeus 162 ff.
Armani 159 f., 275
Armani pour Homme 284, 286 f.
Arpège 21, 205, 207 f.
Asja 397 f.
Bal à Versailles 24, 327, 329 f.
Bellodgia 221 ff.
Beautiful 128, 130, 301
Black Jeans 255, 257
Blonde 244, 246 f.
Blue Grass 403 ff.
Booster 162, 164 ff.
Boss 192 f.
Boss Sport 70, 72
Boucheron 144, 147 f., 361
Bvlgari 112 ff.
Bvlgari pour Homme 407, 410
Byzance 66 f.
Cabochard 144, 150 f.
Cabotine 371, 374
Calandre 51 f.
Calèche 96, 99
Calyx 128, 131
Caroline Herrera 121 ff.
Cerruti 1881 376, 378
Chamade 152, 155
Champagne 115 ff.
Champs-Elysées 22, 112, 119
Chanel pour Monsieur 225, 227
Cheap and Chic 60 f.
Chloé 159
Chrome 407 f.
Chypre 24
Cinnabar 296, 298 f.
Coco 174 ff., 272
Coriandre 25, 296, 302 f.
Cristalle 182, 187 f., 272
Deci Dela 23, 237, 242 f.
Dioressence 214 f.
Diorissimo 127, 144, 149
Diva 305, 310 f.
Dolce & Gabbana 237 f.
Dolce Vita 174, 178 f.
Donna Karan New York 174, 177 f.
Donna Trussardi 341 ff
Duende 274 f.
Dune 275, 389, 395 f.
Dune pour Homme 407 f.
Eau d'Eden 356 ff.
Eau Dynamisante 96
Eau Sauvage 192, 376
Eau Savage Extrème 192 f.
Égoiste 193 f.
Égoiste Platinum 132 f.
Envy 96 ff., 127
Équipage 255, 257
Escada 281 f.
Escape 51, 54 f.
Escape for Men 69, 71 f.
Estée 59, 61 f.
Eternity 244 ff.
Eternity for Men 345 f.
Fahrenheit 225 f., 395
Feminité du Bois 23, 357, 362 f.
Femme 23, 81 f.
Fendi 41, 81 ff.
Ferre 51, 54 ff.

Ferre by Ferre 56, 401
Fête des Roses 191
Fidji 59, 63 f.
First 327 f.
Fleur d'interdit 59, 64 f.
Fleur de Rocaille 364, 367 f.
Gardenia 312 f.
Gianfranco Ferre 397, 400 f.
Giorgio Aire 305, 364, 366
Giorgio Beverly Hills 304 ff., 366
Givenchy III 89, 94 f.
Gucci No. 3 251, 253 f.
Habit Rouge 345
Havana 284, 286
Havana for Men 306
Havana pour Elle 304, 306 f.
Heaven 284 f.
Heritage 225 f.
Infini 182, 186 ff.
Insensé 132 ff.
Ivoire 89 f.
Jaipur 357, 360 f.
Jardins de Bagatelle 364 f.
Jazz 132, 134 f.
Je Reviens 244, 247 f.
Jean-Louis Scherrer 397, 402
Jean-Paul Gaultier pour Homme 112, 117 f., 315 ff.
Jicky 267, 296 ff.
Jil Sander No. 4 327, 332 f.
Jolie Madame 312, 314
Joop!Homme 345, 347
Joy 21, 107, 112, 114 f.
Kenzo 89, 92
KL 335, 337 f.
Knowing 174, 176 f.
Kouros 316 f.
L'Air du Temps 128 f., 242
L'Eau d'Issey 357, 359 f.
L'Eau d'Issey pour Homme 255 f.
L'Heure Bleue 40, 389, 392 f.
Laura 364, 368 f.
Le Dix 221, 223
Les Belles de Ricci 242, 371 ff.
Loulou 251 f., 358
Ma Griffe 51-54.
Madame Rochas 22, 296, 300 f.
Magie Noire 244, 250 f.
Maja 281 f.
Miss Dior 221 ff.
Mitsouko 24, 205 ff.
Monsieur de Givenchy 162 f.
Montana Parfum de Peau 23, 403 f.
Moschino 60, 121, 126 f., 134
Moschino pour Homme 132, 134
Muguet du Bonheur 121, 127
Must de Cartier 267, 271 f.
Nahema 205, 211 f.
Narcisse 66, 68
Narcisse Noir 274, 279 f.
Nina 335 ff..
No. 5 21, 38, 81, 84 f., 115, 272
No. 19 24, 81, 86, 272
No. 22 272
Nocturnes 244, 249
Ô de Lancôme 397, 399 f.
Obsession 39, 266, 270 f., 275
Opium 26, 152, 157 f., 337
Opium pour Homme 284 f.
Organza 237, 240
Oscar de la Renta 121, 123 f.
Paloma Picasso 25, 389, 394 f.
Panthère 174, 179 f.
Parfum d'été 214, 217 f.
Parfum d'Hermès 205, 210 f.
Parfum Sacré 189 f.
Paris 237 ff.
Pasha 345 f.
Pleasures 20, 296, 301 f.
Poème 59 f.
Poison 161, 266, 268 f., 395
Poivre 191
Polo 69 f.
Polo Sport 70
Polo Crest 70
Private Collection 327, 331 f.
Red Door 305, 309 f.

Red Jeans 335, 338 f.
Rive Gauche 51, 57
Roma 81, 87 f., 368
Romeo Gigli 144 ff.
Safari 182, 185 f.
Safari for Men 100 ff.
Samsara 26, 124 f., 389 f.
Santos 69 ff.
Scherrer II 402
Sculpture 189
Shalimar 26, 60, 126, 266 ff., 337
Shocking 118
SpellBound 20, 335, 339 f.
Summer Hill
Sublime 214, 219 f.
Sunflowers 189 f.
Tendre Poison 159 ff.
Tocade 89 ff.
Tommy 316
Tommy Girl 341, 343
Trésor 341 f.
Tsar 225 ff.
Tuscany per Donna 66 f.
Tuscany 100, 102
Un Air de Samsara 121, 124 f.
V de Valentino 23, 214, 218 f.
V'E Versace 182 f.
Van Cleef 214, 216
Van Cleef & Arpels Pour Homme 193, 195
Venezia 152 ff., 368
Vent Vert 25, 389, 391 f., 394
Versace L'Homme 376 ff.
Versace The Dreamer 407, 409
Versus 162, 164
Versus Donna 164, 312
Vetiver 100 f.
Vivid 274, 278 f.
Vol de Nuit 274, 277 f.
Volupté 152 f.
White Jeans 251 ff., 338
White Linnen 364, 369 ff.
White Linen Breeze 403, 405 f.
Wrappings 274, 276 f.
Xeryus Rouge 255 f.
XS Pour Elle 371, 373 f., 377
XS Pour Homme 373 f., 376 f.
Y 152, 156 f.
Yellow Jeans 338
Yohji 281 f.
Youth Dew 26, 327, 330 f.
Ysatis 89, 93
YSL Pour Homme 100 f.
Yvresse 112, 115 ff.